JULIA™

KIMBERLY LANG

A FAVOR
DEL VIENTO

Una división de HarperCollins Ibérica, S.A.
Avenida de Burgos, 8B - Planta 18
28036 Madrid

© 2025 Harlequin Ibérica, una división de HarperCollins Ibérica, S.A.
N.º 476 - 3.1.25

© 2009 Kimberly Kerr
A favor del viento
Título original: Magnate's Mistress... Accidentally Pregnant!

© 2011 Jill Sorenson
Emociones turbulentas
Título original: Stranded with Her Ex

© 2010 Janice Davis Smith
La mejor venganza
Título original: The Best Revenge
Publicadas originalmente por Harlequin Enterprises, Ltd.
Estos títulos fueron publicados originalmente en español en 2012

I.S.B.N.: 978-84-1074-508-7
Depósito legal: M-22781-2024
Impreso en España por: BLACK PRINT
Fecha impresión Argentina: 2.7.25
Distribuidor exclusivo para España: LOGISTA
Distribuidor para México: Distibuidora Intermex, S.A. de C.V.
Distribuidores para Argentina: Interior, DGP, S.A. Alvarado 2118. Cap. Fed./Buenos
Aires y Gran Buenos Aires, VACCARO HNOS.

Capítulo 1

NOTA: *nunca pagues por adelantado tu luna de miel.*

Sentada bajo una sombrilla en la playa, con una piña colada bastante aguada en la mano, Ally Smith se preguntó por qué aquella advertencia no aparecía en los tratados prenupciales.

«Seguramente porque a nadie se le ocurre incluir una cláusula de huida cuando está planeando una boda».

Debería escribir su propio libro para futuras novias e incluir un capítulo sobre las cancelaciones, los pagos por adelantado y cómo mitigar las pérdidas económicas. Y de paso algún consejo para hacer una hoguera con trescientas servilletas de cóctel de diseño exclusivo.

Sin que faltara, naturalmente, el capítulo dedicado a comprobar si el novio era el adecuado.

Hundió los dedos de los pies en la cálida arena de

la playa y observó los veleros que entraban y salían en el puerto. Si hubiera insistido en el viaje a Australia en esos momentos estaría esquiando en la nieve. Se suponía que el mes de junio en Oz era fabuloso. Pero en vez de eso se había dejado convencer por Gerry para irse de luna de miel al Caribe. Un viaje absurdo y del todo innecesario, pues vivían a veinte minutos de la costa de Georgia. No les hacía falta subirse a un avión para tomar el sol y hacer surf. ¿Cómo había sido tan tonta?

Porque no cabía en sí de felicidad por estar finalmente comprometida.

En los cuatro meses que habían pasado desde que llegó a casa a la hora de comer y se encontró a Gerry en la cama con su agente de viajes; lo que explicaba por qué había insistido en que hicieran los negocios con ella y también por qué Ally estaba alojada en el peor hotel de la isla, se había dado cuenta de algunas verdades muy duras: había elegido la belleza exterior sobre la interior, y debería haber abandonado al cerdo de Gerry cuatro años antes.

Solo llevaba dos días de «luna de miel» y ya estaba muerta de aburrimiento.

—¿Está ocupado este asiento, guapa?

La voz áspera y grave la sacó de sus divagaciones y la hizo girarse al tiempo que hacía visera con los ojos para protegerse del sol de la tarde.

Y a punto estuvo de escupir su bebida cuando a un palmo de sus ojos se encontró con el bañador más minúsculo posible sobre un cuerpo que tenía mucho que ocultar.

En cualquier película decente, la voz habría sido la de un atractivo profesor de tenis con unos músculos voluminosos y bronceados. Pero aquello no era ninguna película, y aunque su admirador lucía un buen bronceado, el volumen de sus carnes se concentraba en lugares no muy favorecedores, como la cintura del bañador Speedo. Ally se mordió el labio y levantó la mirada hasta la cadena de oro que pendía sobre un pecho peludo, la barba canosa de tres días, las ridículas gafas de sol aerodinámicas de color azul iridiscente y el sombrero panamá de ala ancha.

Lo único que le faltaba para que aquellas vacaciones fueran la peor pesadilla de su vida.

—Lo siento, ¿qué ha dicho?

—Pareces necesitar compañía… ¿Qué tal si nos tomamos algo y nos conocemos? —sin esperar respuesta, el hombre se sentó en la tumbona contigua, se quitó las gafas de sol y extendió la mano—. Fred Alexander.

Los rígidos principios éticos de su educación sureña la obligaron a estrechar la mano que se le ofrecía. La palma estaba mojada, y Ally tuvo que reprimir el impulso de secarse con la toalla cuando el hombre le soltó la mano, después de sostenérsela unos segundos más de lo necesario.

—Me llamo Ally. Encantada de conocerlo, pero…

—Una chica tan guapa como tú no debería estar aquí sola. Nunca se sabe quién podría molestarte —le hizo un guiño.

«Y que lo digas», pensó Ally. Había cientos de personas en la playa. ¿Por qué aquel Fred tenía que haberse fijado precisamente en ella?

Porque era como un imán para los fracasados… Primero Gerry y ahora aquel tipo. Gerry, al menos, era mucho más agraciado físicamente.

Tenía que escapar de allí. O haberse quedado en Savannah.

No, eso jamás. Bastante le dolía haber perdido tanto dinero como para encima perderse unas muy merecidas vacaciones. En su momento le pareció la solución más práctica. Pero ya empezaba a tener serias dudas al respecto.

—La verdad es que estaba a punto de irme. Creo que he tomado demasiado sol por hoy —agarró su bolsa y se dispuso a huir, pero Fred le puso la mano en la muñeca y le acarició la piel con el pulgar. Ally apartó la mano y se levantó rápidamente.

—Me encantaría ponerte un poco de crema —sugirió Fred, recorriéndola con una mirada tan lasciva que Ally sintió un escalofrío—. Es un crimen ocultar un cuerpo como el tuyo, Ally. Deberías usar bikini.

Ally nunca se alegró tanto por llevar un discreto bañador de una pieza.

—Gracias, pero no. Voy a…

—Te invito a cenar, entonces. Te vi llegar ayer al hotel, sola, y pensé que estarías buscando un poco de compañía.

Ally dio otro paso atrás e intentó reprimir la mueca de asco.

—Bueno, yo…

—Yo también me alojo aquí. Habitación dieciséis. Debe de ser cosa del destino que ambos hayamos elegido este sitio para nuestras…

Estaba en la naturaleza de Ally hacer felices a las personas, pero aquello se pasaba de la raya. Una cosa era ser agradable, y otra ser estúpida.

—Disfruta de la playa —lo interrumpió, y se alejó apresuradamente mientras oía farfullar a Fred algo sobre su actitud. Que pensara de ella lo que quisiera. Ya había cometido bastantes equivocaciones en su vida y empezaba a hartarse.

Lo poco que había conseguido relajarse con el sonido de las olas se evaporó por culpa de aquel viejo verde que podría ser su padre.

Quizá tuviera un canal de cine en la habitación. Podía darse una ducha, pedir que le llevaran la cena… en caso de que aquel hotel contara con servicio de habitaciones, ya que no había visto ningún menú al llegar la noche anterior, y planear alguna visita turística por la isla para el día siguiente.

Eran las vacaciones más deprimentes de su vida. O tal vez fuese ella la deprimida.

La recepción estaba casi vacía. Había una pareja registrándose en el mostrador. Otros recién casados, sin duda. La joven llevaba un ramo de flores y el hombre, pelirrojo, lo estaba teniendo muy difícil para firmar en la hoja sin dejar de tocar a su novia. Parecían muy felices, y Ally les deseó en silencio todo lo mejor mientras se dirigirían hacia su suite nupcial.

—Quisiera encargar la cena al servicio de habitaciones para la veintiséis.

—Lo siento —se disculpó el recepcionista—. No tenemos servicio de habitaciones. Solo el restaurante.

Genial. El acoso de Fred le había parecido el colmo, pero los próximos días prometían ser mucho peores. Para empezar, tendría que hacer todas sus comidas sentada ella sola en un restaurante.

—Hay un mensaje para usted, señora Hogsten.

—Señorita Smith —corrigió ella al momento. Otra buena razón para no casarse con Gerry era no tener que llevar su horrible apellido.

El recepcionista puso una mueca de sorpresa y volvió a consultar el monitor.

—Ya, ya lo sé —dijo Ally con un suspiro—. Aparece una habitación doble para el señor y la señora Hogsten. Pero solo la ocupo yo. Señorita Smith.

Vio un destello de compasión en los ojos del recepcionista, pero no tenía sentido intentar explicarle que ella no lamentaba en absoluto estar soltera.

—¿Y el mensaje?

El hombre le entregó una hoja de papel doblada.

—Que pase buena noche.

—Gracias —desplegó la hoja para echarle un vistazo mientras se encaminaba a su habitación. Era el número de su madre.

Soltó otro profundo suspiro. ¿Qué sería lo siguiente? Se había asegurado de dejarlo todo en orden antes de marcharse, y apenas llevaba allí un día.

Cerró la puerta con el pie y sacó el móvil del bolso, pero enseguida recordó que allí no tenía cobertura.

El minibar estaba bien provisto, después de la visita a la tienda de licores la noche anterior, y la botella de Chardonnay parecía estar llamándola. Se sirvió un vaso y tomó un trago antes de marcar la larga serie de números para llamar a casa desde el teléfono de la habitación.

—¡Cariño! ¡Qué alegría escucharte! —la llamada parecía ser una grata sorpresa para su madre, lo que significaba que no había pasado nada grave.

Pero no significaba que fuera a librarse de Dios sabía qué. Apuró el vaso y, en vez de volver a llenarlo, se llevó la botella a la cama. Muy posiblemente iba a necesitar todo su contenido.

—He recibido un mensaje tuyo. ¿Va todo bien?

—Oh, sí, estamos bien… Supongo.

Ally esperó en silencio.

—Tu hermana me va a matar a disgustos.

Otra vez… Sonaba la campana para el asalto número 427 entre su madre y Erin.

«Respira hondo». Era lo mismo de siempre. Su familia no podía arreglárselas sin ella ni unos pocos días. Le gustaría creer que si realmente estuviera en su luna de miel, nadie la llamaría para que resolviera los problemas familiares. Pero sabía muy bien que tampoco sería el caso. Su familia era tan bruta que cualquier año servirían ardilla al horno para la cena de Acción de Gracias. Ally los quería mucho, pero su falta de sentido común la sacaba de quicio.

Tal vez era hija adoptiva. O quizá la habían cambiado al nacer. O a lo mejor la habían colocado a propósito en aquella familia para impedir que se mataran los unos a otros con sus patéticos dramas. Fuera como fuera, estaba harta de ser la única con dos dedos de frente.

Esperó a que su madre se callara para respirar y asumió su rol de pacificadora.

—Mamá. Se trata de su boda…

—Ya lo sé, pero ella no entiende lo importante que es.

Era una boda, no las pruebas de Hércules, por amor de Dios. A Ally le costó media hora convencer a su madre, aunque sabía que solo era un apaciguamiento temporal. Mientras la escuchaba se golpeó la cabeza contra el cabecero para descargar su impotencia y frustración.

—Otra cosa, cariño —le dijo su madre—. Han enviado un aviso sobre el impuesto de la propiedad.

—Eso ya lo dejé resuelto antes de irme.

—¿Entonces qué hago?

—Nada. Me ocuparé de ello cuando vuelva, pero lo dejé pagado junto a tus otras facturas.

—Ah, estupendo.

El dolor de cabeza que su madre siempre le provocaba empezaba a ser insoportable al cabo de veinte minutos.

—Voy a cenar algo, mamá. Te veré cuando vuelva y lo resolveremos todo.

—Claro, cariño. Que te diviertas. Hablaremos pronto.

Después de colgar, se apoyó en el cabecero de la cama de matrimonio y se apretó la botella de vino contra el pecho.

Afortunadamente no tenía cobertura, porque de lo contrario su móvil no pararía de sonar.

Por la ventana vio el sol ocultándose en el mar. Estaba de vacaciones, por todos los santos. Unas vacaciones realmente extrañas, de acuerdo, pero vacaciones al fin y al cabo. Estaba sola en una suite nupcial, en un lugar al que no había querido ir, en un hotel de mala muerte por culpa del rencor y la incompetencia de su agente de viajes. Y encima había pagado una fortuna por aquella estafa. No era justo, pero podría ser peor. Tenía que aprovechar lo que pudiera.

Y se había ganado con creces unas vacaciones. Había aguantado junto a Gerry tres años más de lo que debería, con la esperanza de que él cambiara y se hiciera merecedor del tiempo y el esfuerzo invertidos. Pero durante todo ese tiempo no había hecho otra cosa que mantenerlo, tanto económica como emocionalmente. Los preparativos de la boda y su posterior cancelación habían acabado por consumir sus escasas fuerzas, y si a todo ello había de añadir las continuas crisis de su familia no era extraño que estuviese al borde del colapso nervioso.

Necesitaba unas vacaciones. Se las merecía. E iba a aprovecharlas.

Tomó un último trago directamente de la botella y volvió a agarrar el teléfono para llamar a recepción.

—Soy Ally Smith, de la suite veintiséis. No, la señora Hogsten no. La señorita Smith. ¿Podría buscarme algún restaurante que hiciera repartos a domicilio y un masajista que viniera esta noche a darme un masaje de una hora? También me gustaría saber dónde se encuentra el spa más cercano. Para mañana querría una limpieza de cutis y la manicura. Ah, y que me traigan flores a la habitación.

—Es una belleza.

Chris Wells asintió, aunque no estaba del todo de acuerdo. Aquella supuesta belleza necesitaba unos cuantos retoques, aunque se podía adivinar su potencial. Chris había querido echar un vistazo de cerca para saber si los defectos eran solo superficiales o si había algún problema más grave.

—Y muy rápida —continuó el hombre con un orgullo evidente en sus palabras—. Pero también sensible y fácil de manejar.

—Su reputación la precede —Chris avanzó por el deteriorado muelle de madera. A unos quince metros la embarcación ofrecía un aspecto sólido y de elegante diseño, pero los años de abandono habían hecho mella en su imagen. Las cornamusas estaban oxidadas y el cuero que recubría el timón, agrietado y agujereado. Veinticinco años atrás, Chris había presenciado la primera victoria del *Circe* capitaneado por su padre y había sabido que algún día él también participaría en una regata. Gran parte de su carrera se la debía a aquel yate que se mecía suavemente bajo sus pies.

El *Circe* llevaba en desuso mucho tiempo, y su pesado casco de madera no era rival para los nuevos veleros de aluminio o fibra de vidrio. Pero Chris no estaba allí para comprar un barco de carreras, sino un pedazo de historia con la intención de devolverle su antiguo esplendor. Su tripulación lo tomó por loco cuando les dijo que iba a tomarse un tiempo libre para ir a Tortola a ver al *Circe*, pero Jack y Derrick acabarían uniéndose a él. Chris no confiaba en nadie más que en ellos para poner a punto la nave.

—¿Está en condiciones de navegar?

Ricardo, el dueño del barco, sonrió con satisfacción ante el interés que mostraba Chris.

—Habría que mirar algunos detalles sin importancia, como...

Chris apenas le prestó atención mientras sacaba el móvil del bolsillo.

—Jack. Mándame a Victor y a Mickey en el próximo vuelo. El *Circe* necesita algunas reparaciones, pero lo tendré listo para volver a casa al final de la semana.

—¿Estás decidido a seguir adelante con tu plan?

—Desde luego que sí —respondió Chris mientras le entregaba el cheque a un sorprendido Ricardo.

—¿Por qué no te vienes para acá y dejas que los chicos lo traigan de vuelta?

Chris respiró profundamente mientras se dejaba invadir por una sensación de confianza y certeza. Su resolución era inquebrantable.

—Porque ahora es mío.

—Pero necesitamos que vengas cuanto antes. El papeleo se te acumula en la mesa. Y si de verdad piensas batir un récord en octubre, no es momento de dedicarte a holgazanear en el Caribe.

—Mi ayudante se ocupará del papeleo y me llamará si necesita algo. Aún queda mucho para octubre y el *Dagny* está listo antes de plazo. Lo único que me queda por hacer es admirar vuestro trabajo.

Jack suspiró y murmuró algo entre dientes que Chris ya había oído otras veces. Jack era el mejor cuando se trataba de organizar una vuelta al mundo o diseñar un barco nuevo, pero para todo lo demás era el peor de los incordios.

—Te veré dentro de unas semanas. Que el *Dagny* me esté esperando con las velas izadas.

—Esta vez no vayas a quedarte remoloneando en las Bahamas, ¿de acuerdo?

Chris se guardó el móvil y se volvió hacia Ricardo.

—Necesito que me facilite el acceso a las instalaciones de mantenimiento —ya estaba haciendo una lista mental de todo lo que necesitaría para el largo viaje de vuelta a Charleston. Lo primero sería encontrar un buen proveedor en la isla.

Hacía semanas, incluso meses, que no se sentía tan bien. Agarró la bolsa del suelo y la arrojó a cubierta mientras Ricardo se dirigía rápidamente a la oficina del puerto, sin duda a ingresar el jugoso cheque que llevaba en la mano antes de que Chris pudiera cambiar de opinión.

Pero Chris ya se estaba desabotonando la camisa para cambiarse de ropa. Estaba impaciente por conocer su nueva adquisición.

Silbando, se puso manos a la obra.

Un masaje, un baño de barro y una sesión de manicura y pedicura habían obrado maravillas no solo en el aspecto de Ally, sino también en su actitud. Tortola iba cobrando un atractivo cada vez mayor para ella.

Tras una mañana fabulosa de cuidados y atenciones, volvió a su habitación sintiéndose tan relajada que las piernas apenas podían sostenerla. Una breve siesta y una ducha completaron la mejora del ánimo. Solo le quedaba encontrar un sitio para comer. Dormir a la hora del almuerzo era fantástico para la psique, pero la dejaba con el estómago vacío.

La estilista del spa le había recomendado la pequeña cafetería junto al puerto deportivo para probar la cocina local. Estaba a corta distancia a pie, y el paseo le dio la oportunidad de apreciar el maravilloso paisaje de la isla y que por culpa de su malhumor había ignorado hasta ese momento.

Un joven y sonriente camarero la condujo a una pequeña mesa con vistas al puerto. La misma brisa que le sacudía la trenza llevaba a sus oídos el relajante sonido provocado por las jarcias y el velamen de las embarcaciones. El sol le calentaba los hombros y la sopa de pescado acalló los rugidos de su estómago. Al acabarse su segundo daiquiri de mango se convenció de que estaba realmente en el paraíso.

El ajetreo del puerto la fascinaba. Savannah estaba muy cerca de la costa, pero los barcos nunca le habían llamado la atención. Allí, en cambio, la navegación formaba parte de la vida cotidiana y así se apreciaba en la actividad del puerto. Acabada la comida, y sin otra cosa en su agenda, decidió dedicar la tarde a explorar.

No había ninguna verja bloqueando el acceso a los muelles, como era lo normal en los puertos de Georgia, de modo que pudo vagar tranquilamente y sin rumbo fijo, admirando las embarcaciones de todos los tamaños y formas que se balanceaban en el agua y devolviendo el saludo a todos los que le hacían un amable gesto con la mano.

Tranquilidad. Señorita Lizzie. Lagniappe… Los nombres escritos en la popa de los barcos la hicieron sonreír. *Viento de cola. Alondra.* El *Chica-mara* le provocó una carcajada. *Alma de mar. Lorelei. Circe…*

El *Circe* era más pequeño que el resto y parecía haber vivido tiempos mejores. En la cubierta faltaban varias tablas y la pintura estaba rayada. Al mirar de cerca, sin embargo, comprobó que las rayas eran uniformes y que había un montón de tablas nuevas en el muelle.

El *Circe*, al igual que ella, estaba recibiendo un lavado de cara.

—Le aseguro que es por su propio bien.

Ally dio un respingo al oír la voz, acompañada del ruido que hacía algo al aterrizar en el muelle, detrás de ella. Se dio la vuelta y constató, una vez más, que el paisaje de Tortola era realmente espectacular…

Pero aquel hombre no podía ser de carne y hueso. Ningún mortal tenía un pecho como el que llenaba su mirada. Parpadeó unas cuantas veces, pero la imagen no se desvaneció. En todo caso se hizo aún más nítida. Unos bíceps deliciosamente esculpidos y bronceados se abultaron al cargar las tablas en los brazos. Los poderosos pectorales se hincharon y Ally sintió que todo daba vueltas a su alrededor. Tuvo que hacer un gran esfuerzo por recuperar el equilibrio y un esfuerzo aún mayor por levantar la vista hacia el rostro del hombre.

Y tampoco así consiguió tranquilizarse. Unas gafas de sol ocultaban sus ojos, pero no las sensuales arrugas que se le formaban al sonreírle. El hombre se secó las manos en los pantalones cortos color caqui y se quitó las gafas. Unos ojos intensamente azules se clavaron en ella y le robaron el aire de sus pulmones.

Real o no, aquel hombre iba a protagonizar sus fantasías nocturnas en los años venideros.

—Sus anteriores dueños lo tenían abandonado, pero en cuanto acabe con él volverá a ser lo que era.

Sus palabras de orgullo y determinación la envolvieron con un suave tono sureño que le recordó a su tierra natal.

—Seguro que lo agradece.

—Eso espero —alargó el brazo a la derecha de Ally para agarrar la camiseta descolorida que colgaba del montón de tablas. El movimiento acercó tanto su pecho a Ally que la envolvió con su olor a mar y sudor. Embriagada, intentó ocultar su decepción cuando se puso la camiseta y la privó de aquellos fabulosos pectorales.

—Chris Wells.

—Ally —estrechó la mano que él le ofrecía. Era cálida, fuerte y callosa, propias de un hombre acostumbrado al trabajo manual. La imagen de aquellas manos recorriéndole la piel la hizo estremecerse—. Seguro que es un barco precioso.

Chris ladeó la cabeza y se apartó de la frente un mechón de sus rubios cabellos. Sus reflejos dorados también eran reales. Obviamente pasaba mucho tiempo al sol.

—Circe —pronunció Ally—. La diosa hechicera de la *Odisea*.

—Sí, la misma. Me sorprende que lo sepas. Casi nadie conoce el nombre —se cruzó de brazos y se apoyó contra el montón de madera.

—Supongo que soy una obsesa de la mitología griega…

Los ojos de Chris le recorrieron el cuerpo con un brillo de interés.

—No creo que seas una obsesa de nada.

El rubor barrió el hormigueo de su piel.

—Rara vez se la reconoce como merece.

—Convirtió a la tripulación de Ulises en cerdos.

¿Era aquello una especie de reto?

—Muchos de ellos ya eran unos cerdos.

—Vaya… —dijo Chris.

—Pero también le dio a Ulises la información que necesitaba para encontrar el camino a casa y evitar a las sirenas. Ulises le debe una a Circe.

«¿Por qué estoy hablando de esto?». Tenía que cambiar de tema antes de que él la tomara definitivamente por una obsesa.

Pero Chris le brindó otra de sus encantadoras sonrisas.

—Fueron amantes. Eso es lo que Circe quería de él.

Ally se echó a reír.

—Cierto, pero creo que Ulises sacó más provecho que ella.

—¿Cómo?

—Ulises y Circe tuvieron una aventura. Después, Circe le dio una información vital y él se fue tras dejarla embarazada de trillizos —sacudió tristemente la cabeza.

—¿No te suscita ninguna simpatía el ansia de Ulises por volver a casa con Penélope?

Ally se apoyó en el montón de enfrente e imitó la postura de Chris con los brazos cruzados.

—Es Penélope la única que me inspira simpatía. Ulises, el niño bonito, se va por ahí de aventuras mientras ella se queda en casa, tejiendo y cuidando de su hijo. Penélope le guarda fidelidad en todo momento, mientras él se dedica a dejar una amante en cada puerto. Ulises era un mujeriego y un vividor.

Fue el turno de Chris para reírse.

—No parece que te guste mucho Ulises.

—No niego que tenga algo de atractivo, pero las mujeres inteligentes no se enamoran de alguien así… al menos no más de una vez.

Él arqueó una de sus rubias cejas.

—Pareces resentida por algo.

Ally se encogió de hombros.

—Digamos que he aprendido una lección. Y si quieres saber mi opinión, te diré que Ulises tuvo mucho más de lo que se merecía.

—Es una visión muy particular de un clásico de la literatura.

—Homero era un hombre. No creo que una mujer hubiese escrito lo mismo.

—En eso tienes razón.

—Puede —dijo ella, y al no recibir más respuesta se quedó bastante decepcionada. ¿Ya habrían acabado de hablar? ¿Debería seguir su camino? No quería marcharse, pero Chris tenía mucho trabajo entre manos—. Sea como sea, está muy bien que le devuelvas a Circe su gloria de antaño. Estoy segura de que quedará preciosa.

—Así será. De momento no es más que una inagotable fuente de gastos. Entiendo por qué Ulises abandonó a Circe… Demasiado necesitada, me parece a mí —añadió con un guiño.

Ally dejó escapar una risita. Hacía mucho que no se sentía tan bien.

—Eres terrible.

—Has empezado tú —repuso él.

—Y me reafirmo en lo que digo. Tu *Circe* merece un buen lavado de cara. Seguro que será un buque estupendo cuando lo acabes.

—Barco.

—¿Cómo?

—Es un barco, no un buque.

—Ah, vaya. ¿Hay alguna diferencia?

—Y tanto que sí. Los buques son naves de gran tamaño destinados al transporte de pasajeros y mercan-
cías. Estos —señaló las embarcaciones que los rodeaban— solo son barcos.

Tal vez no hubieran acabado todavía. Chris no parecía tener ninguna prisa por volver al trabajo, y un pequeño arrebato de excitación recorrió las venas de Ally.
Las vacaciones iban mejorando a cada minuto que…

—¡Ally! Sabía que eras tú.

La horrible voz la golpeó entre los hombros y se
extendió por su espalda como una sustancia viscosa.
Conocía bien aquella voz áspera y repulsiva. Se dio la
vuelta y vio a Fred acercándose torpemente por el
muelle como un pato persiguiendo a un escarabajo.

¿Por qué? ¿Por qué tenía que pasarle a ella? Conocía al hombre más guapo de la isla y tenía que llegar
el más baboso y repugnante para echarlo todo a perder. No era justo.

Chris arqueó interrogativamente las cejas cuando
Fred se detuvo junto a ella.

—Ally… —resopló—. Te vi viniendo hacia aquí.
Si te gustan los barcos estaré encantado de complacer-
te, cariño.

Al menos iba más vestido que el día anterior. El
polo y los pantalones cortos le daban un aspecto ligeramente más decente, pero eso no cambiaba el hecho
de que otra vez le estaba chafando el día.

Fred miró a Chris de arriba abajo y le echó un vistazo despectivo al *Circe*.

—¿Qué tal si te invito a comer y dejamos que este
grumete vuelva al trabajo?

Chris apretó la mandíbula, pero no respondió a la provocación.

¿Grumete? ¿Cómo se podía ser tan grosero? ¿Y cómo iba a librarse de él sin perder las formas? Su única escapatoria era saltando al agua y nadando hasta la orilla. De lo contrario, estaba atrapada.

Fred la agarró del codo para llevársela, y ella, desesperada, se giró hacia Chris y le pidió ayuda en silencio.

La boca de Chris se torció en una media sonrisa. Pero para Ally no tenía ninguna gracia. No quería ser grosera con Fred, pero no le estaba quedando más remedio. La insolencia llamaba a la insolencia, y no era ella quien había empezado. Su conciencia podría quedar a salvo.

Respiró hondo y abrió la boca con la intención de ser grosera por primera vez en su vida.

—Mira…

—Ally —la interrumpió Chris en tono amable y suave—. Ya sé que estás enfadada conmigo por haber pasado tanto tiempo en el barco, pero no tienes por qué ponerte a tontear con otro.

Ally dejó escapar el aire de golpe y se quedó boquiabierta mientras Chris miraba a Fred y se encogía de hombros.

—Ya sabes cómo son las mujeres con estas cosas. Se ponen muy celosas.

Ally se dispuso a protestar por aquel comentario tan machista cuando se dio cuenta de que Fred estaba asintiendo. Cerró la boca y aceptó la mano que Chris le ofrecía. De un rápido tirón la tuvo pegada a su pecho, rodeándola con los brazos.

Todo lo demás dejó de existir.

Los hombres seguían hablando, pero ella no podía

oír sus palabras. El calor que emanaba del cuerpo de Chris y la sólida pared de músculo que la protegía hacían que la sangre le palpitara ensordecedoramente en los oídos. Cerró los ojos y aspiró profundamente, llenándose con su olor a virilidad. Sus sentidos se avivaron y experimentó un alocado impulso de restregarse contra él. Intentó sofocarlo, pero le resultó imposible.

Entonces Chris le dio un beso en el hombro, desnudo, y una descarga eléctrica le recorrió el cuerpo. Él la apretó en sus brazos y ella se derritió con la presión.

—¿Ally?

El susurro y el aliento de Chris le acariciaron la oreja y le provocaron un escalofrío. Intentó abrir los ojos, pero los párpados le pesaban demasiado.

—Se ha ido. Ya estás a salvo.

Las palabras la golpearon como un chorro de agua helada y la devolvieron a la realidad. Y una ola de rubor le cubrió el pecho y el cuello al darse cuenta de que había estado frotándose contra él como una stripper contra una barra.

Justo lo que le faltaba para que la humillación fuese total.

Capítulo 2

LA sensación de abrazar a Ally era realmente deliciosa, pero si no la soltaba enseguida iba a crearse una situación muy embarazosa para ambos. El vestido que llevaba ocultaba sus apetitosas curvas, pero teniéndola entre sus brazos podía sentir cómo encajaba a la perfección con él, como si fueran dos piezas de un puzzle. Su pelo, oscuro y rizado, olía a limón y le hizo cosquillas a Chris cuando fue agitado por la brisa.

Su petición de ayuda tal vez lo hubiera impulsado a abrazarla, pero en realidad solo le había proporcionado una excusa para tocarla, como llevaba queriendo hacer desde que Ally empezó a defender a Circe. Una necesidad que se había visto acuciada cuando esa basura con piernas había intentado acosarla.

Pero aquella bazofia ya se había marchado y Chris no tenía ningún motivo razonable para seguir abrazándola. Su cuerpo empezaba a reaccionar de una manera bastante incómoda y flagrante, y si no se separaba inmediatamente iba a aprovecharse de la situación.

De pronto sintió como ella se ponía rígida. Ally se apartó torpemente y carraspeó mientras su pecho y su cuello se cubrían de rubor.

«Tal vez no sea yo el único que ha sentido el contacto», pensó.

—Yo… bueno, em… —balbuceó ella. Cerró los ojos y respiró hondo—. Gracias por ayudarme. Fred no captó la indirecta de ayer, cuando intenté dejarle claro que no me interesaba. Puede que ahora se busque a otra víctima a la que acosar.

—Ha sido un placer —y tanto que lo había sido. Chris nunca se había dedicado a rescatar damiselas en apuros, pero empezaba a gustarle aquello de ser Lancelot.

Ally intentó apartarse y alisarse el pelo suelto que le caía sobre la cara y sonrió tímidamente. Pero al menos no había salido corriendo por el muelle, y eso le permitía albergar la esperanza de volver a tocarla.

—¿Te gustaría subir a bordo y ver el *Circe* por dentro?

Recibió una sonrisa radiante que iluminó sus bonitos ojos marrones.

—Me gustaría mucho. Nunca he estado en un barco o… yate.

—Puedes llamarlo barco, sin más.

—Bien, porque «yate» suena demasiado pretencioso —su sonrisa era tan contagiosa que Chris se puso a sonreír como un idiota mientras subía a bordo y le tendía una mano para ayudarla.

—Me cuesta creer que nunca hayas estado en un barco.

—Nunca. Bueno, una vez, en un campamento de verano, me monté en una canoa.

Chris se había pasado toda su vida a bordo o cerca de un barco. Veleros, lanchas motoras, botes de remos, remolcadores… Ya fuera construyéndolos, en regatas, como capitán o como simple tripulante. Nunca había conocido a nadie que no hubiera visto un barco de cerca.

Ally pareció tomarse la visita muy en serio, pues no dejó de hacerle preguntas sobre las velas, las cornamusas y cómo funcionaba todo. Pasó una mano por el timón y a Chris le hirvió la sangre en las venas al imaginarse esa mano acariciándolo a él.

—Este barco fue construido para participar en las regatas, por eso es de forma esbelta y depurada, sin adornos innecesarios que lo hicieran lento y pesado.

—¿Es eso lo que estás haciendo? ¿Ponerlo a punto para las regatas?

—No, su casco es demasiado pesado para competir con las embarcaciones modernas.

—Pero tú sí participas en regatas, ¿no? O es eso lo que quieres hacer…

Chris no salía de su asombro. ¿Sería posible que Ally no supiera con quién estaba hablando? Regatas Wells y Astilleros OWD habían consumido su vida hasta tal punto que hacía muchos años que no conocía a nadie que estuviera tan obsesionado como él. Y aunque una parte de él quería impresionar a Ally con sus credenciales, optó por mantenerlas en secreto. Era agradable pasar de incógnito para variar.

—Compito en las regatas… entre otras cosas —su abuelo iba cediéndole cada vez más poder y responsabilidades en Astilleros OWD, pero el principal interés de Chris seguían siendo las regatas.

Ally le sonrió.

—¿Y ganas alguna vez?

Chris no pudo evitar una carcajada.

—De vez en cuando.

—¿Es peligroso? —no lo miró a los ojos al preguntárselo, pero la forma excesivamente despreocupada con que tocó la línea de cubierta desmentía su interés.

—No mucho, la verdad. Puedes hacerte daño, pero es muy difícil que un accidente sea mortal.

Ally pareció relajarse.

—Menos mal… Mi hermano participa en carreras de motocross. Es muy fácil matarse haciendo esas cosas —asomó la cabeza por la escotilla—. No hay mucho ahí abajo.

—Como ya te he explicado, es una embarcación de carreras. Solo cuenta con lo indispensable.

Le gustaba verla explorar el *Circe*. O mejor dicho, le gustaba observarla a ella, sin más. La erección que acababa de reprimir volvía a darle problemas.

Ally se sentó en el borde del puente de mando y pasó las manos por la suave superficie de madera.

—Está muy bien. Gracias por habérmelo enseñado.

Incapaz de resistirse, Chris se sentó junto a ella. Lo hizo excesivamente cerca, pero Ally no se apartó.

—¿Te gusta?

—Sí, mucho. Me gusta aprender cosas nuevas —lo miró de reojo y se encogió de hombros—. He decidido que voy a dedicar las vacaciones a aprender muchas cosas. He venido sola y…

—¿Has venido de vacaciones al Caribe tú sola? —la interrumpió él.

—Es una larga historia, pero sí.

Chris se dispuso a hacerle otra pregunta, pero ella lo cortó.

—En serio, es una historia muy larga y aburrida. Pero ahora estoy aquí y quiero aprovechar el momento al máximo. He probado la comida exótica, he ido al spa a tomar baños de barro, y ahora estoy a bordo de un barco por primera vez. Yo diría que es un buen comienzo.

A Chris se le quedó grabada en la cabeza la imagen de Ally desnuda y cubierta de barro.

—Eres toda una aventurera…

Ella sonrió ampliamente.

—Yo no diría tanto. Pero, bueno, estoy dando los primeros pasos —cerró los ojos y se inclinó hacia atrás para disfrutar del sol. Era una postura inocente y natural, pero tremendamente erótica.

—Esto es maravilloso. La brisa y el agua son muy relajantes.

Chris estaba de todo menos relajado.

—¿Te gustaría salir? —le preguntó de sopetón.

Ally se incorporó y abrió los ojos, sobresaltada.

—¿Cómo dices?

—A navegar. ¿Te gustará salir a navegar mañana?

—Pues… no sé…

—Vamos. Será divertido.

—Nunca he…

—¿No habías dicho que ibas a dedicar tus vacaciones a la aventura?

Ally se removió incómodamente.

—Una cosa es ser aventurera y otra no saber nadar muy bien.

—Las probabilidades de que te caigas por la borda son insignificantes, a menos que saltes por ti misma.

Ally observó con desconfianza el estado del barco.

—Pero…

—No me refiero a salir en el *Circe* —dijo él, riendo—. Aún no está en condiciones de navegar. Pediré prestado un catamarán como aquellos de allí.

Ally miró hacia donde él le señalaba y asintió con la cabeza.

—¿No te parece algo demasiado grande para mi primera vez? ¿No podría ser algo más pequeño, como esos de allí? —señaló los botes amarrados al muelle.

—Ni hablar. Has de vivir una experiencia de verdad —bajó la voz en tono burlón—. Cuanto más grande, mejor…

Ella se mordió el labio, la viva imagen de la indecisión.

—Um…

—Iremos muy despacio para que te vayas acostumbrando. Será una experiencia muy agradable, ya lo verás —le acarició el brazo y notó como se le ponía la piel de gallina—. Te prometo que no iremos más rápido hasta que estés lista. Yo me ocuparé de todo mientras tú te dedicas a disfrutar.

Ally abrió los ojos como platos y soltó el aire suavemente.

—¿Aún estamos hablando de navegar?

Chris se mordió la lengua para no decirle lo que estaba pensando realmente.

—Pues claro. ¿Y bien? ¿Te animas? —Ally seguía dudando, como si algo la echara para atrás—. ¿Tienes miedo del agua, tal vez?

—No, no tengo miedo —apartó la mirada—. Es que… no sé nadar muy bien, ya te lo he dicho.

—¿Confías en mí?

Ella lo miró con una ceja arqueada.

—No hace ni una hora que te conozco. Claro que no confío en ti.

Tan sincera como un soplo de aire fresco.

—Eso duele —dijo él en tono jocoso.

—Pero tampoco desconfío de ti —corrigió ella con una sonrisa encantadora.

—Es un comienzo.

—Y además, me has salvado de Fred.

—Cierto. Creo que merezco algún premio.

—Si fueras un Boy Scout, te habrías ganado una insignia o algo así —volvió a morderse el labio—. Pero no creo que seas un Boy Scout.

—Sabes cómo herir a un hombre en su orgullo… Puede que no sea un Boy Scout, pero sí soy un buen marino. Conmigo no corres ningún peligro en el agua. Es más, te garantizo que disfrutarás de la experiencia.

—¿Y si empezamos mejor con un tamaño mediano? A partir de ahí ya me sería más fácil.

—¿Qué te parece si mejor te invito a cenar? Si después de eso te sigues decantando por el tamaño pequeño, saldremos en el bote. Pero estoy convencido de que acabarás apreciando la amplitud de miras.

Al ver como arrugaba la frente en una mueca de titubeo tuvo que contenerse para no agarrarla y llevarla abajo. Pero lo único que había eran dos estrechas literas, totalmente inadecuadas para lo que él tenía en mente.

—¿Una cena?

—Una cena, sí —corroboró él, fingiendo asombro—. No esperarás que salga a navegar con una mujer a la que apenas conozco, ¿verdad?

Ally se echó a reír y le dio un codazo.

—No sé qué esperar de ti, la verdad.

—Un buen rato, nada más —«para ambos».

—Vale —aceptó ella. Le tendió la mano y él se la apretó ligeramente en vez de estrechársela. Ella se levantó, visiblemente nerviosa, y se sacudió el vestido con su mano libre—. ¿Debo cambiarme de ropa?

—Estás muy bien así —el simple halago hizo que se pusiera colorada, y una extraña sensación le revolvió el estómago a Chris—. Yo, en cambio, tengo que ducharme. No puedes ir por ahí con un grumete sucio y maloliente.

Ally le apretó la mano en señal de disculpa.

—Fred es un idiota. Ese comentario estuvo fuera de lugar.

—Me han llamado cosas peores, te lo aseguro.

—Pero aun así…

Parecía tan angustiada que Chris se vio en la necesidad de consolarla.

—Olvídalo, Ally. Tú no eres responsable de lo que hagan los demás.

La única respuesta fue un simple encogimiento de hombros.

—¿Dónde te alojas? Te recogeré sobre las siete.

—En el Cordoba Inn. ¿Nos vemos en recepción?

Él asintió y la observó mientras ella subía al muelle. El *Circe* se balanceó cuando tomó impulso y su ausencia dejó un extraño vacío en la nave. Chris seguía admirando el contoneo de sus caderas cuando ella se dio la vuelta y se despidió con la mano. Un momento después ya se había perdido de vista.

Aquello sí que había sido un giro inesperado de los acontecimientos. Había ido a Tortola a hacerse con el *Circe* y se había encontrado a una mujer absolutamente deliciosa.

Su padre siempre decía que el *Circe* era una nave con suerte, y Chris acababa de constatarlo. Como buen marino, había aprendido a aprovechar los vientos favorables.

Bajó para buscar sus cosas de afeitado y lamentó que las reparaciones no estuvieran más avanzadas. Ni siquiera tenía instalada una cama en condiciones. No le importaba apretujarse en las literas, pero la cabina del *Circe* no era especialmente propicia para otras actividades aparte de las regatas. Algo que estaba dispuesto a solucionar, aunque no pudiera ser tan pronto como sería deseable. Llamaría a Grace para asegurarse de que no había ningún asunto urgente que atender y luego llamaría a su abuelo para tranquilizarlo por su prolongada ausencia.

Gracias al *Circe* podría permanecer lejos de la empresa, del *Dagny* y de su abuelo durante varias semanas. Estiró los brazos y tocó con los dedos la mampara del barco. Era un hombre libre.

Más o menos, se corrigió mentalmente cuando el teléfono lo avisó de un mensaje entrante.

Aquello podía esperar. Ally era mucho más interesante que una discusión sobre el velaje del *Dagny* o los negocios de OWD.

Agarró la bolsa de aseo y una camisa limpia y se dirigió al puerto para ducharse.

Ally consiguió mantener la compostura hasta estar segura de haber perdido de vista a Chris. Entonces se apoyó en una pared y soltó un largo suspiro, tan tembloroso como sus piernas.

¿Qué había pasado? ¿De verdad acababa de conocer a un Adonis de carne y hueso con el que había aceptado una invitación para… para…?

Técnicamente solo era una invitación para cenar y navegar, pero en el fondo sabía que había aceptado mucho más que eso. El interés de Chris iba más allá de llevarla a dar un paseo en barco. Hasta ella podía darse cuenta.

Pero seguía sin poder creerse que un hombre como Chris hubiera aparecido de repente en su vida. Los hombres como él solo aparecían en las fantasías eróticas o en las películas. No salían de la nada, como un sueño hecho realidad, ni se ponían a hablar con ella de mitología griega.

—Señor… adoro esta isla.

Se abrazó el estómago y se deleitó con la emoción. Sentía el impulso de buscar a aquella estúpida agente de viajes y darle un beso enorme. Miró el reloj y comprobó que solo quedaba una hora para la cita. Era poco tiempo, pero sin duda le parecería una eternidad. No era que tuviese prisa por comer, ni mucho menos. Las sensaciones que le abrasaban el estómago nada tenían que ver con el hambre.

Respiró hondo y se apartó de la pared, pero las piernas aún seguían temblándole. Era el estado físico más apropiado para reflejar su revuelo interior. Aquellas cosas no le pasaban a ella.

Pero le había pasado. Y estaba más que dispuesta a aprovechar la oportunidad.

Recorrió en un tiempo récord la corta distancia entre el puerto y el hotel y subió corriendo a su habitación. La luz del teléfono parpadeaba, indicando que tenía un mensaje en recepción, pero no le hizo caso. No le interesaban lo más mínimo las crisis de su familia.

Su vestuario era bastante limitado, ya que no había tenido en cuenta aquella eventualidad cuando hacía el equipaje. Toda su ropa era excesivamente discreta, insulsa y anodina… igual que ella. No tenía tiempo para ir a comprar nada más apropiado, por lo que tuvo que conformarse con uno de sus vestidos de playa, un poco más elegante y que no recordaba a un saco de patatas.

Volvió a ducharse y se esmeró en ofrecer el mejor aspecto posible, pero su pelo se negaba a ponérselo fácil. Finalmente se resignó a hacerse otra trenza y sujetar los mechones rebeldes lo mejor que pudo. A las siete y un minuto, respiró profundamente y bajó a recepción casi esperando que Chris no apareciera.

Pero allí estaba. Vestido con unos pantalones de lino holgados y una camisa, y con su pelo rubio peinado hacia atrás. Volvió a sentir mariposas en el estómago y el alocado impulso de sugerir una cena en su habitación.

Chris se inclinó para besarla en la mejilla. En cualquier otra circunstancia habría sido un saludo de lo más inocente, pero en aquel momento hizo que Ally se derritiera por dentro y que le temblaran peligrosamente las rodillas.

—Estás muy guapa.

—Gracias. Tú también —aquellos ojos azules iban a acabar con ella. Podría pasarse horas mirándolos, pero cuando se iluminaban con una sonrisa era…

—¡Señora Hogsten! —la voz del recepcionista fue como un jarro de agua fría en sus acalorados pensamientos. Suspiró con gran disgusto y echó de menos esos hoteles impersonales en los que nadie se preocupaba por recordar los nombres de los huéspedes.

—Smith, no Hogsten —lo corrigió—. O Ally, mejor.

—Por supuesto. Le pido disculpas —al menos ya no parecía compadecerse de ella, y miraba a Chris con una expresión divertida—. Hay un mensaje para usted.

—Gracias —aceptó el pedazo de papel y le echó un rápido vistazo. Era una nota para que llamara a casa inmediatamente. Pero no iba a hacerlo aquella noche, pensó mientras se guardaba el papel en el bolso y le dedicaba una sonrisa al hombre tan interesante que esperaba a su lado—. Vámonos.

—¿Va todo bien? —le preguntó él. La preocupación que reflejaban sus ojos parecía sincera, pero Ally no quería ver aquella expresión. Quería ver el brillo de interés que le suscitaba ella, no el papel que se había guardado en el bolso. El brillo que le provocaba un hormigueo por toda la piel y le aceleraba el corazón.

—Sí, mi familia intentando controlarme, ya sabes.

Los ojos azules de Chris volvieron a brillar y las mariposas volvieron a despertar en el estómago de Ally.

—Bien —dijo él. La tomó de la mano y la condujo hacia la puerta—. Hace una noche muy agradable y el restaurante no está lejos. ¿Te apetece que vayamos andando?

En aquel momento iría caminando con mucho gusto hasta el mismísimo infierno si él seguía mirándola de aquella manera. Una vez más tuvo que refrenar el impulso de arrojarse sobre él. Tenía que mantener la actitud más natural y despreocupada posible.

La noche era cálida y Ally aspiró profundamente la deliciosa fragancia de los hibiscos que impregnaba el aire. Era como estar viviendo una novela romántica, caminando por la noche en una isla tropical, de la mano de un hombre arrebatadoramente atractivo que…

—Parece que hay una confusión con tu nombre en el hotel…

No, no iba a permitir que la realidad estropeara aquel momento mágico.

—Sí. Bueno, es una…

—¿Larga historia? —concluyó Chris por ella, dedicándole otra de sus letales sonrisas.

—Exacto. Una historia muy larga y muy aburrida. ¿Por qué no me dices adónde vamos?

—¿Has probado alguna vez la sopa de pimientos?

—No, pero suena bien. Recuerda que esta semana estoy dispuesta a probar lo que sea y abierta a todo tipo de experiencias…

Chris se detuvo, tiró de ella bajo un enorme mango y le puso las manos en los hombros.

Ally se quedó sin respiración.

—Me alegro de oír eso, porque…

No hubo más advertencia. La boca de Chris descendió sobre la suya y Ally sintió el calor, la suavidad y la delicadeza de sus labios. Pero también sintió la tensión y contención de sus manos al subir hasta la cara y acariciarle las mejillas con los pulgares. Se puso de puntillas y lo rodeó con los brazos al tiempo que sus lenguas entraban en contacto.

Y en ese momento todo cambió.

Fue la clase de beso que daba origen a los mitos y leyendas pasionales. El calor que irradiaba el cuerpo de Chris hizo que la sangre le hirviera en las venas y que un incontenible deseo la acuciara a satisfacer sus necesidades primarias.

Nunca la habían besado de aquella manera. El mundo exterior se encogió en torno a ella hasta que lo único que existió fue Chris, la sensación de su tacto y el sabor de sus labios.

Recordó brevemente todos los besos que había desperdiciado con Gerry. Besos desganados, insípidos, y superficiales que jamás la habían hecho estremecerse como el beso de Chris.

Se sacó a Gerry de la cabeza y temió que le fallaran las piernas cuando Chris empezó a masajearle el cuero cabelludo, pero él la sujetó firmemente contra su cuerpo y Ally acabó por perder la poca cordura que le quedaba. Los labios de Chris le abrasaban la piel del cuello y la corteza del tronco del mango le arañaba la espalda, pero no le importaba.

—Ally… —le susurró, y ella se estremeció al oír el sonido de su nombre entre la bruma que la envolvía.

Abrió los ojos y lo encontró mirándola fijamente, con los dedos aún enredados en su pelo y los pulgares acariciándole las sienes. Sus caricias eran suaves y delicadas, pero sus ojos azules ardían de salvaje deseo.

Los dos respiraban en rápidos jadeos, y Ally se alegró de no ser la única afectada por la abrumadora fuerza del beso. No tenía mucha experiencia en esas cosas, pero podía ver que las sensaciones eran mutuas.

Le agarró con fuerza la camisa y tiró de él para exigirle más.

—Este no es el mejor lugar —dijo él.

Ally se dio cuenta, tardíamente, de que tenía razón. No había mucha gente en la calle, pero sí varias personas que los miraban con interés. Sorprendentemente, a Ally no le importó ni avergonzó lo más mínimo ser el centro de sus miradas.

—Creo que deberíamos parar… si es que aún pensamos ir a cenar —le soltó el pelo y ella sintió la trenza colgando a un lado de la cabeza mientras él jugueteaba con los mechones sueltos. Una triste sonrisa asomó a los labios de Chris.

¿A cenar? A ella le importaba un bledo la maldita cena. Lo único que quería era seguir probando al hombre que se apretaba contra ella como una especie de fantasía hecha carne.

Chris suspiró y se dispuso a apartarse, pero ella lo agarró rápidamente para impedírselo. Se vio invadida por la indecisión. Debería soltarlo. Debería ir a cenar. Debería comportarse como si nada hubiera pasado… La experiencia de toda una vida de responsabilidades y sentido común la instaba a refrenarse y dar marcha atrás.

Pero no quería hacerlo.

No quería, y aquella certeza la hizo estremecerse hasta las suelas de sus sencillas sandalias marrones. Aquel calzado práctico y discreto simbolizaba toda su existencia. Nunca había tenido zapatos sexys y bonitos, y mucho menos había tenido hombres como Chris.

Chris…

Él no se había movido desde que ella lo agarró con fuerza, y cuando Ally levantó finalmente la mirada y vio el brillo de interrogación en sus ojos, la decisión fue clara y rotunda.

—No tengo hambre, pero si quieres… conozco un sitio que lleva los pedidos a mi hotel.

Capítulo 3

ALLY debería llevar una etiqueta de advertencia pegada a la ropa. Sus palabras salieron inesperadamente de sus labios e impactaron en Chris con tanta fuerza que lo dejaron momentáneamente aturdido. Bajo aquella sensualidad y aparente inocencia se escondía una mujer extremadamente peligrosa para su salud mental.

Chris no había pretendido que el beso se le fuera de las manos. Simplemente había sido incapaz de pasar un segundo más sin probar sus labios. Sabía que ella no iba a rechazarlo, pero su reacción visceral y apasionada le había hecho perder el control de la situación.

No solo el control, sino el poco sentido común que le quedaba. Ally se merecía algo mejor que le comieran la boca bajo un mango y a la vista de una docena de curiosos.

Sintió como ella se ponía tensa y bajó la mirada a

su rostro… Y enseguida deseó no haberlo hecho. Los ojos de Ally lo miraban con un apetito voraz y los labios, hinchados y humedecidos, lo llamaban en un silencioso grito de deseo. Y a Chris dejó de importarle si estaban en un lugar público, bajo un mango a la vista de los curiosos.

Lo único que quería era sentir sus manos de nuevo.

—La comida puede esperar.

Ally ahogó un gemido y le agarró la mano mientras se daba la vuelta para regresar al hotel. Gracias a Dios no se habían alejado mucho y solo los llevó un minuto volver sobre sus pasos, si bien aquel minuto se les hizo eterno. A Ally le temblaban tanto las manos que no podía meter la llave en la cerradura. Chris tomó aire para calmarse y se ocupó de hacerlo él.

Había una lámpara encendida junto a la cama, que ofrecía un aspecto muy tentador con las sábanas dobladas por el personal del hotel. La ventana estaba abierta y la brisa nocturna hacía entrar los sonidos apagados de la isla.

Ally parecía incómoda al estar los dos solos en la habitación. Sus movimientos eran excesivamente rígidos cuando dejó el bolso en una silla e intentó sujetarse los mechones sueltos en la trenza torcida. No lo consiguió y dejó caer las manos a los costados. Y entonces Chris le quitó la cinta y liberó los rizos alrededor de sus tensos hombros.

—Deberías llevar el pelo suelto más a menudo, Ally —introdujo las manos entre sus cabellos y sintió como ella relajaba un poco los hombros.

Ally cerró los ojos y echó la cabeza hacia atrás para ofrecerle el cuello. Chris aceptó con gusto la ofrenda y le provocó un murmullo de placer al besarle la piel. El sonido vibró por todo su cuerpo al estrecharla de nuevo contra él.

El contacto la hizo despertar de nuevo y la tensión abandonó su cuerpo de inmediato. Chris se permitió unos momentos para disfrutar de la sensación. En esa ocasión podía hacerlo pacientemente, pues sabía que en muy pocos minutos tendría todo cuanto deseaba.

Pero Ally tenía otras intenciones. Lo agarró por los hombros y le apretó los labios con tanta insistencia que Chris renunció al propósito de ir despacio.

Ally se sentía como si estuviera ardiendo. Necesitaba desesperadamente tocar a Chris y demostrarse a sí misma que era real. Tenía que sentirlo pegado a ella y dentro de ella. Y lo necesitaba cuanto antes.

Los botones de la camisa de Chris cedieron fácilmente, y el pecho que había admirado horas antes se ofreció a sus ojos y sus manos para explorarlo a su antojo. Primero le trazó con los dedos los contornos de sus músculos, y cuando siguió el rastro con la lengua Chris ahogó un gemido de placer y le agarró con fuerza el pelo.

Impulsada por una osadía desconocida hasta entonces, se dispuso a desabrocharle los pantalones. Chris contrajo el vientre para facilitarle la tarea. La cremallera se deslizó sobre el bulto de la entrepierna y Ally apretó inconscientemente los muslos.

—Me toca —dijo él. Le sujetó las manos por encima de la cabeza y le quitó el vestido de algodón con un simple movimiento.

Ally se sintió extremadamente vulnerable por unos breves segundos, pero la sensación desapareció cuando Chris la tumbó en la cama. Una amplia extensión de piel bronceada se cernió sobre ella antes de que el peso de Chris barriera todo pensamiento de su mente.

Los besos se sucedieron acaloradamente en un frenético baile de lenguas, y cuando la boca de Chris se
desplazó hacia sus pechos Ally casi saltó instintivamente de la cama. Apenas se percató de la pérdida del
sujetador y del susurro de las bragas al deslizarse por
sus muslos.

El reguero de besos sobre el estómago y el vientre
la volvió loca. Intentó tocarlo, pero él la agarró de las
muñecas y la hizo aferrarse al cabecero de hierro. El
vello del torso le hacía cosquillas en la sensible piel de
sus pechos.

—Te dije que yo me ocuparía de todo —le recordó
él, mirándola intensamente con sus ojos azules—. Tú
solo tienes que quedarte quieta y disfrutar…

—Creía que te referías al paseo en barco —susurró
ella en una voz que le resultó irreconocible.

—No, no era eso lo que creías —replicó él con una
pícara sonrisa, y agachó la cabeza para capturarle un
pezón con los labios.

Ally fue incapaz de pensar en nada más.

—Esto es increíble —al cabo de una hora temiendo
caerse del barco, del yate o del catamarán, comoquiera
que se llamara, Ally empezaba a acostumbrarse y entender los atractivos de la navegación—. Me encanta.

—En ese caso, ¿podrías dejar de agarrarte al marco
como si fuera un salvavidas? Le estás haciendo un
daño irreparable a mi ego.

—Tu ego no corre ningún peligro —le aseguró
ella, aunque realmente se estaba aferrando al borde
del marco suspendido entre los dos cascos como si la
vida le fuera en ello. Se obligó a soltarse y extendió
los brazos para recibir el viento.

—Eso está mejor —dijo él, y se inclinó hacia ella para darle un beso.

Sí, definitivamente cada vez le gustaba más navegar.

O al menos navegar con Chris, quien parecía sentirse como pez en el agua manejando la embarcación con una destreza admirable y con el viento sacudiéndole el pelo. Ally recordaba vagamente su beso de despedida por la mañana, cuando le dijo que tenía cosas que hacer antes de que salieran a navegar. Una vez más temió no volver a verlo y no tuvo valor para pedirle que se quedara.

Por eso, cuando Chris se presentó a las diez de la mañana, con una sonrisa arrebatadora y una cesta de picnic, Ally tuvo que contenerse para no llevárselo otra vez a la cama y pasarse allí el resto del día.

Pero no se arrepentía de haber salido a navegar. Al menos podía seguir admirando su espectacular anatomía mientras él tensaba los cabos y ajustaba las velas. Llevaba unos shorts azules con la cintura tan tentadoramente baja que, habiéndose soltado del marco, Ally sentía la incontenible necesidad de volver a tocarlo.

Aún no podía creerse lo que le había pasado. Chris era demasiado perfecto para ser real. Y las cosas que le había hecho… Bueno, eran cosas con las que ella ni siquiera se había atrevido a fantasear. Solo con recordarlo se le endurecían los pezones y le ardía el vientre.

El pequeño catamarán tenía un gran defecto, y era la falta absoluta de intimidad. El diseño abierto de la embarcación los exponía a cualquiera que estuviese mirando, aunque tampoco se podía decir que se cruzaran con mucha gente en el agua. Por si acaso, se resignó a ponerle la mano en la pierna y desear que volvieran a la costa lo antes posible.

—¿Nos dirigimos a algún lugar en concreto?

Chris volvió a ajustar las velas y la pequeña embarcación dio un salto hacia delante al ser impulsada por el viento.

—Hay una pequeña cala que me gustaría explorar. Tengo entendido que está aislada del resto de la isla y que solo se puede llegar por mar.

A Ally le dio un vuelco el estómago ante la posibilidad de que Chris estuviera pensando lo mismo que ella.

—Pero aún nos queda un rato para llegar. ¿Qué te parece si me cuentas esa larga historia de por qué has venido a Tortola tú sola?

Ally puso una mueca de asco. La bonita fantasía que estaba viviendo se vio cruelmente torpedeada por los recuerdos de su amarga realidad.

—En pocas palabras, se suponía que iba a venir con alguien y el viaje ya estaba pagado. Hace unos meses hubo que cancelarlo y a mí no me apetecía perder el dinero. Ninguna de mis amigas pudo acompañarme, así que decidí venir yo sola.

—A ver si lo adivino. Ese «alguien» es un ex.

La imagen de Gerry, con sus cabellos rubios y petulante sonrisa, cruzó fugazmente por su cabeza. ¿Cómo había podido conformarse con alguien tan superficial?

—Un ex, sí. Gracias a Dios.

—Perfecto, por la cuenta que me trae.

Ally cambió de tema antes de que Gerry volviese a ponerla de malhumor.

—¿El *Circe* puede navegar así de rápido?

—No creas que vamos tan rápido. Tres o cuatro nudos, no más. El *Circe* alcanzará una velocidad mucho mayor.

Su voz se cargaba de orgullo cada vez que mencionaba al *Circe*.

—Y ese buque…

—Barco.

—Lo siento. Ese… barco significa mucho para ti, ¿no?

—Llevaba queriendo comprarlo desde hace mucho, y estoy muy satisfecho de que al fin sea mío. Pero ya has visto que necesita mucho trabajo. Un par de amigos míos han venido hoy para echarme una mano.

Ally se sintió culpable de que Chris hubiera dejado de lado las reparaciones del *Circe* por ella. Pero al mismo tiempo se alegraba de que lo hubiera hecho. Se estiró en el marco y se dio cuenta, gratamente sorprendida, de que debía de estar acostumbrándose a navegar para querer ponerse cómoda. O tal vez fuera la seguridad con que Chris pilotaba el catamarán. Era un hombre nacido para navegar, y eso la llevó a preguntarse a qué se dedicaría cuando no estaba en el mar.

—¿Dónde vives?

Chris le pasó una mano por el costado y la cadera hasta enganchar el pulgar en el bikini.

—Se podría decir que mi casa está allí donde esté el *Circe*.

—¿En serio? —no había pensado en aquella posibilidad. Solo había supuesto que… en realidad no sabía ni qué había supuesto—. Pero eres norteamericano, ¿no? Por tu acento diría que eres del sureste…

—Carolina del Sur.

—Yo soy de Georgia.

—No me digas… ¿De Savannah?

—Vaya… Eres bueno.

—En muchas cosas —meneó provocativamente las cejas y le acarició la cadera.

—No podría estar más de acuerdo —ella le pasó la mano por el muslo y sintió la reacción instantánea de su cuerpo. Chris la deseaba tanto como ella a él.

Todavía le costaba creérselo. Tan solo un par de días antes se veía a sí misma como una amargada, fracasada, mediocre y anodina. Y, sin embargo, allí estaba... Ally Smith, mujer fatal. Justo lo que más necesitaba para su ego.

El movimiento circular del dedo de Chris le recordó que no era su ego lo único que necesitaba atención. No podía ver los ojos de Chris tras las gafas de sol, pero sí podía sentir su mirada de depredador. Un escalofrío la hizo estremecerse a pesar de los ardientes rayos de sol.

Una vela ondeó con fuerza y Chris agarró rápidamente el cabo para amarrarlo a una cornamusa. Ally casi se alegró por la distracción y se recostó con los ojos cerrados para relajarse con la suave sacudida de las olas y la voz de Chris, a quien seguía sintiendo que la miraba.

Un golpe la sacó de su modorra. Abrió los ojos a tiempo de ver a Chris saltando al agua y se incorporó rápidamente.

—¿Qué pa...? ¡Ay!

—Te dije que tuvieras cuidado con la botavara.

Se giró hacia él y comprobó que la sacudida la habían provocado los cascos del catamarán al alcanzar la orilla. Chris tiró fuertemente de la embarcación y la sacó parcialmente del agua.

—¿Estás bien? —se acercó a ella con el ceño fruncido en una mueca de preocupación.

—Sí, muy bien.

—Pues vamos —le ofreció una mano y tiró de ella. El agua estaba fría, lo que le brindaba un agradable contraste con su piel tostada por el sol, y tan cristalina que podía ver sus pies en el fondo. Chris se adentró un poco más, tirando suavemente de ella, y Ally despegó los pies del fondo para flotar agarrada a su brazo. La playa estaba desierta y no había más barcos fondeados en la pequeña ensenada. Estaban completamente solos, y Chris se aprovechó de ello al colocarse las piernas de Ally alrededor de la cintura, clavarle las manos en las caderas y buscarle el punto más sensible del cuello con su boca.

—Tú y tu bikini me estáis volviendo loco —gruñó—. A punto he estado de hacernos encallar en el banco de arena —atrapó con los dientes el nudo de la parte superior del bikini y lo deshizo con un simple tirón. La soltó de las caderas para desatarle el otro lazo a la espalda y ella se vio obligada a agarrarse a sus hombros. Un segundo después el sujetador rosa flotaba hacia la orilla.

—Chris…

—No hay nadie aparte de nosotros. Y yo quiero verte bien.

Le capturó los labios para otro beso alucinante y Ally sintió como se desenganchaba de sus piernas para quitarle la parte de abajo del bikini. El bañador de Chris también apareció en la superficie mientras él volvía a rodearse con las piernas de Ally, pero esa vez no había ninguna prenda que los separara. Ally gimió y se frotó contra él, quien respondió con un sonido semejante.

El bikini apenas le había cubierto nada, pero estar desnuda en el agua era una experiencia totalmente nueva para ella. Jamás se había bañado desnuda, y la sensación le resultaba deliciosamente erótica. El agua le lamía unos pechos más sensibles que nunca y la posición en la que se encontraba le ofrecía a Chris un fácil acceso a su cuerpo. Con un brazo la sujetó firmemente por la cintura mientras con la otra mano le agarraba el pecho y le acariciaba el pezón.

—¿Alguna vez has hecho el amor en el mar, Ally?

—No… —consiguió responder ella con un hilo de voz.

Chris arqueó una ceja y aumentó la intensidad de sus caricias.

—En ese caso… me alegra que estés abierta a probar nuevas experiencias.

Ally soltó el aire en un débil y prolongado silbido cuando la lengua de Chris empezó a moverse en círculos alrededor del pezón. Se lo metió en la boca y el silbido se transformó en un fuerte jadeo. Desde luego que estaba abierta a nuevas experiencias, siempre y cuando Chris fuese su único guía. Mientras la hacía enloquecer con sus mordiscos, deslizó una mano entre sus piernas y con los dedos avivó aún más el fuego que la consumía incluso dentro del agua. Le metió un dedo y ella se apretó contra su mano en busca de un placer mayor. Él respondió ejerciendo más presión con la mano y aumentó su excitación con unos susurros al oído bastante subidos de tono.

Ally no pudo hacer otra cosa que agarrarse a él con todas sus fuerzas y clavarle los dedos en los hombros mientras el orgasmo la sacudía con una intensidad estremecedora.

Al abrir los ojos se encontró con la mirada fija y penetrante de Chris. La intensidad de sus ojos azules la traspasó y le provocó una emoción que no supo identificar, pero ni aun así apartó la mirada. En vez de eso lo besó y lo mantuvo pegado a ella para compartir la sensación. Chris retiró la mano de su entrepierna, pero no le dio tiempo para lamentar su ausencia, porque enseguida la agarró por los muslos, la levantó y la penetró con un movimiento rápido y deslizante. Ally dejó escapar un gemido ahogado y apretó las piernas hasta que sus cuerpos quedaron íntimamente unidos y los suaves temblores dieron paso a unas sacudidas y convulsiones más fuertes.

Todo cuanto la rodeaba pareció hacerse más nítido e intenso. El agua que le lamía la piel ardiente, las olas rompiendo contra la orilla, los rayos de sol en la espalda y los hombros, las palpitaciones de Chris dentro de ella, los frenéticos latidos de su corazón, sus jadeos entrecortados...

Entonces Chris empezó a moverse, sin dejar de sostenerla y guiarla, y los sentidos de Ally se concentraron exclusivamente en aquel hombre que la elevaba a un placer indescriptible. Confiaba ciegamente en él para que la sujetara y no la dejara hundirse mientras la hacía gozar como nunca. De modo que se abandonó por completo y gritó su nombre una y otra vez, al ritmo de sus embestidas. Un nuevo orgasmo volvió a sacudirla y sintió como él la apretaba con todas sus fuerzas y como se estremecían sus poderosos músculos.

—¿Aún tienes ganas de aventura, Ally?

Con un esfuerzo inmenso, consiguió levantar la cabeza de su hombro y abrir los ojos. La apetitosa boca de Chris se curvaba hacia arriba en una sonrisa desafiante.

—Por supuesto.

—Vamos a la orilla. Tengo una sorpresa para ti...

Estaba ebria, pero no por la botella de vino que había compartido con Chris en la cala. Su embriaguez se debía al sexo, al sol, al mar y, naturalmente, al hombre responsable de haberle hecho pasar el mejor día de toda su vida.

Chris la ayudó a bajar del catamarán, agarrándola por la cintura más tiempo del necesario, aunque a ella también le costaba quitarle las manos de encima. El sol empezaba a ocultarse cuando abandonaron su cala secreta y una luna llena y brillante dominaba el cielo, permitiéndole ver las arrugas que se formaban en los ojos de Chris al sonreírle.

Él la besó brevemente en los labios y le apartó el pelo de la cara.

—No me gusta nada dejarte aquí, pero tengo que devolver el catamarán y debo revisar algunas cosas en el *Circe*.

—Tranquilo. Me muero por darme una ducha y dormir un montón de horas seguidas… Me has dejado sin fuerzas, que lo sepas —se puso de puntillas para un último beso. Su intención era rozarle simplemente los labios, pero Chris le sujetó la cara entre las manos y la besó con una mezcla de dulzura y pasión que prendió otra vez la llama del deseo.

—Mañana —le susurró al finalizar el beso—, estate preparada para las diez.

—¿Preparada para qué?

—Es una sorpresa. Pero tráete un sombrero para que tu nariz no se ponga más colorada.

Ally arrugó la nariz y sintió el escozor de la quemadura.

—Estás adorable cuando haces eso —la puso mirando hacia el hotel y le dio una palmadita en el trasero—. Vete a dormir. Te veré por la mañana.

Subir por la playa hasta el hotel fue una ardua tarea para sus temblorosas piernas, pero lo consiguió y expulsó un profundo suspiro de satisfacción seguido de un gran bostezo. Miró de nuevo hacia la playa y vio el destello de las blancas velas a la luz de la luna mientras Chris devolvía el barco al puerto. Había sido, sin duda, el mejor día de su vida, y si Chris era fiel a su palabra el día siguiente podía ser aún mejor.

La recepción del hotel estaba casi desierta y Ally se percató de que era mucho más tarde de lo que había pensado. De camino a su habitación buscó la llave en el bolso.

—¡Señorita Smith! ¡Señorita Smith!

Contenta por haber dejado de ser la señora Hogsten para el personal del hotel, se dio la vuelta y vio al recepcionista acercándose rápidamente con unos trozos de papel rosado en la mano.

—Llevamos buscándola todo el día —dijo mientras le tendía los papeles.

Ally puso una mueca de exasperación, pero entonces advirtió la expresión del recepcionista y una corriente de adrenalina se propagó por sus venas.

—¿Qué? ¿Qué ha ocurrido?

—Ha habido un accidente, señorita Smith. Tiene que llamar a su casa inmediatamente.

Llegaba temprano a la cita, pero Ally no parecía el tipo de mujer a la que le importara. De no haber sido porque Victor y Mickey lo habían recibido con una larga lista de problemas cuando llegó al puerto la noche anterior, y por el mensaje para que llamara a su abuelo inmediatamente, habría estado tentado de dar media vuelta y acompañar a Ally en la ducha y en la cama.

Los problemas del *Circe* y la discusión telefónica

con su abuelo lo mantuvieron ocupado buena parte de la noche, pero todo volvía a estar en orden y Ally era de nuevo su prioridad. Unas pocas llamadas le habían bastado para pedir prestada *La Sirena*, un yate de veinte metros de eslora con todas las comodidades posibles y, lo más importante, un lujoso camarote para el capitán. La imagen de Ally estirada sobre las sábanas le aceleraba el corazón y lo hacía acelerar el paso. *La Sirena* estaba lista para zarpar, bien provista de comida y vino. Aquella noche atracarían en Virgin Gorda y al día siguiente podrían hacer esnórquel en Devil's Bay. Chris conocía además un sendero apartado que partía de la playa…

La atracción que sentía por Ally era un misterio, pero aquella embriagadora combinación de dulzura y sensualidad le había quitado un peso de los hombros del que hasta entonces no se había percatado. Victor y Mickey se habían burlado de su buen humor, diciendo que no lo habían visto tan contento desde que ganó la Copa América tres años atrás.

La respuesta de Chris fue ordenarles que para aquel día cambiaran el material de cubierta y enmasillaran las juntas.

La recepción del Cordoba Inn estaba desierta, y a la luz del día Chris pudo comprobar la pésima calidad del hotel. Ally haría bien en despedir a su agente de viajes por alojarla en un lugar tan lamentable. La habitación de Ally no estaba lejos de recepción, otro detalle que su agente de viajes debería haber tenido en cuenta, y Chris vio que la puerta estaba abierta.

Estupendo. Estaba lista para marcharse.

—Llévate el cepillo de dientes y una muda, porque no vamos a volver hasta…. —la habitación estaba vacía y la cama, despojada de las sábanas. Una limpiadora salía en aquel momento del cuarto de baño con los brazos cargados de toallas y se asustó al ver a Chris.

—¿Dónde está la mujer que ocupaba esta habitación?

—No lo sé, señor. Yo solo la estoy limpiando para el siguiente…

Chris no esperó a oír el resto. Volvió en pocas zancadas al mostrador y le hizo la misma pregunta al recepcionista.

—La señorita Smith ha dejado el hotel.

—Sí, eso ya lo veo. ¿Adónde ha ido?

—A casa, señor.

—¿Por qué?

—Al parecer su hermano ha tenido un accidente. La ayudamos a encontrar un vuelo y yo mismo llamé a un taxi para que la llevara al aeropuerto esta mañana, a las seis —parecía muy complacido consigo mismo. Era como si Ally sacara al Lancelot que había en cada hombre.

—¿Su vuelo ya ha salido?

—Sí, señor. El primer vuelo a San Juan salió a las siete y media.

Chris maldijo en voz alta y el recepcionista lo miró con ojos muy abiertos.

—Pero si es usted el señor Wells, la señorita Smith le ha dejado un mensaje.

Chris asintió y recibió una hoja con el membrete del hotel.

Chris…
Siento mucho marcharme de esta manera, pero ha habido una emergencia y mi familia me necesita. Me gustaría despedirme de ti en persona, pero el taxi me está esperando y mi vuelo sale dentro de una hora.

Gracias por el día tan maravilloso que me hiciste pasar ayer. Conocerte ha sido lo mejor de este viaje y nada me gustaría más que poder prolongarlo. Cuídate mucho. Espero que tú y Circe viváis juntos maravillosas aventuras. Besos. Ally.

¿Eso era todo? ¿Ni un número de teléfono? ¿Ni una dirección de correo electrónico? ¿Ni siquiera algo como «búscame si alguna vez te pasas por Savannah»? Lo único que le faltaba a aquel mensaje era «¡que te vaya bien!».

Ally se había marchado sin despedirse siquiera.

Capítulo 4

NO era la mejor manera de empezar un lunes. Ally se apoyó en el lavabo, respiró hondo y se lavó los dientes con el cepillo que tenía por costumbre llevar al trabajo. Se secó la humedad de los ojos y se alegró, al menos, de haber empezado a usar un maquillaje a prueba de agua.

—Te propongo un trato —le dijo a su barriga—. Tú me dejas digerir mi desayuno y yo te compro un coche cuando cumplas los dieciséis, ¿de acuerdo? —apenas lo había dicho cuando otro ataque de náuseas la hizo apoyarse en la puerta del baño—. ¿No? Pues tú te lo pierdes.

Apagó la luz y volvió a la oficina que compartía con su amiga y socia. Molly esperaba con una pastilla de menta y una botella de agua.

—¿Cuánto va a durar esto? —le preguntó Ally, aceptando con gusto el agua y el caramelo. La menta era una de las pocas cosas que le aliviaba las náuseas—. Según dicen los libros, seis semanas más si tengo suerte —se dejó caer en la silla y apoyó la cabeza en las manos.

—Estás de broma, ¿no? ¿Seis semanas más escuchando tus quejas cada mañana? —Molly arrugó el rostro en una mueca de preocupación y disgusto.

Ally tomó un sorbo de agua, pero las náuseas se habían esfumado tan rápido como habían aparecido.

—Siento ser una molestia para ti, Molls.

—No es eso. Es que me tienes preocupada.

Ally suspiró. Pagar su frustración con Molly la hacía sentirse como si le diera una patada a un perrito.

—Ya lo sé, y de verdad que siento mucho estar tan susceptible esta mañana. El doctor Barton dice que es normal, pero… ¿seis semanas más? Entre las náuseas por la mañana y el cansancio de las tres de la tarde no ha sido un primer trimestre muy bueno, que digamos.

—¿Quieres que te traiga algo? ¿Un refresco o unas galletas saladas?

—Ayúdame a encontrar los papeles de Miller. Este pequeño no solo me deja sin fuerzas, sino también sin neuronas.

Molly señaló una carpeta junto al codo de Ally.

—Por cierto, he hablado con el casero. Ha dicho que podemos quedarnos con el cuarto trastero pagando un poco más al mes. Se me ocurrió que podrías llevar allí tu mesa, junto a las cosas del bebé, y así tendríamos espacio para poner una mesa más amplia donde reunirnos con los clientes.

A Ally se le llenaron los ojos de lágrimas de emoción. Superada la sorpresa inicial, Molly se había puesto a diseñar la mejor estrategia posible para el negocio y en ningún momento había cuestionado la decisión de Ally de tener al bebé. Sin ella estaría perdida. Su madre, en cambio, parecía haberse llevado el disgusto de su vida y le echó en cara que ya nadie se quedaba embarazada por accidente. Ally tuvo que morderse la lengua para no recordarle el embarazo de Diane, la novia de su hermano, a quien nadie parecía haber sorprendido. Molly, tan sensata como siempre, le había dado una explicación lógica y coherente aunque no exenta de cierto resquemor: según ella, su familia estaba acostumbrada a que Ally fuese la más lista, prudente y razonable de todos, y seguramente temían que con su inesperado embarazo Ally fuese a dejarlos de lado en un futuro muy próximo. Molly no podía menos que compadecer a su familia por ser un atajo de inútiles incapaces de solucionar sus propios problemas sin la ayuda permanente de Ally.

—Otra vez estás llorando —observó Molly con el ceño fruncido.

—No, no… Es que se me ha metido algo en el ojo —se excusó ella, abanicándose con las manos.

—Eh, no te avergüences por ello. Yo también lloraría como una magdalena si me hubiera ido sola a mi luna de miel y hubiese acabado embarazada.

—Gracias por la ironía —tras recuperarse de la conmoción provocada por la prueba de embarazo, se había dado cuenta de que pertenecía a ese margen de error del dos por ciento de la píldora anticonceptiva.

Sería gracioso, si le hubiera pasado a cualquier otra persona.

Molly siguió tecleando en su ordenador y Ally intentó concentrarse en los libros de la imprenta Miller. Tenía que introducir sus nóminas en la base de datos e imprimir los cheques antes de su inevitable siesta de la tarde, pero le estaba costando más de la cuesta centrarse en el trabajo.

Desde que su avión despegó de San Juan había intentado sacarse a Chris de la cabeza, pero no lo había conseguido. Por un breve espacio de tiempo se había sentido como si fuera otra persona, a punto de embarcarse en algo desconocido y maravilloso, pero las obligaciones familiares la habían arrastrado nuevamente a la realidad.

Nada más aterrizar fue al hospital, temiendo encontrarse a su hermano en coma o algo peor. Pero Steven solo había sufrido un pequeño accidente con la moto y estaba despierto, lúcido… y en absoluto arrepentido por haberle arruinado las vacaciones a Ally. Al fin y al cabo, como su madre se había encargado de explicarle, Steven necesitaba a alguien que se ocupara de tratar con el departamento de cobros del hospital y que le transfiriera el dinero de una cuenta a otra para pagar las facturas.

Su inepta familia la había hecho perderse más días de ensueño con Chris. El resentimiento le duró hasta que se le retrasó el periodo, y para entonces ya había perdido toda esperanza de poder olvidar algún día a Chris.

Estaba embarazada del hijo de Chris, y aquel bebé siempre le recordaría los dos maravillosos días que habían pasado juntos en el Caribe. Cada vez que lo mirase, vería a su padre y…

No. Aquel hijo solo sería suyo. De ella y de nadie más.

Chris subió los escalones de dos en dos hasta su despacho, situado en la segunda planta de OWD. Sus mañanas seguían siempre la misma rutina: una hora en el gimnasio, unas cuantas horas reparando el *Circe*, un descanso para almorzar y luego a la oficina. Aquel día, sin embargo, fue a la oficina directamente desde el astillero, pasó junto a la mesa de su secretaria sin detenerse para que le diera los mensajes y se sentó ante el ordenador. Los daños en la quilla del *Circe* eran mayores de lo que había esperado, y había contactado con un amigo para pedirle consejo cuando él y Jack no se pusieron de acuerdo sobre el mejor procedimiento a seguir. Chris sacó unas fotos con el móvil, pero no pudo enviarlas enseguida y tuvo que ir a la oficina para hacerlo.

Sacó el cable USB del cajón y esperó a que los archivos se descargaran en el ordenador. Unos clics de ratón más tarde las fotos y las medidas habían sido enviadas a Pete. Las reformas del *Circe* marchaban a buen ritmo desde un punto de vista estético, pero la estructura seguía presentándoles problemas y Chris había tenido que demorar casi cuatro semanas su vuelta a casa, para regocijo de Victor y Mickey y consternación de su abuelo. Ojalá aquel problema con la quilla fuese el último...

Enviadas las fotos, cerró la cuenta de correo y vio que se había descargado otro archivo desde el móvil. Lo abrió, extrañado, y una imagen de Ally llenó la pantalla. El estómago le dio un vuelco al ver su pícara sonrisa. Se había olvidado de aquella foto por completo. La había sacado cuando se disponían a volver en el catamarán. El móvil se le cayó de la bolsa y Ally lo agarró antes de que fuera a parar al agua. Se lo devolvió a Chris y él le sacó una foto. Ella protestó, volvió a quitarle el móvil y lo distrajo con un beso.

Transcurrió otra hora antes de que zarparan.

Ally...

Tras él, en el tablón de anuncios, seguía teniendo

una nota con el nombre y el número de Ally. Cien dólares al recepcionista del hotel habían bastado para conseguir sus datos personales, pero la decepción y el disgusto por su brusca marcha, junto a los esfuerzos por llevar al *Circe* a casa de una sola pieza, habían reprimido la necesidad de encontrarla. Se la había sacado de la cabeza, aunque no de sus sueños, y había vuelto a su vida a pesar del amargo sabor de boca que le había dejado su inesperada desaparición.

Poco después de volver al *Circe* en vez de marcharse con Ally a bordo de *La Sirena*, Mickey se había burlado de él diciendo que era su justo merecido por lo que hasta entonces había sido su vida amorosa. Quizá no le faltara razón, pero aquella vez fue lo más cerca que estuvo Chris de partirle la cara a un compañero de tripulación.

No estaba seguro de por qué se había quedado con el número de Ally, ni por qué lo había clavado en el tablón junto a las fotos de sus regatas.

—¿Chris? —Marge, la secretaria de su padre, asomó la cabeza por la puerta—. Te he traído un sándwich.

Marge llevaba treinta años trabajando en la empresa y era más un miembro de la familia que una empleada. Ya tenía edad de sobra para jubilarse, pero decía que la oficina no podría sostenerse sin ella y aseguraba que tendrían que sacarla de allí en una bolsa. Ni Chris ni su abuelo estaban dispuestos a discutírselo, y mucho menos a echarla en contra de su voluntad.

Le dejó el sándwich en la mesa y le revolvió el pelo.

—Jack dice que habéis tenido un desacuerdo con el *Circe*.

El delicioso olor del sándwich le recordó a Chris que se había saltado el almuerzo por culpa de los problemas con la quilla.

—Jack siempre te lo está chivando todo. El *Circe* no es su barco.

—Y tú nunca te equivocas… ¿Quién es? —le preguntó al ver la foto de Ally que seguía abierta en la pantalla.

—Alguien que conocí en Tortola —cerró rápidamente la foto.

—¿Y la llevaste a navegar? Nunca llevas a nadie a navegar… —con un desparpajo impropio de una empleada, volvió a abrir la foto y la examinó atentamente—. Es muy guapa, pero no me parece tu tipo.

Chris volvió a cerrar la foto y retiró la envoltura del sándwich. Era de rosbif. Su favorito. Marge lo mimaba demasiado.

—Ally fue una equivocación.

—¿Ally? —Marge arqueó una de sus perfiladas cejas—. ¿La misteriosa Ally del número de teléfono, tal vez?

Chris casi se atragantó con un gran bocado de rosbif.

—¿Es que siempre tienes que enterarte de todo?

—Tienes el número apuntado ahí —señaló el tablón de anuncios—. Come.

Chris le dio obedientemente otro mordisco al sándwich mientras Marge examinaba el número.

—Tiene el prefijo de Savannah. ¿La has llamado?

—No, y no creo que vaya a hacerlo. Tengo mucho trabajo.

—Excusas… Si no lo la llamas es porque no quieres. Espero que la pobre no se quedara esperando tu llamada.

—Lo dudo —para eso tendría que haberle dejado su número de teléfono.

Marge se encogió de hombros y fue hacia la puerta.

—Es una pena. Ah, se me olvidaba. Tu abuelo quiere que lo pongas al corriente sobre el *Dagny* cuando tengas tiempo.

No, el Viejo no quería un informe sobre el *Dagny*, sino disuadir a Chris de que lo dejara. Su nueva táctica consistía en poner en duda los progresos con el barco.

Marge se marchó y Chris siguió comiendo mientras miraba el icono de la foto de Ally en el escritorio.

Qué demonios… Tendría que haberla llamado ya, aunque solo fuera para preguntarle por su hermano. Habría sido lo más correcto.

Cerró la puerta del despacho y marcó el número que tenía apuntado.

—Asesoría AMI. Soy Molly. ¿Qué desea?

¿Una asesoría? ¿Se habría equivocado de número?

—Busco a Ally Smith.

—En este momento no… no está en su mesa. ¿Quiere dejarle un mensaje?

Perfecto. Ya había llamado y cumplido con su parte. Su conciencia podía quedar tranquila y Marge no tendría motivos para reprocharle su actitud.

—Sí. Dígale que ha llamado Chris….

—¿El contratista? —lo interrumpió Molly, y siguió hablando sin darle tiempo a responder—. Genial. Ally me dijo que llamarías. Ella está ocupada, pero puedo darte la información yo misma.

—Yo solo… —volvió a empezar Chris, para nuevamente ser interrumpido por otro torrente de palabras.

—Por ahora solo queremos un presupuesto, no hay necesidad de empezar las obras enseguida. Al fin y al cabo tenemos hasta marzo para tenerlo todo listo —soltó una breve carcajada y siguió hablando—. Queremos convertir el cuarto trastero en un despacho para

Ally… ¿te dijo algo de la iluminación? El fondo de la habitación ha de poder oscurecerse para poner allí la cuna. Ella no cree que eso suponga un problema, pero a mí me parece que deberíamos ocuparnos de la instalación eléctrica cuanto antes, ¿tú qué dices?

Chris solo entendió una palabra de toda aquella monserga, pero bastó para congelarle la sangre.

—Perdone… ¿ha dicho algo de una cuna?

—Oh, no será una cuna muy grande, no vayas a pensar que la habitación es tan espaciosa —volvió a reírse mientras la palabra «cuna» seguía resonando en los oídos de Chris—. Solo es un cuartito para Ally y el bebé.

Ally y el bebé. Y Molly decía que tenían hasta marzo para acabar esas supuestas reformas. Chris hizo un rápido cálculo mental y concluyó que si Ally estaba embarazada debía de estarlo desde junio. Justo cuando él la conoció en Tortola. Ally le había dicho que rompió con su ex meses antes, lo que significaba que…

Una descarga de adrenalina le recorrió las venas.

—¿A qué hora cierran hoy?

—Estaremos aquí hasta las cinco y media, por lo menos. ¿Puedes venir esta tarde?

«Sin duda».

—¿Cuál es su dirección?

—West Jefferson, número cuatrocientos diecisiete, puerta C. Estaremos…

Chris colgó.

Ally estaba embarazada, y había una enorme posibilidad de que el bebé fuera suyo. Ella se había marchado de Tortola sin despedirse ¿y ni siquiera se había molestado en hacerle saber que estaba embarazada de un hijo suyo? Tal vez había intentado localizarlo y…

No, no era tan difícil dar con él. Chris Wells podía ser un nombre muy común, pero Ally sabía que era de Charleston y que estaba estrechamente vinculado al mundo de la navegación. Una simple búsqueda en Google bastaría para encontrarlo.

Conclusión: Ally no tenía la menor intención de decírselo.

Impulsado por un arrebato de ira, agarró las llaves y el móvil y salió a toda prisa del despacho. Marge estaba allí con Grace.

—Marge, dile al Viejo que mañana hablaré con él del *Dagny*. Grace, voy a estar fuera el resto del día.

Marge fue la primera en reaccionar.

—¿Adónde vas?

—A Savannah, maldita sea.

Aquello empezaba a ser excesivo. Las náuseas propias del embarazo siempre habían sido por la mañana. Pero si iban a durarle hasta la comida tanto ella como su bebé acabarían muriendo de inanición.

Se cepilló los dientes por tercera vez en lo que iba de día y volvió a su mesa, donde la esperaba el resto del almuerzo. Una mirada a la ensalada de tacos y guacamole hizo que el estómago se le revolviera otra vez.

—¿Qué pasa ahora? —le preguntó Molly con la boca llena de burrito.

—¿Te importa llevarte esto de mi mesa? No soporto el guacamole.

Molly, bendita fuera, cerró el recipiente de la ensalada y fue a tirarlo sin más preguntas. Regresó con más caramelos mentolados y a Ally se le pasaron las náuseas. Por el momento.

—Es una lástima —dijo Molly—. El guacamole es muy sano, y siempre te ha encantado.

—Pero no parece que sea del agrado del bebé, y no voy a tratar de imponérselo, te lo aseguro.

—Viendo como te has puesto del color del guacamole, te doy la razón. ¿Tortilla?

La tortilla parecía inofensiva. Si había sugerido que pidieran comida mexicana era por el antojo de algo salado y picante, pero en lo sucesivo renunciaría al guacamole.

—Por cierto, ha llamado uno de los hermanos Kriss mientras estabas indispuesta.

El caramelo de menta le supo delicioso con la salsa.

—Qué rápido. El encargado me dijo que estarían fuera de la ciudad hasta mañana.

—Creo que van a venir esta tarde para darnos un presupuesto —Molly arrugó la frente—. Aunque me pareció bastante grosero por teléfono. ¿Seguro que quieres encargarles las reformas a ellos?

—Michael Kriss le hizo las obras a mi madre el año pasado. Está entusiasmada con él.

—Tu madre se entusiasma con muchas cosas.

—Sí, pero cuando se trata de reformar o adornar Dingbat Cave es más crítica que nadie.

—En ese caso, me abstendré de opinar hasta que nos den el presupuesto.

Ally se tomó otro pedazo de tortilla.

—Por cierto… Erin me borró anoche de la lista de invitados para su boda.

—¿Cómo? —exclamó Molly, llena de asombro e indignación—. ¿Por qué?

—Porque para entonces estaré embarazada de siete meses y no quiere que mi barriga le robe atención en su gran día.

—¡Es intolerable! ¿Qué ha dicho tu madre?

—Mi madre aún no se ha recuperado de la última noticia de Steven.

—No sé si quiero saber de qué se trata…

—Mi hermano se ha hecho adepto de la Cienciología.

Molly escupió el agua sobre la mesa.

—¿Así, sin más? ¿Se levanta una mañana y decide que quiere entrar en una secta?

—Más o menos. Mi abuela asegura que estuvo a punto de darle un ataque al corazón cuando se enteró. Mi madre está convencida de que ya podrá entrar en la Junior League, y Erin asegura que Steven solo busca llamar la atención desde que se recuperó del accidente —se recostó en la silla y apoyó los pies en la mesa.

—¿Y tu padre?

—Mi padre se fue a pescar y aún no ha dicho nada.

—Erin solo quiere acaparar la atención en ella y su boda.

—Así es.

—Me alegro de que les prohibieras llamar aquí a menos que alguien se estuviera muriendo.

—Yo también. Anoche dejé el teléfono descolgado y me fui a la cama a las ocho. Estaba demasiado cansada para tratar con cualquiera de ellos.

—Muy bien hecho. ¿Puedo abofetear a Erin la próxima vez que la vea?

Ally volvió a dar gracias por contar con Molly y su inquebrantable lealtad.

—Al menos ya no tendré que ponerme ese horrible vestido verde.

Molly se puso a despotricar contra el clan de Ally, pero afortunadamente la interrumpió el teléfono antes de que decidiera matar a alguno de ellos. Una vez que Molly se encendía, era difícil sosegarla.

Ally introdujo las últimas cifras en el ordenador y pulsó el botón de Imprimir. Las nóminas de los clientes constituían el grueso de trabajo de la asesoría, y aunque la tarea de doblar los cheques y meterlos en sobres solía ser monótona y aburrida, aquel día era justo lo que necesitaba para olvidarse de su familia, sus problemas y las náuseas.

Dos horas después ya tenía todos los cheques listos. Empleó unos minutos en entrar en la cuenta bancaria de su madre y pagar las facturas, antes de entrar en su correo. Tenía cuatro mensajes de su hermana, pero no le apetecía leerlos en aquel momento.

Observó el montón de cheques que tenía en la mesa. Normalmente se encargaba Molly de entregarlos, pero la perspectiva de salir un rato de la oficina era muy tentadora. Dos de las empresas clientes estaban a corta distancia, y un paseo bajo el sol de agosto sería bueno para ella y para el bebé. Y además podría comprarse un batido al volver.

El sol la ayudó a despejar la mente, y el paseo por el barrio la puso de buen humor. Le encantaba el distrito del City Market y su amplia variedad de comercios y restaurantes. El alquiler de la oficina era bastante elevado, pero merecía la pena.

Entregó los cheques y se entretuvo en Franklin Square para disfrutar de la tarde. Al año próximo podría llevar allí a su hijo cuando necesitaran tomarse un respiro de la oficina. Se pasó por la heladería y compró un batido de plátano para ella y uno de mango para Molly.

Al girar en la última esquina vio un deportivo rojo aparcado frente al edificio. Al acercarse, la puerta del conductor se abrió y salió un hombre alto y rubio que a Ally le resultó vagamente familiar.

Lo reconoció un segundo antes de que el hombre se girase hacia ella. El corazón le dio un brinco de excitación, pero enseguida se le cayó a los pies como si fuera un bloque de cemento.

Con toda la naturalidad del mundo, como si tuviera motivos sobrados para estar justo enfrente de su oficina, Chris se apoyó en el coche y se cruzó de brazos, imitando la postura que adoptó en el muelle semanas atrás. Pero en aquella ocasión ofrecía un aspecto relajado, abierto y amigable. Ahora, en cambio, sus rasgos parecían esculpidos en piedra y hielo. Y al hablar lo hizo con una voz tan cortante que podría cortar el vidrio.

—¿Cómo estás, Ally?

Capítulo 5

A ALLY casi se le salió el corazón del pecho. Apretó inconscientemente el vaso que llevaba en la mano y se apoyó en un buzón para guardar el equilibrio.

«Respira. Tranquilízate».

—Esto sí que es una sorpresa —dijo, rogando por que la voz no le temblara demasiado. Le dedicó una tímida sonrisa a Chris, a la que él no respondió.

—Parece que están siendo días de sorpresas para ambos.

Ally no supo cómo tomarse aquellas palabras. De hecho, no sabía nada de nada. No sabía qué hacía Chris allí ni lo que ella debería decirle.

—Creía que seguías en Tortola, con el *Circe*. ¿Qué te trae por Savannah?

—Llevé el *Circe* a Charleston —hablaba en un tono seco e impersonal, sin el sensual acento sureño—. He venido a Savannah a buscarte.

Ally había soñado con aquel momento en más de una ocasión. Incluso con aquellas mismas palabras. Pero la realidad era muy diferente. En sus sueños, Chris le sonreía y sus ojos azules se rodeaban de arrugas. En aquel momento, sin embargo, la miraba con ojos fríos y arqueaba la ceja en una mueca desafiante.

Estuvo a punto de preguntarle por qué había ido a buscarla, pero se contuvo a tiempo. A juzgar por su expresión no creía que fuera a gustarle la respuesta. De modo que le formuló la siguiente pregunta más acuciante.

—¿Cómo me has encontrado?

—¿Quieres decir cómo te he encontrado sin que me dejaras un número de teléfono en tu breve nota de despedida? —le preguntó él en tono burlón—. Hoy día no es difícil encontrar a quien quieres encontrar, Ally.

El tono tan desagradable con que lo dijo le provocó un escalofrío y la hizo llevarse instintivamente la mano al estómago. En el último segundo se detuvo, pero a Chris no se le pasó por alto y la miró con ojos entornados.

—Mi pregunta es ¿por qué no me buscaste tú a mí?

«Es imposible que sepa lo del embarazo. Dale cualquier respuesta y sal de esta como puedas».

—Lo pasé muy bien contigo, en serio, pero se acabó y ya está. No tenía intención de marcharme tan pronto de Tortola ni sabía que tú fueras a estar tan cerca de Savannah —era cierto. ¿Por qué tenía que ser Chris precisamente de Charleston? ¿Por qué no podía ser de Florida o de alguna otra parte, bien lejos de allí?—. Me pareció que lo mejor era olvidarlo.

Chris se bajó del coche y dio un paso hacia ella.

—No me refiero a eso y lo sabes —le dijo con una voz profunda y amenazadora—. Solo te habrían hecho falta cinco minutos para encontrarme si hubieras querido. Y tendrías que haberlo hecho en cuanto lo supiste.

«Lo sabe». Oh, Dios… Lo sabía. El pánico le impidió respirar. ¿Cómo podía haberse enterado? Era imposible.

—¿En cuanto supiera qué?

—No te hagas la tonta, Ally. Estás embarazada. De seis semanas si los cálculos no me fallan. Y hace seis semanas estuviste conmigo.

Las náuseas volvieron a invadirla. Se tambaleó peligrosamente y Chris la agarró por el codo.

—¿Estás bien?

Ally tomó aire, aspirando también el olor de Chris, y lo soltó lentamente. El juego había acabado.

—¿Cómo te has enterado?

Chris apuntó con la cabeza hacia la oficina.

—Tu socia… ¿Molly?, me lo dijo hoy cuando llamé por teléfono.

Ally necesitaba sentarse, pero no había ningún asiento en la acera. La situación la sobrepasaba. La alegría que podría haber sentido porque Chris la llamase antes de saber nada del bebé fue rápidamente desplazada por el deseo de retorcerle el pescuezo a Molly.

Respiró hondo varias veces, pero no conseguía calmarse.

—Por tu reacción deduzco que el bebé es mío.

No pudo hacer otra cosa que asentir con la cabeza. Los mareos le impedían hablar.

—¿Y no tenías intención de decírmelo? —su voz era cada vez más dura. Aquel no era el Chris que la había llevado a navegar. El Chris que la había hecho reír y gritar de placer.

—Yo solo…

—¿Sí o no, Ally?

—¡No! Quiero decir… Sí —por encima del hombro de Chris vio que Sarah, la dueña de la librería al otro lado de la calle, la miraba con preocupación.

Un rápido vistazo alrededor le hizo ver que Sarah no era la única que los estaba mirando. De momento nadie parecía dispuesto a intervenir, pero el número de curiosos aumentaba. Al menos su oficina no daba a la calle, porque si así fuera Molly ya estaría exigiendo saber qué ocurría.

—Oye —le dijo en voz baja—. No puedo hablar de esto. Este no es el momento ni el lugar.

Chris también notó el interés que estaban provocando y asintió.

—Vale.

Aliviada, Ally dejó los batidos en el buzón y buscó un papel y un boli en su bolso.

—Te llama…

—¿Dónde vives?

Ally levantó la cabeza tan bruscamente que sufrió un tirón en el cuello.

—¿Qué?

—Tenemos que hablar, y tu casa parece el lugar más apropiado.

Ally se esperaba un poco de tiempo, al menos. Una mínima oportunidad para recuperarse y planear una estrategia.

—Pero…

—O aquí y ahora o en tu casa. Tú eliges.

¿Cómo se atrevía a presentarse allí de esa manera y empezar a darle órdenes? Ella no tenía que elegir nada. No necesitaba más disgustos ni preocupaciones. Debería dejarlo con la palabra en la boca y marcharse, pero el sentimiento de culpa se lo impedía. A decir verdad, Chris tenía motivo para estar furioso con ella.

Mientras se debatía consigo misma vio como Chris apretaba más la mandíbula y supo que no iba a conseguir librarse. De modo que cuanto antes se enfrentara a la situación, mejor.

—Mi casa está a diez minutos de aquí. Tengo que recoger mis cosas y decirle a Molly que me marcho. Salgo dentro de dos minutos.

Chris volvió a asentir de manera casi imperceptible. Estaba tan tenso que se le marcaban las venas del cuello.

Ally consiguió calmarse lo suficiente para abrir la puerta de la oficina y entrar. A duras penas, como si fuera un zombi, dejó el batido de mango en la mesa de Molly y se derrumbó en una silla.

A Molly se le iluminó la cara al agarrar su bebida.

—Gracias… Mmm —tomó un sorbo y entonces miró a Ally—. ¿Te encuentras bien? Estás muy pálida. ¿Vas a vomitar otra vez?

«Posiblemente».

—Estoy bien.

Los diez últimos minutos, más el temor de lo que aún le quedaba por delante, la habían dejado emocional y físicamente agotada.

—Un hombre vino preguntando por ti hará unos veinte minutos.

A Ally se le escapó una risa histérica.

—Oh, ya nos hemos visto en la calle.

—Era guapísimo. ¿Quién es? ¿Está soltero?

Una enorme fatiga que nada tenía que ver con el embarazo se apoderó de ella. Se frotó los ojos y apoyó la cabeza en las manos.

—Molls… por favor, dime cómo se te ocurrió decirle a un desconocido por teléfono que estoy embarazada.

La indignación casi hizo que Molly se atragantara con su batido.

—¡Yo no se lo he dicho a nadie!

—¿Ah, no? Chris me ha dicho que llamó hoy a la oficina y que tú le dijiste que yo estaba embarazada.

—¿Chris? ¿Quién es Chr….? ¡Oh! —hizo un mohín con los labios—. Llamó un hombre que dijo ser Chris, y yo creí que era de uno de los hermanos Kriss, los contratistas. Le comenté por qué queríamos reformar el trastero y… Espera un momento… ¿Me estás diciendo que el hombre que ha estado aquí hace un momento es….? —de repente pareció que todas las piezas encajaban para Molly—. ¡Oh, Ally! Lo siento. Lo siento mucho, de verdad. No me extraña que estés tan pálida.

Una risa histérica volvió a brotar de labios de Ally. Fue a su mesa y apagó el ordenador.

—Me voy a tomar el resto de la tarde libre. Te veo mañana.

—Claro. Vete a casa y descansa. Ya hablaremos de esto mañana, aunque tengo que decirte que ese hombre estaba para…

—Molly.

—Vale, vale. ¿Qué te ha dicho?

—Digamos que no le hizo mucha gracia que yo no intentara dar con él cuando descubrí que estaba embarazada.

—Te dije que debías avisarlo. Tiene derecho a saberlo.

—Lo sé —volvió a sentir mareos y se sentó—. Pero ya tenía bastantes complicaciones, y además, creía que él vivía a bordo de un barco en el Caribe.

¿Cómo iba a saber que vivía en Charleston y que no era un espíritu libre? Como si yo necesitase a otro…

—¿Otro Gerry?

—Exacto. Ya tuve bastante con un chico guapo sin trabajo y por nada del mundo estaba dispuesta a mantener a otro. Por lo que yo sabía, Chris Wells podía ser otro Gerry en potencia.

—Espera un momento —los ojos de Molly se abrieron como platos—. ¿Chris Wells? ¿De Charleston? ¿El Chris Wells de Charleston?

—Sí, ¿qué pasa? ¿Quién es «el Chris Wells de Charleston»?

—Ya decía yo que me resultaba familiar. Por Dios, Ally… Ya sé que no querías ponerte en contacto con él, pero ¿es que ni siquiera buscaste su nombre en Google por pura curiosidad? —se puso a teclear rápidamente en su ordenador.

—No quería saber nada de él. Así me era más fácil olvidarlo. Oye, me está esperando ahí fuera, y en estos momentos no es que sea el hombre más paciente del mundo.

—Que espere. Ven y mira esto —giró el monitor mientras Ally se sentaba frente a ella.

El corazón le dio un vuelco al ver la foto de Chris, a bordo de un velero, sonriéndole a la cámara. Aquel sí era el Chris al que recordaba, no el hombre indignado y furioso que la esperaba en la calle.

—¿Y?

Molly exhaló un profundo suspiro.

—¿Nunca has oído hablar de los Astilleros OWD, en Charleston? La W es de Wells. OWD es el patrocinador de Regatas Wells, y el nieto del dueño, Chris, es quien capitanea sus embarcaciones. El equipo Wells ha ganado todas las regatas importantes en los últimos cinco años, incluida la Copa América. No hay quien pueda con ellos. Por Dios, Ally, encontrarlo era lo más fácil del mundo. Chris Wells es el Tiger Woods del mar.

Ally empezó a asimilar lentamente las palabras de Molly, corroboradas por la información que aparecía en la pantalla.

—¿Cómo sabes tú todo esto?

—Cuando salía con Ray siempre estaba escuchándole hablar de buques y regatas. Parecía no saber de otra cosa.

—Barcos, no buques —la corrigió Ally de manera inconsciente. No se podía creer lo que estaba viendo. Chris no solo era un personaje famoso, sino que algún día heredaría los Astilleros OWD.

Pero le había mentido. Le había dicho que participaba en algunas regatas y que de vez en cuando ganaba. Sí, claro… Era el dios de la navegación y, sin embargo, la había hecho creer que… Bueno, en realidad no le había mentido, pero tampoco había sido del todo sincero.

Fuera como fuera, él ya no era el único que estaba furioso. Sin importarle que la estuviera esperando, siguió navegando por internet y descubriendo más datos interesantes con cada página web que visitaba. Cuando finalmente oyó las campanillas de la puerta, anunciando la entrada de Chris al haber perdido la paciencia, Ally ya no sentía tan asustada ni insegura.

—¿Estás lista, Ally? —le preguntó de malos modos, pero a Ally ya no le importaba lo enfadado que pudiera estar.

Molly intentó distender la situación. Le ofreció la mano a Chris y se presentó a sí misma.

—Antes no nos hemos presentado como es debido. Soy Molly, la socia de Ally.

Chris se limitó a asentir con la cabeza, sin apartar los ojos de Ally. Pero ella le sostuvo la mirada y se negó a darle la satisfacción de acobardarla. Recogió sus cosas y se levantó. Era hora de zanjar aquel asunto de una vez por todas.

—Sí, ya estoy lista. Vamos. Hasta mañana, Molls.

Chris observó a Ally dirigiéndose hacia su coche y subiéndose sin esperar a que él la ayudara. Algo había cambiado en ella en los últimos minutos. Su aprensión inicial parecía haberse transformado en un profundo recelo e irritación.

Aparte de la dirección que le dio al arrancar, no volvió a abrir la boca en todo el trayecto. Chris no entendía su enfado. A fin de cuentas, él era el único que tenía derecho a indignarse allí. Al verla torcer la esquina su cuerpo había reaccionado de la misma manera que semanas antes. Pero la expresión de Ally al reconocerlo sofocó aquel deseo y respondió a las preguntas que él se había hecho a sí mismo en el viaje desde Charleston. Estaba embarazada. El niño era suyo. Y ella no había tenido intención de decírselo.

Al descubrir que sus sospechas no eran infundadas, una furia ciega se había apoderado de él y lo había hecho desahogarse con ella de un modo cruel e injusto. No había manejado la situación como tenía pensado, y la culpa empezaba a remorderle la conciencia.

La única pregunta que aún no había sido contestada era por qué, pero en el estado actual de Ally no era muy probable que obtuviese una respuesta satisfactoria.

—¿Cómo te sientes? —le preguntó para intentar aligerar la tensión y el remordimiento.

Ella arqueó las cejas y pareció lista para atacar, pero en vez de eso cerró los ojos y tomó aire.

—Cansada. Las mañanas son muy duras.

—¿Y eso es normal?

—Sí, por desgracia —curvó los labios en una media sonrisa y, por un breve instante, Chris vio a la misma mujer de Tortola que lo había fascinado con su incapacidad para ocultar sus reacciones. Pero el momento pasó tan rápidamente como había llegado y una sombra de disgusto volvió a oscurecer el semblante de Ally.

—Gira a la izquierda. Es la casa de la esquina.

El edificio victoriano de dos plantas destacaba elegantemente entre las casas vecinas. Era una construcción bonita y en buen estado, a pesar de su antigüedad. Chris había estado tan absorto que no se había percatado de que estaban dirigiéndose hacia el centro del barrio histórico de Savannah.

—¿Esa es tu casa? —le preguntó sin disimular su asombro.

Ally subió los escalones de la entrada e introdujo la llave en la cerradura.

—Yo solo ocupo la planta baja. Puede que no sea la heredera de unos astilleros ni haga contratos multimillonarios, pero me las apaño bastante bien.

De modo que sabía quién era. Tal vez no lo hubiera sabido cuando se conocieron, pero en algún momento parecía haber hecho los deberes. Y eso significaba que podría haber contactado con él de haberlo querido. Chris volvió a enfurecerse.

Las sandalias de Ally resonaron en el suelo de parqué y los altos techos mientras atravesaba la sala para sentarse en un sofá rojo. El apartamento encajaba con su forma de ser, o al menos con lo poco que él sabía de ella. Era anticuado y al mismo tiempo moderno.

Viendo la estancia se sorprendió por lo absurdo de la situación. Una mujer a la que apenas conocía estaba embarazada de un hijo suyo.

—¿No querías hablar? —le preguntó ella—. Pues habla.

Chris ya no contaba con el elemento sorpresa, y Ally debía de sentirse con la ventaja de estar en casa.

—¿Desde cuándo lo sabes?

—¿Que estoy embarazada? Desde hace tres semanas.

—¿Y en todo ese tiempo no se te ocurrió que debías decírmelo? —se puso a andar de un lado para otro frente al sofá que ella ocupaba, confiando en que el gasto adicional de energía mantuviera su temperamento bajo control.

—¿Para qué? Que yo supiera, tú vivías a bordo de un barco en algún lugar del Caribe y te liabas con una chica distinta cada noche.

—¿Y por eso decidiste que este marino no merecía saberlo? ¿Era lo bastante bueno para acostarse contigo una noche, pero no lo suficiente para ayudarte a criar un hijo?

—No se trata de ser lo bastante bueno, Chris. Lo único que intentaba era ser racional.

—Cuando descubriste quién era yo, tampoco pensaste en decírmelo porque…

—Me enteré de que tú eras el gran Chris Wells hace veinte minutos, por lo que no afectó a mi toma de decisiones.

—¿Esperas que me crea que en ningún momento intentaste averiguar más sobre mí al descubrir que estabas embarazada?

Por primera vez en aquella conversación tan absurda, Ally pareció perder la paciencia.

—Para serte sincera, ya tenía bastantes cosas de las que ocuparme como para encima ponerme a buscarte.

—Oh, claro… ¿Buscar al padre del bebé? Qué tontería.

La expresión de Ally se relajó y su voz adoptó un tono más conciliatorio.

—No te lo tomes como algo personal. Me encantó el tiempo que pasamos juntos, pero solo fue una aventura de verano. Se acabó y no hay más que hablar.

Chris le señaló el vientre.

—Me permito discrepar al respecto.

Ally suspiró y se frotó la cara.

—Oye, tengo las hormonas disparadas, estoy muerta de cansancio, a duras penas puedo mantener los ojos abiertos y no he comido en todo el día. No puedo soportar tanta hostilidad y no le encuentro ningún sentido a que nos sigamos gritando. Vayamos al grano, ¿de acuerdo?

Chris aún tenía muchas cosas que decirle, pero solo un cerdo sin escrúpulos seguiría agobiando a una mujer embarazada. No era bueno para el bebé.

Su bebé…

Una furia ciega lo había dominado desde que Molly, sin pretenderlo, dejara caer la noticia. Pero hasta ese momento no comprendió finalmente la magnitud de la situación. Iba a ser padre. Y aún más sorprendente era darse cuenta de que… deseaba serlo.

Tenía que sentarse. Eligió un sillón frente a Ally y asintió para animarla a seguir.

Ally respiró profundamente antes de continuar.

—No intenté buscarte porque no creí que tuviera sentido. No me pareciste el tipo de hombre que quisiera tener nada serio, y no pensé que fuera a hacerte mucha gracia enterarte —él abrió la boca para interrumpirla, pero ella siguió hablando—. Está claro que me equivoqué, y te pido disculpas por ello. Yo no pretendía quedarme embarazada, pero quiero a este bebé. Tú no tienes que preocuparte por nada. Tengo un buen trabajo y mucha gente que me apoya. No espero recibir nada de ti.

La idea de retorcerle el cuello a Ally le resultó extremadamente tentadora.

—¿Y si yo sí espero algo? También es mi hijo, no lo olvides.

Los rasgos de Ally se contrajeron en una mueca de horror. ¿Sería posible que en ningún momento se hubiese parado a pensar que aquel niño, o niña, iba a tener un padre?

—Bueno… Seguro que encontramos una solución. Un régimen de visitas o…

—Eso no es suficiente.

—¿Entonces qué quieres? —guardó un breve silencio y se echó a reír—. No pretenderás que nos casemos…

Era una posibilidad que Chris no había considerado hasta ese momento. Demonios, él no había tenido tres semanas para tomar decisiones. Solo había tenido tres horas.

—¿Por qué no?

—Te estoy hablando en serio.

—Yo también.

—No quiero casarme en estos momentos de mi vida —una sombra cruzó fugazmente su rostro.

—Yo tampoco quería, pero ahora que lo dices, las circunstancias han cambiado.

Su observación pareció prender una chispa en el interior de Ally. Se levantó de un brinco y se puso a andar y gesticular frenéticamente con las manos.

—¡No tenemos que casarnos solo porque yo esté embarazada! Hay otras…

—No voy a consentir que solo se me permita ver a mi hijo algún que otro fin de semana —ya había tenido bastante con el divorcio de sus padres.

—¿Qué quieres?

Antes de darse cuenta de lo que hacía, Chris se levantó y la agarró por los brazos.

—Quiero ser parte de la vida de mi hijo. ¡Quiero ser su padre!

Ally se zafó de su agarre.

—Es lo que te estoy ofreciendo. Solo tenemos que encontrar el modo más ventajoso para ambos. Charleston está solo a un par de horas de aquí…

Por increíble que pareciera, Ally estaba convencida de que él iba a aceptar su disparatado plan.

Pues estaba muy equivocada.

—Maldita sea, Ally…

—¿Qué? —exclamó ella—. ¿Cómo te atreves a presentarte aquí y empezar a darme órdenes? ¡Es mi hijo y seré yo la que tome las decisiones!

Chris dio un paso adelante, y ella lo dio hacia atrás.

—¿Tu hijo? ¿Te has quedado embarazada tú sola? Ese niño es mío tanto como tuyo.

Ally levantó la cabeza en gesto desafiante.

—A lo mejor te he mentido y no es tuyo.

—No me pongas a prueba, Ally —le advirtió él—. O puede que te arrepientas.

—¿Me estás amenazando?

—No es una amenaza. Es una advertencia. O si lo prefieres… una promesa.

Ally se puso colorada y apretó fuertemente los labios.

—¡Fuera!

Chris se mantuvo firme en su sitio.

—La conversación no ha acabado…

—Sí, sí que ha acabado —cruzó el salón y agarró el teléfono—. Vete de aquí o llamaré a la policía.

—¿Y ahora quién está amenazando?

—Sal de mi casa ahora mismo.

Nadie lo había provocado nunca como Ally, y si no se marchaba de allí cuanto antes tal vez dijera o hiciera algo de lo que se arrepintiera más tarde. Abrió la puerta y le lanzó una última advertencia.

—Esto no acaba aquí. Ni mucho menos.

—Desde luego que acaba aquí. Adiós, Chris.

Le cerró la puerta en las narices y se oyó como echaba el cerrojo.

¿De verdad pensaba Ally que eso era todo y que ella tenía la última palabra? Tal vez así hubiera sido en Tortola, pero las circunstancias habían cambiado drásticamente.

Se sacó el móvil del bolsillo y llamó a su secretaria antes incluso de subirse al coche.

Ally iba a llevarse una sorpresa muy desagradable.

Hirviendo de ira e indignación, Ally fue a la cocina a por agua antes de que las rodillas le cedieran. Echó hielo en el vaso y bebió lentamente mientras maldecía a Chris por hacerle perder los nervios.

Ella nunca perdía los nervios. Era la única que conservaba la calma mientras todo el mundo se descontrolaba y desquiciaba a su alrededor. Molly siempre había alabado su tacto y diplomacia, una habilidad adquirida y perfeccionada tras pasarse años aguantando a su familia. ¿Por qué tenía que fallarle justamente en ese momento? En vez de comportarse con la circunspección que la caracterizaba y haber llegado a un acuerdo justo y razonable, solo había conseguido perder los estribos y empeorar aún más la situación. ¿Dónde estaba su afamada serenidad, afabilidad y mesura? Tenían que ser las hormonas. Aquel embarazo le estaba causando estragos.

La neblina roja empezó a disiparse y se vio asaltada por una inquietante duda. No conocía mucho a Chris, pero algo le decía que había cometido un grave error al provocarlo. Los cinco minutos que había pasado leyendo sobre él en Google le habían revelado que procedía de una de las familias más ricas y poderosas de Charleston y que era una figura idolatrada en el mundo de la navegación. Si Ally hubiera cedido antes a su curiosidad, no se habría encontrado en una posición tan desventajosa al reencontrarse con él.

Pero el dinero y el aspecto no lo eran todo. Gerry rebosaba atractivo y encanto y, sin embargo, era un completo inútil en quien Ally había invertido cuatro años de dinero y esfuerzo sin recibir a cambio más que su colada. Los hombres como él creían que el mundo giraba alrededor de ellos, y Ally ya había aprendido la lección de la forma más dolorosa posible. Su hermano Steven era un buen ejemplo. Arrebatadoramente apuesto y atractivo, las chicas se morían por él desde el instituto. Pero no era más que un crío inmaduro y egoísta que consideraba un privilegio para los demás besar el suelo que pisaba. A su novia, Diane, la habría abandonado mucho tiempo atrás si no se hubiera quedado embarazada. Y ni siquiera la inminente paternidad podía hacerlo madurar.

Entre su hermano y Gerry tenía experiencia de sobra para saber que más le valía alejarse de tipos como Chris.

Le mandó un mensaje a Molly para decirle que todo iba bien y que iba a echarse una siesta. El cansancio de la tarde era mucho peor después del enfrentamiento con Chris. Bajó las persianas para oscurecer la habitación y se quitó los zapatos para acostarse vestida. Nada más cerrar los ojos, sin embargo, apareció la imagen de Chris bajándose del coche, dándose la vuelta y clavándole la intensa mirada de sus ojos azules. Y estando sola y medio dormida, no pudo ignorar un hecho incuestionable: el corazón le había dado un vuelco al verlo y, por una fracción de segundo, todo su cuerpo había respondido con una excitación visceral.

Capítulo 6

LO peor del trabajo de Chris era el papeleo. No tenía paciencia para repasar las páginas y más páginas de cifras e informes que llenaban su mesa cada día. Preferiría estar en los astilleros haciendo algún trabajo manual, aunque fuera soldando, lo cual detestaba, antes que encerrarse en el despacho tras una ingente montaña de papeles.

Pero, como su abuelo se encargaba de recordarle a diario, OWD seguía siendo una empresa familiar y Chris debía cumplir con su parte al ser el único heredero que dejaba.

Aquella situación no tardaría en cambiar y en pocos meses habría un nuevo Wells en la familia. La noticia del embarazo de Ally, y la posibilidad de que un bisnieto pudiera heredar la empresa algún día, había llenado de gozo al Viejo, quien siempre había estaba un poco decepcionado con Chris por no formar una familia como hacía todo el mundo. En los últimos años lo había estado agobiando sin descanso para que se casara y se pusiera a procrear. El sueño del Viejo era que Chris tuviese muchos hijos, si no con Ally con alguna otra mujer, pero aquel primer bisnieto servía al menos para que se olvidara del *Dagny*, aunque solo fuera temporalmente.

Chris entendía la preocupación de su abuelo, pero en los últimos veinte años se habían producido grandes adelantos en el mundo de la navegación y el *Dagny* contaba con toda la tecnología y medidas de seguridad de las que había carecido el *Fleece*, el barco de su padre. Dar la vuelta alrededor del mundo en solitario seguía siendo peligroso, de acuerdo, pero las probabilidades de que corriera la misma suerte que su padre eran mucho menores.

De modo que, fueran cuales fueran las esperanzas y los planes del Viejo, él seguía decidido a anunciar su gran reto en la fiesta anual del club el diez de septiembre. Así tendría tiempo para que la noticia se propagara antes de zarpar en octubre, pero no tanto como para que el acontecimiento perdiera interés.

Hasta entonces, sin embargo, le quedaban muchos informes de cuentas y acciones. Resignado, pero decidido a acabar con ello en el menor tiempo posible, se sumergió de lleno en el mar de papeles y se concentró de tal modo en la tarea que ni siquiera se enteró de que Marge había entrado en su despacho hasta que un gran sobre manila aterrizó en su mesa.

—El mensajero de Dennison and Bradley ha traído esto para ti. ¿Puedo preguntarte por qué ese tiburón merodea tanto por la oficina últimamente?

Marge siempre se refería al abogado de su abuelo como «ese tiburón». Chris ignoraba de dónde procedía esa extraña animadversión. Marge se llevaba bien con todo el mundo, pero siempre se ausentaba cuando Dennison visitaba la oficina, y siempre hablaba de él con desprecio a sus espaldas.

—Se está ocupando de unos asuntos por mí —abrió el sobre y sacó las copias de los documentos que le había enviado a Ally aquella misma mañana.

—Eso es lo que me preocupa —Marge frunció el ceño y se sentó frente a la mesa tras cerrar la puerta del despacho. También ella había recibido la noticia del bebé con una mezcla de alegría y asombro, pero desde entonces no dejaba de hacerle preguntas sobre sus planes de futuro—. Tu abuelo me matará o despedirá, pero no pienso quedarme callada otra vez.

—¿Otra vez? —los dos sabían que su abuelo no haría nada de eso.

—Cuando entré a trabajar aquí no sabía nada y no podía meterme donde no me llamaran. Pero después de haber visto lo que pasó... —sacudió tristemente la cabeza—. Porter no deja de hablarme de ese bisnieto, y si ha llamado a ese tiburón de Dennison es porque piensa hacer lo mismo que él y tu padre, que en paz descanse, le hicieron a tu pobre madre.

—¿Mi pobre madre? —Chris tuvo que contener la risa—. Mi madre consiguió lo que quería de aquel divorcio. Consiguió su libertad.

—Te equivocas. No era eso lo que Elise quería. Tú eras demasiado pequeño para entenderlo, pero tenía la esperanza de que con los años descubrieras la verdad. Tal vez lo hubieras hecho si Paul siguiera vivo, pero después de su muerte Porter cerró filas en torno a ti. Es un buen hombre, y yo siempre he creído que su comportamiento se debió al enfrentamiento que mantuvo con Paul y al dolor por haberlo perdido. Pero ya no estoy tan segura.

Chris nunca le había oído a Marge ni una sola crítica hacia el Viejo. Tampoco la había visto nunca dudar a la hora de decir lo que pensaba, por lo que aquello debía de ser importante.

—¿Te importa empezar desde el principio?

—Tus padres empezaron a lo grande. Elise era una persona muy tímida e insegura y no pudo resistirse al encanto y atractivo de Paul. Igual que les pasa a las mujeres contigo… —le dedicó una sonrisa de orgullo y afecto—. Pero a diferencia de ti, Paul nunca se dejó convencer para entrar en la empresa y, con el beneplácito de Porter, siempre estaba por ahí, participando en regatas, ganando trofeos y conquistando mujeres. Tu madre fue incapaz de seguir ese estilo de vida y le pidió el divorcio.

—Y mi padre se lo concedió.

—Al principio sí. Un par de años después, conoció a un buen hombre y quiso casarse con él. No hubo ningún problema, hasta que le dijo a tu padre que se iría a vivir a California después de la boda y que tenían que acordar un nuevo régimen de visitas. Tu abuelo se llevó el disgusto de su vida, y nunca olvidaré cómo tu madre se marchó de aquí, llorando de impotencia y dolor. Entonces entró en acción ese tiburón de Dennison y se puso a atacarla despiadadamente con toda clase de órdenes de restricción y papeles de custodia. Elisa se vio incapaz de responder a la ofensiva que se le vino encima.

Chris tuvo un vago recuerdo de su madre al teléfono, aferrando unos papeles en la mano y llorando. Miró los documentos que Dennison le había enviado y se sintió invadido por un fuerte sentimiento de culpa.

—Veo que empiezas a entenderlo —observó Marge—. Sometieron a tu madre a un acoso legal hasta que ella no pudo seguir resistiéndolo. Y luego, para rematar la jugada, te hicieron creer que ella te había abandonado.

Marge había sido la encargada de consolar a Chris después de que su madre se marchara. Y a la vista de lo sucedido era fácil saber por qué. Un profundo rencor prendió en el estómago de Chris, pero no tenía contra quién dirigirlo. Su padre estaba muerto. Su madre estaba muerta. Y Marge había manejado la situación lo mejor que había podido.

En cuanto al Viejo… no tenía mucho sentido volcar su ira contra un anciano de setenta años quien además era el único pariente que a Chris le quedaba.

—Lo que quiero decirte con todo esto, Chris, es que si esos papeles son lo que creo que son… y por tu cara sé que no me equivoco… no lo hagas. No les hagas a Ally y a tu hijo lo mismo que te hicieron a ti. Seguro que encuentras otra solución. Ella no se merece esto, y tu hijo merece tener a su madre.

Se recostó en la silla y juntó las manos en su regazo, señal de que había dicho todo lo que tenía que decir. Ahora le tocaba a Chris enfrentarse al dilema. Tenía mucho que pensar, y necesitaba planear su próximo movimiento con sumo cuidado.

El interfono de su mesa emitió un zumbido, seguido de la voz de Grace.

—Señor Chris, hay aquí una… ¡Eh, espere! —en ese momento se abrió la puerta del despacho y apareció Ally, respirando agitadamente, el pelo alborotado y un sobre manila en la mano.

—¡Maldito cerdo! ¿Cómo te atreves…? —la rabia ahogó sus palabras.

Grace apareció inmediatamente detrás de ella.

—Lo siento. He intentado detenerla.

Tres mujeres miraban fijamente a Chris. Grace con una expresión de disculpa. Marge con ojos interrogadores. Y Ally… Menos mal que las miradas no mataban.

Demasiado para poder pensar con tranquilidad.

Si Ally hubiera tenido un arma, la habrían detenido por homicidio. Le había costado un poco comprender la jerga legal de aquellos documentos, pero al asimilar su contenido se vio invadida por una furia como nunca antes había experimentado. Incluso la imperturbable Molly había empezado a despotricar contra el sistema judicial.

Fuera de sí, se saltó los límites de velocidad de dos Estados para ir al encuentro de Chris. Y ahora que lo tenía frente a ella no deseaba otra cosa que hacerlo pedazos, sobre todo porque él tuviera el descaro de parecer sorprendido al verla.

No podía hablar. Todas las frases que había ensayado en su frenética carrera por la autopista se le atascaban en un doloroso nudo en la garganta.

Mientras la secretaria rubia seguía echando chispas tras ella, una mujer de edad madura se levantó de la silla que ocupaba frente a la mesa de Chris, se dio la vuelta y miró a Ally con unos ojos llenos de preocupación y, extrañamente, afecto.

—Tú debes de ser Ally. En persona eres aún más bonita —su amable sonrisa y la palmadita que le dio en el brazo le parecieron algo surrealista a Ally—. Vámonos, Grace.

Sacó a la alborotada secretaria del despacho y cerró la puerta tras ellas, dejando a Ally a solas con Chris, quien parecía excesivamente tranquilo e impasible para lo que había hecho.

—¿Por qué no te sientas? —le ofreció él, rodeando la mesa y señalándole la silla que la mujer acababa de dejar vacante.

¿Habría entrado en una dimensión desconocida, como en aquella serie de terror *En los límites de la realidad*?

—No, creo que no. Si me sentara, serías capaz de usarlo en mi contra más tarde.

El muy cretino movió ligeramente la cabeza y se sentó en el borde de la mesa.

—Esperaba recibir hoy una llamada tuya, pero no que te presentaras aquí en persona.

Molly le había sugerido lo mismo, arguyendo, no sin razón, que la distancia física facilitaría la discusión con Chris sobre sus intolerables demandas. Pero ella estaba tan furiosa que no atendía a razones ni consejos.

—Pones en duda mi capacidad para ser madre, exiges mi historial médico y me mandas una orden que me confina a Georgia o Carolina del Sur, ¿y encima te extraña que venga a verte en persona? A lo mejor es tu salud mental lo que deberíamos poner en tela de juicio.

—Todo ha sido cosa de mi abogado. Yo solo le dije que quería a mi hijo y que tú no estabas dispuesta a llegar a un acuerdo.

¿Cómo se atrevía a echarle la culpa a ella?

—¿Y por eso me echas toda esta porquería encima? —arrojó el sobre en la mesa—. Pues déjame que te diga que no te saldrás con la tuya. No vas a conseguir la custodia de mi hijo. Antes tendrás que vértelas conmigo.

—No podrás impedírmelo.

Ally apretó los puños hasta clavarse las uñas. La ira volvía a enturbiarle la vista.

—Estamos en el siglo XXI. Ningún juez en el mundo fallaría en tu favor. Yo no estoy incapacitada para ser madre —levantó el mentón en gesto desafiante. De aquello sí estaba completamente segura. No había persona más competente que ella.

—Puede que no, pero te costará mucho dinero demostrarlo.

Ally se quedó sin aire en los pulmones ante la afirmación de Chris, quien se encogió despreocupadamente de hombros.

—Odio ser yo quien te lo diga, pero no importa si puedo hacer o no lo que está en ese sobre. Mis abogados te presentarán una demanda tras otra y te verás obligada a responder a todas ellas.

La posibilidad de una larga y extenuante batalla legal la hizo pensárselo dos veces. Poco importaba que tuviera la ley de su parte: las repercusiones serían horribles, no solo para ella, sino también para su familia, para Molly y para su hijo. Especialmente para su hijo.

—Con el dinero se puede comprar a los mejores abogados y asesores legales, Ally.

Tenía razón. Ella carecía del dinero para presentar batalla en los tribunales. Se quedaría en la ruina si intentaba responder únicamente a una pequeña parte de lo que había en aquel sobre.

El alma se le cayó a los pies. Había cometido un terrible error al provocar a Chris, y para empeorarlo todo aún más había dejado que el orgullo y la rabia la condujeran hasta allí, a la cruel constatación de su derrota.

Chris pareció leerle el pensamiento, porque volvió a indicarle que se sentara y lo mismo hizo él.

—Quizá ahora te muestres más dispuesta a negociar.

¿Negociar? ¿Ellos dos solos? Ally temía que fuera una trampa, aunque el rostro de Chris era la viva imagen de la cordialidad y la conciliación.

Cuánto le gustaría matarlo allí mismo…

—¿Quieres decir que todo esto no era más que… una táctica de amedrentamiento?

El alivio y la duda se mezclaron con los restos del arrebato anterior, dejándola sin fuerzas y con la cabeza dándole vueltas. Por mucho que quisiera marcharse de allí, necesitaba tomar asiento.

—No, no es solo una táctica de amedrentamiento. Si no llegamos a una solución razonable, haré todo lo que haga falta hacer. Espero sinceramente que no sea necesario.

Ally intentó ordenar sus caóticos pensamientos, pero la mirada de aquellos ojos azules no la ayudaban en nada. Se había pasado los tres últimos días intentando saber qué hacer, y seguía estando tan lejos de encontrar una solución como cuando echó a Chris de su casa. Tenía que decidir lo que era mejor para el bebé sin olvidar lo que sería mejor para ambos a largo plazo. Pero la inesperada llegada de Chris había hecho trizas todos sus planes de futuro.

Y luego había recibido aquel sobre lleno de demandas y ya no pudo pensar en nada más. La repentina voluntad que mostraba Chris al diálogo le recordó todos los problemas que arrastraba, a los que había que añadir la sospecha de que no iban a gustarle nada aquellas negociaciones.

El disgusto había mantenido a raya las náuseas matutinas, pero de nuevo volvían a invadirla. Sacó la bolsa de galletas saladas que llevaba en el bolso y masticó una muy despacio. Chris frunció el ceño, salió del despacho y volvió al cabo de un minuto con un vaso de plástico.

—Es ginger ale. Te sentará bien.

Ella asintió, agradecida, y bebió con cuidado. Respiró hondo unas cuantas veces y las molestias cesaron.

—Supongo que no querrás hablar de esto mientras almorzamos, ¿verdad?

Ally alzó la vista y vio el brillo de humor en sus ojos. ¿Le resultaban divertidas sus náuseas? La próxima vez le vomitaría en los zapatos, a ver cuánta gracia le hacía.

—Prefiero las galletas.

Lógicamente, estar en el despacho de Chris con aquel terrorífico sobre encima de la mesa, esperando a oír lo que quería de ella, no la ayudaba a sentirse mejor. Chris tenía la sartén por el mango, y ella tenía la culpa por haberlo provocado. No le quedaba más remedio que olvidarse de su estómago y concentrarse en que Chris mantuviera una actitud razonable.

—¿Cómo está tu hermano?

El cambio de tema la desconcertó y por unos momentos se quedó mirándolo sin saber qué decir.

—Tu hermano tuvo un accidente y por eso te marchaste de Tortola de aquella manera tan repentina, ¿no?

¿Cómo lo había descubierto?

—Ya está mejor. Tuvo un accidente en una carrera de motocross. No fue nada grave, pero mi madre se llevó un susto de muerte, como siempre, y yo tuve que ocuparme de todo…

«No le des más munición que pueda usar contra ti», se ordenó a sí misma. Su familia de chiflados no solo la llevaba por la calle de la amargura, sino que podría inclinar en su contra la balanza de las negociaciones. Sencillamente genial.

—Ya sabes cómo son las madres —añadió para intentar quitarle importancia.

Chris no respondió. Se recostó en la silla y cruzó los tobillos, mucho más relajado de lo que estaba ella.

—Y tienes un negocio con tu mejor amiga… Interesante. Eres contable, ¿no?

Aquella información sí que podía corroborarla sin temor alguno. Nada relacionado con AMI podría ser usado contra ella.

—Me dedico a la contabilidad, nóminas, impuestos… De todo. Me gradué en Contabilidad y Finanzas, y Molly es censora jurada de cuentas —no podía decirlo sin que se llenara la boca de orgullo—. Llevamos trabajando juntas seis años y siempre hemos tenido beneficios. Nuestra clientela no para de crecer y hemos ganado varios premios de… —se detuvo al ver la sonrisa de Chris—. ¿Qué te hace tanta gracia?

—Esto no es una entrevista, Ally. No tienes que leerme tu currículum.

—¿Entonces para qué preguntas?

—Solo intento conocerte un poco mejor. Vamos a tener un hijo y apenas sabemos nada el uno del otro —arqueó sugerentemente una ceja—. En Tortola no nos dedicamos precisamente a hablar.

Ally apretó inconscientemente los muslos al recordar cómo habían pasado su tiempo juntos. No había vuelto a pensar en ello desde que Chris apareciera inesperadamente delante de su oficina y le volviese la vida del revés. Pero ahora estaban solos, él estaba a su alcance y le sonreía con una peligrosa complicidad…

Ni hablar. Sofocó los recuerdos y se concentró en el momento. Chris quería jugar a conocerse, pero ella solo quería acabar con aquello cuanto antes y decidir cuál debía ser su próximo movimiento. El suspense la estaba matando.

«No vuelvas a contrariarlo. Conserva la calma y sé diplomática, como tú sabes».

—¿Te importa volver al asunto que tenemos entre manos? Te pido disculpas por lo del otro día, y está claro que tienes derecho a formar parte de la vida de tu hijo. Quiero resolver esto amistosamente, pero tienes que decirme exactamente lo que quieres —satisfecha consigo misma, se echó hacia atrás en la silla.

Chris pareció pensarlo unos momentos.

—¿Estás segura de que no quieres casarte?

Oh, Señor…

—Segurísima.

—A mí me parece la mejor solución.

—Y a mí me parece una garantía segura de que dentro de unos años nos volveríamos a ver en esta situación, solo que entonces estaríamos discutiendo también el divorcio junto al acuerdo de custodia —no estaba lista para pensar en casarse con nadie. Había escapado por los pelos de un matrimonio desastroso con Gerry, pero esa huida le había pasado factura—. Tú mismo has dicho que apenas nos conocemos, y el sexo no basta para sostener un matrimonio… por bueno que sea —maldición, otra vez había tenido que mencionar el sexo.

Chris se inclinó hacia delante, hasta quedar a escasos centímetros de ella. A Ally se le aceleraron los latidos y se le calentó la piel.

—¿Buen sexo, dices? Di mejor «increíble», Ally —le bajó un dedo por el brazo, poniéndole el vello de punta—. Y podría ser peor. Al menos ya sabemos que en ese aspecto somos compatibles.

Compatible era decir poco. Todo el cuerpo de Ally se lo pedía a gritos.

—Para, Chris —le ordenó sin mucha autoridad,

pero para su asombro y alivio, él retiró la mano y volvió a echarse hacia atrás. Ally tomó una gran bocanada de aire para despejarse, pero el olor de Chris seguía impregnando el espacio que los separaba y complicaba seriamente la situación.

«Enfádate. No dejes que las hormonas te confundan».

No era ella la única que parecía tener problemas para controlarse. Chris se pasó una mano por el pelo y sacudió la cabeza, soltó ruidosamente el aire y se levantó.

—Vamos —le ofreció la mano—. Te llevaré a ver el *Circe*.

Ally no entendía nada. A ese paso iba a necesitar un mapa o una hoja de instrucciones para tratar con Chris.

—¿Por qué? Aún tenemos que…

—Hoy no vamos a encontrar ninguna solución, Ally. Estamos en extremos opuestos. Solo estamos de acuerdo en que apenas nos conocemos, así que el siguiente paso debería ser conocernos mejor el uno al otro. Tenemos tiempo antes de tomar cualquier decisión en firme, y el proceso sería mucho más fácil si fuéramos amigos. Por eso voy a llevarte a los astilleros a enseñarte cómo van las reformas del *Circe*.

Ally titubeó. No confiaba en su capacidad de discernimiento y raciocinio tras el arrebato de locura que había sufrido esa mañana, y tampoco entendía los súbitos cambios de actitud en Chris. Quería pensar que era sincero, pero por el rabillo del ojo seguía viendo el odioso sobre en la mesa. Su traicionero cuerpo, lógicamente, estaba más que dispuesto a la amistad que le proponía Chris y a cualquier otra cosa que pudiera surgir, y su cerebro, ofuscado por las hormonas, seguía pensando en lo que pudo ser y no fue. Solo una ínfima parte seguía pensando de manera racional e intentando sofocar el aluvión de emociones y sentimientos contradictorios. La mezcla le provocaba una terrible jaqueca mientras intentaba tomar una decisión.

Entonces Chris le sonrió y Ally a punto estuvo de claudicar ante las encantadoras arrugas de sus ojos. Él tenía razón en una cosa: independientemente de cómo solucionaran los detalles, iban a estar unidos el resto de sus vidas a través del niño.

Seis semanas antes se había acostado con él, y aquella decisión le había cambiado la vida para siempre. Ahora tenía que decidir cómo quería vivir esa vida, y no le parecía que el rencor fuese la mejor opción, ni para ella ni para el bebé.

—Tú quieres tener a este niño, ¿verdad?

—Sí.

Opciones, decisiones… Tenía que elegir con rapidez. Estaba atrapada entre Escila y Caribdis, y el *Circe*, irónicamente, le ofrecía un pasaje seguro entre aquellos dos monstruos. La Odisea de Homero le inspiraba un respeto cada vez mayor…

Pero eso no significaba que fuera a someterse sin más.

—¿Estás dispuesto a llamar a tu abogado ahora mismo y decirle que no haga nada?

—Sí, estoy dispuesto a ser razonable siempre que tú lo seas.

—Pues hazlo —dijo ella. Aceptó su mano y dejó que la levantara—. Y luego puedes enseñarme el *Circe*.

—Has hecho un gran trabajo. Tiene mucho mejor aspecto ahora que la última vez que lo vi —comentó

Ally, impresionada, pasando una mano sobre los asientos nuevos del puente de mando—. Y la cabina va a quedar preciosa… Parece que el *Circe* ha dicho definitivamente adiós a las regatas.

Los inmensos astilleros OWD siempre rebosaban de actividad, pero casi todos los hombres se habían ido a comer y reinaba un cavernoso silencio. Contento por la intimidad del momento, Chris observaba a Ally mientras ella exploraba con interés el barco. Parecía haber aceptado su invitación como una tregua, pero seguía mostrándose desconfiada.

La llegada de Ally, justo después de las sorprendentes revelaciones de Molly, lo había dejado perplejo y aturdido. Pero Chris estaba acostumbrado a tomar decisiones con rapidez y aprovechar cualquier oportunidad que se le presentara, y estaba secretamente complacido por la forma en que había conseguido adaptar la situación a sus intereses.

A Dennison no le había hecho ninguna gracia recibir su llamada y había intentado que lo reconsiderara, pero Chris tenía la esperanza de que él y Ally pudieran encontrar una solución amistosa. Y para ello debía concentrar sus esfuerzos en salvar la poca relación que tuvieran.

Sopesó sus opciones mientras ella se sentaba en el puente de mando y giraba el timón. La idea de casarse nunca lo había tentado, ni siquiera remotamente, pero dadas las circunstancias parecía la mejor opción. Ally era guapa, lista y estaba embarazada de un hijo suyo. Se llevaban bien, al menos en la cama, que era más de lo que muchos matrimonios podían decir.

Al imaginarse a Ally en la cama se la imaginó inevitablemente en el mar, en la playa y en el marco del catamarán. Su cuerpo reaccionó a los recuerdos y…

—¿Cómo se llamaba ese?

La pregunta de Ally lo devolvió al presente y miró hacia el barco que ella le señalaba.

—*Dagny*. Significa «nuevo día».

—¿Es un yate de carreras? Es muy grande.

—Treinta metros de eslora. Pero fue diseñado para que un solo hombre recorra largas distancias a gran velocidad. Te lo enseñaría por dentro, pero Jack no quiere que nadie se acerque al *Dagny* por el momento.

—¿Jack?

—Un primo mío que se encarga de diseñar todas las embarcaciones del equipo Wells. El *Dagny* es su última joya, de la que está muy orgulloso.

—¿A qué llamas tú «largas distancias»? Para mí, Tortola estaba muy lejos de Charleston, y sin embargo el *Circe* cubrió esa distancia, siendo un barco diminuto comparado con el *Dagny*.

Chris se echó a reír.

—El *Circe* podría dar la vuelta al mundo, pero tardaría una eternidad. Te he dicho que el *Dagny* está diseñado para navegar muy rápido.

Ally lo miró con extrañeza.

—¿Es eso lo que piensas hacer? ¿Dar la vuelta al mundo con el *Dagny*? ¿Tú solo?

—Y batir el récord.

—Vaya… —frunció el ceño, pensativa—. ¿Cuál es el récord?

—Sesenta días.

—Oh.

—¿Ocurre algo?

Ally sonrió, pero la sonrisa no llegó a sus ojos.

—No, nada. Solo intento relacionar este Chris con el que conocí en Tortola.

—Soy el mismo.

—No del todo.

—Pero casi.

—Puede.

Ally guardó silencio y recorrió con el dedo los bordados de los cojines. El estómago le rugió y se puso colorada.

—Perdón. No he comido mucho hoy… entre las náuseas y todo lo que ha pasado…

Chris se levantó.

—En ese caso, vamos a comer inmediatamente.

—No sé… Quizá debería irme a casa.

—No tuve ocasión de invitarte a comer y creo que te lo debo —insistió él—. Necesitas comer, el bebé necesita comer y yo tampoco he comido.

Ella volvió a fruncir el ceño, pero pareció pensarlo mejor y se encogió de hombros.

—Tienes razón. La comida me sentará bien. Pero que no sea mexicana.

Capítulo 7

Y DESPUÉS de eso todo fue bien. Comimos juntos y volví a casa —la noche anterior había estado demasiada cansada y únicamente le envió un breve mensaje de texto a Molly, por lo que al día siguiente se vio obligada a ponerla al día de todo mientras se ocupaban de archivar los documentos.

—Esta mañana pareces estar de mejor humor. ¡Es la mejor manera de empezar el día!

—No he vomitado el desayuno.

—No me refiero a eso.

—Ya lo sé —sonrió—. Pero es una buena noticia, ¿no?

—Pareces muy contenta para tener una batalla legal a la vuelta de la esquina.

—No lo entiendes, ¿verdad?

—Está claro que no.

—El *Dagny*.

—Es un barco, ¿y qué?

—Vale, presta atención. Chris se llevó un disgusto al enterarse de lo del bebé, y luego yo lo empeoré todo por no saber manejar la situación. Hizo lo que haría cualquier otro hombre, que fue plantar batalla.

—Con la artillería pesada, nada menos.

—Con todas las armas que tenía a su alcance, sí, pero ahora está planeando dar la vuelta al mundo con ese barco, el *Dagny*. Ayer estuvimos hablando mucho del tema y está obsesionado con la idea, incluso sabiendo que va a ser padre. Su vida son los barcos y las regatas. Ahora es el *Circe*, luego el *Dagny*, y luego será cualquier otro reto náutico. Entre la distancia y todo lo que tendrá que hacer para ganar sus carreras, no tardará en perder el interés en mí y en el bebé. Y para cuando este nazca, Chris ya se habrá dado cuenta de que no quiere atarse a nadie —cerró el cajón con un golpe satisfecho—. Puede que tengamos que llegar a algún acuerdo para salvar su conciencia, algún régimen de visitas o algo así, pero estoy convencida de que se cansará pronto de todo esto.

—Yo no estaría tan segura.

—Molly, las regatas lo son todo para él. Solo trabaja en los astilleros para complacer a su abuelo. Y un marino errante y aventurero no es el mejor candidato al Padre del Año. Fíjate en mi hermano. Diane empieza a darse cuenta de que Steven nunca se casará con ella —de nuevo tenía hambre. Sacó una manzana del cajón y le dio un mordisco, deleitándose con su sabor ácido y con la ausencia de náuseas—. Lo único que tengo que hacer es dejar pasar el tiempo.

—Me alegra saberlo —dijo Molly, más relajada—. Ah, por cierto, los hermanos Kriss vendrán el lunes para darnos el presupuesto.

—Perfecto —tras los revuelos de la semana volvía a sentir que lo tenía todo bajo control. Durante varios días había sido incapaz de hacer nada, y la pobre Molly había tenido que hacer el doble de trabajo. Pero sin más distracciones ni disgustos podría ponerse al día y disfrutar del fin de semana.

Sin embargo, a pesar de la calma que se respiraba en la oficina, con la radio sonando a bajo volumen, el suave tecleado de Molly y el teléfono en silencio, no podía concentrarse en las columnas de cifras que llenaban el monitor. Tras dos horas peleándose con la misma cuenta, desistió en su empeño, cerró el archivo con gran disgusto y se puso a hacer labores más triviales que apenas le exigían atención, como renovar la licencia de pesca de su padre y hacer el balance del talonario de cheques de su hermano.

No le llegaba ningún mensaje a su bandeja de correo electrónico. Desde que Erin la borrara de la lista de invitados a su boda, ya no se veía obligada a actuar como mediadora entre su madre y su hermana para resolver las cuestiones relativas a las flores y el servicio de catering. Tal vez por eso era incapaz de concentrarse: no estaba acostumbrada a trabajar sin las continuas interrupciones de su familia.

Ya volvería a tener interrupciones de sobra cuando naciera el bebé, y pensar en eso la hizo sonreír. Debería disfrutar de la paz mientras durase... Al fin y al cabo, Erin no estaría enfadada con ella toda la vida, Erin volvería a hacer alguna estupidez muy pronto y Ally tendría que volver a sacarlos de algún atolladero. Y además, con dos nuevos bebés en la familia...

Sacudió la cabeza para despejarse y volvió a abrir el archivo para intentar concentrarse de nuevo. Una hora después encontró el fallo, y comprobó con gran alivio que se debía a un error del cliente y no a una falta de atención por su parte.

El teléfono empezó a sonar y descolgó el auricular con gran expectación.

—Hola, Ally.

El corazón se le aceleró al oír aquella voz de barítono tan familiar, pero se recordó que no había necesidad de tener miedo. Lo único que debía hacer era complacerlo.

—Hola, Chris —lo saludó con la voz más animada posible—. ¿Qué pasa?

—He acabado por hoy y me pasaré por ahí dentro de una hora, más o menos. ¿Puedes estar lista a las seis?

—¿A las seis? ¿Para qué?

—Para ir a cenar.

—¿Quieres ir a cenar? —preguntó con voz ahogada, lo que provocó la mirada interrogativa de Molly.

Chris se rio, y la risa le alteró aún más sus revolucionadas hormonas.

—Sabía que la pérdida de memoria era un efecto colateral del embarazado, pero te dije que te llamaría y que iríamos a cenar.

—No sabía que te referías a esta noche —cualquier otro hombre esperaría al menos una semana antes de llamar… en caso de que llamara.

—¿Tienes otros planes?

«Miéntele. Dile que estás ocupada».

—Pues…

—Estupendo. Te recogeré en tu casa a las seis. Hasta luego, Ally —colgó sin darle tiempo a inventarse una excusa. Ally hizo lo mismo y enterró la cara en las manos.

—¿Qué pasa?

—Me va a llevar a cenar esta noche —respondió sin mirar a Molly.

—Realmente está perdiendo el interés en ti…

—Molls… —levantó la cabeza y vio la sonrisa irónica de Molly—. Esto no está bien.

«Esto no está bien» se estaba convirtiendo en su
mantra. Salió de la oficina más temprano que de costumbre y durmió una pequeña siesta de la que se despertó bastante grogui. El agua fría la ayudó a despejarse un poco, pero la fatiga seguía pesándole en el
cuerpo y la cabeza. Se puso una falda sencilla y una
camiseta de seda sin mangas. Se recogió el pelo en la
nuca e intentó darse un poco de color en su pálido rostro, pero de poco le sirvió para mejorar su aspecto.
Resignada, se echó un último vistazo al espejo del
baño antes de apagar la luz.

Aún le quedaban unos cuantos minutos antes de
que llegara Chris, así que agarró el ordenador portátil
y se lo llevó al sofá. Introdujo el nombre de Chris en
el buscador, pero dudó antes de presionar la tecla de
Intro.

Una parte de ella no quería saber nada. Semanas
antes se había convencido de que cuanto menos supiera de Chris, mejor sería para ella, y ni siquiera había
permitido que Molly investigara por su cuenta. Incluso la noche anterior, al volver de Charleston, se había
negado a encender el ordenador.

Pero las circunstancias habían cambiado, y con la
inminente visita de Chris, decidido a que se conocieran mejor, no le quedaba más remedio que averiguar
todo lo que pudiera sobre él.

Respiró hondo, pulsó Intro y un segundo después
tenía la lista de resultados de Google.

Los extraordinarios logros de Chris Wells desfilaron ante sus ojos. Desde sus primeras participaciones en regatas, cuando aún era un adolescente, hasta su victoria más reciente, había cosechado un palmarés impresionante por todo el mundo. No importaba a qué rivales se enfrentaba ni qué tipo de nave pilotaba; no había trofeo que se le resistiera y nunca acababa por debajo del tercer puesto. Regatas Wells contaba con varios equipos, y Chris supervisaba todas las competiciones además de capitanear el equipo más exitoso.

Astilleros OWD construía una amplia variedad de barcos y sus diseños eran famosos por todo el mundo. Y también Chris parecía participar en esa faceta del negocio. Ally encontró además la noticia de una reunión que mantuvo con los accionistas de OWD en la casa de su abuelo. Y también descubrió que organizaba campamentos de verano para que los niños de ciudad aprendieran a navegar y que donaba inmensas cantidades de dinero a proyectos medioambientales.

¿Cuándo descansaba aquel hombre? ¿De dónde había sacado el tiempo para ir a Tortola y llevarse el *Circe* a casa? De todos los hombres del mundo con los que Ally podría haberse liado, había dado con el único que era a la vez multimillonario, filantrópico, empresario, marinero, campeón de regatas, hiperactivo y aventurero.

Recordó la conversación del día anterior y añadió los términos «récord vuelta al mundo en solitario» a la búsqueda. Los resultados fueron muy escasos. En algunas páginas web se especulaba que Chris intentaría batir el récord algún día, pero nadie parecía saber que su plan ya estaba en marcha.

El titular que aparecía en el último vínculo le llamó la atención y lo pulsó con el ratón. Era un artículo de la *Gazette* de Charleston de hacía veinte años. El periódico debía de haber volcado todos sus archivos en la edición digital. Ally leyó las primeras líneas por encima y a punto estuvo de cerrar la ventana, pero entonces se dio cuenta de lo que decía la noticia y volvió a empezar por el principio.

Tras nueve días de búsqueda, los equipos de salvamento han encontrado el barco del marinero desaparecido Paul Wells flotando a la deriva a diez millas de la costa de Darwin, Australia. Los graves daños del casco hacen pensar que Wells falleció al verse sorprendido por las recientes tormentas en el mar de Timor mientras intentaba batir el récord de circunnavegación en solitario. Wells era natural de Charleston, hijo de Porter Wells y padre de un hijo de once años, Chris.

A Ally le dio un vuelco el estómago. ¿Chris quería intentar la misma proeza que mató a su padre? ¿Acaso estaban todos locos en su familia?

Recordó lo que le había dicho sobre los peligros de la navegación. «Es muy difícil que un accidente sea mortal», habían sido sus palabras. Ally buscó rápidamente más información sobre la vuelta al mundo en solitario, y por lo que leyó no parecía tan difícil morir en el intento…

Genial. El padre de su hijo era un loco suicida. Tal vez por eso quería tener al bebé. De esa manera, una parte de él sobreviviría si su barco se hundía en mitad del Pacífico.

Se sintió como si le hubieran llenado el estómago de piedras, pero en ese momento llamaron a la puerta. Cerró rápidamente el portátil, respiró hondo y fue a abrir.

Se quedó anonadada al verlo en su puerta, de espaldas al sol y rodeado por un resplandor dorado. Una camiseta negra se ceñía a sus poderosos hombros y pectorales y desaparecía por la cintura de unos vaqueros descoloridos. Chris le sonrió y el cuerpo de Ally reaccionó al instante. Aquel sí era el Chris que la había hecho suspirar de deseo. Se inclinó para darle un casto beso en la mejilla y el ardiente sello de sus labios se le quedó grabado en la piel.

—Pasa —se echó hacia atrás para dejarlo entrar e intentó mantener la compostura. La situación era muy distinta a la del lunes, cuando Chris entró tan furioso en su casa que el aire parecía chisporrotear a su alrededor. Ahora, en cambio, parecía sentirse muy cómodo y relajado.

No como ella… Suspiró y cerró la puerta tras él.

—Estás muy guapa, Ally. ¿Tienes hambre?

—Mucha —era cierto, por increíble que pareciera, aunque le habría mentido si fuera necesario.

—Pues vámonos —la agarró de la mano, provocándole un escalofrío por todo el cuerpo. El día anterior Ally había atribuido la reacción física a uno de los típicos desequilibrios hormonales del embarazo. Pero al volver a sentir lo mismo se reafirmó en la necesidad de guardar las distancias con Chris.

Por desgracia, él no parecía dispuesto a ponérselo fácil. La siguió tocando en todo momento, ya fuera para ayudarla a bajarse del coche, para sostenerla mientras caminaban o para colocarle un mechón de pelo tras la oreja. Cuando ocuparon sus asientos en un restaurante junto al río, estaba hecha un manojo de nervios.

Chris charlaba de cosas triviales, y Ally consiguió seguirle la conversación a pesar de que su cabeza se

empeñaba en buscar temas más profundos. Gracias a
la mesa que se interponía entre ellos, consiguió relajarse un poco y empezar a disfrutar de la velada. Una
copa la habría ayudado, pero cuando Chris rechazó la
carta de vinos recordó que aún pasaría mucho tiempo
hasta que volviera a probar el alcohol. Tendría que encontrar el valor por sí sola.

—Te he comprado un regalo —dijo Chris, y empujó hacia ella un pequeño estuche negro.

Una joya, pensó Ally. Las joyas se guardaban en
estuches como aquel.

—No tenías por qué hacerlo —murmuró mientras
empujaba el estuche de nuevo hacia él.

—Claro que sí. Es lo que hacen los hombres cuando intentan impresionar a una dama.

—Los hombres que yo conozco, no —dijo ella,
pensando en Gerry.

—Pues como hombres dejan mucho que desear.
No me extraña que dejaras a tu ex.

Ally lo miró a los ojos para ver si se estaba burlan-
do de ella, pero su expresión era inescrutable.

—Lo dejé porque se acostaba con otra.

Chris asintió.

—Entonces no solo dejaba mucho que desear, sino
que además era estúpido. No sé lo que viste en él, la
verdad.

El comentario le provocó una pequeña carcajada a
Ally.

—Yo tampoco.

Chris volvió a empujar el estuche hacia ella.

—Abre tu regalo.

Obediente, Ally retiró la cinta roja y blanca y levantó la tapa con mucho cuidado. Dentro había un disco dorado atado a una fina cadena. Sostuvo el disco a

la luz para ver el diseño y vio dos leones rampantes flanqueando un pilar.

—Es precioso… —la mueca de Chris le recordó la pregunta pertinente—. ¿Qué significa?

—Creía que eras una experta en mitología griega. Es el símbolo de Rea.

Rea, madre de los titanes, la diosa de la fertilidad. Muy apropiado para ella, dadas las circunstancias.

—Pues claro. Estos son los leones que tiran de su carro —acarició el diseño con el pulgar—. Nunca había visto nada parecido. Es muy bonito. Gracias.

Antes de que se diera cuenta, Chris estaba detrás de ella. Sin importarle las miradas curiosas de los otros clientes, le quitó el colgante de los dedos y se lo colocó alrededor del cuello. El disco encajaba a la perfección entre sus pechos. Los dedos de Chris le rozaron ligeramente la nuca mientras se lo sujetaba en la nuca, antes de volver a su asiento.

—Te queda muy bien.

Sus palabras y su mirada hicieron que se cubriera de rubor. Afortunadamente la luz del restaurante era muy tenue y en aquel momento llegó el camarero con los platos.

La conversación transcurrió tranquilamente mientras cenaban. Hablaron de las molestias típicas del embarazo y del libro que se estaba leyendo Ally, hasta que Chris hizo un comentario sobre el *Dagny*. Ally vio la oportunidad que necesitaba y se lanzó a por ella.

—Es un reto muy ambicioso, pero ¿no te parece que dar la vuelta al mundo tú solo es muy peligroso?

Chris dejó la copa en la mesa y la miró fijamente unos instantes, antes de asentir con la cabeza.

—Veo que has estado investigando. Lo que ocurrió fue un accidente. No es probable que vuelva a pasar.

—Pero eso no cambia el hecho de que… —fue incapaz de acabar la frase.

—¿De que mi padre muriera haciendo lo mismo?

—Exacto —apartó el plato. De repente había perdido todo el apetito.

—Las cosas han cambiado mucho en los últimos veinte años, Ally. Ahora contamos con sistemas GPS, radiobalizas, satélites de comunicaciones, barcos más modernos y seguros… Es extremadamente difícil que ocurra una desgracia.

—Pero por lo que he leído, hay muchas formas de morir en el océano.

—¿Estás preocupada, Ally? Me siento halagado. Ayer te habría encantado que pereciera en alta mar.

—No tiene gracia —tal vez tuviera un poco de razón, pero nada de gracia.

Chris se encogió de hombros.

—No te preocupes. Aunque me ahogue o me coman los tiburones, tú y el bebé estaréis bien atendidos.

Por primera vez en el día, sintió un ataque de náuseas. Debió de reflejarse en su cara, porque Chris le agarró rápidamente la mano con preocupación.

—Eh, tranquila. Solo estaba bromeando con lo de los tiburones. No pretendía asustarte.

—No entiendo cómo puedes tomarte algo así a la ligera.

—No lo hago. El *Dagny* es el barco más seguro del planeta y no pienso correr riesgos innecesarios —le acarició los nudillos con el pulgar para tranquilizarla—. Necesito hacer esto. No solo por mí, sino también por mi padre y la empresa. Pero no tienes de qué preocuparte. Tengo intención de volver sano y salvo a casa.

«Seguro que tu padre tenía la misma intención»,

pensó ella, pero no lo manifestó en voz alta. No tenía derecho a inmiscuirse en los planes de Chris.

El roce del pulgar se hizo más insistente hasta que le estuvo masajeando los dedos. La tensión crecía por momentos.

—En ese caso cruzaré los dedos para que no te coma ningún tiburón —dijo ella, intentando adoptar el tono más ligero posible.

—Te lo agradezco —repuso él irónicamente.

Chris pidió la cuenta, y mientras él pagaba, Ally se mordió la uña del pulgar y se preguntó por qué estaba tan inquieta de repente.

Ally era la mujer más desconcertante que jamás hubiera conocido. Intentar comprenderla podía ser extremadamente frustrante. Su estado de ánimo cambiaba súbitamente y sin previo aviso, como un turbión o una borrasca en alta mar. Pero aquel carácter imprevisible era lo que la hacía tan fascinante y atractiva.

Y ese atractivo era una tentación cada vez más difícil de resistir.

La deseaba con una ansiedad que lo estaba volviendo loco. Desde la primera vez que la vio en Tortola se había convertido en un anhelo imposible de saciar. Era aquel deseo salvaje lo que lo había llevado a aquella situación, y, a pesar de las objeciones de Ally, tendrían que llegar a una solución razonable por muy enfrentados que estuvieran. La idea del matrimonio cada vez le parecía más sensata, pero Ally no estaba por la labor e iba a ser muy difícil convencerla. El sexo, al menos, jugaba a su favor. Sabía que ella también lo deseaba a él, y quizá fuese el enfoque adecuado para resolver la cuestión. La lógica exigía que procediera con calma y cautela, seduciéndola y conquistándola poco a poco, a la vieja usanza. El problema era que su cuerpo no pensaba lo mismo.

La deseaba. Así de simple.

Y cuanto antes.

Ally se mantuvo a una distancia prudente mientras se dirigían al aparcamiento. Si supiera lo que a él se le estaba pasando por la cabeza en estos momentos…

Pareció sumida en sus pensamientos durante el corto trayecto de vuelta a su casa. De vez en cuando se mordía una uña y miraba constantemente por la ventanilla. Chris ni siquiera había apagado el motor cuando ella se desabrochó el cinturón de seguridad y agarró la manija de la puerta.

—Gracias por la cena. Y por el colgante. Nos vemos…

Buen intento.

—Te acompaño.

Por un momento pareció que iba a negarse, pero esperó a que él rodeara el coche para ayudarla a bajar. Al llegar a la puerta, metió la llave en la cerradura y volvió a intentar despedirse.

—Buenas noches.

—¿No vas a invitarme a pasar?

—No creo que sea buena idea, Chris. Vamos a ir poco a poco. No hay por qué precipitar las cosas.

Él se acercó lo bastante para sentir el calor que emanaba de su cuerpo.

—¿Quién está precipitando nada?

Ally intentó retroceder, pero la puerta cerrada se lo impidió.

—No soy tonta, Chris.

El pelo se le había vuelto a soltar de la horquilla. Él agarró el mechón que colgaba sobre su hombro y se lo enrolló en el dedo.

—Nunca he dicho que lo fueras.

La respiración de Ally se aceleró y las palabras le salieron atropelladamente.

—No… no… no podemos retomarlo donde lo dejamos. To… todo ha cambiado —mientras balbuceaba, le deslizó suavemente la mano por el antebrazo, desmintiendo sus palabras—. La… la situación es muy complicada y…

—No es complicada en absoluto —se estremeció mientras la mano de Ally llegaba a su pecho y se posaba sobre el corazón. Él le acarició a su vez la barbilla y ella levantó la cara hasta acercar la boca a escasos centímetros de la suya—. Es muy simple.

Ally apartó la mirada de su boca y la subió hasta sus ojos. El deseo que Chris vio en los suyos la hizo estremecerse, y un segundo más tarde ella se había puesto de puntillas y lo estaba agarrando por la nuca.

—Sé que voy a arrepentirme de esto…

Capítulo 8

ESTÁS loca. Échalo de aquí. No se te ocurra seguir». La conciencia la martilleaba implacablemente mientras guiaba a Chris por el pasillo. Su cuerpo, en cambio, volvía a rebosar de excitación por primera vez desde que se marchó de Tortola, y la corriente eléctrica que la recorría por dentro barría cualquier objeción que pudiera ponerle su cerebro.

Chris ejercía en ella una atracción incomprensible, pero no era el momento para pensar en ello. El brillo de sus ojos y la promesa del beso eran tan irresistibles que Ally no se preocupaba por las consecuencias y complicaciones de lo que estaba a punto de hacer. A fin de cuentas, no podía quedarse embarazada otra vez…

La piel se le puso de gallina cuando Chris le acarició la espalda con un dedo mientras caminaban, antes de extender la palma sobre su trasero. Dos pasos más y llegaron a su dormitorio, donde la cama los esperaba tentadoramente.

Chris la agarró por los hombros y tiró de ella hacia él. Le mordió el cuello y le masajeó suavemente el estómago, antes subir los dedos hacia la carne que sobresalía por encima del sujetador. Ally tenía los pechos mucho más sensibles y la sensación fue tan enloquecedora que se agarró a los muslos de Chris en busca de apoyo. Le clavó los dedos en la tela vaquera mientras él aumentaba la presión y le rodeada un pezón erecto con el dedo. Ally echó la cabeza hacia atrás, contra su hombro, y recibió en la oreja el calor de su aliento.

Dejó escapar un pequeño gemido cuando él le quitó los tirantes de los hombros y los pechos quedaron libres. Oyó su murmullo de deleite y se retorció contra él cuando volvió a tocarle los pezones. Una mano en el estómago la mantuvo sujeta mientras movía las caderas contra ella y presionaba su erección contra el trasero. Con la otra mano le subió poco a poco la falda de algodón y deslizó los dedos bajo el borde de las braguitas. El orgasmo fue casi inmediato y la hizo convulsionarse contra la mano de Chris en una explosión interminable. Él se encargó de avivar las llamas susurrándole palabras eróticas al oído hasta que las temblorosas piernas de Ally no pudieron seguir sosteniéndola.

Entonces la hizo girarse hacia él y empezó a devorarle la boca mientras le quitaba rápidamente la ropa restante. Ally intentó hacer lo mismo con él, pero tenía los dedos tan agarrotados que le costaba bajarle la cremallera de los vaqueros. Cuando finalmente lo consiguió, tiró del pantalón hacia abajo al tiempo que se arrodillaba en el suelo. Chris le entrelazó los dedos en el pelo para masajearle el cuero cabelludo, y Ally oyó su gemido de placer cuando le recorrió la erección con la lengua.

Dos segundos después se encontró atrapada entre el mullido colchón de la cama y el sólido cuerpo de Chris, y todos los sueños eróticos que había tenido en las últimas seis semanas se hicieron realidad cuando él la penetró mientras pronunciaba su nombre. Abrió los ojos y a pesar de la oscuridad vio la intensidad de su mirada azul mientras se movía dentro de ella, empujándola de manera imparable hacia otro orgasmo. Le clavó los dedos en los hombros, ávida por recibir todo lo que él pudiera darle, y cuando empezaron las convulsiones Chris redobló sus esfuerzos y la sujetó fuertemente por las caderas para acelerar el ritmo. Ally se arqueó ante la abrumadora corriente de placer que barrió sus sentidos, y apenas fue consciente de los sonidos que brotaban del fondo de su garganta y del lejano gemido de Chris al tiempo que la apretaba contra él y ambos se estremecían en un instante eterno.

Había sucumbido a la atracción, sabiendo que aquello solo podía acarrearle más problemas. Tener a Chris en su cama, abrazándola mientras sus constantes vitales volvían a la normalidad, la llenaba de inquietud. Pero al mismo tiempo le encantaba volver a sentirlo de aquella manera tan íntima y sensual.

Tras un último suspiro, profundo y estremecedor, Chris se tumbó de costado y tiró de ella para hacerle apoyar la cabeza en su pecho. Ally escuchó plácidamente los sosegados latidos de su corazón mientras él le acariciaba los alborotados rizos. Pero no se sentía enteramente cómoda en aquel silencio, y cuanto más se alargaba más tensa se encontraba. Las maravillosas sensaciones vividas se evaporaban tan rápidamente como la humedad de su piel. El cansancio se apoderaba de ella y le impedía pensar con claridad. ¿Chris pensaba quedarse allí a dormir? No parecía tener ninguna prisa por moverse. ¿Debería ella permitirle que se quedara? Con ello solo conseguiría complicar aún más la situación.

—Chris… —empezó, pero se vio interrumpida por su propio bostezo.

Chris le acarició la espalda en círculos hasta que dejó de bostezar.

—Shhh… Ahora duerme. Hablaremos en otro momento.

«Deberíamos hablar ahora», se dijo a sí misma, aunque la idea de dormirse abrazada a él era tan tentadora que su cuerpo ya empezaba a relajarse.

«No te acostumbres a esto», fue la última orden que se dio antes de que el sueño la venciera.

Se despertó con un delicioso olor a beicon, y al principio no supo de dónde procedía. Su madre no iba a verla tan temprano y sin avisar, de modo que debían de ser los vecinos. ¿Por qué tendrían que hacer tanto ruido un sábado por la mañana?

Se dio la vuelta con la intención de meter la cabeza bajo la almohada y volver a dormirse, pero las sábanas revueltas en el otro lado de la cama le recordaron que no había dormido sola…

Se incorporó de un salto y empezó a advertir los detalles: unos zapatos de hombre en el suelo, junto a la puerta, el sujetador colgando descuidadamente del respaldo de una silla, los ruidos y olores procedentes de la cocina…

Chris seguía allí. Y estaba haciendo el desayuno.

Se mordió la uña, sin saber qué hacer ni cómo sentirse al respecto. De una cosa estaba segura, al menos... No iba a enfrentarse a él desnuda y con unos pelos de loca. Corrió al baño para ponerse una bata y arreglarse un poco. Estaba anudándose el cinturón de la bata mientras salía cuando Chris asomó la cabeza.

—Me pareció haberte oído —su camisa estaba arrugada tras haber estado toda la noche en el suelo, y la sombra de una barba incipiente le oscurecía el mentón. Pero su aspecto seguía siendo arrebatadoramente irresistible, sobre todo cuando le sonreía de aquella manera—. ¿Tienes hambre?

Después de tantas semanas con náuseas matinales le resultaba extraño no sentir ninguna molestia. Tal vez ya las estuviera dejando atrás, gracias a Dios. Asintió con la cabeza y dejó que Chris la llevara a la soleada cocina.

Le encantaba su cocina. Y le encantaba cocinar. Pero en los tres años que llevaba viviendo allí nadie había cocinado nunca para ella, por lo que se quedó de piedra al ver la mesa preparada. Era un desayuno muy simple, a base de beicon, tostadas, fruta y té, pero el gesto era tan conmovedor que se le formó un nudo en la garganta.

—Huele muy bien. Gracias.

Chris volvió a sonreírse y llevó la leche y la mermelada a la mesa. Parecía desenvolverse con toda naturalidad en su cocina.

—He intentado que fuese algo sencillo, ya que no sabía cómo estás con las náuseas.

—Creo que ya van pasando. Estoy hambrienta.

—Pues a comer —le sirvió varias lonchas de beicon en el plato y se sentó a tomarse el café. El beicon estaba justo como a ella le gustaba: muy crujiente, pero sin llegar a estar chamuscado.

—Cocinas muy bien.

Chris aceptó el cumplido asintiendo en silencio con la cabeza, y Ally no supo qué más decir. La situación era completamente nueva para ella. En las raras ocasiones que Gerry se levantaba a la hora del desayuno, se ponía a leer el periódico mientras comía, alegando que era demasiado temprano para mantener una conversación civilizada. Y cuando se marchó de casa, ella adquirió el hábito del periódico a falta de tener a alguien con quien hablar. En consecuencia, no tenía ni idea de lo que hablaba la gente durante el desayuno.

—¿Cuándo tienes la próxima cita con el médico? —le preguntó Chris.

—A final de mes —respondió ella, a quien le hubiera gustado cualquier otro tema de conversación—. Es la primera ecografía.

—Iré contigo. Envíame un e-mail con el sitio y la fecha.

—No tienes que…

—Quiero hacerlo, Ally.

Ella asintió mientras untaba la tostada.

—¿Cuándo vas a volver a Charleston?

—¿Tan impaciente estás por librarte de mí? —le preguntó él con una ceja arqueada.

«De eso nada». A pesar de sentirse ligeramente incómoda, le gustaba tenerlo allí, compartiendo el desayuno con ella.

«No te acostumbres».

—Claro que no, pero seguro que tienes muchas cosas que hacer.

—Tendré que marcharme enseguida. Esta tarde tengo una reunión en el club.

Sorprendentemente, sus palabras no le provocaron el menor alivio a Ally. Más bien todo lo contrario.

Chris se inclinó sobre la mesa.

—El sábado hay una regata… Será muy corta, tan solo para divertirse y presumir un poco. ¿Quieres venir?

Ally masticó lentamente el beicon, intentando ganar tiempo. Chris la estaba incluyendo en su vida, y Ally tenía la sensación de que invitarla a una regata marcaría un importante punto de inflexión.

Tal vez Chris estaba realmente dispuesto a que la cosa funcionara entre ellos.

El pecho se le infló al pensarlo, y le provocó una pregunta aún más importante.

¿Lo estaba ella?

Se le presentaban dos opciones. Podía ser la misma persona normal, prudente y racional de siempre, o ser la Ally intrépida y aventurera a la que había descubierto en Tortola. La primera la llamaba a guardar las distancias y mantenerse a salvo; la segunda la acuciaba a correr el riesgo y disfrutar mientras pudiera.

Se estaba volviendo tan loca como su familia…

Chris volvió a llenarle la taza de té, y aquel gesto acabó por convencerla de que estaba tomando la decisión correcta.

—Me encantaría.

La sonrisa de Chris se lo confirmaba.

El teléfono rompió la intimidad del momento. Chris le tendió el auricular inalámbrico y Ally, tras mirar el identificador de llamada, dejó el teléfono y siguió tomándose el té.

—Es mi madre —respondió a la mirada de Chris—. Ya me extrañaba que tardase tanto en llamar… Deja que se ocupe el contestador.

Chris se rio, un segundo antes de que se oyera la voz de su madre.

—*Ally, cariño, ¿dónde te has metido? Hace días*

que no llamas. Espero que no sigas enfadada con Erin. Ya sé que te hizo daño, pero se trata de su boda.

Ally puso los ojos en blanco.

—*Da gracias porque tu hermana no sea como la mía* —siguió hablando su madre—. *El almuerzo de mañana se ha retrasado hasta la una y media y necesito que te pases por la tienda para comprar el vino. Yo hoy no tengo tiempo. Tu abuela me va a volver loca con sus...*

Ally atravesó la cocina y bajó el volumen del altavoz. No quería que Chris oyera las crisis de su madre.

—Esto puede tardar un rato. Ya escucharé el resto después.

—Supongo que esa Erin es tu hermana. ¿Por qué estás disgustada con ella?

Ally intentó pensar en alguna manera elegante de decirlo, pero no se le ocurrió ninguna.

—No quiere que vaya a su boda.

—¿Por qué?

—Porque para entonces estaré embarazada de siete meses.

Chris frunció el ceño.

—No quiero ser grosero, pero me parece...

—¿Egoísta? ¿Egocéntrica? ¿Perturbada?

Chris se recostó en la silla y levantó las manos.

—Lo has dicho tú.

—Erin parece haber perdido el juicio con esta boda. Y la verdad es que me alegro de tener una excusa para mantenerme al margen.

—¿Y aun así vas a comer con ella mañana?

Ally volvió a sentarse y agarró una pieza de fruta.

—Es la comida en familia de los domingos. Hay que respetar la tradición.

—No parece que te entusiasme mucho.

—Como seguro que ya te has imaginado, mi familia está un poco chiflada. Y la única forma que tienen de ser felices es volviéndome loca a mí también.

Nada más decirlo deseó haberse mordido la lengua. Al sentirse tan cómoda con Chris aquella mañana había olvidado que no debía sacar los trapos sucios de su familia.

—Te comprendo.

—¿Ah, sí?

—No del todo, porque no tengo hermanos. Pero sí tengo varios primos, y mi abuelo puede ser muy pesado a veces —esbozó una media sonrisa—. La familia siempre lo vuelve loco a uno. Es ley de vida.

—Pues mi familia la cumple a rajatabla. Siempre están intentando superarse los unos a los otros.

—¿Tu madre es buena cocinera?

Ally casi se atragantó.

—¿Estás insinuando que te invite a comer mañana?

—¿Por qué no? Tendré que conocer a tu familia en algún momento. Vamos a ser parientes, después de todo. Y además, no deberías ser tú la que llevara el vino, ya que no puedes beber.

Lo dijo como si ya lo tuviera decidido, y en teoría tenía razón. Pero presentarse con Chris en una reunión familiar...

—No sé.

—Veo que no les has hablado de mí todavía.

—Bueno, saben que estoy embarazada, pero les dejé muy claro que no quería hablar del padre.

—Eso era antes. Ahora estoy aquí y deberían acostumbrarse a la idea... ¿Qué pasa? —le preguntó al ver su expresión de escepticismo—. ¿No crees que vaya a causarles buena impresión?

—Oh, claro que les causarás buena impresión — «y a mí nunca me dejarán en paz si esto no sale bien». Aunque, por otro lado, su familia nunca la dejaba en paz. Chris saldría corriendo en cuanto conociese a su familia de locos, y Ally ya no estaba tan segura de querer perderlo de vista.

—Pues ya está —decidió Chris. Apuró el café y recogió los platos vacíos ante el asombro de Ally. Nunca hubiera imaginado que un hombre supiera llenar un lavavajillas, pero él la apartó amablemente cuando se levantó para ayudarlo—. Ahora tengo que irme, por mucho que deteste hacerlo —se acercó a ella y la besó en la frente—. Te veré mañana.

Ally lo acompañó a la puerta.

—Vas a hacer muchos kilómetros en un fin de semana. No tienes por qué venir mañana, en serio.

—Venir en coche es un fastidio —admitió él mientras se ponía el cinturón sin levantar la mirada—, pero no voy a hacerlo.

—Oh —¿había cambiado de parecer en los dos últimos segundos?

—Victor se ha llevado el helicóptero esta semana, pero prometió devolverlo hoy.

Ally se quedó boquiabierta.

—¿Tienes un helicóptero?

Chris sonrió y le puso un dedo bajo la barbilla para cerrarle la boca.

—Es de la empresa —le dio un breve beso en los labios—. Hasta mañana.

Ally cerró la puerta y se apoyó contra la hoja. Oyó como arrancaba el poderoso motor de su coche y como el rugido se perdía en la distancia.

Chris tenía un helicóptero y al día siguiente iría a comer con su familia. Los casi doscientos kilómetros que separaban Savannah de Charleston ya no parecían significar nada.

Justo cuando creía tener la situación bajo control, Chris se encargaba de trastocárselo todo. Poco a poco, de una manera lenta pero segura, iba eliminando todas sus defensas.

Chris no lograba explicarse cómo una familia tan insulsa podía compartir los mismos genes que Ally.

Ella lo había recogido en el helipuerto y se había pasado todo el trayecto a casa de su madre preparándolo para el encuentro. Insistía una y otra vez en que su familia era un poco excéntrica, pero inofensiva. Chris no dijo nada, pues todo el mundo se avergonzada un poco de la familia cuando tenía que presentársela a alguien.

Lo que se encontró, sin embargo, no fue una familia de desequilibrados mentales, sino a las personas más egoístas, narcisistas y superficiales a las que hubiera conocido en su vida. No tardaron en descubrir que era el padre del hijo de Ally, pero eso no les impidió hacer los comentarios más sarcásticos e insidiosos por quedarse embarazada sin estar casada. Curiosamente nadie les hizo un comentario similar a Steven ni a Diane, su novia embarazada.

Ally había heredado la belleza de su madre, Hannah, quien no parecía tener edad para ser madre de tres hijos adultos. Pero las semejanzas acababan ahí. Hannah saltaba de un tema a otro y se quejaba de todo, desde los planes de boda al peinado de Ally. Erin, a quien Chris apodó mentalmente como «princesa», trataba a Ally con una condescendencia exagerada y al mismo tiempo esperaba que Ally lo hiciera todo. Su hermano era todo un personaje. A pesar de sus años, seguía siendo un crío inmaduro y acostumbrado a que las mujeres de la familia lo obedecieran y complacieran en todo. De igual manera trataba a su novia, quien, incluso en su avanzado estado de gestación, estaba presta a atenderlo en todo momento. En cuanto al padre de Ally, parecía haber aprendido que lo mejor era no interferir en los asuntos familiares y mantenerse al margen de todo y de todos.

En definitiva, Chris se llevó una opinión tan pobre de todos ellos que llegó a preguntarse si Ally no sería adoptada.

Al cabo de media hora estuvo a punto de sacar a Ally de aquella atmósfera nociva, pero ella le lanzó una mirada suplicante y le aseguró que no pasaba nada.

Viéndola entre aquella panda de indeseables, comprendió la extrema cautela con la que Ally se aproximaba a la gente. Todos sus parientes tenían la madurez emocional de unos niñatos. Pasara lo que pasara, Ally tenía la responsabilidad de arreglarlo o de asumir las culpas. Cuando su hermano le entregó el talonario de cheques para que hiciera balance de sus cuentas, Chris tuvo que contenerse para no explotar de indignación. Aquella gente no sabía hacer nada sin Ally.

Una hora después todo seguía igual, con la diferencia de que Chris había perdido el apetito y la paciencia. Una llamada telefónica le permitió salir al porche para despejarse y enfriar los ánimos.

—Normalmente se comportan mejor cuando hay visita —le dijo Ally, saliendo tras él—. Lo siento.

Su bonito rostro en forma de corazón estaba lleno de angustia, y sus ojos habían perdido todo su brillo.

Chris se tragó todos los comentarios despectivos

que tenía en la punta de la lengua. Se trataba de la familia de Ally y ella los quería. Por mucho que se merecieran su crítica mordaz, no serviría de nada ponerse a despotricar contra ellos.

—Son un poco… —buscó un adjetivo apropiado que no resultara demasiado ofensivo.

—¿Excéntricos? —sugirió Ally—. Ya te lo había dicho.

No era la palabra que estaba buscando, pero valía de todos modos.

—No se parecen a ti en nada —le tocó la barbilla con un dedo.

—Alguien tiene que hacer de adulta… ¿Te imaginas lo que sería de ellos si yo no estuviera?

—Son adultos. Pueden cuidar de sí mismos.

—Te aseguro que es más fácil complacerlos que soportarlos.

—A ver si lo adivino… El motivo por el que te fuiste de Tortola no fue solo que Steven hubiera tenido un accidente, sino porque alguien tenía que ocuparse del papeleo y esas cosas.

Ally inclinó ligeramente la cabeza.

—Me llevé un buen susto por lo de Steven, pero así es, me necesitaban para resolver las cuestiones del seguro médico y demás. No saben cómo actuar en caso de emergencia.

—¿Qué van a hacer cuando tengas al bebé y no puedas atender todas sus llamadas de auxilio?

Ella tardó unos momentos en contestar.

—Molly me hizo la misma pregunta.

—Tal vez deberías pensar en ello.

Ally se puso a andar por el porche.

—Me tienen harta. No saben hacer nada y siempre les estoy sacando las castañas del fuego. A mi ex lo adoraban, y no me extraña. Era igual que ellos, siempre dejando que yo me ocupara de todo —pronunciaba las palabras con un tono de amargura, como si se estuviera hablando a sí misma—. Que me llamaran en mitad de mis vacaciones era lo más normal del mundo. Y en su momento llegué a pensar que me habían hecho un favor.

—¿Un favor?

—Cuando se me pasó el enfado por ver mis vacaciones interrumpidas, me di cuenta de que si hubiéramos pasado unos días más juntos habría intentado traerte a casa conmigo.

—Y entonces me habría convertido en otro playero holgazán y sin trabajo al que hubieras tenido que mantener.

Ally asintió.

—Aun así acaricié la posibilidad de buscarte, pero entonces descubrí que estaba embarazada.

—Y pensaste que el bebé ya era demasiada responsabilidad.

—Pues sí. No podía dar más de mí.

—¿Y tenerlo tú sola te pareció la mejor solución?

—Al menos era más fácil que imaginar cómo encajarías tú en todo esto… Claro que eso fue antes de que aparecieras de improviso y me demostraras que no necesito ocuparme de ti.

—Eso es porque soy un adulto de verdad… no como ellos —apuntó con la cabeza hacia la casa—. No necesito que nadie me cuide ni mantenga.

—Ahora ya lo sé. Me equivoqué al juzgarte, lo siento.

Él se acercó y le frotó suavemente los brazos cruzados sobre el pecho. Ally le había ofrecido inconscientemente una abertura que podía aprovechar, aunque el porche de la casa de sus padres no fuera el mejor lugar para tener aquella conversación.

—Me gustaría poder cuidar de ti y del bebé.

Ella lo miró a los ojos y Chris percibió su angustia y confusión.

—La situación es complicada, pero podemos hacer que funcione.

Ally respiró profundamente.

—Te refieres a casarnos, ¿verdad?

Él también tomó aire y se armó de paciencia.

—Sí, Ally. A eso me refiero. Pero no tiene por qué ser inmediatamente —el suspiro de alivio de Ally lo irritó un poco, pero siguió hablando—. Me has traído a casa para conocer a tu familia. Estás embarazada de mi hijo. Nos entendemos bastante bien… cuando no estamos discutiendo —Ally le dedicó una tímida sonrisa—. Yo diría que es un buen comienzo.

El ruido que salía de la casa se hizo más fuerte y fue seguido por la voz de Erin.

—¡Ally! ¡Te necesitamos!

Ally miró hacia la puerta, pero Chris se acercó a ella hasta sentir el calor de su cuerpo.

—Olvídate de ellos un momento. O mejor, olvídate de ellos para siempre. Piensa en ti y en el bebé —le dio un beso en los labios—. Piensa en nosotros.

—¡Al… ly! —la voz de Erin se transformó en un quejido impaciente.

Ally se sumió en sus pensamientos unos instantes, y cuando levantó de nuevo la mirada hacia Chris, sus ojos habían recuperado el brillo de malicia y sus labios se curvaban en una sonrisa de complicidad.

—¿Puedes sacarme de aquí?

Un alivio inmenso recorrió a Chris… acompañado de una ola de deseo.

—Con mucho gusto.

—Voy por mi bolso —se puso de puntillas para darle un rápido beso y entró corriendo en la casa.

A su familia no debió de gustarle sus explicaciones, porque cuando volvió a salir lo hizo acompañada de un coro de reproches y quejas. Ally lo agarró de la mano y tiró de él hacia el coche.

Chris le abrió la puerta y Ally se despidió con la mano de la asombrada multitud congregada en el porche.

—¿Adónde? —le preguntó él mientras arrancaba el motor y ella se recostaba en el asiento con los ojos cerrados y una sonrisa de pura felicidad.

—A mi casa.

Chris pisó el acelerador a fondo.

Capítulo 9

TODO era demasiado maravilloso para ser cierto. Ally sentía el impulso de pellizcarse para comprobar que no estaba soñando, pero si lo hubiera hecho cada vez que lo pensaba se habría llenado la piel de moratones.

Tras escapar de casa de su madre el domingo por la tarde, pasó unas horas inolvidables en brazos de Chris hasta que lo llevó al helipuerto mucho después de ponerse el sol. Victor, su piloto y compañero de tripulación, sonrió con picardía cuando Chris le dio a Ally un beso de despedida tan largo y apasionado que reavivó la chispa de un deseo insaciable. Si Victor no hubiera estado esperando, se habría llevado a Chris al asiento trasero del coche para hacerlo una vez más.

Y por la expresión de Chris podía estar segura de que él no hubiese puesto ninguna objeción.

Al ver su tonta sonrisa el lunes por la mañana, y a costa del trabajo pendiente, Molly insistió en que le contase con todo detalle el fin de semana. Cuando Ally llegó a la parte de la comida en casa de su familia, Molly emitió un bufido de desdén y le aseguró que Chris le caía cada vez mejor.

Su familia, en cambio, había dejado de hablarle y solo recibía algún que otro mensaje de su madre reprendiéndole por su mal comportamiento. Los cuatro días de silencio tal vez no fuesen un motivo de dicha, pero al menos suponían un agradable descanso.

El olor de las azucenas impregnaba el aire de la oficina. Ally llevaba cinco días sonriendo sin parar, y con razón. Chris solo había podido ir a verla el miércoles por la noche para tomar una pizza, pero sus llamadas y e-mails bastaban para hacerla sentirse especial. Las flores que había recibido aquella mañana intensificaban la maravillosa sensación.

Aún la preocupaba no estar tomando la decisión más sabia y que el desequilibrio hormonal le estuviera afectando el cerebro, pero quería creer que estaba haciendo lo correcto. Hasta Molly la animaba en broma a que abrieran una oficina en Charleston.

—¿Y si te tomas el día libre y te vas a Charleston para empezar el fin de semana cuanto antes? —le sugirió Molly—. Tampoco es que aquí hagas mucho, y tus continuas sonrisas y suspiros me están poniendo de los nervios.

—No puedo. Chris se reúne esta noche con los patrocinadores y mañana por la mañana tiene que estar temprano en el club para preparar la regata. No quiero molestarlo.

—Dudo mucho que tu presencia lo molestara.

—En cualquier caso, tengo mucho que hacer —arrimó la silla a la mesa para ponerse a trabajar en serio—. Intentaré reducir los suspiros al mínimo.

—Sí, por favor —le dijo Molly con una sonrisa burlona, y siguió tecleando en su ordenador.

La concentración solo le duró unos minutos, hasta que recibió una llamada de Chris en el móvil. El miércoles por la noche, mientras comían pizza en el suelo del salón, se había descargado un tono especial para el número de Chris. Miró a Molly mientras respondía y vio como ponía una mueca.

—Hola.

—Hola. ¿Hay alguna posibilidad de que salgas antes del trabajo y te vengas para acá?

—Molly acaba de sugerirme lo mismo, pero creía que esta noche estabas ocupado.

—En teoría, sí. Pero puedo sacar tiempo para ti.

Ally volvió a sentir la necesidad de pellizcarse. Vio que Molly le estaba haciendo señas desde su mesa. «Ve» le gesticuló con la boca.

—Supongo que podría escabullirme…

—Enviaré a Victor a recogerte. ¿A qué hora? —le preguntó

La idea de volar en el pequeño helicóptero le revolvió el estómago, como si de nuevo volvieran a invadirla las náuseas matinales.

—Iré en coche, si te parece bien.

Chris manifestó su exasperación con un gruñido.

—Paso a paso —le recordó ella—. No todos somos unos temerarios como tú.

—Sería más fácil y más rápido que vinieras en helicóptero. Además, no sabes adónde tienes que ir.

—Lo buscaré en un mapa.

Por suerte, Chris no insistió con lo del helicóptero y accedió a mandarle un e-mail con la dirección. Ally le dijo que lo llamaría cuando se pusiera en camino, colgó y apagó el ordenador.

—Te compensaré por esto, Molly —le prometió a su amiga de camino a la puerta.

—No creo que vayas a tener tiempo para compensarme por nada —se despidió con la mano—. Conduce con cuidado y nos vemos el lunes.

La despedida de Molly la molestó y la siguió inquietando mientras echaba la ropa y los útiles de aseo en una bolsa, pero no supo por qué y finalmente lo atribuyó a otro efecto psicológico del embarazo… unido a sus recientes despistes. Dejó de pensar en ello y disfrutó del viaje a Charleston cantando a pleno pulmón con la radio.

No fue hasta bien entrada la noche, acurrucada entre los brazos de Chris, cuando se dio cuenta del verdadero significado de las palabras de Molly.

Pasara lo que pasara con Chris, las cosas nunca volverían a ser como eran.

Aquel hombre era un auténtico dios marino. La personificación moderna de Neptuno y Poseidón.

A Ally le dolían los ojos de mirar tanto tiempo por los prismáticos, pero no podía apartar la mirada de Chris, quien en esos momentos rodeaba la segunda boya a tres kilómetros de la costa.

Sabía que el agua era su elemento, pero un día a bordo de un catamarán no la había preparado para el espectáculo al que estaba asistiendo. Ver a Chris capitaneando a los siete miembros de su tripulación era un regalo para la vista… y para otras partes de su cuerpo.

El mar estaba picado y rociaba de espuma las embarcaciones que atravesaban las olas, pero Chris permanecía plantado ante el timón y se movía en perfecta armonía con el barco, como si este fuese una extensión de su cuerpo y no un objeto inanimado. El viento agitaba sus cabellos con la misma fuerza con que ondeaba las velas. Gritó una orden y tripulación se puso en pie como un solo hombre. A continuación empezó a girar el cabestrante y a Ally se le secó la garganta al ver la flexión de sus músculos bajo la camiseta que el viento pegaba a su piel.

—Taylor ha izado una bandera —dijo el hombre que estaba a su lado y que le había servido como guía durante la jornada. Carl Michman ostentaba el título de vicecomodoro del club náutico, pero aquel día su trabajo parecía ser cuidar de ella y explicarle cómo se desarrollaba la regata.

Ally no había oído levantarse a Chris aquella mañana, aunque sí tenía un vago recuerdo de recibir un beso de despedida antes de marcharse a prepararse para la regata. Le había dejado las llaves de su apartamento y del coche, junto a una nota con las instrucciones precisas para llegar al club y buscar a Carl.

—¿Qué significa eso? —le preguntó a Carl con un nudo en el pecho—. ¿Hay algún problema? —Chris le había asegurado que la navegación era un deporte muy seguro, pero ella no estaba tan segura tras pasarse varias horas escuchando las horripilantes historias de los miembros del club. Muchos habían estado a punto de ahogarse al caer por la borda, otros habían sufrido gravísimas heridas en la cabeza al golpearse con la botavara…

Un barco ya se había retirado de la competición cuando un miembro de su tripulación se dislocó un hombro al enredarse con un cabo. Hasta su nuevo amigo Carl, un hombre ágil y dinámico que a sus casi setenta años personificaba el estereotipo que Ally había tenido siempre de un viejo marino, tenía historias y vivencias que ponían los pelos de punta, incluida una en la que había perdido un dedo.

Aquellos hombres de mar no parecían tener el menor sentido de supervivencia.

Carl se rió y le dio una amable palmadita en el brazo.

—Solo es una bandera de protesta. Seguramente está reclamando preferencia de paso.

Carl había intentado explicarle las reglas, pero ella seguía sin entender apenas nada. Y, en honor a la verdad, tampoco le interesaba la regata. Lo único que quería era ver a Chris en acción, y hacia él volvió a dirigir los prismáticos. Su barco era fácil de localizar, gracias al spinnaker de ricos colores con el logo del equipo Wells.

Chris le había dicho que aquella regata era solo de entretenimiento, pero obviamente estaba decidido a ganarla. A través de los prismáticos podía ver que disfrutaba enormemente con lo que hacía, demostrando que había nacido para ello.

¿Sería su hijo igual? ¿Se heredaría aquella irresistible pasión por el mar? El linaje de los miembros del club parecía atestiguarlo. ¿A qué edad esperaría Chris que su hijo, o hija, saliera a navegar y se arriesgara a perder dedos de la mano o sufrir daños cerebrales? La idea la ponía enferma.

Ahogó un gemido cuando Chris esquivó el peligroso balanceo de la botavara y el barco se lanzó hacia delante con el viento inflando las velas. La distancia entre Chris y los otros barcos se incrementó en su frenética carrera hacia la última boya, hasta que fue imposible alcanzarlo. Una sonrisa iluminó el rostro de Chris al saborear el momento en que se supo vencedor.

—Ya está —dijo Carl, frotándose las manos.

Ally oyó un movimiento tras ella y se giró para ver un éxodo masivo de la plataforma. Todo el mundo quería recibir al ganador en el muelle, pero ella se quedó al margen para no molestar. Sin embargo, Chris se abrió camino entre la multitud, la levantó en sus brazos y la besó delante de todos.

Casi pudo saborear la adrenalina y las endorfinas que le recorrían las venas. Los poderosos brazos que la sujetaban le transmitían la fuerza y la excitación de la carrera, dejándola aturdida y desorientada. Solo cuando sus pies volvieron a tocar el suelo tomó consciencia de la realidad y oyó los vítores y silbidos a su alrededor. Sintió que se ponía colorada, pero a Chris no parecía importarle en absoluto la atención que había suscitado su muestra de afecto.

La mantuvo asida de la mano mientras la gente entraba en el club, pero a medida que se desvanecía la excitación del beso se hacía mayor la sensación de vacío en su pecho. Y se hizo más patente y dolorosa mientras la fiesta se alargaba.

Se sentó en la terraza del club, al margen de todo y de todos. No quería inmiscuirse en algo de lo que no formaba parte, pero tampoco quería que la tacharan de antisociable. Era más fácil observar y pensar.

Pero más fácil no quería decir que fuese menos doloroso. Tenía mucho en qué pensar, y ninguna de sus reflexiones servía precisamente para animarla.

El Chris que veía aquel día no se parecía en nada al Chris al que ella estaba acostumbrada, el que había conocido en Tortola, el que le provocaba toda clase de emociones al sonreírle, el que le descargaba ridículos tonos de llamada en el móvil, el que casi le había hecho creer que podían tener una relación de verdad…

El Chris al que estaba viendo era el famoso Chris Wells, y le estaba mostrando una parte de su vida que ella jamás se hubiera podido imaginar.

Ally no podía competir con aquello. Las regatas no eran solamente una parte de la vida de Chris. Eran su vida. Formaban parte de su naturaleza, las llevaba en la sangre y jamás podría renunciar a ellas.

Hasta aquel día, Chris Wells, el célebre regatista, no había sido más que una idea abstracta; para Ally las regatas habían sido simplemente el trabajo de Chris, igual que la contabilidad era el suyo. Una ocupación a desempeñar en un horario fijo y que al acabarla se dejaba aparcada hasta el día siguiente.

Pero no era así, y aquel descubrimiento le estaba formando un doloroso nudo en el pecho. La navegación no solo era el trabajo de Chris. Era un estilo de vida. Y además muy peligroso. Recordó la abatida imagen de Diane sentada junto a la cama de Steven en el hospital y se dio cuenta de lo mucho que sufría por las temerarias aficiones de su hermano. ¿Podría ella soportar una relación semejante con Chris?

—¿Estás bien? —la voz de Chris la sacó de sus divagaciones.

Lo vio frente a ella, mirándola con expresión preocupada, y se obligó a sonreír.

—Solo estoy un poco cansada. Ha sido un día muy largo —era cierto. Estaba agotada y el sol se había ocultado hacía rato. ¿Cuánto tiempo había estado sumida en sus pensamientos? Se frotó los brazos al recibir la brisa que soplaba desde el mar.

Chris se quitó su chaqueta deportiva y se la puso por los hombros, envolviéndola con su calor y olor.

—Vámonos. Pero deja que antes me despida de un par de personas.

—No tienes que marcharte por mí. Estoy bien.

Él sacudió la cabeza.

—Había olvidado que en tu estado te cansas fácilmente. Enseguida vuelvo.

«Así empieza todo», se lamentó ella mientras él volvía a entrar en el club. Chris acabaría resentido con ella y con el bebé por entrometerse en aquella parte sagrada de su vida. El dolor en el pecho se intensificó. Debería haber previsto las consecuencias con más cuidado, antes de lanzarse de cabeza.

Ally seguía protestando cuando Chris le abrió la puerta del coche.

—No tenemos por qué marcharnos, en serio.

—Apenas puedes mantenerte en pie. Nos vamos a casa ahora mismo.

«A casa». Sus palabras la desconcertaron y al mismo tiempo la emocionaron.

—Déjame en ca… en tu casa y vuelve aquí. Disfruta de tu fiesta.

Chris se rio.

—Esto no es una fiesta, Ally. Y mucho menos «mi» fiesta. No pasa nada, Ally. A estas personas las veo siempre —entrelazó los dedos con los suyos y le dio un apretón—. Prefiero estar contigo.

El nudo del pecho acabó por deshacerse en una ola de calor. Tal vez se estuviera preocupando por nada.

—Además, los volverás a ver a todos dentro de dos semanas —añadió él.

—¿Qué?

—La gala del final del verano —recalcó la palabra «gala» en un tono exageradamente formal—. Eso sí que será una fiesta. ¿El bebé te hace perder la memoria? —le preguntó, riendo—. Dijiste que vendrías.

—Ah, sí —lo había anotado en su calendario. Chris

le había pedido que fuera con él cuando hizo pública su intención de dar la vuelta al mundo en solitario—. Por supuesto. Hay que ir de etiqueta.

Cerró los ojos y estuvo dormitando todo el camino, arrullada por el zumbido del motor, la suave música de la radio y las caricias de Chris en los nudillos. Se desperezó con las luces del aparcamiento subterráneo del edificio de Chris, pero solo momentáneamente. Él la llevó hasta el ascensor y Ally se encogió de vergüenza al ver su imagen en el espejo.

Un día al aire libre le había dejado el pelo hecho un desastre. La trenza le colgaba descuidadamente a un lado y los rizos sueltos le caían alrededor del rostro. Tenía las mejillas rosadas por el aire y el sol, lo que acentuaba aún más las ojeras. El efecto resultaba todavía más patético bajo la luz fluorescente del ascensor.

Chris se echó a reír mientras ella intentaba peinarse con las manos. Afortunado él, a quien un día al aire libre parecía sentarle de maravilla. Su piel bronceada lucía un brillo magnífico incluso bajo aquella horrible iluminación, y el aspecto alborotado de sus rubios mechones parecía más un trabajo de peluquería profesional que las secuelas del viento.

—Vete a la cama antes de que caigas rendida —le dijo él al abrir la puerta del loft y dejar las llaves en la mesa.

Ella quiso protestar, pero no tenía fuerzas ni para eso. Se quitó los zapatos y se dirigió hacia el dormitorio, deteniéndose en la puerta cuando él no la siguió.

—Pero avísame si te despiertas sintiéndote mejor —añadió Chris en un tono tan sensual y prometedor que Ally a punto estuvo de volver sobre sus pasos—. Duérmete, Ally.

Ella así lo hizo, pero volvió a despertarse cuando Chris se acostó junto a ella más tarde. Medio adormilada, se giró hacia él y dejó que sus besos le robaran la capacidad de razonar hasta que solo una certeza quedó palpitando en su cabeza y su cuerpo: estaba enamorada de aquel hombre.

Aquello no era sexo sin más. Para ella, al menos, estaban haciendo el amor. La implicación emocional del acto le provocó un extraño dolor en el pecho, y al mismo tiempo un placer corporal que la subió a las estrellas y que le hizo gritar el nombre de Chris cuando alcanzó el orgasmo.

Él la abrazó en los instantes posteriores al clímax y le apartó el pelo de los ojos. Ally vio su sonrisa de satisfacción varonil y mientras la besaba con una ternura exquisita comprendió lo que le estaba pasando.

Chris ya tenía el poder para romperle el corazón.

Capítulo 10

TIENE muy buen aspecto, hijo —comentó el Viejo con un silbido de admiración—. Te confieso que albergaba mis dudas cuando entró renqueando en el puerto como una ballena agonizante.

—Yo no —respondió Chris.

Nunca habría llevado al *Circe* a casa si hubiese tenido alguna duda. Jack lo había puesto a punto con los últimos adelantos en diseño naval, pero sin renunciar al estilo original. El *Circe* era una nave hermosa y elegante, y sin duda sería veloz al surcar las aguas. De momento seguía en dique seco, pero muy pronto estaría donde debía estar.

Lo mejor era el interior. Transformar un barco de carreras en una embarcación de lujo había sido todo un desafío, pero los resultados superaban con creces las expectativas. La cocina era diminuta, pero contaba con todo lo necesario. Y lo más importante, el *Circe* disponía ya de una pequeña cabina bajo la proa, provista de una cama diseñada a medida en la que Ally ofrecería una imagen espectacular.

El Viejo abrió la puerta y se echó a reír.

—Muy interesante.

Chris se limitó a encogerse de hombros. Lo normal hubiera sido aprovechar más espacio para hacer un salón más amplio, pero él había preferido instalar una ducha lo bastante grande para dos.

—Ojalá hubiera tenido un barco así veinte años más joven —dijo el Viejo, sentándose en el sofá de babor—. Menudo picadero…

—Seguro que aún puedes aprovecharlo —respondió Chris—. Te conservas bien para tu edad —bromas aparte, el comentario de su abuelo le daba la oportunidad que necesitaba para sacar el tema—. Pero yo prefiero pensar en el *Circe* como en una especie de retiro. Ya no necesito picaderos ni pisitos de soltero.

Su abuelo arqueó sus blancas cejas.

—¿Ah, no? ¿Estás pensando en casarte, tal vez?

—En cuanto pueda convencerla. Es un poco tímida en lo que se refiere a las bodas.

—En ese caso, te doy mi enhorabuena. Me alegra saber que has sentado la cabeza. Todos esos jóvenes de hoy en día que tienen hijos sin estar casados… —sacudió la cabeza con pesar—. En mis tiempos, si dejabas embarazada a una chica asumías tu responsabilidad y te casabas con ella. Eso es lo correcto —hizo una breve pausa—. Así fue como conseguí que tu abuela se casara conmigo.

—¿En serio? —por lo poco que recordaba de su abuela, había sido una mujer muy decente y cauta. Nunca se habría imaginado que tuviera que casarse a la fuerza—. Supongo que lo llevamos en los genes.

—Las chicas de entonces se llevaban la peor parte,

ya que tenían que cargar con el estigma y todo eso. Pero si quieres saber mi opinión, creo que si dejas embarazada a una mujer has de casarte con ella. Los hijos merecen estar con su padre y con su madre.

—Mi madre se sorprendería de oírte decir eso.

Su abuelo echó la cabeza hacia atrás, como si hubiera recibido un golpe, y Chris se lamentó por no haber sacado el tema de otra manera. Había visto su oportunidad y la había aprovechado sin pensar.

—Lo de tu madre fue una situación completamente distinta.

—No tanto. Por lo que tengo entendido, cuando puse a Dennison a trabajar en el caso de Ally, lo que hizo fue copiar el mismo papeleo de hace veinticinco años.

—Hicimos lo que debíamos hacer para protegerte.

—¿Para protegerme de qué? ¿De mi madre?

El Viejo se inclinó hacia delante con el ceño fruncido.

—No sé qué crees saber, pero te aseguro que apartarte de tu madre fue la mejor, la única opción en su momento. El hombre con el que quería casarse…

Hablar de eso solo servía para reabrir heridas que llevaban largo tiempo cerradas. No debería haber sacado el tema, pero ya era tarde para echarse atrás.

—Bueno, es una suerte que mi madre ya no esté aquí para refutar tus afirmaciones, ¿no crees?

—No lo entiendes.

—Lo que hiciste no tiene justificación. Y casi dejas que yo haga lo mismo… —resopló con desdén—. ¡Me has animado a hacerlo, como quien dice!

—No tengo que justificarme por nada. Algún día, cuando seas padre, entenderás que la posibilidad de perder a tu hijo te lleva a hacer cualquier cosa. ¿Estoy orgulloso de lo que le hicimos a Elise? No, claro que no —sacudió tristemente la cabeza—. ¿Lo volvería a hacer? Sin ninguna duda, si con ello pudiera evitar perder a mi nieto.

La idea de no formar parte de la vida de su hijo le provocaba una sensación horrible. Y sabía que la posibilidad le resultaría mil veces más dolorosa cuando su hijo hubiese nacido. Pero aun así…

—Seguro que había otras opciones.

—Tu madre quería que Paul renunciara a sus derechos como padre para que su nuevo marido pudiera adoptarte. Quería llevarte a la Costa Oeste cuando aún eras pequeño y que así olvidaras todo esto, algo que yo no estaba dispuesto a transigir de ninguna manera.

—Y antes de perder a tu nieto, decidiste que yo perdiera a una madre y me hiciste creer que ella me había abandonado.

—¿Nunca te has parado a pensar que tu madre podría haberse puesto en contacto contigo? Tu padre consiguió la custodia, pero tu madre podía visitarte cuando quisiera. Fue ella la que eligió no hacerlo.

Aquella sorprendente revelación lo cambiaba todo.

—Pero Marge me dijo que…

Su abuelo asintió comprensivamente.

—Así que fue Marge quien te puso al corriente… Me lo figuraba. Marge llevaba poco tiempo en la empresa cuando ocurrió todo aquello y no estaba al tanto de los detalles —gruñó con disgusto—. El problema no se convirtió en una lucha abierta hasta el final. Fue imposible llegar a un punto medio con tu madre. Tu Ally parece más sensata…

—Solo porque Dennison la amenazó de tal manera que no le quedó otra opción que avenirse a negociar.

—Entonces ¿de qué te quejas? Yo diría que todo marcha bien.

Solo el Viejo podría verlo de esa manera, ajeno a lo absurdo de la situación. Discutir con él era como capear un temporal, pero con consecuencias mucho peores. La cabezonería se hacía más acusada con los años, por lo que correspondía a Chris tomar una decisión: o se olvidaba del asunto o seguía resentido con su abuelo.

Si su propósito era seguir adelante con Ally tendría que olvidarse del pasado. Pero por si acaso…

—Quiero dejarte algo muy claro… Ally y el bebé son asunto mío, no tuyo. Yo me ocuparé de ellos, y pase lo que pase no volverás a intentar la misma jugada.

Su abuelo volvió a arquear las cejas y Chris supo lo que le pasaba por la cabeza: estaba intentando decidir si aquellas palabras eran una amenaza o un desafío. Chris arqueó una ceja y el Viejo se echó a reír.

—Eres un Wells de los pies a la cabeza… —se puso serio y siguió hablando—. Espero que cuando te mates a bordo del *Dagny* puedas descansar en paz, sabiendo que tu hijo está siendo criado por unos desconocidos.

Chris había ganado la partida, aunque su abuelo se negara a admitirlo.

—Ally no es una desconocida, y te vuelvo a decir que no tengo ninguna intención de morir en el mar. Estás buscando cualquier motivo para disuadirme.

—Desde luego que sí. Despediría a tu patrocinador si supiera que iba a servir de algo.

—Me buscaría otros patrocinadores.

—Y por eso no lo hago —respiró hondo y de repente pareció mucho más viejo y cansado—. Tu padre era un temerario incontrolable. Vivía por y para el riesgo, y tú eres como él en muchos aspectos. Lo que te diferencia de Paul es que tienes la cabeza sobre los hombros. Por eso te pido que pienses en esto: tienes un hijo en camino, una mujer con la que quieres casarte y un futuro por delante. ¿Por qué quieres arriesgarlo todo solo por conseguir otro título? Ya tienes un palmarés impresionante. No cometas el mismo error que tu padre y antepongas esa permanente búsqueda de gloria a la felicidad de tus seres queridos. Si solo se tratara de mí y de la empresa lo comprendería, pero ahora tienes otras responsabilidades que ni siquiera te paras a considerar.

Era el discurso más largo y vehemente que su abuelo le había soltado sobre el tema. Hasta ese momento se había limitado a reprocharle brevemente su osadía y olvidarse del asunto, enterrándolo bajo los malos recuerdos.

—Abuelo, esto no es solo por la gloria. ¿Sabes cuánta gente depende de mí en este proyecto? ¿Sabes lo que significaría para la empresa? Ya has visto cómo va la economía. La única manera de mantenerse a flote es diversificar el negocio. Gracias al *Dagny* y los diseños de Jack se nos abrirá un nuevo mercado. Habrá una demanda enorme de las piezas instaladas en el *Dagny*. Nuestros proveedores y accionistas necesitan este empujón más que nunca. Hay mucho más en juego que la búsqueda de otro título.

—Para ti es algo personal, hijo. No lo niegues.

Chris se levantó y casi se golpeó la cabeza con el techo de la cabina.

—Pues claro que es personal. Pero también se trata de negocios.

—No por eso tiene que gustarme.

—Te gustará cuando bata el récord, puedes estar seguro —su intento de aliviar la tensión no borró la preocupación del rostro de su abuelo—. Te propongo lo siguiente: lo intentaré una sola vez, y si no consigo batir el récord me olvidaré del asunto para siempre.

Su abuelo esbozó una pequeña sonrisa.

—Siempre estás viviendo al filo de la navaja.

Chris le devolvió la sonrisa.

—Es verdad, pero aún falta un mes para acometer ese reto, y como hasta entonces no tengo nada más peligroso que sacar esta preciosidad a navegar, puedes estar tranquilo.

—Qué remedio me queda… Hasta la última de mis canas es culpa tuya.

Su abuelo se había relajado finalmente.

—Te quedan muy bien… Te dan un aspecto muy distinguido.

—Te recordaré eso mismo cuando tu hijo…

—O hija.

—Que Dios te ayude si tienes una hija —señaló el interior del *Circe*—. Aunque seguramente acabes teniendo más de una, si a Ally le impresiona esto tanto como a mí.

Chris se inquietó al oír aquello. En ningún momento había pensado en tener más hijos.

—¿Cuándo lo botarás? —le preguntó su abuelo.

—Dentro de unos días. Si todo sale bien, podré llevar a Ally a navegar el fin de…

Unos fuertes gritos lo interrumpieron. Su abuelo levantó la cabeza y Chris se lanzó hacia las escaleras. Un segundo después un ruido espeluznante estremeció al *Circe* e hizo que su abuelo se tambaleara en los peldaños. Chris lo agarró del brazo mientras se asomaba por la escotilla.

Una espiral de humo salía por una de las puertas del muelle de carga, y hacia ella corrían los hombres portando extintores. Chris maldijo en voz alta y lo mismo hizo su abuelo.

—Ve a ver lo que pasa —le ordenó su abuelo—. Yo llamaré al 911.

Chris lo dejó en el puente de mando del *Circe* y saltó al suelo para correr hacia el fuego.

«Problemas en los astilleros. Hay que cancelar lo de esta noche. Te llamaré mañana. Lo siento».

Ally leyó el breve mensaje por vigésima vez, esperando que aparecieran más palabras desde la última vez que lo comprobó. Nada. Con el corazón en un puño, cerró el móvil y se recostó contra el cabecero de la cama.

Se había llevado una gran decepción cuando recibió el mensaje el día anterior por la tarde, pero la inquietud empezaba a apoderarse de ella al no recibir la llamada prometida de Chris. Era como si una bandada de buitres se posara en sus hombros a la caída del sol.

Arrojó el móvil a los pies de la cama, como si fuera una niña enfurruñada y no una mujer adulta y responsable, y justo en ese momento se puso a sonar. Con las prisas y el ansia le costó encontrarlo entre los pliegues de la colcha.

—Allison Renee, esto ya se ha pasado de la raya.

Maldita sea. Debería haber comprobado el número.

—Hola, mamá —volvió a apoyarse en el cabecero y cerró los ojos.

—Hasta ahora no he querido intervenir entre tu hermana y tú…

«Falso».

—Pero tu actitud empieza a ser intolerable.

—Mamá, estoy embarazada. Si Erin es demasiado inmadura o egoísta para pensar en los demás, no hay nada que yo pueda hacer.

—Podrías intentar ser más comprensiva con ella. Ya sabes el estrés por el que está pasando.

—Es una boda, por amor de Dios. Lo siento, pero no puedo compadecerme por sus niveles de estrés.

—Allison…

Tal vez fuera la decepción porque Chris hubiese cancelado la cena, o el desequilibrio hormonal por el embarazo, o el recuerdo de la cara de Chris cuando asistió al comportamiento de su familia. Fuera lo que fuera, el tono de advertencia y reproche de su madre no tuvo el mismo efecto de siempre. En vez de sentirse culpable o avergonzada, la invadió un terrible rencor hacia su madre y su familia en general.

Su familia no estaba loca, ni siquiera era excéntrica. Solo era egoísta e inmadura. Y ella no se había dado cuenta hasta ahora.

—Déjame que te diga algo, mamá. Erin es tu hija. Yo he cumplido con creces con mi deber de hermana y ya estoy harta de consentírselo a todo. ¿Quieres hacerlo tú? Estupendo, pero yo no voy a seguir aguantando a esa cría estúpida y mimada.

—Ally…

—Y lo mismo te digo de Steven —la cortó Ally. Por fin se atrevía a soltar todo lo que llevaba dentro—. Si es capaz de convencer a todo el mundo para que estén a su servicio, genial, pero que no cuente conmigo. Ya no es un niño y puede cuidar de sí mismo. En cuanto a mí, a ninguno os preocupa cómo me sienta ni cómo me las arregle. Os importo un bledo a todos.

—Eso no es verdad.

—Cállate, mamá. Os quiero a ti y a papá, pero es

como si hubieran cambiado los papeles y yo me hubiese convertido en la única adulta de la familia. Pero ahora voy a tener a mi propia familia y no puedo seguir haciéndome cargo de todo el clan. Ni es mi obligación, ni quiero hacerlo. Se acabó.

Habiéndolo soltado todo, Ally se sintió mejor de lo que se había sentido en meses. O en años.

—¿Pero qué te pasa, Ally? ¿Por qué te comportas así? —la voz de su madre temblaba de espanto y dolor.

¿Qué se esperaba Ally? ¿Compasión? ¿Comprensión? ¿Arrepentimiento?

—Siento herir tus sentimientos, mamá, pero las cosas no pueden seguir así. Cuando estéis preparados, todos vosotros, para ser una familia… una familia de la que yo pueda formar parte, no de la que deba ocuparme… entonces volveremos a hablar.

Su madre se puso a toser y carraspear y Ally sospechó que estaba llorando. Ya no se sentía tan bien por haberse desahogado, pero lo hecho hecho estaba.

—Lo siento, mamá. Ya sabes que te quiero. Llámame cuando hayas pensado en lo que te he dicho.

Dejó el teléfono en la mesilla y se metió bajo las sábanas para abrazar la almohada contra el pecho. Una de las ventajas de estar embarazada era que podía dormirse siempre que quería, lo cual era una buena forma de pasar el tiempo cuando estaba angustiada por algo.

Se despertó con el pitido del móvil, señal de que había recibido un mensaje de texto. Abrió los ojos y vio que eran las once y cuarto. Llevaba durmiendo más de tres horas.

«No quería despertarte», leyó. «Te llamaré pronto. Que descanses».

Chris no la había olvidado. Sonrió con alivio y satisfacción y volvió a dormirse.

El viento infló las velas del *Circe* al dejar atrás el muelle y la bahía y salir a mar abierto. Chris no se había equivocado. La nave se manejaba a las mil maravillas. Tenía unas tres horas aproximadamente para hacerle dar sus primeros pasos antes de regresar. Tiempo de sobra para su comida de negocios y que luego Victor lo llevara a Savannah para acompañar a Ally al médico.

Después de la frenética semana vivida, la idea de volver a ver a Ally era el mejor bálsamo posible. La explosión en los astilleros había sido un accidente absurdo por el que ya habían sido castigados los trabajadores responsables, y aunque afortunadamente nadie había resultado herido de gravedad y las labores de limpieza y reparación marchaban a buen ritmo, el siniestro había supuesto una pesadilla legal con la aseguradora y los sindicatos.

Peor aún, el jaleo lo había tenido encerrado en la oficina toda la semana, sin posibilidad de ir a ninguna parte, y mucho menos a Savannah.

La brisa marina lo ayudó a despejar su mente de preocupaciones mientras maniobraba el *Circe* para colocarlo con el viento de través.

Tal vez pudiera conseguir que Marge hiciera acopio de provisiones mientras él estaba en Savannah. Así podría volver con Ally aquella misma noche y zarpar para pasar la noche a unos kilómetros de la costa. Estaba impaciente por bautizar al *Circe* como era debido.

Podrían salir a las seis, o a las siete, dependiendo

de lo que durase la cita con el médico. Chris no tenía ni idea de cuánto se alargaban esas cosas, siendo la primera vez que estaría en la consulta de un ginecólogo, pero en cualquier caso aquella noche tendrían algo que celebrar. Y lo harían a bordo del *Circe*, aunque la nave estuviese atracada en el muelle. Sería lo más apropiado para la ocasión.

Pensó en el anillo que había guardado en la caja fuerte del despacho. Aquello lo reservaría para el día siguiente y así tendrían otro motivo que celebrar. Quería casarse con Ally lo más pronto posible. Ya estaba cansado de dar vueltas en torno al asunto y de dividir el tiempo entre dos ciudades para volver a un apartamento vacío cada noche. Quería a Ally en su vida de manera permanente.

El fuerte viento hizo que la nave se escorase, pero Chris soltó la escota y consiguió estabilizarla.

Tenía la esperanza de que Ally se conformara con una ceremonia discreta, algo que pudieran celebrar antes de que él partiera con el *Dagny*. Si Ally se empeñaba en una boda a lo grande para rivalizar con la de su hermana, necesitarían dos meses para planearla, por lo menos. Aquello, unido a los cambios que quisiera hacer en su apartamento, la mantendría ocupada durante mucho tiempo.

Tal vez no fuese el momento ideal para casarse y que ella se trasladara a su apartamento, con su desafío alrededor del mundo a la vuelta de la esquina, pero tendrían que adaptarse a las circunstancias. A fin de cuentas, su relación no había sido precisamente normal hasta la fecha, así que ¿por qué empezar ahora? Sonrió al pensarlo.

Lo siguiente era convencer a Ally de su plan.

Después de varias semanas de lucha constante con

todo el mundo… Ally, el Viejo, los abogados, el sindicato… y del drástico vuelco que había sufrido su vida personal y profesional, aquella calma le parecía extraña y fuera de lugar. Respiró profundamente y se convenció de que en lo sucesivo su vida transcurriría por aguas más tranquilas.

El crujido de la vela mayor le hizo levantar la cabeza a tiempo de ver como se combaba. Un segundo después el viento cambió de dirección, azotándolo en la cara e inflando la vela desde el otro lado. Chris se maldijo por su falta de atención y se giró rápidamente para ver la botavara acercándose a toda velocidad.

Fue lo último que vio antes de que todo se volviera negro.

Capítulo 11

SENTADA en su coche, frente a la consulta del doctor Barton, Ally contemplaba la ecografía que acababan de hacerle. El bebé parecía una especie de cacahuete alienígena, pero el médico le había asegurado que todo estaba en orden. También había oído los latidos de su diminuto corazón y en el bolso llevaba un DVD con las primeras imágenes de su hijo. Era lo más asombroso que había visto en su vida, y aún tenía los ojos llenos de lágrimas.

También lloraba de frustración, pues Chris se lo había perdido todo. Lo había creído cuando le dijo que quería estar presente, y lo había llamado al móvil cuando no se presentó a la hora acordada para recogerla en la oficina. Lo único que le respondió fue el buzón de voz. Esperó todo lo que pudo, hasta que tuvo que irse ella sola para no perder la cita. Le dejó un largo mensaje con la dirección de la consulta, diciéndole que se vieran allí en caso de que se hubiera retrasado por algo, y mantuvo la esperanza hasta que el médico atenuó las luces para iniciar el procedimiento. La decepción fue tan amarga que empañó la emoción de aquel momento tan especial.

—Lo siento, chiquitín —le dijo a su vientre mientras arrancaba el motor—. Lo siento si he frustrado tus esperanzas, pero te aseguro que no volverá a pasar.

De camino a casa estuvo profiriendo todos los insultos que se le ocurrían contra Chris, guardándose algunos para ella misma: ingenua, estúpida, embobada, atolondrada, ciega, enferma de amor… Tenía mucho donde elegir.

No se sorprendió al ver a Molly esperándola en el porche. Se había puesto furiosa cuando Chris no se presentó y se había ofrecido a ir en su lugar. Pero Ally seguía confiando en que Chris apareciera y decidió ir sola.

Molly arrugó el rostro al verla salir sola del coche y miró hacia la calle por si veía el coche de Chris, pero Ally negó con la cabeza.

—Maldito cerdo.

El apoyo incondicional de su amiga le provocó una mezcla de consuelo y tristeza.

—Sabíamos que esto ocurriría, ¿no? Mejor que sea cuanto antes.

—Aun así es un cerdo —insistió Molly.

Ally abrió la puerta y Molly la siguió mientras seguía mascullando improperios a cada cual peor.

—Así que volvemos al plan A. No está tan mal… —la voz se le quebró ligeramente y tragó saliva—. ¿Quieres ver el vídeo? El chiquitín parece un cacahuete alienígena.

—Más tarde. Ahora quiero que llames a la oficina de Chris para saber dónde demonios se ha metido.

—Molls…

—Toma —le entregó un pedazo de papel—. Puede que él no responda al móvil, pero seguro que en el astillero hay alguien que sepa cómo localizarlo.

Ally reconoció el número del astillero. Hizo una bola con el papel y miró sospechosamente a Molly.

—¿Has…?

—No, no he llamado. Quería hacerlo, pero decidí concederle el beneficio de la duda. Lo que obviamente no se merece, el maldito bastardo.

—Molls…

—Voy a hacer palomitas y a encender el DVD. Tú haz esa llamada mientras tanto.

—Vale —aceptó Ally. Se sentó en el sofá y marcó el número. El teléfono sonó y sonó, hasta que una mujer respondió con voz jadeante.

—Eh…. Hola. Soy Ally Smith y estoy buscando a Chris…

—Oh, Dios mío —oyó un crujido, como si la mujer estuviese tapando el auricular con la mano y hablando con alguien—. Es Ally. Está buscando a Chris.

«¿Qué demonios está pasando ahí?». Se oyó otro crujido y otra mujer se puso al teléfono.

—¿Ally? —su voz era más tranquila y apaciguadora—. Soy Marge Lindley. Nos conocimos cuando viniste a la oficina.

«Bien».

—Hola, Marge. Estoy buscando a Chris. Había quedado con…

—Siento que no te hayamos llamado antes, cariño.

El tono de Marge, aunque sereno, encendió las alarmas de Ally. Tomó aire y se preparó para oír el resto.

—Chris salió esta mañana con el barco nuevo y…

Bueno, dijo que solo estaría fuera un par de horas, pero no se encontró con Victor como tenía previsto...

A Ally se le congeló la sangre.

—Hemos avisado a la Guardia Costera, y Victor está buscándolo con el helicóptero.

Ally lo entendió todo finalmente. Nadie sabía dónde estaba Chris. Y si Victor y la Guardia Costera lo estaban buscando...

—¿Ally? ¿Estás ahí?

El nudo en el pecho le impedía respirar.

—Sí.

—Están siguiendo el rastro de su GPS y tienen las coordenadas del barco. Lo encontrarán.

Encontrar el barco no significaba encontrarlo a él. Si Chris no respondía a las llamadas por radio ni al teléfono...

Molly volvió en ese momento de la cocina.

—Palomitas de maíz y zumo de na.... ¿Qué pasa?

—Chris —fue todo lo que pudo decir.

—Rápido, pon la cabeza en las rodillas antes de que pierdas el conocimiento —le ordenó Molly. Le quitó el teléfono de la mano y le ejerció presión en los omoplatos para obligarla a agachar la cabeza. Mientras le frotaba los hombros siguió hablando ella con Marge.

Ally había estado maldiciendo a Chris mientras él estaba... Las historias de horror que había oído en el club náutico la asaltaban con imágenes dantescas. Intentó respirar profundamente y recordar que Chris era un semidiós marino y que un ataque de pánico no era bueno para el bebé.

—¿Estás bien?

Se incorporó lentamente mientras Molly dejaba el teléfono en la mesa.

—¿Qué ha dicho Marge?

—El práctico del puerto lo vio zarpar un poco después de las siete de la mañana. Su secretaria sabía que tenía una comida de negocios, por lo que asumieron que se había ido directamente del muelle a la cita —Molly se movía de un lado para otro mientras hablaba. Llevó la comida de vuelta a la cocina y le llevó a Ally unos vaqueros—. El hombre con el que había quedado pensó que le había surgido algún contratiempo y por eso no se molestó en llamar a la oficina. Fue Victor el que dio la voz de alarma cuando Chris no apareció en el helipuerto para venir aquí —le entregó el bolso, le colgó un jersey del brazo y agarró dos libros de la estantería—. Vamos.

Cuando Molly se ponía en modo autoritario lo mejor era no discutir. Y en cualquier caso, Ally no tenía fuerzas para ello. Ni siquiera podía pensar con claridad.

—¿Adónde?

—A Charleston. Victor no puede venir a por ti porque está ayudando en la búsqueda, así que te llevo yo en coche. Querrás estar allí cuando lo encuentren.

Chris tenía un aspecto horrible. O al menos todo lo horrible que podía estar un hombre como él. Estaba muy pálido tras pasarse varias horas inconsciente en el puente de mando del *Circe* y tenía un aparatoso vendaje alrededor de la cabeza. Según contaba su abuelo, un hombre canoso al que todo el mundo se refería como «el Viejo», Chris había sufrido un profundo corte.

Pero le habían asegurado que se recuperaría. Ally estaba sentada a su lado, viéndolo dormir mientras los últimos rayos de sol se filtraban entre las persianas del hospital. Aunque estaba inconsciente cuando la Guardia Costera abordó el *Circe*, habían podido reanimarlo y le habían hecho las pruebas pertinentes para cerciorarse de que la herida, aunque de feo aspecto, no fuera a causarle daños irreversibles. Aparte de las magulladuras y contusiones sufría una severa deshidratación por la pérdida de sangre y la prolongada exposición al sol, pero el goteo intravenoso se encargaría de solucionarlo.

Marge la había llamado para decirle que habían encontrado a Chris y que lo llevaban al hospital, pero para cuando Ally llegó ya estaba fuera de peligro, sedado y descansando en una habitación. Ally se quedó con él mientras los demás se iban a descansar y prometió llamarlos con cualquier novedad. Molly regresó a Savannah y Ally se quedó a solas con Chris y con mucho tiempo para pensar.

Habían pasado ocho horas antes de que alguien se percatara de su desaparición. Malditos fueran todos los hombres y su estúpida manía por jugarse el cuello. En la hora escasa que Ally había tenido constancia del drama había envejecido diez años de golpe. Y lo mismo le ocurría al abuelo de Chris.

No podía soportar aquel estrés. Ni podía, ni quería. Lo que quería era llevar una vida tranquila y normal. Cierto era que un par de meses antes se estaba quejando de su anodina existencia y que había recibido la llegada de Chris como un regalo de los dioses, pero al quedarse embarazada y enamorada de un hombre que se alimentaba de la adrenalina y del riesgo, el aburrimiento y la rutina cobraban una perspectiva mucho más apetecible.

—¿Ally? —la voz de Chris, áspera y débil, le hizo

levantar la cabeza de golpe. Se acercó a la cama y le tocó el brazo por encima del catéter. Los azules ojos de Chris la miraban fijamente bajo el vendaje blanco.

—Estás despierto… ¿Cómo te sientes?

—La cabeza me va a estallar.

—Lógico. Te has hecho un buen corte.

Chris le agarró la mano.

—Menos mal que soy duro de mollera… —murmuró con una pequeña sonrisa—. Siento haberme perdido la cita con el médico. ¿Cómo fue?

Aún era demasiado pronto, pero Ally podría haber jurado que el bebé daba un brinco dentro de ella.

—El chiquitín está muy bien. Tengo el vídeo para que puedas verlo.

—Estupendo —cerró los ojos—. Me habría gustado estar presente…

«Y a mí».

—Te dejaré que descanses.

—No, no quiero dormir más. Pero es que las luces hacen que me duela más la cabeza —le acarició los nudillos—. Había pensado llevarte a navegar esta noche, pero parece que tendremos que cambiar de planes.

—El Viejo me ha dicho que el *Circe* no ha sufrido ningún año y que lo remolcaron sin problemas hasta el puerto.

—Así que has conocido al Viejo —dijo él con otra sonrisa.

—Sí. Es un hombre encantador. Por cierto, no sabía que tu segundo nombre fuese «Condenado idiota».

Chris se rio y puso una mueca de dolor mientras se llevaba la mano a la cabeza.

—No debería reír. Me duele horrores.

—Creo que el mejor remedio sería no volver a po-

nerte en el camino de la botavara —acercó una silla a
la cama para sentarse—. O al menos, decirle a alguien
a qué hora piensas regresar.

—Tomo nota.

Ally suspiró y apoyó la cabeza contra el hierro de
la cama.

—Nos tenías a todos preocupados.

Chris le dio un pequeño apretón en la mano.

—Lo siento. Recuérdame que le diga a Jack que
revise el GPS del *Dagny*… —su voz se fue apagando
hasta quedarse dormido.

Ally, en cambio, dio un respingo al oír la última
palabra. ¿El *Dagny*? ¿La vuelta al mundo? ¿Chris estaba recuperándose de su última experiencia en solitario y ya estaba pensando en la siguiente? ¿Cómo se
podía ser tan insensato? Si a punto había estado de
matarse a tres kilómetros de la costa, ¿qué sería de él
en mitad del océano?

Tuvo que morderse el labio para no ponerse a gritar de frustración. Aquel hombre estaba completamente loco. O eso o el golpe de la botavara había sido más
fuerte de lo que parecía.

La furia la inflamó por dentro. Tan preocupada estaba por lo ocurrido que se había olvidado de lo único
que había sabido con certeza desde el principio: Chris
era el típico niño mimado y egoísta para quien el mundo giraba a su alrededor. Igual que Gerry. Igual que su
hermano. Igual que toda su maldita familia. Chris necesitaba la emoción del riesgo, la búsqueda de gloria y
la adulación permanente. Y que los demás se encarga-
ran de recoger los pedazos.

Ally debía de ser una especie de masoquista. De lo
contrario, no se explicaba su tendencia a rodearse de
gente así.

¿Qué sería lo siguiente después del *Dagny*? ¿Cuál sería el próximo reto que persiguiera con todo su empeño? Una cosa estaba clara: ni Ally ni el bebé podrían competir jamás con esa imperiosa necesidad de jugarse la vida. Para él nunca serían suficientes. Se le escapó una amarga carcajada al recordar cómo se convenció a sí misma de que era ridículo sentir celos de un barco o de una afición. Pero ahora se daba cuenta de que no eran celos. Era la parte racional de su cerebro, que intentaba abrirse paso entre la niebla multicolor con que las hormonas envolvían su mente y su cuerpo.

Y finalmente podía pensar con claridad.

El plan A estaba descartado, y el plan B se había hecho pedazos. Aún le quedaba el plan C.

Chris se removió en sueños y Ally lo miró con el corazón destrozado y lágrimas en los ojos. Sería terrible separarse de él, pero tenía que hacer lo mejor para ella y para su hijo. Y la opción más sensata, aunque también fuera la más dolorosa, era poner la mayor distancia posible.

Salió de la habitación y cerró sin hacer ruido para no despertarlo. Estaba marcando el número de Marge cuando un compañero de tripulación de Chris se acercó por el pasillo. ¿Sería Jack? ¿O quizá Derrick? Ally había conocido a tanta gente en tan poco tiempo que confundía los nombres.

—¿Cómo está?

—Durmiendo. Se despertó unos minutos y estaba lúcido, así que se pondrá bien.

El hombre asintió.

—¿Necesitas algo?

—La verdad es que sí. Me ha surgido algo importante y tengo que volver a Savannah. ¿Podrías quedarte con Chris hasta que vengan su abuelo o Marge?

—Claro.

—Gracias —volvió a entrar de puntillas en la habitación para recoger sus cosas y le dio un beso a Chris en la mejilla—. Gracias por todos los buenos momentos. Y… siento tener que hacer esto.

El compañero de Chris la miró extrañado cuando salió llorando de la habitación.

No fue hasta que llegó al aparcamiento del hospital cuando se dio cuenta de que no tenía medio de transporte para irse a casa. Molly había dado por supuesto que se quedaría a pasar la noche en el hospital, y Ally no quería llamarla para que hiciera el largo viaje por segunda vez aquel día.

Victor. Él podría llevarla a casa en un santiamén, y se había ofrecido a hacerlo cuantas veces lo necesitara. Aunque, pensándolo bien, no podía recurrir a sus servicios en una situación como aquella.

Así pues, volvió a entrar en el hospital y pidió una guía telefónica. En pocos minutos había pedido un coche de alquiler y un taxi para recogerla.

Siempre había un plan C…

Cuando volvió a abrir los ojos se encontró con la habitación en penumbra y una única luz encendida a su izquierda. El dolor de cabeza había remitido un poco, pero aún sentía la piel reseca. ¿Qué hora sería? ¿Cuánto tiempo había dormido?

Mucho, seguramente, ya que tenía el vago recuerdo de unas enfermeras despertándolo en varias ocasiones para hacerle preguntas absurdas sobre su número de teléfono y el presidente de Estados Unidos.

Giró la cabeza y vio a Jack dormitando en una silla junto a la cama con un libro sobre el pecho.

—Hola.

Jack se despertó y se frotó los ojos.

—¿Ya te has despertado?

—¿Adónde se ha ido Ally?

Jack cerró el libro y sacudió la cabeza.

—Yo también me alegro de verte. Estás horrible.

—He estado peor.

—Y que lo digas. En respuesta a tu pregunta, Ally ha vuelto a Savannah. Dijo que le había surgido algo.

¿Ally se había marchado?

—¿Dijo el qué?

—No. Solo que era algo importante y que tenía que regresar.

Seguramente se trataba de algún asunto relacionado con su familia. Aquella panda de inútiles no sabía ni atarse los cordones de los zapatos sin la ayuda de Ally. Sin duda ella se alegraría de poder mudarse a Charleston. Así al menos no tendría que dejarlo todo cada vez que alguien se rompiera una uña.

—Seguro que te llamará —le dijo Jack.

—Claro. Pero me molesta que su familia recurra a ella para todo y a todas horas.

—No te lo tomes tan a pecho. No te estabas muriendo y seguramente era un asunto importante para ella.

—Si no me estoy muriendo, ¿por qué sigo en el hospital? —apretó el botón para elevar la cama a una posición vertical—. ¿Cuándo me van a dar el alta?

—Son las cinco de la mañana, así que ten un poco de paciencia. Las enfermeras dicen que si todo sigue en orden quizá puedas irte a casa hoy mismo.

Estupendo. Tenía cosas que hacer.

—Pero no te hagas ilusiones —añadió Jack—. Tendrás que quedarte en casa un par de días, como mínimo.

Aquello no le hacía ninguna gracia, pero si Ally podía quedarse con él…

—Y sin hacer ningún tipo de actividad física —dijo Jack, quien lo conocía muy bien.

—Eres un aguafiestas.

Capítulo 12

EL domingo por la tarde Chris se moría de aburrimiento. Le habían dado el alta el día anterior, con órdenes estrictas de que guardara un reposo absoluto. Él había accedido para que su abuelo no enviase una canguro a cuidar de él. Ya casi no le dolía la cabeza, pero aquel confinamiento doméstico lo estaba volviendo loco.

Hacía un día precioso. Lucía un sol espléndido, no había ni una nube en el cielo y una agradable brisa entraba por las ventanas. Se le ocurrían cientos de lugares donde preferiría estar en vez de quedarse encerrado en casa, viendo la televisión.

Y lo peor era que en aquellos momentos podía estar navegando con Ally en el *Circe*. Según le había contado Jack, los únicos daños que había sufrido la nave eran unas manchas de sangre en la cubierta y una abolladura en la botavara.

¿Dónde se había metido Ally? El día anterior lo

había llamado para preguntarle cómo estaba, pero la conversación fue muy breve y él la notó excesivamente seca y desganada. No le dijo nada de su familia, y Chris se quedó con la duda de si serían ellos la causa de su extraño estado de ánimo. No sería la primera vez…

Fuera lo que fuera, algo no marchaba bien y Ally no quería compartirlo con él.

Había vuelto a llamarlo aquella mañana y le dijo, con una voz que seguía sin ser la suya de siempre, que iría a visitarlo por la tarde. Chris se ofreció a enviar a Victor para recogerla con el helicóptero, pero ella declinó el ofrecimiento y dijo que prefería ir en coche.

Chris se sentía cada vez más irritado, hasta el punto de echar de menos la oficina. Cualquier cosa sería mejor que estar entre aquellas cuatro paredes.

Miró el reloj. Ally debía de estar al llegar y lo ayudaría a sobrellevar la situación. Si tenía que quedarse en casa, Ally era la única persona con la que querría estar.

La espera lo sacaba de quicio. Estaba agarrando el teléfono para llamarla cuando llamaron a la puerta. Por fin. Tenía que ser Ally. Si fuera cualquier otra persona el conserje lo habría avisado.

Atravesó la habitación en tres rápidas zancadas, impulsado por el deseo de verla.

—¿Por qué no has abierto con tu llave? —preguntó mientras le abría, pero al ver el rostro pálido y demacrado de Ally se detuvo en seco—. ¿Estás bien?

—Esa pregunta debería hacértela yo —le dijo ella con una sonrisa forzada—. ¿Cómo te encuentras? —en persona parecía más fría y distante, si eso era posible, de lo que había estado por teléfono.

—Bien —respondió mientras cerraba la puerta tras

ella. Ally llevaba un bolso de mano, no lo bastante grande para pasar la noche fuera.

—Tienes mejor aspecto.

Sus palabras, rígidas e impersonales, lo hicieron actuar con cautela mientras se inclinaba para besarla en la mejilla. Algo le ocurría, y no era nada bueno. Se movía con la misma rigidez con la que hablaba, como si fuera a quebrarse y estuviera aguantando a fuerza de voluntad.

—Chris, yo…

—¿Por qué no te sientas?

Ally asintió y se sentó en el borde del sofá, con el bolso en su regazo. Él se sentó a su lado y ella respiró hondo.

—Tenemos que hablar. Tengo… tengo que decirte algo y no sé muy bien cómo.

—De acuerdo —la observó atentamente y sintió un escalofrío al ver como torcía el gesto—. ¿Es el bebé? ¿Ha ocurrido algo?

—No, no —sacudió la cabeza y se le soltó un rizo de la cola de caballo—. El bebé está bien. De hecho, te he traído una copia de la ecografía —le dio unos golpecitos al bolso.

Chris apostaría el *Dagny* a que había algo más que una ecografía en aquel bolso…

—Entonces ¿de qué se trata?

Ally se mordió el labio y se quedó mirando la mesita de centro como si fuera el objeto más extraño que hubiese visto en su vida. Chris se dio cuenta de que no lo había mirado a los ojos desde que entró por la puerta.

Finalmente, Ally respiró hondo otra vez, se frotó la cara y soltó el aire.

—Vale. Voy a decírtelo…

Chris esperó en silencio.

—No puedo seguir con esto —dejó caer los hombros al tiempo que se lo decía y lo miró a los ojos. Su mirada era tan distante como su voz.

—¿Con qué?

—Con esto —movió la mano entre ellos—. Con lo nuestro. No puedo seguir.

Chris apenas sintió el mazazo en el estómago, porque Ally siguió hablando rápidamente.

—Últimamente he tenido tiempo para pensar, y he llegado a la conclusión de que lo nuestro no puede salir bien. Somos demasiado diferentes. Yo no puedo vivir en permanente estado de angustia, y...

Chris le tocó la mano.

—Ally, siento lo del viernes. Sé que te llevaste un susto, pero no fue más que un accidente.

—Lo sé. Pero no puedo quedarme de brazos cruzados esperando el próximo accidente. Esperando que alguien me diga que has... —carraspeó—. Esperando, sin más. A ti te encanta lo que haces, y lo entiendo. De verdad que lo entiendo. Pero yo no. Y no puedo soportarlo. No puedo competir con tu estilo de vida y no sé cómo hacerlo, así que me retiro mientras pueda.

—¿Has hablado con el Viejo? Si esto es por el *Dagny*...

—El Viejo no me ha dicho nada. He venido por mí misma —suspiró—. Es por todo, Chris. Tú y yo somos muy diferentes.

—Creía que nos iba bastante bien.

Ally se levantó y se puso a andar nerviosamente de un lado para otro, y a Chris le pareció estar teniendo un *déjà vu*.

—Sí, la química, el sexo, la ilusión... Todo eso está muy bien... Ahora. Pero ¿qué pasará a largo plazo? No quiero más dramas en mi vida. Tú y yo somos de mundos diferentes. Tú vives para las emociones fuertes y para ser el centro de atención, y yo solo soy una simple contable. No puedo seguir tu ritmo. Y lo más importante, tengo que pensar en el bebé. En lo mejor para ella.

—¿Y no crees que lo mejor para ella es tener a sus padres juntos? —alzó la voz sin pretenderlo, pero se controló al ver su mueca de dolor—. Lo que dices no tiene ningún sentido, Ally.

—Sus padres no estarán juntos si siempre estás navegando por ahí. Y yo no podré ser una buena madre si siempre estoy preocupada por ti.

—¿Quieres que abandone las regatas? —le preguntó él sin poder contenerse.

—Yo jamás te pediría que renunciaras a algo que es tan importante para ti. Si lo hicieras, no serías tú y… —volvió a suspirar—. No quiero que cambies, pero yo tampoco puedo cambiar. Y por eso lo nuestro no puede funcionar.

—Ally… me parece que estás llevando demasiado lejos el susto del viernes. Respira hondo y tranquilízate.

Ella lo miró con ojos llameantes, lo que al menos era preferible a su mirada vacía.

—No me hables como si fuera una niña. Soy una mujer adulta y he tomado una decisión. Ambos queremos cosas distintas y no podemos satisfacernos. ¿Qué clase de relación podríamos tener? Tú quieres esto —le señaló las heridas—. Y yo quiero… —se calló y recogió el bolso del suelo.

Furioso, la agarró del brazo.

—¿Qué quieres, Ally? Vamos, dímelo.

Ally sacó un gran sobre de manila del bolso y se lo tendió.

Y Chris supo, sin abrirlo, que no iba a gustarle su contenido.

Ally tomó una profunda bocanada de aire para intentar serenarse. Aquello estaba siendo más duro de lo que había esperado, cada palabra que pronunciaba se le clavaba en el corazón como un cuchillo oxidado, y Chris no hacía nada por ponérselo más fácil.

¿Por qué tenía que mirarla de aquella manera? ¿Y por qué a ella se le alteraba la libido cada vez que lo hacía? Aquel hombre se estaba recuperando de una herida en la cabeza, por amor de Dios. ¿Por qué no podía parecer un poco más… un poco más humano? A pesar de los puntos en la ceja seguía ofreciendo un aspecto fuerte y saludable, irresistiblemente divino y varonil. Ni siquiera había perdido el bronceado, que destacaba deliciosamente contra su camiseta blanca.

Aquello no iba según el plan que se había pasado horas pensando y ensayando en el coche. Había permitido que Chris volviera a alterarla y casi había quedado como una completa idiota. Si no se hubiera detenido a tiempo le habría dicho exactamente lo que quería. «Quiero a alguien que me quiera más que a un barco».

Era patético. Seguía sintiendo celos de un maldito barco. No podía conformarse con ocupar un lugar secundario en la vida de Chris, y no podía ser su animadora personal o una especie de segunda madre que todo le consintiera. Lo quería por lo que era, pero al mismo tiempo no podía aceptarlo.

Decirle aquellas cosas a Chris había sido lo más difícil que había hecho en su vida. Y aun peor era tenderle aquel sobre, al que él miraba como si se tratara de una serpiente venenosa.

—¿Qué es esto, Ally? —le preguntó mientras sopesaba el sobre en las manos.

—Hablé con mi abogado el viernes por la noche —el tío Joe era el mejor amigo de su padre, pero había aceptado reunirse con ella el sábado y preparar los documentos que contenía aquel sobre. Si Chris elegía la guerra, ella tendría que pasarse el resto de su vida trabajando para el tío Joe para pagarle sus honorarios—. Me gustaría que pudiéramos discutir esto como personas adultas. Es un acuerdo justo. Podrás visitar a tu hijo cuando quieras, no tendrás que pasarme ninguna pensión…

—¿No? ¿Estás segura, Ally? —le preguntó en tono burlón.

—No necesito tu dinero para criar a mi hija.

—Nuestra hija —corrigió él.

—No me hace falta tu dinero para vestirla y darle de comer —insistió ella—. Hay una cláusula para los gastos extra, como las clases de baile, los aparatos en los dientes y los estudios en la universidad. Si tienes algún problema, puedes discutirlo con mi abogado.

—Maldita sea, Ally —arrojó el sobre con fuerza a la mesa y miró a Ally con una expresión que le encogió el corazón. ¿Era dolor lo que veía en sus ojos? No, no podía ser. Seguramente estaba furioso por el cariz que habían tomado los acontecimientos.

—Lo intentamos, Chris. Y no funcionó.

—¿Te parece que un par de semanas es intentarlo?

—Es suficiente —suficiente para enamorarse de él y otorgarle el poder de hacerle daño—. Dedica un par de días a repasar los documentos. Verás que solo intento ser razonable, y lo mismo espero de ti.

¿Por qué tenía que ser tan doloroso? Apenas podía seguir conteniendo las lágrimas. Tenía que marcharse de allí cuanto antes y poner distancia entre ellos para que sus heridas empezaran a sanar.

Sacó del bolso las demás cosas que había llevado. Una copia de la ecografía. Una camiseta que Chris se había dejado en su casa. Las llaves del loft. El pequeño estuche que contenía el colgante. Le devolvía todo lo que pudiera recordarle a él. Todo salvo una cosa. La más importante. El bebé que crecía en su interior y que sin duda tendría los ojos de su padre.

Chris apretó la mandíbula en silencio. Ally no supo en qué estaría pensando, pero sabía que si se quedaba allí un minuto más estaría perdida.

Un riesgo que no podía volver a correr.

—Adiós, Chris —se obligó a sonreír—. Me alegra que hayamos podido conocernos. Así todo será más fácil con el chiquitín —la mentira le dejó un amargo sabor de boca.

Por suerte, o por desgracia, Chris no dijo nada. Sus ojos azules eran fríos como el hielo.

Ally consiguió mantener la compostura de camino a la puerta. Pero una vez que llegó al coche se deshizo en un llanto desconsolado.

El timbre de la puerta la despertó. El encuentro con Chris la había agotado emocionalmente y el viaje de ida y vuelta la había dejado sin fuerzas, de modo que nada más llegar a casa se fue directamente a la cama en busca del refugio que solo el sueño podía proporcionarle.

Eran las nueve y media de la noche. Un poco tarde para que alguien fuera a visitarla. Pero cuando oyó la llave en la cerradura supo que no era una visita cualquiera.

Genial. Justo lo que necesitaba para rematar el día más horrible de su vida.

—Ally, cariño, ¿dónde estás?

—Aquí, mamá.

—¿Qué haces en la cama tan temprano? ¿Te encuentras bien?

La pregunta hizo que se le llenaran los ojos de lágrimas. Afortunadamente la habitación estaba a oscuras y su madre no podía verlas. No, no se encontraba bien. Y seguramente nunca volvería a encontrarse bien.

—Estoy cansada. Tú has tenido tres hijos. Seguro que recuerdas cómo fue.

—Lo recuerdo perfectamente —afirmó su madre, riendo.

—¿Qué te trae por aquí, mamá? —le preguntó con recelo. Teniendo en cuenta su última conversación, no estaba segura de poder esperar a que su madre fuese al grano.

—Quería ver cómo estabas —su madre encendió la lámpara de la mesilla y se sentó en el borde de la cama.

Ally entornó los ojos y se incorporó.

—Estoy bien. El doctor Barton dice que no hay ningún problema con el bebé.

Su madre frunció el ceño.

—Me alegra saberlo, pero he venido a ver cómo estás tú, no el bebé. ¿Estás dispuesta a volver a hablarme?

—No lo sé, mamá. ¿Has pensado en lo que te dije?

—Pues claro. Y me gustaría que me lo hubieras dicho antes —suspiró y le apartó el pelo a Ally de la cara—. Siempre dije que eras mi pequeña adulta. Desde que naciste parecías decidida a hacerte cargo de todo, y nunca me necesitaste tanto como tus hermanos —sonrió temblorosamente—. Nunca tuve que preocuparme por ti, y supongo que me acostumbré a que te valieras por ti misma para todo —le tomó el rostro entre sus cálidas manos, haciendo que Ally derramara aún más lágrimas—. Lo siento mucho, cariño.

Ally asintió. El nudo en la garganta le impedía hablar.

—No te puedo prometer que vaya a cambiar de un día para otro, pero sí te prometo que voy a intentarlo —suspiró otra vez y le secó las lágrimas de las mejillas—. Tampoco me entrometeré en tu relación con Erin… como si no quieres volver a tratarla. En confianza te digo que a mí también me vuelve loca —puso una mueca de desesperación y Ally soltó una risita.

Compartieron un momento de silencio, antes de que su madre volviera a hablar.

—Te he echado de menos.

—Y yo a ti, mamá —le confesó, pero entonces se puso a llorar de nuevo. Sin el escudo que le ofrecía el profundo remordimiento hacia su familia, se encontraba más vulnerable que nunca ante el dolor.

—¿Qué pasa ahora, cariño? —su madre la abrazó y Ally sucumbió por entero a las lágrimas. Estuvo llorando y sollozando mientras su madre la acariciaba y le susurraba palabras de consuelo que, si bien no tenían mucho sentido, no dejaban de ser las palabras de una madre preocupada.

Al cabo de un rato se sintió más tranquila, aunque nada podía llenar el vacío de su corazón.

—Si tú estás bien y el bebé también lo está, entonces se trata de Chris —adivinó su madre.

Ally se enderezó y asintió con la cabeza.

—Sea lo que sea, sabes que puedes contar conmigo para todo lo que necesites —le dijo su madre.

Contenta por tener finalmente una madre, Ally apoyó la cabeza en su regazo y le contó toda la historia.

—He enviado a la pobre Grace a casa, porque a este paso la vas a matar de trabajo —Marge entró en el despacho de Chris con un montón de papeles y los dejó en la mesa—. Son las cuentas de los astilleros de Newport. Tu abuelo ya les ha echado un vistazo y ha hecho algunas recomendaciones.

—Bien —dijo Chris. Apenas había pegado ojo en los últimos días, desde que Ally saliera de su vida, y estaba al borde de una crisis nerviosa. El papeleo lo ayudaba bien poco, pero al menos era algo que podía controlar.

—Grace no es la única que necesita un descanso, ¿sabes? Llevas varios días encerrado en este despacho y ya nos tienes hartos a todos. Newport seguirá estando donde está mañana, y pasado, y el otro también. ¿Por qué no sales a navegar con el *Circe*?

Chris se frotó la cara con la mano.

—Agradezco el consejo, Marge, pero si queremos expandir el negocio en Newport tendremos que hacerlo antes de que yo me vaya en octubre. Dentro de un par de días tengo la gala, un montón de papeleo pendiente por el accidente en los astilleros y a ti no se te ocurre otra cosa que mandar a casa a mi secretaria justo cuando más la necesito. No puedo dejar el trabajo ahora. Y además, esta tarde tengo una reunión… como seguro que ya sabes.

—Sí, Grace me lo ha comentado —Marge arrugó

la nariz con disgusto—. Con ese tiburón… ¿Qué pobre pececillo quiere cazar esta vez?

—Son asuntos personales. Nada que deba preocuparte.

Marge se puso colorada por la indignación.

—¿Te conozco prácticamente desde que naciste y
me dices que no me preocupe? Esta sí que es buena…
Se trata de Ally y del bebé, ¿verdad?

—Sí, así es.

—¿Ya está? ¿Qué es lo que trama ese tiburón?

—Ally y yo tenemos una disputa por la custodia, y
para eso están los abogados.

—Creía que habíais llegado a un acuerdo.

Chris se limitó a encogerse de hombros.

—No estarás pensando en… —Marge se levantó
para cerrar la puerta del despacho y volvió a sentarse—. Chris…

—No empieces. No voy a sacar la artillería pesada.
Yo no soy como mi padre. No tengo intención de jugar sucio.

—Porter dijo que ibas a casarte.

—Ese era el plan, pero las cosas han cambiado.
Volvemos a los abogados.

Marge lo miró con atención y asintió.

—Entiendo… Te ha rechazado, ¿verdad?

Chris arrojó el bolígrafo a la mesa con gran irritación.

—¿No hay ninguna ley que prohíba a las emplea-
das meterse en la vida privada de sus jefes?

—Pues no lo sé… —respondió Marge con descaro—. Y la verdad, no puedo decir que culpe a Ally por
rechazarte.

—Vaya, muchas gracias por tu amor y comprensión.

—Oh, yo te quiero mucho, cariño. Cualquier mujer te querría. Lo que no haría sería casarme contigo.

—Me estás animando mucho.

Marge se puso seria y se inclinó hacia delante.

—Te conozco desde que eras un crío y sé que eres un buen hombre, pero tienes que intentar comprender a Ally y ver la situación desde su punto de vista.

—Ally cree que lo que hago es peligroso.

—Eso no puedes negarlo.

—No, pero tampoco es como si me lanzara en paracaídas a una zona en guerra o algo por el estilo.

—Eso ya sería un suicidio, pero se trata de una situación completamente distinta. Has crecido en un mundo de hombres y estás obviando un detalle muy importante sobre las mujeres

—En ese caso, te ruego que me ilustres —era la única manera de que lo dejara en paz. Hablar de Ally no iba a animarlo en absoluto. Al contrario.

—Ally no es como las demás mujeres que has conocido, y por eso te ha llegado tan hondo. Pero al mismo tiempo te gustaría que fuera como esas otras mujeres a las que tanto impresionas con lo que haces. Ally no es así, ¿verdad?

—Ally no sabe distinguir una boya de una bolina.

—Efectivamente. Estuve hablando con ella en el hospital, mientras a ti te miraban esa cabeza tan dura que tienes, y me demostró que se esforzaba por comprender y aceptar tu vida, tu gente, incluso tu barco… ¿Has hecho tú lo mismo por ella?

—¿Cómo dices?

—Ally intentaba encontrar un punto medio entre ambos… Incluso más cerca de ti que tú de ella. No me sorprende que no quiera casarse contigo. Ella necesita y merece mucho más.

Marge nunca le había hablado de aquella manera. Se había pasado de la raya, pero era algo que podía permitirse después de tantos años invertidos en la empresa y en la familia de Chris.

—Gracias por tu interés, Marge, pero lo tengo todo bajo control. ¿Te importa llevar estos archivos al departamento de facturación de camino a tu oficina?

Marge se levantó.

—Vale, he pillado la indirecta. Pero déjame que te diga algo más. Ally no es la clase de chica que se conforme con el segundo plato. Más te vale tenerlo en cuenta si en algo valoras su felicidad… y la tuya. Piensa en ello.

—De acuerdo, lo pensaré. Pero ahora tengo un asunto más urgente entre manos. Esta operación financiera requiere de toda mi atención, como bien sabes.

Satisfecha por haber hablado claro, Marge se marchó y cerró la puerta. Chris se preguntó si estaría tomando alguna medicación nueva o algo así e intentó volver a concentrarse en el papeleo.

¿Qué más podía querer Ally? Él no le había pedido que se conformara con nada. Podrían ser felices juntos si ella no fuese una agonías y una fanática del control.

Sacudió la cabeza y volvió a mirar las cuentas. Las cifras parecían cuadrar.

Cuadrar…

Ally era contable. Necesitaba ordenar las cosas en filas y columnas para que todo cuadrase. Y ellos dos no habían encajado en nada. Con sus cuerpos, en todo caso.

Decía que su familia la necesitaba… Él también la necesitaba, pero de otra manera.

Aquella revelación hizo que se olvidara de los papeles que tenía en la mano. ¿Cuándo se había conver-

tido Ally en una necesidad? La había deseado desde
que la vio en el muelle y lo encandiló con su vehemente defensa de la Circe mitológica, igual que Circe
cautivó a Ulises. Pero ¿necesitarla? Aquella sensación
era completamente nueva.

No le gustaba aquella sensación, pero no podía ig-
norarla. Marge tenía razón. Ally le había llegado más
hondo que nadie. Pensó en ella, en su vestido de algodón cubriendo sus apetitosas curvas, en los mechones
que escapaban de su trenza al ser mecida por la brisa,
en sus feroces críticas a Ulises a favor del sexo feme-
nino…

Chris había caído bajo su hechizo. Pero a diferencia de Ulises él no tenía intención de zarpar al atarde-
cer y olvidarse para siempre de ella y de su hijo.

¿Seguro? ¿Y su intención de dar la vuelta al mundo a bordo del *Dagny*?

Era un cabezota, como Marge le había dicho. Ally
no se veía capaz de encajar en su mundo. Lo veía
como una especie de Ulises moderno en pos de su
odisea particular, y él no había hecho nada para convencerla de lo contrario.

Había llegado el momento de hacerlo.

Abrió el cajón y sacó el sobre manila que contenía
el ridículo acuerdo de custodia propuesto por Ally y el
colgante que le había devuelto.

Se metió el colgante en el bolsillo y tiró los papeles a la papelera de reciclaje.

Capítulo 13

EL plan C estaba resultando mucho más difícil de lo que había pensado, sobre todo porque intentar superar la ruptura con Chris era como estar en una clínica de desintoxicación. Ni siquiera el trabajo la ayudaba. Por mucho que se refugiaba en el papeleo y las cifras, el dolor en el corazón le recordaba constantemente lo que intentaba olvidar.

Se había puesto al día con el trabajo atrasado y había limpiado y organizado todos los armarios de su casa. Empezaba a lamentar la tregua a la que había llegado con su familia, pues sin los habituales disgustos no sabía cómo llenar las horas. Su familia empezaba a ocuparse en serio de sus propios asuntos, y Ally había llegado a acariciar la idea de retomar el contacto con Erin y que su esquizofrénica hermana la mantuviese ocupada con los problemas de su boda.

Pero lo peor eran sin duda los sueños. Durante el día podía mantener a raya los pensamientos, pero todos sus sueños, ya fueran eróticos, extravagantes o dantescos, tenían un único protagonista: Chris.

Habiendo acabado todo el trabajo pendiente, no tenía ningún motivo para quedarse en la oficina. Molly se había marchado mucho antes para quedar con un tipo, el dueño de un estudio de arquitectura a dos manzanas de allí.

Abrió el correo electrónico una vez más. El último e-mail era de tío Joe y tampoco la ayudaba a sentirse mejor. Le decía que aún no tenía noticias del abogado de Chris y que esperase una semana más antes de preocuparse.

Para él era muy fácil decirlo, pero ella necesitaba saber que Chris había firmado el acuerdo para empezar a curarse. La posibilidad de que el diabólico abogado de Chris fuera a hacer de su vida un infierno intensificaba la sensación de amargura y vacío.

No había ningún e-mail nuevo, pero sí un recordatorio en su escritorio: «Manicura de camino a casa». Ya no necesitaba hacerse la manicura. Había escrito aquel recordatorio para la cena en el club náutico a la que iba a asistir con Chris al día siguiente. Cancelada aquella cita, ya no tenía que preocuparse por sus uñas mordidas. Incluso le había devuelto a Molly el bonito vestido rojo que le había prestado para la cena. Se pasaría la noche bajo el edredón, intentando no pensar en el anuncio oficial de Chris. En el fondo prefería no estar presente. No podría sonreír y comportarse debidamente mientras Chris hacía público su propósito de dar la vuelta al mundo en solitario.

Borró el recordatorio de la pantalla y lamentó no poder hacer lo mismo con sus sentimientos.

Siguiendo la rutina de siempre, apagó el ordenador, ajustó el termostato, apagó las luces y cerró con llave. Sin darse cuenta, ya estaba subida en el autobús de camino a casa.

—Que tenga un buen fin de semana —le dijo el conductor al bajarse en su parada.

De alguna manera, consiguió responderle con cortesía.

El otoño aún no había llegado a la costa de Georgia, pero soplaba una fresca brisa que mecía las copas de los árboles. Ally iba divagando por la calle y al principio no se fijó en el coche rojo aparcado frente a su casa, pero al verlo le dio un vuelco el corazón y se detuvo en la acera.

No podía ser... Era un coche idéntico al de Chris. Cerró los ojos y se sacudió mentalmente, convencida de que se trataba de una alucinación.

No era una alucinación. Tenía una matrícula de Carolina del Sur y una pegatina del club náutico en la luna trasera.

Las rodillas empezaron a temblarle. ¿Qué hacía Chris allí? ¿Por qué había ido a verla en vez de ponerse en contacto con su abogado?

Se acercó al coche con cuidado, pero estaba vacío. Respiró hondo y se giró para entrar en casa.

Y allí, apoyado en la barandilla del porche, tan atractivo y divino como siempre, estaba Chris.

«Respira, Ally. Respira», se repitió a sí misma mientras subía los escalones. Chris estaba recostado tranquilamente contra una columna, con los brazos cruzados al pecho y unas gafas de sol cubriéndole los ojos. Era imposible adivinar de qué humor se encontraba, así que Ally se propuso actuar con naturalidad y desenvoltura y confío en que el encuentro fuera breve. Si tenía que ser doloroso, al menos que fuese llevadero.

—Ten cuidado, no vayas a caerte y romperte la cabeza por segunda vez en una semana.

Chris se subió las gafas de sol y le sonrió mientras se bajaba de la barandilla.

—Claro… Lo último que querría es preocuparte —hablaba en tono alegre, divertido, y las arrugas de sus ojos eran tan adorables que Ally se olvidó momentáneamente de buscar la razón por la que estaba allí.

Recorrió el porche rápidamente con la mirada, pero no encontró ningún sobre manila ni nada parecido. Chris se metió las manos en los bolsillos traseros y a Ally se le secó la garganta al ver la flexión de sus músculos bajo la camiseta ceñida.

—Vale, me rindo. ¿Qué haces aquí?

Chris arqueó las cejas y Ally se percató del tono tan cortante con que le había hablado.

—Esperaba que pudiéramos hablar… ¿Entramos?

¡No! Su salón era demasiado pequeño y Chris lo llenaría con su arrebatadora presencia. Ally necesitaba aire y espacio para mantener una conversación civilizada.

—Prefiero que hablemos aquí.

Se sentó en el columpio del porche y se impulsó ligeramente para hacerle ver que no quería que se sentara con ella. Él captó la indirecta y ocupó la mecedora de mimbre.

—Si es para hablar de la custodia, tendrías que haber llamado a mi…

—No quiero hablar de la custodia.

La respuesta la pilló desprevenida y se puso a pensar en el resto de posibilidades.

—¿Entonces de qué?

Chris estiró sus largas piernas, se meció ligeramente en la butaca y a punto estuvo de rozar las piernas desnudas de Ally, quien metió rápidamente los pies bajo el columpio.

—Se me ocurrió que podríamos hablar de mitología.

Era lo último que Ally se esperaba.

—¿De mitología? ¿Lo dices en serio?

Él asintió.

—He estado pensando en lo que dijiste de Circe y Ulises.

Oh, Dios…

—Oye, aquel día solo estaba charlando. No hablaba en serio cuando dije…

—Tenías razón. Con lo de Ulises, al menos. Nunca me había parado a pensar en la historia desde el punto de vista de Circe.

Ally no sabía qué decir. Aquella conversación le parecía cada vez más surrealista.

—Bueno, la *Odisea* es la historia de Ulises. Él es el héroe.

—He visto el vídeo de la ecografía. No parece que estés embarazada de trillizos.

¿Y ese cambio de tema?

—Espero que no.

—Entonces, a menos que tengas algún poder secreto para convertir a los hombres en cerdos, creo que podemos afirmar que tú no eres Circe.

—Eh… —la enfermera le había asegurado que Chris no sufría daños cerebrales, pero quizá no le habían examinado bien la cabeza.

—Y como yo no tengo intención de partir en una odisea y abandonaros a ti y a mi hijo, ¿qué te parece si pasamos página?

Las adivinanzas mitológicas no eran precisamente lo que Ally necesitaba en aquellos momentos.

—Chris, no sé de qué estás hablando, pero…

—Te quiero, Ally.

Todo se detuvo a su alrededor. Incluso el corazón se le paró por unos segundos, antes de que una burbuja de felicidad empezara a crecer en su pecho.

Chris la quería… La necesidad de creérselo era tan fuerte como el impulso de arrojarse en sus brazos.

Pero no podía ser. Era una sensación maravillosa, pero no cambiaba nada.

—Esto no funcionará.

Chris arqueó una de sus rubias cejas.

—¿Esa es tu respuesta cuando un hombre te dice que te quiere?

—No pienses que no me importa, en serio, pero el amor y el sexo son dos cosas distintas y…

—Son dos cosas distintas que pueden ir juntas —la interrumpió él con una sonrisa, y siguió hablando sin darle tiempo a decir nada—. Sé que estás muy quemada por todo lo que has pasado, pero no ha sido por mi culpa. No puedes juzgarme por lo que te hizo tu ex o cualquier otra persona.

—Te juzgo por lo que eres y por lo que hemos pasado juntos —replicó ella, molesta—. Es todo lo que necesito para tomar una decisión.

—Y dime, mi pequeña contable… ¿en esa operación incluyes el dato de que yo te quiero y tú me quieres?

Ally abrió la boca, pero volvió a cerrarla. ¿Cómo podía responder a eso?

Chris soltó un suspiro de impaciencia y se sentó en el columpio junto a ella.

—Veo que no quieres ponérmelo nada fácil. Muy bien.

Parecía tan exasperado que a Ally le hubiera hecho gracia si el asunto no fuese tan serio.

—Te quiero. Quiero casarme contigo. Quiero al hijo que llevas dentro y que tengamos más algún día. Estoy dispuesto a lo que sea, incluso a aguantar a tu familia si es necesario.

Sus palabras la hicieron llorar de emoción. Quería creerlo, y sabía que hablaba en serio. Pero por perfecto que fuera todo, no significaba nada.

Chris frunció el ceño al no recibir respuesta.

—Quizá esto ayude a convencerte —se sacó una hoja doblada del bolsillo y se la puso en la mano.

Ally tenía la vista empañada por las lágrimas y le costó un momento darse cuenta de que era una nota de prensa.

Regatas Wells intentará batir el récord de circun-navegación en solitario, al leer el titular se le volvió a formar un nudo en el estómago.

—Haremos el anuncio oficial mañana por la noche, pero esta es la nota de prensa que se ha enviado a los periódicos.

—Es… es… es genial, Chris. Te deseo buena suerte.

—¿Qué tal si antes lees lo que pone?

¿Aún tenía que clavarle el cuchillo más hondo?

Chris se recostó en el columpio y no dijo nada más, y a Ally no le quedó más remedio que leer el escueto párrafo a pesar de las lágrimas.

Patrocinado por Astilleros OWD, bla, bla, bla, *John Forsythe intentará batir el récord de cincuenta y nueve días a bordo del flamante* Dagny…

Un momento. ¿Quién era John Forsythe? Volvió a leer la noticia y miró interrogativamente a Chris.

—No llegaste a conocer a John. No participó en la última regata porque estaba en Escocia, asistiendo a la reunión de la Federación Internacional de Vela. Es un marino excelente, y lleva varios años queriendo batir el récord.

Ally no salía de su confusión.

—Pero yo creía que el récord querías batirlo tú.

Chris le agarró la mano para entrelazar los dedos con los suyos.

—Y así es. Pero no tanto como te quiero a ti.

Así de simple. Los ojos de Chris corroboraban la sinceridad de sus palabras, y a Ally se le hinchó tanto el corazón que creyó que le iba a explotar el pecho. Chris la quería. La quería lo bastante para renunciar a…

—No puedo pedirte que hagas esto por mí, Chris.

—No me lo has pedido. Nunca había pensado en nadie a la hora de tomar mis decisiones, y nunca se me ocurrió intentar ver la situación desde tu punto de vista. Estaba acostumbrado a actuar por mi cuenta y riesgo… y olvidé que para que esto funcione tenemos que actuar como un equipo.

—¿Estás dispuesto a abandonar las regatas por mí? —le preguntó, dubitativa. Chris necesitaba las regatas como el aire que respiraba.

—Yo no he dicho eso. Estoy dispuesto a renunciar a dar la vuelta en mundo. En cuanto a futuras regatas… Eso habrá que discutirlo —le apretó la mano mientras hablaba y ella también se la apretó. Su felicidad era demasiado grande para expresarla con palabras—. ¿Ally? —la apremió él. Necesitaba una respuesta, y al fin ella podía dársela.

—Te quiero.

Los ojos de Chris se iluminaron como el reluciente mar del Caribe. Tiró de ella para sentársela en su regazo y la besó de tal manera que todas las viejas heridas de Ally se cerraron por completo. Ella le echó los bra-

zos al cuello y enterró las manos en sus rubios cabellos para alargar el momento lo más posible, pero se
apartó al sentir como él se removía.

—No me digas que ya peso demasiado...

—Claro que no —volvió a besarla y deslizó un brazo bajo su trasero para levantarla como si fuera una pluma—. He pensado que te gustaría volver a tener esto...

El colgante colgaba de sus dedos y el sol arrancaba
destellos multicolores del medallón. Ally sonrió y Chris
se lo puso alrededor del cuello. Un delicioso hormigueo
se propagó por su piel y se concentró entre las piernas.

—Vamos adentro.

Chris la ayudó a levantarse y la besó en la frente.
De repente, todo parecía encajar. Podían hacer que
funcionara. Amar a Chris tal vez fuera más fácil de lo
que pensaba.

—Te echo una carrera —la desafió él.

En cualquier caso, no sería una relación aburrida.

JULIA™

JILL SORENSON

EMOCIONES
TURBULENTAS

Capítulo 1

DANIELA Flores se aferró a la fría y húmeda baranda de aluminio. Sin apartar la mirada del horizonte y con los pies bien firmes sobre la cubierta, respiró hondo varias veces.

No estaba mareada; había estado en barcos más pequeños y en aguas mucho más movidas que esas más veces de las que podía recordar. La Bahía de San Francisco no era famosa por ser fácil de navegar, y muchos de los otros pasajeros estaban encontrándose mal, pero el malestar de Daniela no tenía nada que ver con una embarcación que no dejaba de sacudirse, con una superficie inestable, ni con un rocío constante de fresca agua salada.

Su dolencia era más mental que física. Desde el accidente, detestaba los espacios confinados.

Al otro lado del abarrotado camarote, más allá de los lívidos excursionistas y robustos marineros, el mar abierto parecía llamarla, burlándose de ella con su infinita extensión. Aunque una embarcación de ese tamaño no era como la estrecha cabina de un coche, tampoco ofrecía una conveniente ruta de escape.

El agua estaba a diez grados, pero ella prefería las azules olas de San Diego, la ciudad en la que vivía, donde las temperaturas del océano rondaban unos agradables veinte grados. O las del sur de México, donde nació y donde el mar era tan cálido como una calurosa noche de verano.

Ahí, el agua fría no era, si quiera, el mayor obstáculo para los nadadores. Su destino, a cuarenta y tres kilómetros de la costa de San Francisco, era un lugar rara vez visitado llamado islas Farallon, una infame fuente de alimentación para el gran tiburón blanco.

El capitán dijo por el interfono:

—Los Dientes del Diablo, a un paso de la muerte.

Los Farallones se habían ganado ese apodo cien años atrás por parte de los pescadores y de los colectores de huevos que arriesgaban sus vidas para ganarse el pan a duras penas. Sin muelle, los rocosos peñascos eran inhóspitos en extremo, elevándose del mar en un revoltillo de bordes afilados y dentados. Aunque rebosante de vida animal, con cada recoveco y grietas llenos de aves, focas y leones marinos, la superficie estaba falta de verdor.

Durante la primavera, las islas estaban enyerbadas y frondosas, moteadas con pequeños arbustos y salpicadas de flores silvestres. Ahora, a finales de septiembre, el granito rociado de sal estaba perceptiblemente desnudo.

Daniela vio ese lugar dejado de la mano de Dios materializarse ante ella con una mezcla de temor y expectación. En ese día frío y gris, las islas estaban cubiertas de niebla y revestidas de misterio, pero aun así, pudo distinguir el cuerpo marrón claro de un león marino Steller, el objeto de su proyecto de investigación. El animal estaba tumbado cerca del borde de un acantilado, como un rey dominando su reino.

A Daniela comenzó a latirle el corazón de emoción. Los Farallones eran el sueño hecho realidad de todo investigador de la fauna salvaje y, por eso, debería dejar de lado su fobia y disfrutar. Seis semanas de estudio ininterrumpido era algo casi imposible de conseguir y llevaba cerca de un año esperando esa oportunidad única.

Siempre que se sintiera acorralada o agobiada, podía hacer sus ejercicios de respiración. Se mantendría centrada en el presente, en lugar de dejar que el trauma del pasado la abrumara, le nublara la vista y la dejara sin aire en los pulmones. Mantendría los ojos bien puestos en el horizonte y los pies en el suelo.

Según se acercaban a Southeast Farallon, la isla principal, se fijó en una única casa. Era un lugar grande y destartalado construido hacía un siglo para los fareros y sus familias. La vieja edificación victoriana se erguía lúgubre y solitaria sobre la única zona de terreno llano desentonando; como una gasolinera en mitad de la Luna.

—Dicen que está encantada.

La voz del grumete la sobresaltó y arrastró la mirada desde la casa pintada de blanco hasta el rostro del hombre.

—¿Toda la isla?

—No —respondió él con una sonrisa—. Solo la casa.

Daniela miró la sencilla estructura sin florituras. Era lo menos intimidatorio de toda la isla y ella, al igual que la mayoría de los científicos, no creía en los fantasmas. De hacerlo, también habría creído en la vida después de la muerte, pero la fe era un consuelo que se le había negado en sus peores momentos y no iba a empezar a ser supersticiosa ahora.

—Me preocupan más los tiburones —admitió.

El grumete giró la cara hacia la orilla y farfulló:

—Ya vienen a por usted.

Ella vio dos figuras oscuras caminando por un lateral del acantilado, a varios metros de la casa. Sin un muelle, poner pie en la isla era un proceso algo dificultoso y los biólogos tenían acceso a un estropeado y viejo ballenero izado sobre el agua por una formidable grúa.

A unos cinco metros, el barco se veía más pequeño que un gran tiburón blanco.

Mientras lo observaba, una de las figuras subió a bordo del ballenero y al momento el barco se puso en marcha para recogerla.

—No te asustes —susurró para sí.

El hombre que conducía la embarcación se detuvo junto al barco y apagó el motor mientras, sonriente, saludaba a un miembro de la tripulación.

Cuando se levantó y le arrojó al grumete una cuerda para amarrar el ballenero, ella lo observó con clara curiosidad. Tenía las piernas cubiertas por unos pantalones oscuros impermeables y unas botas de goma que le llegaban a la altura de las rodillas, igual que las de ella. A diferencia de su inmaculado y recién comprado atuendo, la ropa de él estaba desgastada y llena de manchas. Tenía la cazadora salpicada de lo que pa-

recían excrementos de pájaro y el rostro ensombreci-
do por una barba de varios días.

—¿Habéis visto algún tiburón hoy? —preguntó el
grumete.

El hombre sonrió.

—El día aún no ha terminado.

A juzgar por su hermoso rostro, Daniela supuso
que se trataba de Jason Ruiz, el oceanógrafo filipino
con el que había estado comunicándose por email.
Había visto una foto borrosa de él en una ocasión y
estaba claro que no le había hecho justicia.

El grumete arrojó la bolsa de Daniela en dirección
al hombre que, después de atraparla al vuelo, la señaló a ella diciendo:

—Lánzamela. Estoy listo.

Los ojos del grumete estaban llenos de diversión.

—Preferiría no… —comenzó a decir Daniela dando un paso atrás.

—Solo estamos bromeando —dijo Jason dándole
un golpecito al asiento de aluminio que tenía al lado—.
Salta aquí.

Ella se humedeció los labios midiendo la distancia
entre los dos barcos. La distancia no llegaba al medio
metro, pero la caída sería profunda y, aunque el ballenero estaba amarrado, no dejaba de ser un blanco en
movimiento.

Se le encogió el estómago al ver cómo se sacudía
la embarcación.

—¿Que salte?

—Sí. E intenta no rozar el agua. Que no hayamos
visto tiburones no significa que no estén por aquí.

El grumete se rio como si fuera una broma, pero
no lo era. En esa época del año, los tiburones estaban

allí, de eso no había duda. Llegaban a los Farallones cada otoño para alimentarse de toda una variedad de focas y leones marinos.

Daniela miró la superficie del agua y se sintió mareada.

La habían puesto al corriente de la situación del barco, claro, pero leer una descripción detallando los pasos requeridos para acceder a la isla era distinto a tener que pasar por ello. Saltar de un barco grande a una barca de aluminio en medio de unas aguas infestadas de tiburones era una locura. Un movimiento en falso, un mínimo error y...

Jason sonrió al grumete.

—Lánzamela, Jackie. No puede pesar mucho más que esa bolsa.

—¡No! —protestó ella dando un paso adelante. Estaba muy segura de que estaban bromeando otra vez, pero tampoco quería darse tiempo para pensárselo. Acobardarse antes de haber, si quiera, comenzado no era una opción.

Respiró hondo, agarró la mano que Jason estaba tendiéndole y saltó por el corto, pero aterrador, precipicio.

No cayó al agua, ni tampoco en el asiento de aluminio. Chocó contra Jason Ruiz y a punto estuvo de hacerlos caer a los dos, pero él la sujetó hasta que la barca dejó de sacudirse.

Daniela se aferró a él. Hacía mucho tiempo que no estaba tan cerca de un hombre y resultaba agradable. Extraño, pero agradable. Era mucho más alto y fuerte. Podía sentir los músculos de sus brazos y la esbeltez de su torso contra sus pechos. Y, además, olía bien: a mar y a hombre.

Pero, mientras registraba esas sensaciones, no dejaba de pensar «no es Sean».

—Lo siento —le dijo aclarándose la voz.

—No pasa nada —murmuró él antes de soltarla—. Nunca me canso de que mujeres bellas se me echen encima. Lo único que me gustaría es haberme duchado antes —esbozó una media sonrisa—. Hay escasez de agua caliente en la isla y todos apestamos un poco.

—No hueles mal —dijo ella sin poder evitar reírse.

—¿En serio? Pues yo creía que olía a caca de pájaro mezclada con sudor.

—A caca de pájaro, tal vez.

—Soy Jason.

—Daniela —respondió estrechándole la mano. Y así, tan pronto como había llegado, la tensión sexual se desvaneció entre ellos. Él seguía sonriéndole y ella le sonrió a él, incapaz de negar su considerable atractivo a pesar de que su mutua admiración carecía de intensidad.

Con su encanto y su hermoso rostro, probablemente tenía mucho éxito con las mujeres y ella ya había conocido a hombres así antes. Su exmarido, por ejemplo. Las mujeres siempre habían caído a los pies de Sean y él no había hecho mucho por desalentarlas.

—¿Preparada?

Ella se sentó en el borde del asiento de aluminio, paralizada por su timidez. Durante los últimos dos años había estado prácticamente recluida, trabajando desde casa y en el centro de investigación a horas intempestivas. Se había relacionado con más hojas de cálculo que con animales y, por ello, ese viaje era un intento de recuperar su vida. Un regreso a sus raíces.

No había optado por estudiar Biología de la Conservación para pasar todo el tiempo encerrada.

Codearse con otros científicos, en su mayoría hombres, no era nada nuevo, pero hacía siglos que no se relacionaba con nadie. Por ello, estar tan cerca de un hombre guapo la aturdía más de lo que habría querido admitir… Y no podía dejar de compararlo con Sean.

Probablemente los dos se conocieran. No había tantos expertos en tiburones en el mundo, y mucho menos en la Costa Oeste, y Jason era de San Diego. Eran aproximadamente de la misma edad, aunque Sean sería algo mayor. Ambos eran altos, esbeltos e increíblemente guapos. Además, eran aventureros consumados y acérrimos ecologistas, que se sentían mucho más cómodos subidos a una tabla de surf que en una sala de juntas.

Viéndolos de cerca, Jason resultaba más guapo incluso, con sus oscuros ojos y su sensual boca, pero la rudeza de Sean siempre la había encandilado. Hacía alrededor de un año que no lo veía, pero aun así, él lograba monopolizar sus pensamientos.

Jason maniobró para colocar el ballenero bajo el brazo de la grúa, una tarea que requería concentración y destreza. Cuando encontró el lugar adecuado, se levantó y engarzó el enganche de metal al casco de la embarcación. Una vez estuvo enganchado, el ballenero se alzó en el aire y ese pequeño viaje no fue menos inquietante que el trayecto de dos horas a las islas o el salto que acababa de dar. Se agarró con fuerza al banco de aluminio y, cuando la barca estuvo en tierra, respiró aliviada y flexionó sus congeladas manos.

¡No podía creerse que estuviera allí! La isla Sout-

heast Farallon era un lugar extraño, no había otro
igual, y lo primero que la sorprendió fue el ruido. Era
la naturaleza en caos. El sonido de las olas rompiendo
y de los pájaros graznando reverberaban en sus oídos
mientras el viento sacudía su ropa, como si un niño
estuviera tirando de ella para llamar su atención.

Jason sonrió; estaba claro que en ese lugar se sentía como en casa.

—¡Gracias, Liz! —gritó.

La mujer que manejaba los mandos de la grúa vio
a Jason ayudar a Daniela a salir de la barca y, una vez
arriba, Daniela dio un paso al frente para presentarse.

—¿Liz? Soy Daniela Flores.

—Elizabeth Winters —respondió ella extendiendo
una estilizada mano enfundada en un guante negro.

—Yo soy el único autorizado a llamarla Liz —le
explicó Jason echándose su bolsa al hombro —. Porque somos amigos especiales.

Elizabeth lo miró como si fuera algo desagradable
que se le había pegado a la suela del zapato. Daniel
no sabía qué pensar de ella; era alta y esbelta, vestida
con ropa impermeable de pies a cabeza, con un cortavientos azul grisáceo a juego con el color de sus ojos.
Una trenza castaña rojiza le caía por encima de un
hombro y tenía la fina piel de una pelirroja. Su rostro
era pálido, moteado de pecas y encantador.

—Me contendré para no decir cómo te llamo yo a
ti —dijo ella secamente.

Él se rio, encantado de haberla provocado, pero
Elizabeth parecía enfadada. Tal vez era inmune a los
hombres con encanto y, por eso, al instante Daniela
decidió que esa mujer le caía bien.

—¿Qué tal va tu proyecto de conservación? —le

preguntó mientras seguían a Jason hasta la casa—. Me fascinó el estudio que publicaste hace poco sobre el cormorán de pluma negra.

Elizabeth se ruborizó.

—Gracias. Las islas atraen mucha atención por los tiburones —hizo un gesto mirando a las espaldas de Jason, como diciendo que él era el responsable de la notoriedad de los Farallones—. Muchos de los pájaros que hay aquí son únicos y necesitan protección, pero la mayoría del dinero recaudado se dirige a la investigación de los tiburones. A los inversores con los bolsillos profundos les encanta ver el agua roja y unos brillantes colmillos.

—Mira por dónde pisas —le recordó Jason girándose hacia ella y colocándole una mano en su estrecha cintura.

Ella se tensó ante su gesto.

—Estoy bien.

Asintiendo, Jason la soltó y siguió caminando.

Daniela subió la cuesta con cuidado, sintiendo las rocas desmoronarse y rodando bajo sus botas.

—¿Por dónde iba? —preguntó Elizabeth.

—Por unos brillantes colmillos —le respondió Daniela.

—Ah, sí. Los turistas también vienen a ver a los tiburones y barcos cargados de curiosos surcan estas aguas todos los fines de semana. ¡Esto debería ser un santuario de animales! El domingo pasado toda esa gente me estropeó la posibilidad de poder ver dos currucas de cresta azul aparearse…

Su voz se apagó de pronto, como si la hubieran desenchufado, cuando perdió el equilibrio. Enseguida, Jason la agarró por los brazos y la llevó contra él, salvándola de una mala caída por un lado del acantilado. Ella lo miró, apenas sin respiración.

—Como te he dicho antes —le dijo Jason soltándola—, mira por dónde pisas.

—Lo siento —respondió ella riéndose y mirando a Daniela, que iba detrás—. Suelo emocionarme demasiado hablando de mis causas.

—No te disculpes por ser apasionada —dijo Daniela, intrigada por el tema en cuestión, y mucho más por el jueguecito que se traían Jason y Elizabeth—. ¿Cuánto se acercan los turistas? —preguntó mirando la colina—. Creía que aquí las aguas eran demasiado traicioneras como para que hubiera barcas de recreo.

—Oh, y claro que lo son —respondió Jason—. Pero en la temporada de tiburones se hace inmersión con jaula y arrojan cebos al agua.

Daniela se quedó impresionada.

—¿Lo hacen cerca de las islas? —la práctica de arrojar cebos para tiburones, una mezcla de sangre y fragmentos de peces, no estaba bien vista por los científicos ya que modificaba el comportamiento habitual de los animales.

—Sí. No es ilegal.

Ella llegó a la base de la pendiente, donde el terreno era más estable.

—No puedo imaginarme metiéndome en el agua aquí. Ni siquiera con una jaula de acero protegiéndome.

—Eso lo hacen locos, gente que busca demasiadas emociones —dijo Jason guiñándole un ojo a Elizabeth. Estaba claro que su profesión como investigador de tiburones lo metía en esa categoría—. Daniela ha venido a observar al león marino Steller. Viene del Instituto Scripps de San Diego.

Elizabeth enarcó una ceja.

—Excelente. Es una organización buenísima.

—Sí —respondió Daniela, incapaz de contener la emoción—. Estamos recopilando los datos necesarios para mantener al Steller en la lista de animales en peligro. Espero que mi trabajo aquí sirva de algo.

—Yo también —dijo Elizabeth con tono amable.

—Esta temporada tenemos un equipo fantástico —apuntó Jason cuando se acercaban a la puerta de la casa—. Brent Masterson está aquí grabando material para su documental. Taryn Evans es una de las internas más entusiastas que he conocido. Y aunque el doctor Fitzwilliam tuvo que echarse atrás en el último momento, su sustituto tiene un nombre que seguro reconocerás. Nos hemos traído hasta aquí al experto en tiburones más importante del hemisferio oeste…

En cuanto abrió la puerta, a Daniela le dio un vuelco el corazón porque, tras ella, estaba un hombre que, efectivamente, reconocía. El importante experto en tiburones tenía las manos puestas encima de una guapa rubia y se reían mientras intentaba echarla al suelo.

—… Sean Carmichael —terminó Jason, mirando al exmarido de Daniela con veneración, como si fuera su héroe.

Capítulo 2

AL instante, Sean se apartó de la chica y la pelota de fútbol por la que los dos habían estado forcejeando cayó a la alfombra. Sin dejar de reírse, la chica la recogió del suelo y se puso derecha, pasándose una mano por su larga y ondulada melena.

Inmediatamente, Daniela la odió.

—Soy Taryn —dijo la chica con una encantadora sonrisa.

—Daniela —murmuró estrechándole la mano sin muchas ganas. Se quedó pálida, fue como si le hubieran robado el espíritu y el viento de la isla lo hubiera arrastrado muy, muy, lejos.

¿Por qué estaba ahí Sean? Ella misma había comprobado que estaba en Baja California.

Un incómodo silencio marcado por el tictac de un reloj de pared pareció alargarse una eternidad. Jason los miró a los dos, asombrado por la tensión que se había creado.

—¿Os conocéis?

Sean fue el primero en reponerse del impacto. Él siempre había sido muy rápido en todo.

—Es mi exmujer —dijo con el mismo tono con el que habría dicho que eran colegas de profesión—. Hola, Daniela.

Aunque le supuso un gran esfuerzo, ella ladeó la cabeza a modo de saludo y le respondió:

—Sean.

Taryn se mordisqueó el labio inferior, como si estuviera preguntándose si la presencia de Daniela significaba que sus juegos y su diversión con Sean se habían acabado.

—¿Hay algún problema? —preguntó Jason.

—Sí —respondió Sean.

—No —dijo Daniela a la vez.

—¿No tendrá una orden de alojamiento contra ti ni nada de eso, no? —preguntó Jason.

Sean lo fulminó con la mirada al sentirse insultado con la sugerencia de que una mujer pudiera necesitar protección contra él.

—¡Por supuesto que no!

Aceptando la respuesta sin dudarlo, Jason miró a Daniela con compasión. Ella era una mediocre investigadora de focas y el hecho de que él fuera un importante experto en tiburones la convertía en la más dispensable de los dos.

Daniela captó esa mirada y se le cayó el alma a los pies. Sean era una súper estrella en ese campo y el hecho de tenerlo en el grupo era como una hazaña para Jason. Comparada con él, no era nadie. Así que a Jason le daría igual lo muy guapa que pudiera ser si Sean quería que la echaran.

—¿Podemos hablar fuera? —le preguntó ella.

—Claro —respondió él agarrando su cazadora. Antes de salir, miró a Taryn como lanzándole un mensaje secreto, íntimo, que dejó a Daniela asombrada.

Se alejó unos metros de la casa y se detuvo; ya que la isla estaba cubierta de puntiagudas rocas, gaviotas kamikaze y focas de más de dos mil kilos, no era lugar para dar un agradable paseo.

Por lo menos el viento haría que nadie pudiera oír su conversación; le sacudía el pelo en todas las direcciones y hacía que sus mechones rozaran bruscamente sus mejillas.

Ella miraba al horizonte mientras ponía en orden sus pensamientos: aunque no le gustaba depender de la misericordia de Sean, tendría que tragarse su orgullo y hacerse la simpática porque había mucho en juego en ese proyecto: su carrera, el bien de los animales… su tranquilidad mental, incluso.

En cierto modo, había ido allí a encontrarse a sí misma porque llevaba perdida mucho tiempo.

Pasar un tiempo en una isla desierta con su exmarido no sería fácil, pero era una superviviente, había pasado por cosas peores. Comparada con algunos de los otros desafíos a los que la había enfrentado la vida, la presencia de Sean allí era un contratiempo menor.

Habían estado casados más de cinco años, así que seguro que podían soportarse unas semanas.

—Tienes buen aspecto —le dijo él al cabo de un momento.

Sorprendida por el cumplido, ella se giró para mirarlo.

—Y llevas el pelo más largo —añadió—. Y se te ve… —bajó la mirada a sus pechos, imposibles de ocultar, ni siquiera bajo un recto cortavientos—. Más lozana… —susurró sonrojándose.

Si con eso había pretendido halagarla, le había salido mal. Después del accidente, ella se había cortado el pelo y durante el año siguiente había perdido mucho peso, hasta el punto de oír a Sean decirle a un amigo que le recordaba a un chico huesudo.

Un comentario imprudente, uno del que jamás habían hablado y que no se había repetido, pero que había dañado mucho su ya de por sí tirante relación. Lo último que necesitaba era que le recordara que le gustaban el pelo más largo y unas generosas curvas.

¡Cerdo sexista!

Él sí que estaba algo esquelético ahora, pero no se lo dijo, porque delgado o no, seguía siendo la imagen de la buena salud. Haber perdido unos kilos solo había hecho que sus hombros parecieran más anchos y su rostro más anguloso, y Daniela sabía que, bajo la ropa, seguiría teniendo unos maravillosos músculos cubiertos por una piel bronceada.

Cerdo guapísimo.

Él también llevaba el pelo más largo y se le ondulaba ligeramente a la altura del cuello, era como si no hubiera tenido tiempo de cortárselo, igual que hacía días que no se afeitaba. Aun así, ella sabía por experiencia, que su barba resultaría muy suave al tacto. Un cosquilleo le recorrió los dedos al recordar cómo era besar y acariciar su mandíbula y su boca.

Contuvo el absurdo anhelo de levantar una mano y tocarlo.

—Necesito esto —dijo en voz baja.

Sean sacudió la cabeza.

—Este no es tu sitio, Dani. Es demasiado duro, demasiado volátil. No estás… preparada.

—Eso no es justo. No me has visto desde…

—¿Cuándo fue la última vez que tuviste un ataque de ansiedad? —la interrumpió.

Ella se cruzó de brazos y miró al horizonte. «Respira», se recordó. «Respira».

—¿Hace un mes? ¿Una semana?

—Puedo con esto.

Él había presenciado sus peores ataques, así que no podía culparlo por estar preocupado, aunque sí que podía culparlo por haberla tratado como a una inválida y por haber pensado que era débil.

—Ahora soy más fuerte.

—¿Lo eres?

—¡Sí! ¿De verdad crees que esa adolescente con la que estabas jugando es más fuerte que yo? ¿Después de todo por lo que he pasado?

—Tiene veinticuatro años.

Daniela ardió de celos.

—¿A ella también la interrogaste así? ¿Te aseguraste de que estaba mentalmente sana?

—No tuve que hacerlo. Es muy… serena.

Daniela soltó una carcajada. Sean no podía haber dicho nada que le hubiera hecho más daño.

—Pues eso será perfecto para ti —dejó de lado el dolor de su traición y buscó las palabras adecuadas para convencerlo—. Llevo cerca de un año en la lista de espera, Sean. No me arrebates esta oportunidad porque tú te hayas presentado aquí por un capricho. Por favor.

—Ha habido un incidente.

—¿Qué clase de incidente?

—Alguien ha desollado una cría de foca.

—¿Cuándo? —le preguntó sintiendo como si le faltara el aire.

—Hace unos días. La encontramos en el lado norte.

Daniela no lo entendía.

—¡Es imposible! La isla es prácticamente inaccesible.

Él asintió, dándole la razón.

—Prácticamente.

—¿Quién haría algo así?

—Tal vez un pescador descontento, o algún miembro del equipo de inmersión con jaula. Últimamente las cosas están muy raras por aquí y no quiero que te topes con algún loco… —se quedó en silencio un momento, mirándola, y añadió—: No quiero que te hagan daño.

A ella se le hizo un nudo en la garganta pensando que prefería sus críticas a su ternura.

—Agradezco tu preocupación, pero no puedo salir huyendo a la primera señal de problemas. Tengo que hacer frente a mis temores, Sean. He venido aquí para seguir adelante.

Los ojos de Sean se oscurecieron con una emoción intensa, indescriptible y Daniela sabía que la situación era demasiado difícil para él, también. Gran parte de lo que había salido mal entre los dos había sido culpa de ella por haberse rendido en su matrimonio mucho antes que él.

Y cuando se había dado cuenta de su error, ya había sido demasiado tarde.

La radio que Sean llevaba bajo su chaqueta sonó:

—Ataque de tiburón en el lado sureste. Cerca de Roca Calavera. Parece uno grande.

Era la voz de un hombre, una voz que ella no reconoció. Sean respondió a la llamado mirando hacia el faro, junto al que había una figura agitando los brazos en la dirección del ataque.

Jason salió corriendo de la casa con una vídeo cámara digital en las manos.

—¿Quién viene conmigo? —preguntó.

Sobraba decir que Sean iba con él… ¡Vivía para ello! Salió corriendo detrás de Jason y Daniela tuvo que correr mucho para alcanzarlo. Por su parte, el hombre que había junto al faro bajó también corriendo por el camino para reunirse con ellos.

—¿Seguro que quieres ver esto? —preguntó Sean mirando hacia atrás—. Será muy sangriento.

En cuanto dijo eso, a ella la asaltaron imágenes de otra escena perturbadora. Metal retorcido y cristales rotos. Sangre derramada y el agonizante dolor que se extendió por su vientre.

—Sí —respondió ella de todos modos, intentando limpiar su mente de esos recuerdos. Era una prueba, como saltar de un barco a otro, donde fallar y fracasar no eran una opción. Con el corazón acelerado, lo siguió intentando no perder el equilibrio en el rocoso suelo.

Debería haberlo comprobado antes de apuntarse, pero en ningún momento se le había pasado por la cabeza que su exmujer pudiera estar en la lista de investigadores. Southeast Farallon era el último lugar de la tierra donde ella debería estar.

Se alegraba de que hubiera decidido regresar al mundo de los vivos, pero ese no era el lugar para hacerlo. Los nativos californianos habían llamado a los Farallones «Las islas de la muerte» y allí las condiciones eran demasiado extremas para alguien que había pasado por lo que ella había pasado. Era como lanzar a un soldado con desorden de estrés postraumático a una batalla.

Tal vez después de ver a un tiburón decapitar a una foca, volvería a tierra firme en el siguiente barco. Eso esperaba, porque le deseaba lo mejor y lo mejor para ella era estar en otro lugar.

En un lugar tranquilo.

Daniela no tenía por qué ver esa carnicería para demostrarle que era fuerte.

Cuando todos subieron a bordo del ballenero, Jason le pasó la cámara a Sean y se colocó detrás del timón. Brent, que se había llevado su propio equipo de grabación, se sentó frente a Daniela y Sean se sentó a su lado.

Elizabeth manipuló la grúa y los bajó hasta la superficie del agua.

—Debes de ser Daniela —dijo Brent, tendiéndole la mano—. Soy Brent Masterson.

—Encantada de conocerte.

La observó con descarado interés y Sean supo que estaba pensando lo bien que quedaría Daniela en cámara. Sus grandes ojos y cautivadores rasgos la hacían espectacularmente fotogénica.

En cuanto la barca tocó el agua, Jason desenganchó la cadena y arrancó el motor.

—Graba —le dijo Sean a Daniela al darle la cámara.

—¿Qué?

—Yo etiqueto —dijo Sean—. Jason conduce y Brent y tú podéis grabar.

—¿Vas a etiquetarlo?

—Sí, y necesito tener las manos libres.

Etiquetar era un proceso rápido y fácil y Sean podría haber grabado él mismo, pero colocar a Daniela detrás de la cámara sería una forma de hacerla alejarse un poco del horror.

—Ten… ten cuidado —murmuró llevándose la vídeo cámara hacia la cara.

Incluso en un estado de shock e incertidumbre, resultaba arrebatadora, y volver a estar con ella le produjo una reacción tan poderosa como la primera vez que la había visto. Recordaba ese día con absoluta claridad.

Ella iba corriendo hacia el aparcamiento de la Universidad de San Diego con un montón de libros bajo un brazo y un bolso de piel en el otro. Con su estilosa ropa y su impresionante físico, no se parecía en nada a las chicas con las que solía salir. Solo con verla, se le detuvo el corazón.

Él era un estudiante de postgrado dando su primera clase y, de no ser porque llegaba tarde, la habría seguido. Tal vez fue cosa del destino, porque ella apareció en su clase unos minutos después. Al parecer, se había olvidado un libro en el coche y había vuelto a por él.

Sean estaba seguro de que durante aquella clase había estado balbuceando toda la hora, pero a ella no había parecido importarle. Es más, se había acercado después diciéndole lo mucho que había disfrutado. Y así, cada día de clase, ella iba sentándose más cerca.

Durante el examen final había estado en la primera fila ataviada con una camiseta tan escotada que Sean había tartamudeado cada vez que la había mirado.

De eso habían pasado diez años y no sabía cómo habían llegado a esa dolorosa situación actual. Intentar vivir sin ella durante el año anterior había sido una agonía para él, pero no había sido tan malo como vivir con ella, viendo cómo se alejaba.

¿De verdad estaba recuperándose?

No había mentido cuando le había dicho que tenía buen aspecto porque creía que estaba más preciosa que nunca. Ese nuevo corte de pelo la favorecía, enmarcaba su rostro en forma de corazón y hacía destacar sus pómulos y su boca.

Su boca… Deseó no poder recordar todas las cosas que le había hecho con ella…

Apartó la mirada y miró al horizonte, en busca de un cadáver o del movimiento en la superficie del agua provocado por los tiburones blancos mientras se alimentaban y sacudían las colas de adelante atrás.

Roca Calavera, lo más sorprendente de las islas, se veía a lo lejos. Mientras que la mayoría de las formaciones rocosas apuntaban hacía el cielo como una hilera de infames dientes, Roca Calavera tenía una forma redondeada y dos mellas bien distinguidas y cavernosas que daban la impresión de unas cuencas de ojo vacías.

Era un buen lugar para esconder una presa y Jason fue el primero en ver el cuerpo.

—A estribor, veinte metros —dijo reduciendo la velocidad de la barca.

Daniela giró la cabeza y barrió la zona con la mirada.

—Ahí —le dijo Sean tocándole el hombro. Estaba temblando y eso afectaría a la calidad del vídeo, pero no importaba. Él también había sacado tomas temblorosas en más de una ocasión.

Una cierta cantidad de miedo era normal. ¡Si no le tenías miedo a un veloz depredador con dientes afilados como cuchillas y una fuerza desbordante, es que te pasaba algo!

Claro que ahora no veían al tiburón por ninguna parte. Solo veían el cuerpo decapitado de un león marino californiano flotando en una densa y roja agua que no guardaría ese color púrpura por mucho tiempo ya que el océano Pacífico era una vasta expansión.

—¿Dón… dónde está? —susurró Daniela con la cámara fija en el cadáver.

—Cerca —respondió él bajándole la mano del hombro. Quería seguir tocándola, asegurarse de que no se movería de allí, lo cual era una estupidez ya que nadie en su sano juicio saltaría de un barco en esa situación—. Acércate.

Ella, totalmente pálida, toqueteó la cámara un momento, familiarizándose con los botones, antes de seguir grabando.

Brent enganchó su cámara submarina a una vara con un extremo curvado y la bajó al agua. No habló mucho mientras filmaba ya que decía que al hombre que graba no se le debe ver ni oír.

Junto a él, Jason permanecía en silencio al timón. Aunque era más locuaz que Brent, conocía el comportamiento de los tiburones tanto como Sean y, mientras trabajaban, mantenía sus comentarios al mínimo. Era un buen científico, tal vez demasiado ansioso, pero se llevaban muy bien. Cuando Jason miró

a Sean, él joven estrechó la mirada con desaproba-
ción.

Durante los últimos días, Jason lo había tratado
con deferencia y respeto, casi con adoración, pero
ahora, tras haber pasado menos de una hora con Daniela, ya había cambiado de bando.

Tal vez había oído algunos detalles sobre su divorcio. Se habían separado después de que ella hubiera
estado a punto de morir en un accidente de coche, lo
cual no dejaba a Sean en muy buena posición. Además, su exmujer provocaba un singular y positivo
efecto en la gente, especialmente en los hombres, y
Jason tenía debilidad por las mujeres.

Sean prácticamente podía oírlo pensar: «¿La aban-
donaste? ¿Estás loco? Es un bombón».

Había sido ella la que lo había abandonado a él,
no al revés, pero casi todo el mundo daba por hecho
que él era el culpable del fracaso de la relación. Y, en
cierto modo, tenían razón. Había sido incapaz de protegerla, incapaz de reconfortarla y de decirle las palabras que ella había necesitado oír.

—¿Por qué no está... comiendo? —susurró Daniela con voz temblorosa.

—No es extraño que hagan una pausa entre el primer ataque y el momento de alimentarse. Creemos
que así se aseguran de que la presa no está en condiciones de luchar ni resistirse.

Los tiburones blancos solían atacar por emposca-
das, lanzándose hacia su objetivo desde abajo e inca-
pacitándolo con un golpe fatal. La víctima había estado en el peor momento en el peor lugar, alejándose
demasiado de las profundidades y acercándose demasiado a la superficie.

Aunque la sangre ya no brotaba de la herida, la vértebra expuesta del animal era una imagen grotesca, y el aire estaba cargado de olor a muerte. Las aves carroñeras aguardaban, sacudiendo las alas, preparadas para llevarse un buen pedazo carnoso.

Sean vio a Daniela contener una náusea, pero también vio que estaba controlándose bien. Como bióloga marina, había interactuado con animales peligrosos antes. Los dos habían trabajado juntos de manera regular y por eso conocía su nivel de pericia.

La había visto alargar el brazo para acariciar el resbaladizo lomo de una pastinaca, sonreír encantada al visitar un banco de tiburones azules, desafiar a una foca nerviosa y recibir un mordisco en su precioso trasero al salir corriendo.

A Daniela se le daban bien los animales y esa confianza la había adquirido mediante la experiencia y una facilidad natural que no se podía aprender. Sin embargo, no era una experta en tiburones, y los grandes tiburones blancos de los Farallones no se parecían a ningún otro depredador de la tierra.

Con los nervios a flor de piel y una historia personal devastadora, no era la mejor candidata para esa clase de investigación.

Ver a un tiburón blanco acercarse o lanzando su enorme cuerpo sobre la superficie del agua durante el ataque inicial te cortaba la respiración. Por otro lado, no había forma de predecir cuándo eso podía pasar, de modo que eran escasas las imágenes que se podían encontrar sobre ello.

Lo de comer de manera frenética tampoco era algo habitual. Después de matar a su presa, los tiburones blancos comían con eficiencia económica, y no eran los animales más diestros. Si sus movimientos generaban burbujas en la superficie del agua, se debía a que eran unas auténticas moles, no a que estuvieran haciendo gimnasia subacuática.

Sean sabía qué esperarse, pero la espera siempre generaba tensión. Si a eso se le añadía estar pendiente de la reacción de Daniela, la situación resultaba más que inquietante.

El ballenero solo medía cuatro metros y medio de largo y parecía ir encogiéndose según pasaba el tiempo. Una niebla se posó sobre la mitad superior de la isla trayendo consigo una espeluznante quietud, un silencio cargado de pavor y perverso regocijo.

En Roca Calavera, los carroñeros vagaban arrastrando sus garras.

Cuando el tiburón atravesó la superficie del agua, Daniela se quedó paralizada y casi se le cayó la vídeo cámara. Tomó aire en series de respiraciones breves y rápidas con el miedo bien reflejado en sus rasgos y su acelerado pulso visible en su esbelto cuello.

A Sean no le hizo falta ni un doctorado en Medicina para diagnosticar su crisis de ansiedad, ni ninguna intuición especial para darse cuenta de que estaba reviviendo el trauma del accidente. Estaba tan pálida que temía que fuera a desmayarse. Pensó en soltar el equipo de etiquetado para ayudarla. Brent, que tendría que haber estado pendiente de dirigir la cámara submarina, también parecía preocupado por ella, y sobraba decir que Jason estaba embelesado mirándola.

Justo cuando Sean estaba a punto de cancelar la grabación, Daniela pareció volver en sí. Se puso derecha y agarró la cámara firmemente.

Ver el valor que había reunido despertó dentro de él unas extrañas sensaciones. Orgullo, tristeza y arrepentimiento. Se le humedecieron los ojos y se le hizo un nudo en la garganta. Qué ironía, pensó, si al final resultaba que era él el que no podía mantener la calma.

Al cabo de un momento, la presión de su pecho se disipó y por fin pudo dejar de mirarla. El tiburón blanco, que parecía adulto y tenía casi seis metros, se había acercado y estaba mordiendo un gran pedazo de carne del costado del león marino decapitado.

—Es Shirley —dijo Jason con una amplia sonrisa.

—Y tanto que lo es —respondió Sean devolviéndole la sonrisa.

Shirley era una hembra de cría y eso siempre era bien recibido en los Farallones. Tenía una cicatriz con forma de media luna sobre el ojo izquierdo, pequeña pero fácil de reconocer, y se la solía ver acompañada de su gigante amiga, Laverne.

Sean les había puesto esos nombres hacía unos años y Jason las había visto a las dos el año anterior, pero no había podido etiquetar a ninguna. El número de tiburones blancos que había en el mundo estaba siempre en declive y el círculo de investigadores de tiburones era pequeño. Aunque Jason y Sean no se conocían muy bien, sabían mucho sobre los mismos tiburones.

Estudiaron a Shirley en un profundo silencio mientras ella desgarraba, masticaba y tragaba carne. Un remolino de ansiosas gaviotas la acosaba a cada movimiento que hacía, arrebatándole trozos de carne y, aunque la imagen no era estéticamente agradable, el talante en el barco se animó. Sin dejar de sonreír, Jason acercó el ballenero.

—¿Qué… qué estamos haciendo? —preguntó Daniela alargando un brazo para agarrarse al casco del barco.

A Sean se le heló la sangre.

—¡Mantén las manos dentro del barco!

—¿Por qué? Está allí.

—Uno de ellos está allí —la corrigió él, intentando no imaginarse a Laverne acercándose a ese lateral del barco y arrancándole la mano a Daniela.

Ella, desconcertada y asustada, apartó la mano de inmediato. Dejó de grabar y miró a la superficie del agua con gesto aterrorizado mientras se llevaba la mano al vientre en un gesto que para Sean resultó demasiado familiar y absolutamente desgarrador.

Sean deseó haberla advertido de otra forma y deseaba saber qué decir ahora para calmarla.

—Mírame —dijo Jason.

Tragando saliva con dificultad, ella lo miró.

—Nos estamos acercando para etiquetarla. Solo serán unos minutos y, además, Sean es un profesional. Eso ya lo sabes, ¿verdad?

—Sí —respondió humedeciéndose los labios.

—Bien, pues ahora sigue filmando. Estás haciéndolo genial.

—No pasará nada —añadió Brent.

Como un soldado siguiendo una orden, se llevó la cámara hacia la cara y siguió grabando. Se movía como un robot, con rigidez, pero estaba intentando controlar el miedo y no permitir que este la controlara a ella.

Sean miró a Jason, que se limitó a encogerse de hombros, como quitándole importancia a lo que acababa de hacer. Debería haber estado agradecido de que alguien hubiera tenido la calma de saber cómo ayudar a Daniela, pero por el contrario, Sean se moría de la envidia.

Y Brent lo sabía, a juzgar por el modo en que lo miró.

A diferencia de Jason, a Sean no se le daban bien las palabras. No era una persona expresiva y su incapacidad para mostrarle sus sentimientos a Daniela había desempeñado un papel decisivo en su ruptura. Y justo ahora, su comentario la había hecho aterrarse. Al intentar mantenerla a salvo, solo la había puesto más en peligro.

Molesto y algo furioso, preparó el material de etiquetado. Eso era de lo que él sabía, de aparatos científicos y animales de sangre fría.

Y en eso, las palabras no eran necesarias.

Capítulo 3

IR allí había sido un error. Sean tenía razón y ahora ella lo sabía.

¿Por qué había pensado que era lo suficientemente fuerte como para mantener la calma en un diminuto barco de aluminio en mitad de unas aguas turbulentas e infestadas de tiburones?

El ballenero en el que estaban sentados parecía de broma. ¿Qué iba a impedir que uno de esos feroces animales lo volcara? Con un solo golpe, todos caerían al mar y tendrían que nadar por sus vidas en unas aguas teñidas de rojo.

Casi vomitó. El aire olía a una planta de tratamiento de residuos cárnicos.

¿Qué iba a evitar que Shirley no mordiera el barco? Los tiburones blancos tenían unas de las mandíbulas más poderosas de todo el reino animal y esos dientes podían atravesar el casco de la embarcación con la misma facilidad que si fuera un bote de refresco.

Shirley había devorado un león marino de doscientos veinte kilos en menos de doce mordiscos.

Jason y Sean la habían visto masticar con idénticas expresiones de orgullo sobre sus hermosos rostros, sonriendo como los maníacos que eran. La actitud de Brent había sido más circunspecta, pero no menos complacido. Estaba obteniendo unas imágenes fantásticas.

Según se acercaban, la inquietud de Daniela fue en aumento. El tiburón no solo era más largo que la barca, sino más ancho, y tenía la boca abierta, circundada por hileras de blancas dagas.

Esa sonrisa letal se encontraba a menos de medio metro de ellos, pero Daniela tenía que seguir grabando mientras Sean se levantaba y se estiraba para etiquetar el resbaladizo lomo del tiburón con la misma tranquilidad que si estuviera dándole una palmadita en la espalda a un amigo surfista.

Llevaba casi todo el día intentando controlar un ataque de nervios y verlo a él corriendo semejante riesgo y hacerlo con tanta despreocupación casi le hizo perder el control. Por alguna razón, siguió enfocando a esa cosa del agua, que ahora era una masa irreconocible de brillante carne negra y dientes impregnados en sangre. Las aves carroñeras se precipitaron sobre ellos provenientes de todas las direcciones y literalmente arrancaron trozos de carne de la boca del monstruo.

Después de eso, el tiempo pareció acelerarse. Primero estaban en el agua, observando la brutalidad de la naturaleza, de la supervivencia del más fuerte, y al instante estaban surcando el aire y desapareciendo en una cortina de niebla, la niebla de última hora de la tarde.

Demasiado impactada como para hablar, se mantuvo tan rígida como una tabla mientras la grúa los alzaba y los dejaba en tierra.

El día casi había llegado a su fin, comprobó asombrada. En ese lugar tan extraño y salvaje, ¿qué podía traer la noche?

Los tres hombres estaban mirándola, así que se apartó la cámara de la cara y, finalmente, sintió que el mundo se le venía encima. Ese lugar era demasiado extraño, demasiado duro para unos ojos tan vulnerables y sensibles como los suyos. El mar era demasiado oscuro, demasiado azul, demasiado extenso.

—Toma —murmuró apagando la cámara y entregándosela a Jason.

Sean la ayudó a bajar del bote y en el instante en que pisó tierra, le fallaron las rodillas.

—Tranquila —le dijo él sujetándola. Sus brazos eran más fuertes incluso que los de Jason y dos veces más inquietantes. Se puso derecha, ruborizada.

—¿Cuándo ha sido la última vez que has comido hoy?

—Esta mañana —respondió ella avergonzada por sus temblores y furiosa con él por tratarla así. Aunque lo peor era que su cuerpo, más que de miedo, temblaba por sentir a Sean a su lado. Y es que, a pesar de las capas de ropa, las manos de él seguían dejando huella en su piel.

Dio un paso atrás y se chocó contra Jason.

—Entonces tienes que comer —dijo el joven rodeándola por los hombros—. Me toca cocinar a mí. ¿Te gustan los rollitos de primavera?

Ella asintió y Jason echó a andar conduciéndola hasta el sendero.

—Lo sabía. Durante el resto de la semana tenemos que padecer una comida corriente e insulsa, pero en mi noche cenamos con estilo.

Daniela esbozó una temblorosa sonrisa.

—Por favor, dime que estás pensando hacer algo picante y mexicano cuando te toque cocinar a ti.

Ella echó la mirada atrás, hacia Brent y Sean, que los seguían. Sean no parecía muy contento, tal vez porque Jason estaba comportándose como si quisiera que se quedara.

—La verdad es que no me gusta demasiado la cocina muy picante. La parte de México de donde vengo es conocida por eso, pero si tenéis los ingredientes, puedo hacer tamales.

Jason asintió con interés y le preguntó por la receta, sin apartar la mano de su cintura mientras seguían bajando por la colina. Si Sean la hubiera tocado de ese modo, se habría puesto muy tensa, pero con Jason no le importaba porque sabía que el chico solo intentaba animarla, quería que se centrara en cosas más mundanas y divertidas en lugar de en el baño de sangre que acababan de presenciar.

Al llegar al final del camino, el sol se hundió en el horizonte dejando la isla sumida en sombras y niebla. La temperatura había caído considerablemente y el frío del aire le caló los huesos.

El interior de la casa era más cálido, pero esa vieja edificación victoriana se había construido para soportar lluvia y vendavales, no para disfrutar de unas agradables noches junto a la chimenea. Por eso no tenían el fuego encendido, ni había calefacción central.

Resultaba un lugar frío, con sus robustos muebles y las paredes desnudas, y parecía una pensión de mala muerte. Allí, sentada junto a un escritorio, estaba Taryn, anotando algo en una libreta bajo la luz de una lámpara antigua, mientras que Elizabeth se dispuso a subir a su habitación.

—Creo que iré a refrescarme un poco antes de la cena.

—No tienes que ponerte de gala —le dijo Jason—. Vamos a cenar en familia.

Volteando los ojos ante la broma, la joven se marchó.

Brent se sentó en el sofá junto a la ventana y comenzó a comprobar su equipo de cámara. Mientras, Daniela pudo ver que tenía unas manos fuertes y elegantes, manos de escultor, y que además era guapo, con el pelo corto y castaño y los ojos azules. Antes, con el caos de los tiburones, no se había fijado.

Miró a Sean y se sintió fuera de lugar. Él la miró a ella, pero no dijo nada. Estaba claro que no quería que se quedara, pero esa noche ella no podía ir a ninguna parte.

—Ya he llevado tu bolsa a tu habitación, Daniela. Taryn te dirá dónde está —dijo Jason.

La chica separó la silla de la mesa arrastrándola por el suelo de madera.

—Con mucho gusto.

—Creo que podré encontrarla sola.

—No seas tonta, te enseñaré toda la casa.

Antes de que Taryn y Daniela subieran, Sean y Jason salieron en silencio. No había que ser un genio para saber que habían salido para hablar de ella… y decidir su destino.

—Vamos —dijo Taryn, sonriendo como si no pasara nada.

Brent miró por la ventana y estiró el cuello para observar a los otros dos hombres sin ocultar su curiosidad. Con un suspiro, Daniela siguió a Taryn y se vio forzada a mirar el pequeño y perfecto trasero de la chica mientras subía las escaleras. Era alta y tenía un cuerpo de modelo que se podía distinguir bajo sus ceñidos leggings y su sudadera.

—¿Siempre hacen eso?

—¿Hacer qué?

Señaló hacia la puerta por la que Sean y Jason acababan de salir.

—¿Lanzarse esas miradas tan serias y salir fuera?

—No —admitió Taryn—. Se han comportado como si fueran amigos íntimos hasta que…

«Has llegado tú». Daniela sabía que eso era lo que había estado a punto de decir.

¡Genial! Una semana en la isla y ya era como una enfermedad contagiosa.

—Esto es el cuarto de baño —dijo Taryn abriendo una puerta a su derecha. Era pequeño, con saneamientos anticuados y blancos—. El de abajo está mejor, pero este está bien si tienes que hacer pis en mitad de la noche. Y ahí está la ducha —deslizó una puerta de cristal e inclinó un esbelto brazo con el elegante estilo de una modelo de televisión.

Daniel se asomó dentro. No era nada bonita, pero estaba limpia.

—Jason dice que no hay agua caliente.

—Viene y va. Las tuberías están fatal, así que hacemos turnos y esperamos que nos toque el agua caliente. A veces tengo que calentar una olla de agua para lavarme con ella. Claro que, a los chicos no parece importarles estar hechos unos cerdos —arrugó su adorable nariz—. Pronto tendremos más agua de lluvia. La acumulamos en la cisterna y la utilizamos durante el resto del año.

Daniela asintió. Hacer trabajo de campo implicaba verse en las condiciones que fueran, así que tener agua corriente, independientemente de a qué temperatura estuviera, era todo un lujo.

Taryn siguió con el recorrido y abrió la primera puerta a la izquierda.

—Aquí estamos nosotras. La habitación de Brent es la siguiente. Jason y Sean están allí, en el otro lado. Y Elizabeth está en la última puerta a la derecha.

La habitación estaba escasamente amueblada, con únicamente dos literas, una pequeña mesa y una silla. Frunció el ceño al ver su bolsa en la litera de abajo.

—¿Es… nuestra habitación?

—Sí, y espero que no te importe. A Elizabeth le gusta estar sola, pero yo prefiero tener compañía —bajó la voz—. Entre tú y yo, por la noche este sitio me da un poco de miedo.

Daniella se quedó en silencio preguntándose si Sean era la compañía preferida de Taryn, aunque tal vez no se acostaba con ella, al menos no ahí. De todos modos, ahora estaba demasiado cansada como para especular y lo único que quería era tumbarse y cerrar los ojos durante unos minutos.

Taryn se detuvo en la puerta mordisqueándose el labio.

—Quiero decirte que no tienes que hacer como si no pasara nada. Debe de ser agotador tener que estar poniendo buena cara constantemente ante unos extraños.

Daniela la miró como si no entendiera nada.

—Sean me ha contado lo del bebé —le explicó.

—¿Sí?

—Bueno, sí. Hemos hablado de ello en varias ocasiones, la verdad. Y yo estaba aquí la noche que lo llamaron para informarlo sobre el accidente. Así que ya lo sabía.

—Estabas aquí —repitió ella—. Con él…

—Sí. Fue terrible verlo pasar por aquello. El guardacostas no pudo venir a buscarlo a esas horas, así que tuvo que esperar hasta que llegara la mañana para volver a tierra. Quería llevarse el ballenero, solo, sin luces ni sistema de navegación, y cuando la noche estaba más oscura que la boca del lobo —sacudió la cabeza, turbada por el recuerdo—. Era demasiado peligroso, así que no le dejamos. Se quedó despierto toda la noche, caminando de un lado a otro del salón y prácticamente volviéndose loco.

A Daniela se le hizo un nudo en la garganta. No podía imaginarlo así porque él era fuerte, cabal y tranquilo.

—¿No lo sabías?

—Sabía que estaba aquí…

Gracias a Dios, Taryn no insistió ni le dio más detalles.

—Bueno, solo quería decirte que lamento tu pérdida. Sé que Sean también está destrozado por ello.

—¿Te lo ha dicho?

—Eh…, claro.

Daniela se quedó en silencio, incapaz de responder. Sean no le había hablado de sus sentimientos en ningún momento. Nunca le había contado el infierno por el que había pasado aquella noche, nunca le había dicho cómo estaba llevando la muerte de su hija…Y ella tampoco se lo había preguntado. Había estado demasiado ocupada viniéndose abajo.

No fue capaz de reconfortar a Sean cuando lo necesitó, y tampoco había aceptado su consuelo. Después de volver del hospital, su estado emocional había sido una ruina y cada vez que él había intentado acercarse, ella se había apartado. Por eso, en lugar de confiar en ella, se había refugiado en Taryn. En la bella, divertida, cercana y simpática Taryn.

¿Qué hombre no se vería tentado por una guapísima rubia?

—Si no necesitas nada más…

—Solo quiero estar sola —dijo fríamente Daniela.

Taryn frunció el ceño. Era preciosa, pero no tonta. Detrás de sus perfectos rasgos y su agradable sonrisa, asomaba una personalidad no tan dulce.

—Claro —respondió asintiendo y arrugando la boca antes de salir de la habitación.

Daniela se dejó caer en la cama en cuanto cerró la puerta. Desairar a Taryn no la había hecho sentir mejor. No era una persona vengativa, y no había disfrutado oyendo lo mucho que había sufrido Sean, pero se había quedado impactada al saber que se había desahogado con esa chica después de ser incapaz de compartir sus sentimientos con ella.

No se sentía tan mal desde que él había solicitado el divorcio.

—Maldito seas —susurró golpeando la almohada. No sabía con quién estaba más enfadada, si con Sean o consigo misma. Era ella la que había sufrido ese hundimiento emocional. Era ella la que lo había alejado de su lado.

Cerró los ojos con fuerza al verse bombardeada por imágenes del pasado y de ese día. Metal abollado y dientes ensangrentados. Tras pasar por agonizantes momentos atrapada en un vehículo siniestrado, embarazada de ocho meses y desangrándose, le tenía miedo al confinamiento y al dolor.

Pero el mayor de sus miedos era, con diferencia, la sensación de pérdida.

Perder a su hija, no llegar a experimentar nunca el milagro de su nacimiento, que le hubieran robado sus primeras sonrisas, sus primeros pasos y sus primeras palabras…

Todo ello era mil veces más traumático que cualquier cantidad de sufrimiento físico y, sintiendo cómo la inundaba la agonía una y otra vez, se acurrucó y comenzó a llorar.

—¿Quieres decirme qué pasa?

Evitando la pregunta de Jason, Sean se metió las manos en los bolsillos y vio cómo se desvanecía el día mientras contemplaba ese punto crucial en su vida.

Los últimos rayos de sol se extendieron por la superficie del agua y bañaron la ondulada superficie de motas doradas. En Roca Calavera solo se veía un ojo, brillando en la oscuridad, como un demonio esperando el abrigo de la noche.

Antes del accidente de Daniela, le había encantado ese lugar.

Le habían fascinado los tiburones desde que era un niño. Point Reyes, su ciudad natal, estaba justo al norte de San Francisco, en el corazón del Triángulo

Rojo. El área englobaba una zona de la costa de California, incluyendo los Farallones, y era el lugar del mundo que recogía más ataques mortales de tiburones a humanos.

El verano en que cumplió quince años, sus padres se separaron y Sean se trasladó a San Diego con su padre, pero nunca olvidó su idílica infancia en Point Reyes, esos plácidos días previos al divorcio. Habían vivido a escasas manzanas de la playa y su padre y él habían ido a surfear juntos prácticamente todos los días. Una inolvidable mañana, cuando estaba a punto de cumplir los doce, habían estado en el agua esperando la siguiente ola y una escalofriante sensación lo recorrió e hizo que se le erizara el vello de la nuca. Había sentido la presencia de un tiburón y era una sensación que todo surfista del planeta reconocía. Su padre también la había sentido y por ello habían salido del agua inmediatamente. Esa misma tarde, un gran tiburón blanco mordió a un surfista, que murió desangrado en la playa.

Desde ese momento, Sean supo lo que quería hacer. Estudiar a los tiburones en general, y al tiburón blanco en particular, era su mayor ambición, su objetivo, el sueño de su vida. Estar cerca de ellos lo hacía feliz.

O… solía hacerle feliz.

Ahora, sin embargo, detestaba esa isla. Si no se hubiera visto atrapado allí, cumpliendo con su obligación profesional antes de que le dieran el permiso por paternidad, habría estado con Daniela. Habría conducido él y no ella.

—Maldita sea —murmuró pasándose una mano por el pelo. No habría accedido a ir a los Farallones de nuevo si no le hubiera debido un favor al doctor

Fitzwilliam, que le había cubierto durante aquella emergencia familiar.

—¿Crees que debería quedarse aquí? —preguntó Jason.

—No —respondió. El sol había descendido bajo el horizonte—. Pero dice que puede con ello.

—¿Qué le ha pasado?

Sean levantó la mirada del agua.

—¿No lo sabes?

—No he pasado mucho tiempo en los Estados Unidos durante los últimos años. Para ser sincero, nunca relacioné su nombre contigo.

Él vaciló, reticente a contarle la trágica historia. Tras el accidente, Sean había sido el responsable de notificar a decenas de amigos y familiares el estado de Daniela y, aunque tenía aquellas palabras memorizadas, no era más fácil pronunciarlas ahora.

—Sufrió un accidente de coche cuando estaba embarazada de ocho meses. Un conductor borracho se echó contra ella y la dejó atrapada durante varias horas. Perdió al bebé.

Jason se quedó mirándolo intentando procesar la información. Tragó saliva con dificultad y le puso la mano en el hombro.

—Vaya, tío, lo siento mucho. De verdad que lo siento. Es terrible.

Sean apretó la mandíbula; sabía que Jason hablaba en serio, pero estaba rabioso. Ver a otro hombre reconfortar a su mujer lo había puesto furioso y tuvo que contenerse para no apartarse cuando Jason le puso la mano en el hombro. Más que esos gestos de amabilidad, lo que le apetecía era pegarse a puñetazos con alguien.

—No tenía ni idea —continuó Jason con expresión cargada de dolor—. No me extraña que lo esté pasando tan mal.

—Sí, bueno, tal vez deberías haberla investigado un poco antes de apuntarla. Aunque, a juzgar por la pinta de la tripulación de esta temporada, ya me hago una idea de los criterios que has empleado en tu selección.

—¿Qué quiere decir eso? —preguntó Jason bajando la mano.

Sean miró hacia la casa; sabía que estaba comportándose como un cretino, pero le daba igual.

—Todas las mujeres de ahí dentro están de muy buen ver. No creo que pudieras encontrar un grupo mejor de científicas.

—Las he elegido basándome en su experiencia y en la diversidad del proyecto, no en el aspecto físico, pero ¿qué quieres que te diga? He tenido suerte. La próxima vez que nos visites, me aseguraré de que las chicas sean más feas.

Sean sacudió la cabeza y suspiró y su furia se disipó tan pronto como había llegado. Era imposible estar enfadado con Jason y no podía culparlo por sus gustos en cuanto al sexo opuesto. A él también le encantaban las mujeres. Aunque el divorcio de sus padres había sido muy duro, y él suyo había resultado devastador, seguía disfrutando con su compañía.

Aunque no con el mismo… vigor.

Daniela solía bromear con él sobre sus amigas, a las que había llamado sus «seguidoras», pero nunca había tenido celos, ni siquiera cuando estaba haciendo trabajo de campo durante semanas. Claro que, siempre había corrido a abrazarla en cuanto había cruzado por la puerta al volver a casa. Era uno de los aspectos que más echaba de menos de su relación. Le encantaba volver a casa con ella después de estar tiempo separados. Nunca se habían cansado el uno del otro.

—Vamos a vigilarla de cerca durante los próximos días —dijo Jason volviendo al tema—. Puede volver a tierra firme si lo necesita. Lo último que quiero es que alguien sufra aquí.

Con un nudo en la garganta, Sean apartó la mirada hacia la costa y vio el agua negra azulada golpear contra las grises rocas perforadas. A lo lejos, Roca Calavera estaba sumida en la oscuridad, cubierta por una impenetrable máscara.

Capítulo 4

CUANDO Daniela bajó las escaleras, el aroma a salteado de verduras y el crepitar del aceite invadieron sus sentidos, junto con la agradable fragancia del arroz.

Estaba hambrienta, y eso la sorprendió. Absolutamente hambrienta.

Jason estaba en la cocina haciendo magia. La parte superior de su pelo negro, que era más largo que el de Sean, estaba recogido en una cola de caballo estilo samurai. A pesar del frío, tenía la parte superior del cuerpo cubierta únicamente por una fina camiseta blanca; los músculos de sus brazos se flexionaban mientras movía la sartén y el extremo de un tatuaje asomaba bajo una manga.

Era muy agradable a la vista, pero ella dejó de mirarlo prácticamente al instante para posar sus ojos en Sean. Su exmarido estaba en el fondo de la cocina, apoyado contra la encimera con una botella de cerveza en la mano.

¡Hombres! El agua caliente no era una necesidad, pero la cerveza nunca podía faltar.

Bajo la intensa luz del fluorescente, parecía algo mayor que la última vez que lo había visto, un poco más cansado y mucho más estropeado. Su cabello seguía teniendo el mismo tono marrón dorado, sus ojos seguían siendo miel oscuros y su piel tan bronceada como siempre, pero su semblante y su mirada habían cambiado; era como si estuviera ocultándole algo.

Daniela fue consciente de que la habitación se había quedado en silencio y Brent le sonrió como reconociendo que era una situación algo incómoda, en lugar de fingir que no pasaba nada raro.

Ella respiró hondo.

—¿Qué puedo hacer para ayudar?

—Puedes poner la mesa —respondió Jason, que señaló con la espátula hacia un armario que había detrás de Sean—. Los platos están ahí arriba.

La cocina era pequeña y tuvo que acercarse mucho a Sean para bajarlos. Él apoyó la espalda contra la nevera, pero aun así ella le rozó el pecho con el codo al abrir el armario. El jersey verde oscuro que llevaba le era familiar… se lo había regalado por Navidad hacía, por lo menos, cinco años e, igual que él, estaba estropeado.

Aunque eso no era un impedimento para que le sentara de maravilla. Incluso un trozo de tela harapienta y descolorida le sentaría genial a su musculoso y hermoso cuerpo.

Tragando con dificultad, miró arriba y vio una pila de coloridos platos de cerámica.

—¿Necesitas que te los baje? —le preguntó él.

—Llego —respondió ella poniéndose de puntillas. Sean estaba tan cerca que podía sentir el calor de su cuerpo y oler su piel. Aunque llegara a los cien años, jamás olvidaría ese olor cálido, almizclado y deliciosamente masculino.

Bajó los platos desparejados, consciente de su proximidad y de cómo la estaba observando.

La camiseta térmica roja de manga larga que ella llevaba era sencilla y cómoda, pero se ceñía a su cuerpo y resaltaba sus pechos. Siempre le había resultado complicado encontrar ropa que no se le ajustara demasiado al pecho y bajo la mirada de Sean, la prenda parecía encogerse aún más, haciéndola sentir demasiado acalorada y desnuda.

Y no porque él estuviera mirándola fijamente, sino porque ella no podía evitar pensar en las muchas veces que la había alzado contra cualquier superficie plana, incluido las encimeras de la cocina de su apartamento, para hacerle el amor.

Un intenso calor tiñó sus mejillas. Los recuerdos le eran extraños, como si esas intimidades pertenecieran a otra persona. La persona en la que se había convertido no reaccionaba así, arrancándole la ropa a un hombre en cuanto cruzaba la puerta de casa.

La mujer que era ahora no reaccionaba ni respondía ante nada.

—¿Los cubiertos? —murmuró evitando mirarlo a los ojos.

—En el cajón de arriba —respondió Jason—. Nos bastará con tenedores.

Asintiendo, contó seis tenedores y los colocó encima de los platos. Añadió unas cuantas servilletas, lo

llevó todo a la mesa intentando que su brazo no roza-
ra la cintura de Sean al salir de la cocina.

Elizabeth y Taryn, que estaban trabajando en el
salón, apartaron sus ordenadores y la ayudaron a poner la mesa.

Jason sacó la comida y, cuando Sean se sentó frente a Daniela, ella bajó la mirada hacia la lana de su
jersey y el corazón le palpitó de un modo que no tuvo
nada que ver con la ansiedad.

El jersey tenía unos siete años, ahora que lo recordaba mejor. Se lo había dado una Nochebuena, la
misma noche que él le había pedido matrimonio es-
condiendo el anillo en una caja de lencería que contenía un camisón rojo ridículamente sexy.

Había sido una broma, porque él sabía que ella
odiaba esa clase de regalos. Al principio no había visto el anillo y, furiosa por su mal gusto al regalarle una
prenda tan vulgar por Navidad, después de que ella le
hubiera regalado un jersey carísimo, casi le había tira-
do la caja a la cara.

Pero entonces había visto su sonrisa y, al volver a
mirar dentro, había visto el diamante. Con una sonrisa, él se había arrodillado y le había pedido que fuera
su mujer.

Aquella noche Daniela se había puesto el anillo...
y el camisón.

Se frotó su dedo desnudo y dejó de lado esos recuerdos; ahora el anillo estaba guardado en una caji-
ta en el fondo de su cajón de la ropa interior, y el camisón estaba hecho jirones ya que Sean se lo había
arrancado del cuerpo en una ocasión al volver a casa
de uno de sus viajes. Sonrojándose, levantó la mirada del jersey, pero entonces lo vio a él, con una bar-

ba de varios días que no hacía más que añadirle atractivo.

Por su parte, Brent, sentado a su derecha, parecía casi elegante. Y después estaba Jason, con un estilo que no era ni rudo ni refinado. Los tres hombres eran guapos y muy buenos partidos, y la mesa pareció encogerse ante la presencia de semejante trío.

Jason propuso un brindis.

—¿Por los nuevos comienzos?

—Por los nuevos comienzos —respondió Brent alzando su vaso.

La expresión de Sean fue sardónica, pero brindó de todos modos, y Daniela hizo lo mismo chocando su botella de agua contra la de Taryn, sin que en ningún momento obviara el hecho de que una isla inhóspita era una elección irónica como opción para un nuevo comienzo.

Jason sirvió la masa de los rollitos y cada uno fue eligiendo los ingredientes dispuestos en el centro de la mesa para elaborar su propio plato. Todo parecía delicioso.

—¿Es tu primera visita a los Farallones, Daniela? —preguntó Brent.

—Sí —respondió ella alzando la mirada del plato—. ¿Y vosotros?

—También es mi primera vez y la de Elizabeth, creo.

—Pero no creo que haya sido la primera vez que has visto el ataque de un tiburón. Estabas frío como un témpano.

Riéndose, él sacudió la cabeza.

—Estaba muerto de miedo, te lo aseguro, pero tienes razón. He grabado a tiburones alimentándose muchas veces. El truco es construir una fachada de valor a tu alrededor —arqueando una ceja, miró a Sean—: ¿O, acaso, uno se acaba endureciendo con el tiempo?

Sean se encogió de hombros.

—Sería un error ponerse demasiado cómodo ahí fuera.

—Eso lo dice el hombre cuyas pulsaciones nunca pasan de setenta.

Sean se llevó el tenedor a la boca sin molestarse a discutir con él.

—Bueno, pues yo no vería a un tiburón comer ni aunque me pagarais —dijo Elizabeth con un escalofrío—. Si esta isla no fuera el hogar de tantas especies de pájaros, jamás habría venido.

—¿En serio? —le preguntó Brent—. Pues yo juraría que te había visto antes en una expedición sobre cocodrilos. He estado retorciéndome el cerebro intentando recordar dónde y cuándo.

—¿Es que Liz es una *groupie* de los tiburones en secreto?

—No seas absurdo —dijo ella—. Odio a los tiburones.

—Me habré equivocado —murmuró Brent, aunque Daniela tuvo la sensación de que él no creía que lo hubiera hecho.

La tensión en la sala era palpable: Elizabeth parecía incómoda y reticente a compartir información personal con los demás, a Sean no le hacía ninguna gracia que Daniela se hubiera presentado allí de esa forma tan inesperada, y Taryn comía decepcionada o abatida por el giro que había dado la situación.

—He oído que la casa está encantada —dijo Daniela, cambiando de tema.

Por desgracia, su intento de subir los ánimos fracasó y nadie dijo ni una palabra.

—¿Existe alguna superstición local? —insistió.

Taryn dejó de fingir que estaba comiendo y soltó el tenedor. Sean le lanzó una mirada de advertencia, pero ella la ignoró.

—Hay gente que cree que la casa está habitada por una mujer vestida de blanco. Era la esposa de un farero, una mujer que vivió aquí hace cien años.

—¿Cuál es su historia?

—Al parecer, se arrojó por los acantilados. Una noche fue a la torre del faro a comprobar los faroles y, en lugar de llenarlos de combustible, caminó hasta el borde del acantilado y saltó.

Un escalofrío recorrió la espalda de Daniela.

—¿Cómo saben que saltó?

—Apareció en la Playa del Hombre Muerto con los bolsillos llenos de piedras.

—Oh —ahora ya sabía por qué Sean no había querido que oyera la historia. Siempre había sido muy protector con ella y había habido un tiempo, no muy lejano, en el que ella había contemplado un destino similar—. ¿Por qué creéis que no se la comieron los tiburones?

—No era temporada de tiburones —respondió Jason.

Daniela se quedó mirando a su plato en silencio; sentía curiosidad por el caso de la foca desollada, pero no quería sacar a relucir otro tema desagradable, de modo que comió un poco más, dio unos sorbos de agua y fingió relajarse.

Después de la cena recogieron la mesa y Sean desapareció en el despacho mientras Brent limpiaba su equipo de cámara y Jason fregaba los platos.

Taryn y Elizabeth sacaron sus portátiles para escribir sus informes diarios y Daniela se acercó a una librería. Había muchos libros usados, principalmente de fantasía y ciencia-ficción. No exactamente lo que estaba buscando.

—¿Siempre habéis hecho los cuadernos de bitácora por ordenador? Hay muchos libros aquí.

—No —dijo Taryn—. Hay un montón de libros en el armario.

—Ah —el armario de madera estaba en la pared del fondo sobre una encimera de formica. Daniela abrió las puertas y observó las hileras de libros con interés, aunque dada su estatura, no pudo llegar al fondo ni verlo todo.

—Yo te los bajo —dijo Elizabeth.

—No pasa nada —respondió ella alzándose y apoyando una cadera en la encimera—. Las bajitas sabemos cómo apañárnoslas.

Junto a los cuadernos de bitácora encontró decenas de libros de historia con décadas de antigüedad. Los sacó, uno a uno, y acarició las arañadas superficies de piel. Ahí dentro habría una gran cantidad de información.

La historia sobre la mujer de blanco había despertado su interés ya que, desde su accidente, sentía una fascinación enfermiza por las tragedias de otras personas.

Tras elegir uno de los cuadernos de bitácora más nuevos y un libro de historia, volvió a colocar el resto en el armario. Se sentó en un sillón y abrió el cuaderno en el que la letra de Sean asomaba por cada página denotando seguridad en sí mismo.

Cuando estaban casados, a menudo le había escrito notas por las mañanas... Eso sí, nada romántico porque ese no era su estilo. Solo la lista de la compra y algún que otro «Te quiero».

Apartando esas notas de su mente, no sin cierta dificultad, pasó las páginas del libro y una fecha llamó su atención: 25 de junio de hacía dos años. El aniversario del accidente.

Sean había marcado la fecha y había añadido una detallada descripción de un incidente con el equipo de inmersión en jaula. Al parecer, había acercado el ballenero al barco de buceo para pedirles que dejaran de arrojar restos de carne y se habían intercambiado varios improperios. Justo cuando el diálogo empezaba a ponerse interesante, quedó cortado a media frase. Desde ahí, no había más entradas hasta hacía poco tiempo. Debió de haber estado escribiendo cuando recibió la noticia de...

Cerró el libro bruscamente y agarró el de historia para conocer algo más sobre el tumultuoso pasado de la isla, pero cuando comenzó a ver las palabras borrosas, supo que había llegado el momento de dejarlo. Después del vuelo desde San Diego y de un viaje en barco de cuatro horas, había pasado la tarde viendo el ataque de un tiburón. Por decir poco, había tenido un día complicado y, aunque aún era pronto, estaba agotada.

—Estoy cansadísima —dijo Taryn—. Si me quedo despierta mucho rato más, mañana no seré capaz de sacar mi cuerpo de la cama.

Todos los demás comenzaron a guardar sus materiales y Daniela volvió a poner los libros en el armario mientras Elizabeth entraba en el baño de la planta baja.

Brent, que acababa de salir, volvió a entrar en la casa trayendo consigo una ráfaga de aire frío y un ligero aroma a tabaco. No era el ácrido olor de los cigarrillos con filtro, sino el suave aroma de los cigarrillos de liar. Un olor que le recordó a su padre.

—Yo también me voy a dormir. Buenas noches —dijo Daniela evitando mirar a Sean, que acababa de salir del despacho. Le dolía demasiado recordar las noches que habían pasado juntos… Unas noches que, por cierto, habían sido muy buenas.

En su habitación, Taryn se quitó las botas y se subió a la litera mientras Daniela se ponía un pijama de franela. Después de extender su saco de dormir sobre la litera, se metió dentro y estaba a punto de apagar la lámpara cuando su brazo se quedó paralizado al pensar en el frío de la noche, en la absoluta oscuridad de fuera, en sangre y en afilados dientes.

—Hay una lamparita de noche —dijo Taryn.

—¿Qué?

—Que hay una lamparita de noche. Se enciende automáticamente.

—¿Tienes miedo a la oscuridad?

Tras un breve silencio, Taryn respondió:

—No, pero esta casa da pavor. A veces me despierto y siento como si me faltara el aliento. La oscuridad puede resultar sofocante.

De pronto, Daniela sintió algo de simpatía por la chica.

—Mis ataques de pánico son muy parecidos a eso. Sé lo que quieres decir.

—Si no puedes dormir con la luz, la desenchufaré.

—No —respondió apagando la lámpara y haciendo que, automáticamente, la lamparilla de noche ilu-

minara una pequeña sección de la pared, devorando
las sombras—. Está bien. Despertarte en un lugar extraño puede hacer que te sientas desorientada y… tengo pesadillas.

—Si te oigo, ¿debería despertarte?

Recordó que no todas las noches que había pasado
junto a Sean habían sido fantásticas; a veces se había
despertado gritando y dándole puñetazos.

—No. No me despiertes.

Daniela abrió los ojos sobresaltada, con el corazón
acelerado y la respiración entrecortada. No entraba ni
un ápice de luz por la ventana y el reloj del escritorio
marcaba la una menos cuarto de la madrugada. Buscando a tientas la botella de agua que tenía en la mesilla, dio un trago e intentó controlar la respiración y
el pánico.

Ahora sus pesadillas eran cada vez menos frecuentes, pero seguían ahí. Había soñado que estaba
atrapada dentro del todoterreno, entre pedazos de metal retorcido. La lluvia entraba por el parabrisas roto y
le mojaba las mejillas despertándola de su estado de
semiinconsciencia. Con la lucidez vinieron el dolor,
el terror y el pesar. Giró la cara intentando ahogarse
en el sueño. Sean alargó la mano y la sacó del coche,
reconfortándola entre sus brazos.

La pesadilla siempre era igual.

Cuando el corazón ya no amenazaba con salírsele
del pecho, se levantó, se puso una sudadera de capucha y salió por la puerta. Cuando tenía esos sueños,
prefería levantarse y moverse un poco porque por experiencia sabía que dormirse otra vez era imposible y

quedarse tumbada en la cama no hacía más que aumentar su ansiedad.

Se disponía a bajar para prepararse un té cuando en mitad de las escaleras sintió un intenso frío. Es más, pudo verlo. La niebla reptaba por la escalera envolviendo sus calcetines de lana.

La puerta estaba abierta, no podía creer lo que estaba viendo. ¿Había salido alguien en mitad de la noche? O peor aún, ¿había entrado alguien?

Por un momento, el miedo la dejó clavada al suelo e imaginó un camisón blanco y un cuerpo muerto alzándose de entre la niebla.

—No seas tonta —susurró para sí. Tal vez era propensa a los ataques de pánico, pero no era una mujer fantasiosa ni débil.

Se puso recta y bajó los últimos escalones avanzando hacia la puerta con decisión. El viento la había abierto, nada más. Brent no la habría cerrado bien la última vez que había salido a fumar.

Se asomó afuera para asegurarse de que no seguía allí y, al no ver nada más que niebla, la cerró dejando fuera el frío y el estruendo de las olas. Cuando una mano tocó su hombro, dio un brinco sobresaltada.

Era Jason.

—¡Mierda! —exclamó con la respiración entrecortada.

Él se rió ante su malhablado lenguaje.

—Lo siento. Creía que eras sonámbula.

—Me has dado un susto de muerte.

—Ya lo veo —respondió sin dejar de sonreír—. ¿Ibas a dar un paseo?

—Claro que no. He bajado y he visto la puerta abierta.

—¿En serio?

—Totalmente en serio.

Con el ceño fruncido, él abrió la puerta y echó un vistazo fuera antes de encogerse de hombros y volver a cerrarla. Se quedó pensativo, y echó el cerrojo.

—¿Es que no soléis echar el cerrojo? —preguntó Daniela.

—No hay razón para hacerlo.

Y, en cierto modo, era lógico. La isla no era accesible, así que no era muy sencillo que unos vándalos pudieran llegar hasta allí.

—Ha debido de ser el viento —murmuró ella.

Él miró hacia el salón, pero allí todo estaba en orden.

—Sean me ha contado lo de la foca desollada.

—¿Te preocupa eso? Seguro que ha sido un incidente aislado.

—He tenido una pesadilla y por eso he bajado a prepararme una taza de té.

—¿Quieres algo de compañía? —le preguntó Jason con delicadeza.

Durante los últimos dos años, le habían hecho esa pregunta en muchas ocasiones y, exceptuando muy pocas, había dicho que no. No había querido compañía de ningún tipo. Todo el mundo, incluido Sean, se había mostrado desesperado por consolarla, reconfortarla, pero ella había sido inconsolable. Apartarse, encerrarse en sí misma y en su dolor había sido más sencillo que relacionarse con la gente y había necesitado tiempo para estar sola con su pena.

Pero esa época ya había pasado.

—Sí —respondió respirando hondo—. Me gustaría tener compañía. Me gustaría mucho.

Capítulo 5

CUANDO Daniela despertó de nuevo, la habitación estaba sumida en el tono gris del alba. Le sorprendió haber dormido tan bien; después de una tranquila conversación con Jason y de una taza de té caliente, había vuelto a la cama sin esperar pasar una noche apacible.

Taryn seguía durmiendo y ella salió de la cama, temblando. Hacía más frío que unas horas antes. Corriendo, agarró su neceser y, aún adormilada, se dirigió al baño sin darse cuenta hasta llegar a la puerta de que había alguien dentro. El ruido del agua se detuvo bruscamente y antes de que tuviera tiempo de apartarse de la puerta, esta se abrió.

Sean salió al pasillo con una toalla enrollada a la cintura y luciendo su espectacular torso.

Ambos se quedaron paralizados y eso que ella ya lo había visto mucho más desnudo en cientos de ocasiones y que él nunca había mostrado síntomas de vergüenza por ello. Aunque, para ser justos, ¿quién iba a tener vergüenza de tener un cuerpo que podía hacer llorar a una mujer?

Estaba más delgado que años atrás e incluso más tonificado, cada músculo de su cuerpo se veía perfectamente definido. Era tan perfecto que parecía una gráfica de anatomía humana.

No pudo evitar fijarse en su torso y en cómo se dibujaban sus costillas, y sus ojos siguieron el oscuro vello que cubría su abdomen hasta desaparecer bajo la húmeda toalla.

Olía de maravilla, a agua y jabón. Se le hizo la boca agua ante semejante aroma y sus dedos ansiaron tocarlo, pero su mente vio que algo no encajaba: aunque estaba segura de que el cuerpo de Sean emanaba calor, no había vapor dentro del baño.

—¿No hay agua caliente?

—No mucha —respondió ruborizado.

Daniela le bloqueaba el paso y él la rodeó para alejarse por el pasillo mientras se agarraba con fuerza la toalla. Y cuando llegó a su habitación y fue a abrir la puerta, la toalla se le deslizó unos centímetros y ella pudo ver su exquisitamente definida cadera.

En cuanto Sean desapareció de allí, Daniela despertó de su estupor. Pero, ¿qué le pasaba?

Avergonzada, entró en el diminuto cuarto de baño y cerró la puerta. La mujer reflejada en el espejo la miró con un semblante demasiado pálido para su cabello casi negro y con unos ojos que parecían demasiado grandes para su cara.

Se detuvo un instante para inhalar el aroma a jabón, el aroma de la piel de Sean.

Incluso su ropa sucia, que se había dejado tirada en el suelo, para ella olía mejor que un campo de flores. Se llevó las manos a la cabeza, se apoyó contra la puerta y dejó que su espalda se deslizara por ella hasta quedar sentada en el suelo.

No se había dado cuenta de lo mucho que lo había echado de menos.

Cuando estaban juntos, no había nada que él no hubiera hecho por complacerla. En los meses siguientes al accidente, había querido reconfortarla más que nunca y, en lugar de aprovecharse de ello, ella se había apartado de él.

Debería haberse imaginado que él pediría el divorcio. Su deseo físico no había disminuido en ningún momento durante sus cinco años de matrimonio, ni siquiera durante su embarazo cuando incluso la había deseado más, fascinado por los cambios que se habían producido en su cuerpo, queriendo explorar cada nueva curva. Después de perder el bebé, Daniela no había mostrado ningún interés en el sexo y, en un principio, él no la había presionado, pero cuando finalmente lo hizo… fue el principio del fin.

En el momento de la separación, llevaban cerca de un año sin tener relaciones.

Sean nunca había sido un monje, aunque por otro lado, ella no creía que la hubiera engañado. Además, ¿cuántas veces se habría visto en un lugar remoto con una joven preciosidad como Taryn? ¿Y cómo podía dar por hecho que él habría aguantado sin compañía femenina mientras estaba fuera cuando en casa no recibía ningún tipo de atención?

Furiosa consigo misma por pensar en ello… y por permitir que le influyera… se puso de pie. Ya no importaba si Sean le había sido fiel o no durante su matrimonio.

Todo había terminado y era el momento de seguir adelante.

Decir que tenía remordimientos era decir poco, pero había ido hasta allí para empezar de nuevo, no para aferrarse al pasado o para volver a sumirse en la tristeza y la desdicha.

Abrió el grifo, se llenó las manos de agua helada y, apretando los dientes, se lavó la cara.

Maldiciendo a su cuerpo por haber reaccionado ante la imagen de su bella exmujer, que estaba adorable despeinada y recién levantada, Sean buscó su desodorante.

—Maldita sea —murmuró al darse cuenta de que se había dejado la ropa sucia en el baño, aunque no iría a buscarla hasta que ella hubiera salido.

Se echó desodorante y, sin quitarse la toalla de la cintura, se puso los calzoncillos.

Había pasado gran parte de la noche dando vueltas en la cama, intentando no pensar en cómo la camiseta térmica roja de Daniela se había ceñido a sus pechos. Había deseado no poder recordar tan detalladamente la suavidad de su piel, los leves gemidos que emitía al llegar al clímax y lo agradable que le resultaba sentir su cuerpo bajo el suyo.

Ella lo hacía sentir como un adolescente que no podía controlar sus reacciones. Habían estado juntos diez años, así que ya debería aburrirlo verla en pijama, ¡no excitarlo!

Al menos la ducha fría debería haberlo tenido controlado, pero cuando ella había posado la mirada en su abdomen, había sentido una poderosa sacudida de deseo que esperaba que no hubiera notado. La simple mirada de una mujer a la que intentaba olvidar lo había hecho llenarse de deseo, le había hecho recordar demasiadas cosas.

—Maldita sea —repitió poniéndose los pantalones. No era culpa suya que siguiera llevando esa camiseta térmica roja y esos pantalones de pijama de franela no le habrían resultado tan excitantes si no hubiera sabido lo fácil que era meter la mano por dentro y hacer que se deslizaran por sus curvas.

Justo en ese momento, Jason se despertó y miró a Sean.

—Me tocaba ducharme a mí.

—No te preocupes. No he usado agua caliente.

—¿Te has dado una ducha fría a propósito? ¿Qué demonios te pasa?

Sean, que no respondió, estaba subiéndose la cremallera cuando Daniela apareció en la puerta con su ropa sucia.

—Oh —dijo Jason—. Ahora lo entiendo.

—¿Qué entiendes? —le preguntó Daniela.

—No importa —dijo Sean, que se acercó para agarrar su ropa—. Gracias.

—De nada —contestó ella saliendo al pasillo.

—¿Es que te pone nervioso?

—Cierra la boca —le contestó Sean a Jason al arrojarle la ropa sucia. Por desgracia, falló.

—Es una mujer preciosa.

—Mantente alejado de ella.

Jason se rio y echó la cabeza contra la almohada.

—Nunca te he visto comportarte de un modo tan

estúpido. Me alivia ver que eres humano porque estaba empezando a pensar que eras un robot.

Aunque las palabras de Jason lo enfurecieron, también le hicieron reaccionar y, así, se puso una sudadera y fue detrás de Daniela.

—Espera un segundo.

Ella se giró hacia él. Unos mechones de su pelo caían por su esbelto cuello y le olía el aliento a menta fresca y, aunque siempre le había gustado besarla tanto antes como después de lavarse los dientes, ahora sentía un intenso deseo de llevarla contra la pared y devorar cada centímetro de su deliciosa boca. «Céntrate, Sean», tuvo que repetirse.

—¿Cómo estás?

—Estoy bien.

—¿No... has tenido pesadillas?

—Estoy bien —repitió cruzándose de brazos.

—Porque estaba pensando que podríamos... —parecía un adolescente pidiéndole una cita a una chica—. Solemos darles la bienvenida a los recién llegados llevándolos de paseo por la isla. Taryn y Elizabeth te enseñarán la zona del faro, pero si quieres ver al Steller, lo mejor es hacerlo en mi barca.

A ella se le iluminaron los ojos de interés. En ocasiones estaba tan bella que casi le dolía mirarla.

—¿Irá Jason? —preguntó e esperando que las ganas que tenía de ver la vida salvaje en estado puro no se vieran empañadas por el hecho de estar a solas con él.

—Sí, claro —respondió Sean forzando una sonrisa.

—Pues entonces, de acuerdo. Sería genial. Gracias.

—Genial —murmuró él pasándose una mano por el pelo.

En cuanto Daniela desapareció dentro de la habitación que compartía con Taryn, él se alejó por el pasillo. ¿En qué estaba pensando? No era el comité de bienvenida, ¡ni siquiera quería que Daniela estuviera allí! Y no solo por su bien, sino por el bien de él mismo.

No se lo había mencionado a Jason, pero sus ataques de pánico podían resultar extremadamente debilitantes. Después del accidente, la había visto alejarse de la realidad en muchas ocasiones casi hasta el punto de no reaccionar ante nada.

Y sus pesadillas no eran menos turbadoras; lo había golpeado y le había hecho sangrar por la nariz en uno de sus peores episodios. Él le había agarrado las muñecas con fuerza para intentar calmarla, y ella se había puesto hecha un basilisco, gritando para que la soltara. De ahí en adelante, había recibido sus golpes sin quejarse porque, por muy triste que pareciera, había sido el único modo de que ella lo tocara.

Apartando esos recuerdos, que era mejor dejar en el pasado, igual que su relación con Daniela, se puso las botas ignorando la expresión divertida de Jason. Abajo, Elizabeth estaba sentada a la mesa tomando un café y leyendo con unos guantes negros cubriendo sus esbeltas manos.

—Buenos días —murmuró ella, sin molestarse en levantar la vista.

—Buenos días —respondió él entrando en la cocina.

Aún inquieto por el encuentro con Dani, se llenó su taza de café caliente hasta el borde mientras se autoconvencía de que la reacción física que había tenido al verla no era más que una cuestión de química entre los dos imposible de controlar. No quería decir que estuviera condenado a amarla para siempre, solo significaba que tenía que reprogramar su mente y empezar a relacionarse con otras mujeres. Otras mujeres... como Elizabeth.

Antes de salir a la calle, se detuvo y vio a la pelirroja con nuevos ojos. Aunque la veía atractiva, nunca le había atraído. No tenía las curvas de Daniela, pero tampoco era esquelética. A él le gustaban las mujeres curvilíneas y podía ver que esa chica lo era. Tenía una bonita figura, pero la idea de acostarse con ella no lo tentaba ni la mitad que la pasta de dientes de Daniela.

—¿Qué pasa? —le preguntó al ver que estaba mirándola.

—Nada —respondió él—. ¿Qué vas a hacer hoy?

—Voy a recoger excrementos de pájaros. Por eso me he puesto ropa vieja. Voy preparada para que me bombardeen.

—Oh —él le sonrió y dio un sorbo de café. Hasta ese momento siempre había pensado que era demasiado reservada, pero no parecía serlo.

—Pues yo creo que esa ropa te sienta bien.

—Gracias —respondió ella colocándose un mechón de pelo detrás de la oreja.

—¿De dónde eres?

—De Florida. De Daytona Beach.

—Es una central de tiburones.

—Sí. Allí hay muchos ataques a bañistas.

—¿Alguna vez has tenido que salir corriendo del agua?

—No, porque no nado.

—Estás de broma.

Ella negó con la cabeza.

—Pues tienes que aprender. ¿Y si te caes de un barco o...?

—¿Por aquí? Ahogarme sería la menor de mis preocupaciones —como si diera la conversación por zanjada, abrió el libro y siguió leyendo. *Aves acuáticas de la Costa del Pacífico*.

Sean no se había esperado que lo ignorara como había hecho con Jason en los últimos días. Si quería hablar con una mujer, ¡al menos podría haberlo hecho con una que estuviera más dispuesta... como Taryn!

—Voy a vigilar tiburones —dijo a modo de despedida mientras iba hacia la puerta.

La subida hasta la torre fue inquietante. Subir por ese camino zigzagueante y tan elevado era como subir mil escalones. La zona más peligrosa, un estrecho espacio en el borde del acantilado, tenía una robusta baranda de madera. Era una caída de quince metros que terminaba en una sección de agua, a la que llamaban el Lavadero, donde convergían las olas formando unas poderosas corrientes. La barandilla de seguridad no calmó los nervios de Daniela, que podía imaginarse cayendo por el acantilado hacia esas traicioneras aguas.

Una vez llegaron a la cima y estuvieron en suelo firme, respiró aliviada. Tenía el corazón acelerado y le ardían los músculos de las piernas por el ejercicio, pero resultaba un dolor casi agradable. El sudor le cubría la cara como una fina bruma del mar.

La torre del faro permitía una vista de trescientos

grados de la isla, lo cual la convertía en un lugar idóneo para vigilar la presencia de tiburones. Sean estaba allí con los prismáticos. La torre estaba vacía y tenía barrotes en los pisos superiores para impedir el paso de animales salvajes. Cerca del borde del acantilado, una estructura de metal albergaba la baliza automatizada sustituyendo las lámparas del pasado.

Muchos años atrás, cientos de personas habían vivido en Southeast Farallon, pero pocos lo habían considerado su hogar. Después de que se construyera el faro, familias enteras habían vivido allí. Había sido una vida dura para los hombres y más aún para las mujeres y los niños. La única agua fresca había provenido de una cañada y había caído por una cara del acantilado. Cuando las condiciones climáticas eran adversas, hasta allí no podían llegar los suministros y la comida era escasa. Sin acceso a cuidados médicos profesionales, muchos niños habían muerto de enfermedades perfectamente curables.

Daniela lo había leído todo la noche anterior en el libro de historia, que le había dado una cruda descripción de la calidad de vida en la isla. El autor del texto no había adornado las duras condiciones de vida en ningún momento. Y aun así, allí de pie en la colina del faro, rodeada por la inmensidad del océano Pacífico y del cielo, se sentía… emocionada. Eufórica. Sí, ese lugar resultaba intimidante, incluso daba miedo, pero también tenía una extraña belleza.

—Precioso, ¿eh? —comentó Taryn orgullosa.

—Sí —admitió Daniela mirando hacia el azul horizonte. Era un día frío, pero con una agradable mezcla de nubes y sol. El comienzo del otoño era su época favorita del año. O, al menos, solía serlo.

—La Cala del León Marino está justo ahí —dijo Taryn señalando al otro lado de la colina—. Hay varias plataformas.

Daniela pudo ver docenas de cuerpos color tostado, gordos y en posición supina, tomando el sol sobre las planas rocas de la orilla. La mayoría del perímetro de la isla era puro acantilado y esos animales no eran los mejores escaladores. De ahí la necesidad de plataformas para que pudieran entrar y salir del agua.

—Y esa es la Playa del Hombre Muerto.

Junto a la cala había más leones marinos tomando el sol sobre la arena amarillo claro. La pequeña playa estaba rodeada por abruptas rocas en los tres lados que hacían que fuera difícil acceder ahí si no era en una embarcación. Cuando la marea estaba alta, cualquier barco varado sería lanzado contra las rocas... y de ahí el nombre de la playa.

Daniela se imaginó a la mujer del farero tendida en la arena, empapada e inmóvil, con su camisón blanco enredado entre las piernas y el rostro gris. Al sacarse de la mente esa perturbadora imagen, otra pasó a ocuparla.

—¿Dónde encontrasteis a la cría de foca desollada?

—En el lado norte —respondió Elizabeth—. Jason ha estado revisando la zona, pero nosotras tenemos que evitarla.

—Allí vive el hombre del saco —dijo Taryn volteando los ojos.

—Bueno, de todos modos, está muy lejos —dijo Elizabeth.

Daniela asintió, preguntándose qué clase de enfermo mataría a una cría de foca. ¿Quién podía haberlo hecho y dónde se habría metido? Aunque en la isla hubiera un polizón, nadie podía sobrevivir a la intemperie.

Miró hacia el infinito mar y a metros de la orilla vio una bonita falla que creaba una barrera de agua que se extendía a lo ancho.

—La Ola Perfecta —dijo Taryn.

—Jason quiere surfearla —añadió Elizabeth.

—No. Tenéis que estar de broma.

Elizabeth arqueó una ceja hacia Sean, que estaba a su lado. Cada día durante la temporada de tiburones, uno de los investigadores vigilaba el agua y él llevaba allí desde que había amanecido.

—¿Quién crees que le dio la idea?

Él se apartó los prismáticos de los ojos.

—No lo hará.

A Daniela se le encogió el estómago al imaginarse a alguien surfeando en esas aguas.

—¿Habéis hablado de hacerlo?

—Sí, lo hemos hablado —respondió Sean a la defensiva—. Todo surfista que ve esa ola habla sobre tomarla. Pero es solo eso. Hablar.

Las mujeres se miraron y, aunque en silencio, parecieron coincidir en la estupidez masculina.

—Yo surfeo —apuntó Taryn— y jamás se me ha ocurrido meterme en el agua aquí. Es un suicidio.

Elizabeth y Daniela se giraron para mirar a Sean.

—¿Por qué me miráis? Yo tampoco me metería. Jason es el loco que quiere hacerlo.

—Pero tú no le has quitado las ganas —dijo Elizabeth.

—No habla en serio.

—¿Y si habla en serio?

—Pues entonces tú puedes desanimarlo —le contestó volviendo a acercarse los prismáticos—. Eso se te da muy bien.

Daniela contuvo las ganas de disculparse por la grosería de Sean; normalmente no era tan brusco con las mujeres, todo lo contrario. Su hermoso rostro y su simpatía siempre habían atraído a legiones de féminas.

—Esta mañana estás de muy mal humor —le dijo Taryn—. ¿Es que te has levantado con el pie izquierdo?

Él bajó los prismáticos unos centímetros y miró a Daniela un instante.

—Jason no podría surfear esa ola sin ayuda. Alguien tendría que llevarlo hasta allí en el ballenero y yo jamás lo haría —miró a Elizabeth—. ¿Mejor así?

—Mucho mejor —respondió ella con una gélida sonrisa.

—El observatorio de pájaros no está lejos, así que iremos allí primero —dijo Taryn señalando hacia una pequeña edificación en la zona oeste de la isla—. Elizabeth podrá contarnos todo sobre la investigación que está llevando a cabo.

Mientras que los Farallones eran famosos por los grandes tiburones blancos que llegaban allí a alimentarse de los numerosos leones marinos y focas, una sola mirada alrededor de las rocosas islas demostraba que eran, principalmente, un hábitat para los pájaros.

Solo en Southeast Farallon había más de medio millón. Las plataformas cerca de la orilla eran ideales para los leones marinos, pero el resto del terreno era territorio aviar. Cada centímetro del lugar, cada pico, cada rincón, cada grieta, albergaba un encaramado para los pájaros.

Había cormoranes y alcas, petreles y pelícanos. Especie raras, como el albatros de patas negras y los frailecillos copetudos podían verse en las mismas zonas que el arao común y la gaviota occidental.

Según se acercaban al observatorio con las cabezas cubiertas por las capuchas de sus chaquetas para protegerse de lo que podía caerles estando bajo tantas criaturas aladas, la cacofonía se volvía ensordecedora. Cientos de miles de pájaros graznando, chirriando, trinando formaban un caótico ruido. Era una auténtica locura.

Daniela siguió a Taryn hasta la construcción, aliviada cuando Elizabeth cerró la puerta enmudeciendo todo ese ruido.

—¿Os podéis creer que ni siquiera es la época de cría?

A Daniela le pitaban los oídos.

—¿Quieres decir que la cosa empeora?

—¡Oh, sí! —exclamo Taryn—. Las gaviotas son brutales en primavera. Caen en forma de bomba contra lo que sea. El año pasado Jason estaba paseando por aquí y una de ellas casi lo dejó inconsciente. Están locas.

—Hacen lo que tienen que hacer para sobrevivir, igual que cualquier otro animal —apuntó Elizabeth—. No he oído a nadie decir que los tiburones son unos locos.

—Es verdad, pero algunas especies de aves son unas depravadas. Se comen a sus propias crías, roban los nidos de otros y caen con tanta fuerza que incluso pueden llegar a matarse a sí mismos durante un ataque —Taryn se encogió de hombros—. Tienes que admitir que ese es un comportamiento extraño.

Daniela no lo dijo, pero estaba de acuerdo. Las aves no eran sus animales favoritos.

—¿Qué área te interesa más?

—Los delfines. Me encantan.

«¡Cómo no!», pensó Daniela con ironía. A todas las surfistas jovencitas e idealistas que querían salvar el mundo les encantaban los delfines.

Mientras Elizabeth les hablaba de la premisa básica de su proyecto de investigación, que tenía que ver con los efectos nocivos de los contaminantes químicos en las aves costeras, Daniela miró por una de las mirillas del observatorio, que permitían a los científicos observar la vida animal sin ser vistos.

En el extremo más occidental de la isla una bandada de cormoranes se deslizaba por el aire creando una especie de tornado sobre un objeto oculto entre dos rocas cerca de la orilla. Sus brillantes plumas resplandecían en el sol y atrapaban el reflejo del agua.

—Ahí hay algo muriéndose —murmuró Taryn.

Capítulo 6

A MEDIA mañana, Sean se apartó los prismáticos al ver a Jason subir la colina. Brent lo seguía con su equipo de vídeo.

Antes de que llegara Daniela no le había importado que Brent estuviera filmando constantemente, pero ahora le resultaba insoportablemente invasivo. No quería tener la cámara en la cara cuando miraba embelesado a su exmujer porque sabía que el deseo que sentía por ella era transparente.

Cuando llegaron a la torre, Brent colocó el trípode tranquilamente, sin prisas. Sean lo consideraba más un observador casual que un director; nunca se impacientaba como la mayoría de la gente de la prensa y los medios, sino que simplemente esperaba a que las cosas pasaran y Sean valoraba ese estilo de trabajar tan relajado que tenía. Y es que la investigación de los tiburones se basaba en esperar.

Siguió haciendo un barrido de las aguas que lo rodeaban. Había dividido el mar en secciones que iba comprobando una a una. La Ola Perfecta, la Zona Oeste, Roca Calavera, y la Punta Norte. Había una bandada de cormoranes cerca del observatorio y eso no era algo común. Tal vez le habían echado el ojo a una cría enferma.

Normalmente, las aves carroñeras eran el primer indicador de un ataque de tiburón. Si hubieran estado volando sobre el agua y agitando las alas frenéticamente, habría mirado con más atención, pero un círculo de pájaros sobre tierra firme no merecía echar un segundo vistazo.

Cuando terminó, soltó los prismáticos.

Jason se situó al lado de Sean para entrar en la imagen.

—Brent ha dicho que esta tarde volverá a hacer vigilancia de tiburones.

Sean le dio las gracias. Ofrecerse a enseñarle la isla a Dani había sido un error, pero ya no podía echarse atrás.

—¿Hay algo de lo que quieras que hablemos? —preguntó Jason.

Brent se encogió de hombros.

—Olas, tiburones, lo que sea…

Jason puso la mano en el hombro de Sean asintiendo hacia la Ola Perfecta. Esa mañana el mar estaba en plena forma.

—Unos tres metros, ¿no crees?

—Por lo menos —respondió Sean, sonriendo.

—¿Alguna vez has tomado olas tan altas?

—Siempre.

—¿En Mavericks?

Sean sacudió la cabeza. Había surfeado olas muy grandes, pero las de Mavericks eran enormes. El famoso lugar del norte de California era solo para los más intrépidos.

—¿Has estado allí?

—Solo una vez. Me pegué un buen golpe.

—Tuviste suerte de salir vivo.

—Sí, pero me encanta poder decir que lo intenté.

Nunca nadie había probado con la Ola Perfecta y Sean sabía lo mucho que lo deseaba Jason porque hasta a él se le hacía la boca agua. Cuando estaba cerca del océano, le gustaba surfear cada día y pasar semanas sin practicar su deporte favorito era duro, pero se había acostumbrado a negarse ciertos placeres.

Era un experto en la abstinencia.

Hablar de la Ola Perfecta se había convertido en un ritual matutino para ellos; tal vez era estúpido e inmaduro, igual que hablar de mujeres.

—¿Qué llevarías? —le preguntó Jason.

—¿Hoy? Una corta, sin duda.

—Sí, yo también.

—Hay una tabla corta en el armario de suministros —comentó Brent.

Las tablas de surf eran muy útiles en la investigación de tiburones, así que siempre tenían una a mano. Dado el tiempo que pasaban en el agua, los surfistas eran las víctimas más frecuentes de los ataques de tiburón. Sean había experimentado con distintas formas, tamaños y colores, para intentar descubrir si los tiburones tenían alguna preferencia. Por lo que sabía, morderían cualquier cosa. La tabla corta era una reciente donación y tanto Jason como Brent habían mostrado interés en probarla.

Jason miró a la Ola humedeciéndose los labios. Era joven y atrevido, con deseo por la vida y apetito de gloria, y Sean sabía que el hecho de que Brent pudiera grabar la hazaña e incluirla en su documental hacía que la idea fuera más interesante aún.

—La Fundación jamás te dejaría volver —apuntó Sean. Los Farallones eran una reserva federal y ellos, como empleados del gobierno, tenían que seguir los protocolos de seguridad y ceñirse a las estrictas normas. Ni siquiera se molestó en mencionar lo obvio: que un tiburón podía comérselo.

—Tengo un traje con capucha —dijo mirando a Brent—. Tendrías que grabar sin hacerme primeros planos y prometer que no se lo dirías a nadie.

—Hecho —dijo Brent.

—Estáis locos —les dijo Sean.

—¿Tú se lo dirías a alguien?

—No, ¡pero eso no significa que debas hacerlo!

—A lo mejor es que quieres hacerlo tú, ¿es eso?

—No, idiota. Lo que no quiero es tener que decirles a tus padres que has muerto aquí intentado una hazaña estúpida.

Brent alzó las manos como declarándose inocente.

—Yo no he retado a nadie a hacer nada.

—Tú lo propusiste, dijiste que unas imágenes así serían un añadido fantástico a tu documental.

—Vamos a dejarlo —dijo Brent—. No pretendía causar problemas. Los dos habéis hablado de surfear esa ola y creía que hablabais en serio. Es culpa mía.

«Sí, claro, culpa tuya», pensó Sean.

Jason se quedó en silencio, sin molestarse en seguir con la discusión, y Sean tuvo la sensación de que Brent y Jason seguirían discutiendo sobre ello. Si Jason estaba obsesionado con surfear la Ola Perfecta, no había mucho que él pudiera hacer para detenerlo.

—Hay otro tema que me gustaría tratar —comentó Brent.

—¿Qué? —preguntó Jason.

—Tengo la teoría de que hay momentos decisivos en la vida que marcan nuestras carreras profesionales. Recuerdo la primera vez que sostuve una cámara de vídeo, por ejemplo. Y el otro día Sean mencionó un incidente de cuando era pequeño y surfeaba con su padre.

—¿Tienes alguna experiencia memorable en relación con los tiburones o el agua? —le preguntó a Jason.

—Sí.

—Genial —dijo Brent—. Si puedes compartirla con nosotros, sería fantástico.

—Mi mejor amigo se ahogó. Justo después de graduarnos en el instituto.

A Sean le sorprendió la confesión ya que Jason era hablador, pero no se abría para compartir detalles personales. En ese sentido, era el típico chico.

—Teníamos dieciocho años, estábamos borrachísimos y surfeando por la noche. Yo salí, pero él no.

Sean no sabía qué decir; por experiencia sabía que nada ayudaba en momentos así y por eso mantuvo la boca cerrada.

—Estaba tan borracho que no me di cuenta de lo que pasó. Algunos de los otros chicos con los que estábamos preguntaron adónde se había ido y después su tabla apareció sin él.

—¿Crees que fue culpa tuya? —preguntó Brent.

—Su madre sí lo creyó. Encontraron su cuerpo varios días después y en el funeral ni si quiera me miró.

Sean no pudo evitar pensar en el funeral de Natalie. Cuando enterraron a su hija, le había costado mirar a la gente a los ojos. No podía soportar su tristeza ni mantenerse en pie bajo el peso de la suya propia.

—Sé que pensó que tenía que haber sido yo el que muriera. Él era un buen chico y yo era un gamberro. Fue culpa mía. Lo presioné para que se uniera a la fiesta. Fue idea mía lo de ir a hacer surf y después aparecí sin él, sin darme cuenta de que se había ahogado.

Brent no hizo más preguntas y eso le honró. Esperó.

—Casi dejé de surfear después de aquello, pero cada vez que salía al mar me sentía mejor. El océano es muy importante en la cultura filipina, así que supuse que si lo estudiaba lo suficiente, podría llegar a comprenderlo, a controlarlo.

—Estar detrás de la cámara también tiene relación con tener el control de las cosas. ¿Sientes lo mismo respecto a tu trabajo, Sean?

Sean pensó en la respuesta. Había muchas veces en su vida en las que se había sentido impotente y no le había importado. En el océano, se encontraba en su sitio, pero ¿tenía el control?

—Sé que lo que estamos haciendo es importante. Estudiar a los tiburones y las causas de sus ataques puede ayudar a prevenir futuros ataques. Supongo que podríamos decir que eso tiene algo que ver con tomar el control. Predecir lo impredecible.

Brent debió de quedarse satisfecho con la respuesta porque no le pidió que se explicara más. Por el contrario, hizo una toma de los alrededores. Trescientos sesenta grados de un oscuro océano azul y unos depredadores prehistóricos acechando en las profundidades.

Daniela quería ver qué había cerca de la orilla, pero los científicos solo tenían acceso a ciertas partes de la isla. Southeast Farallon era una reserva natural y no debían pisar zonas protegidas. En algunas circunstancias, el protocolo les permitía acceder a ellas para atender a algún animal herido o enfermo, pero la mayoría de las veces optaban por no interferir favoreciendo así la selección natural.

La supervivencia de los más fuertes no era para los débiles de corazón y por ello era mejor que ella no viera sufrimiento. Presenciar un ataque de tiburón había sido espantoso, pero aquel animal probablemente no había sentido ningún dolor. Una muerte lenta y agonizante habría sido mucho más difícil de ver y esperaba que lo de ahí abajo no fuera otra cría despellejada.

Daniela y Taryn siguieron hasta el observatorio de los leones marinos sin Elizabeth y, una vez allí, se olvidó de las aves carroñeras. Las mirillas del observatorio le dieron unas vistas cercanas de varios Stellers de tamaño grande. Le encantaban las focas y los leones marinos y podría haberse pasado el día entero allí observándolos.

Sin embargo, antes de poder darse cuenta, ya había llegado la hora de volver a casa para almorzar. Sintió un cosquilleo de emoción, además de uno de inquietud. Visitar la isla en barco prometía ser una experiencia única, pero hacerlo con Sean, con esa persona que simbolizaba su mayor fracaso y dolor, le quitaría todo el disfrute.

Al final del camino, Taryn se detuvo y la miró. Estaba tensa.

—No me gusta ver a Sean triste.

Daniela se quedó con la boca abierta y volvió a cerrarla rápidamente sin decir nada.

—Quiero decir, está claro que tienes problemas y es una pena, pero…

—No sabes nada de mí —la interrumpió Daniela.

—Sé por qué has venido aquí. Y no me engañas con tu papel de damisela en apuros.

—¿De qué estás hablando?

—Quieres volver con Sean.

—¡No podrías estar más equivocada! Ni siquiera sabía que estaba aquí.

—A mí me parece que está claro que se siente incómodo contigo. Tu presencia está creando una tensión innecesaria y eso es lo último que necesitamos. ¿Por qué no programas tu visita para otro momento?

—¿Por qué no lo haces tú? Si no te gusta la dinámica, márchate.

—No soy yo la que está estropeándolo todo —le dijo Taryn apretando los dientes.

—Tú no estás al mando. Si Jason quiere cancelar mi visita, lo hará. Mientras tanto, te sugiero que te metas en tus asuntos —dio por terminada la conversación y entró en la casa.

Sean y Jason estaban de pie en el salón y las miraron a las dos.

—¿Alguien tiene hambre? —preguntó Taryn frus-

trada, pero disimulando—. Iba a preparar unos sándwiches.

—Ya hemos comido —dijo Jason—. Comed voso-
tras.

Taryn entró en la cocina muy tensa. Estaba claro
que el ofrecimiento del sándwich no era extensible a
Daniela que, aunque no tenía mucha hambre después
del desagradable enfrentamiento, sacó algo de comida
de la despensa y se sentó en la mesa.

—¿Dónde está Elizabeth? —preguntó Jason.

—Se ha quedado en el observatorio de aves.

Él se sentó frente a ella y miró su pieza de fruta y
trozo de queso.

—¿Es eso todo lo que vas a comer?

—He desayunado mucho.

—Hmm.

La noche anterior, mientras tomaban el té, él había
insistido en que se comiera unas galletas.

—Voy a pensar que intentas hacerme engordar.

—¿Por qué iba a hacer eso? Estás perfecta como
estás.

Ella le lanzó una esquiva mirada, pero verse admi-
rada la hizo sentir bien.

Sean cerró de golpe la puerta de un armario em-
pleando más fuerza de la necesaria y Jason le guiñó
un ojo a Daniela, que casi se atragantó con el sorbo
de agua que acababa de dar.

No solo Jason estaba haciéndola sentirse bienvenida, sino que estaba molestando a Sean y, aunque fuera mezquino, lo encontraba divertido.

Cuando terminó su ligero almuerzo, se marcharon
a dar el paseo de la tarde y Taryn los acompañó hasta
el embarcadero para manipular la grúa. Durante la úl-

tima hora, se había levantado viento. Sean la ayudó a subir a bordo del ballenero e, incluso con los guantes, ella pudo sentir el calor de su piel.

Un momento después, estaban en el agua. Un frío aire sacudía sus acaloradas mejillas avivando sus sentidos y ayudándola a dejar de lado sus problemas. Era una belleza contemplar el mar azul en un día soleado. El día anterior la niebla de la tarde había privado al océano de su intenso color, pero ahora el cielo era claro y luminoso y cubierto por unas nubes blancas y esponjosas.

El Pacífico estaban en buena forma; las olas chocaban contra las rocas de la orilla, pero lejos de la isla, el mar estaba quieto.

Vieron varios leones marinos californianos, un pequeño grupo de focas del Norte y un adorable par de nutrias marinas nadando junto a la barca. De no haberlo visto con sus propios ojos un día antes, le habría costado creer que los grandes tiburones blancos acechaban bajo esa misma superficie. Claro que, rara vez cazaban tan cerca de la orilla.

Sean se mantuvo en silencio mientras compartían aquellas relajantes vistas. Siempre habían trabajado bien juntos, comunicándose sin necesidad de decirse nada.

Pero era fácil llevarse bien cuando lo que los rodeaba era agradable, ¿no? Antes del accidente, su matrimonio había sido como una balsa de aceite y tal vez por eso precisamente no habían estado preparados cuando llegaron los momentos duros.

Pasaron junto al observatorio de pájaros en el lado oeste y llegaron hasta el círculo de cormoranes que sobrevolaban la zona, esperando, observando.

—¿Podemos acercarnos? —preguntó Daniela tímidamente.

—Aún no está muerto, Daniela —dijo Jason.

—Lo sé y dudo que podamos ayudar, pero solo quiero ver.

Jason miró a Sean, que se encogió de hombros y miró a otro lado. Los dos pensaron que era una masoquista emocional y probablemente tenían razón, pero Daniela sabía que era importante reconocer esas señales de muerte y enfrentarse a ellas.

Jason maniobró el ballenero para poder ver mejor. Entre dos picos, sobre una extensión de terreno a varios metros del borde del agua, había una cría de foca; estaba claro que acababan de destetarlo, ya que estaba rollizo por una dieta a base de leche rica en nutrientes y tenía un saludable brillo en su marrón piel moteada.

Alrededor de su cuello, estaba la causa de su agonía: un aro de plástico.

No era algo raro; muchos animales morían así cada año. Esa clase de basura llegaba hasta el océano sin romperse y con la capacidad de asfixiar y matar a los animales.

Irónicamente, las botellas de agua de todos los tamaños eran de los mayores peligros.

Esa juguetona cría habría metido la cabeza en una pieza de plástico, movida por la curiosidad, y según había ido creciendo, el aro había ido oprimiéndola más. Ahora estaba tendida de costado, inmóvil, y sin apenas poder respirar.

—¿Tienes un cuchillo? —preguntó ella midiendo la distancia desde el bote hasta las olas que rompían en la orilla.

—No podemos alcanzarlo desde aquí —dijo Sean.

—¡Está muy cerca! Podría…

—¿Qué? —la interrumpió—. ¿Ir nadando hasta ella? Aunque no acabaras con la cabeza aplastada contra las rocas, tampoco podrías salir del agua en esta zona. Es demasiado resbaladiza, demasiado peligrosa.

Daniela sabía que tenía razón y que intentar acceder por tierra llevaría demasiado tiempo, pero esa clase de intervención era lo que hacía su trabajo especialmente enriquecedor y gratificante.

—Llevadme al desembarcadero —dijo mirando al cielo atestado de aves. El número había aumentado y estaba claro que no querían perderse el festín. Por algo a los cormoranes se los conocía como los buitres del mar.

—No irá a ninguna parte…

Apenas había pronunciado esas palabras cuando un ansioso pájaro bajó en dirección al costado expuesto del animal, que fue incapaz de protegerse de su atacante. Uno tras otro, los depredadores alados fueron abalanzándose sobre la cría, cada vez más atrevidos, cada vez robándole más sangre.

—Malditos cormoranes —murmuró Jason—. Ojalá tuviera rocas para arrojárselas.

La cría sacudió la cabeza y con gran esfuerzo deslizó su cuerpo sobre la roca y cayó por el borde desapareciendo en la relativa seguridad del agua.

Consternada, Daniela observó la superficie, pero no había rastro de la cría.

—Saldrá a flote —dijo Jason con optimismo, pero ella sabía que la mirada de Sean decía todo lo contrario porque el único lugar donde acabaría esa cría sería en la barriga de un tiburón. Cuando la foca no salió a la superficie, siguieron con su recorrido dejando atrás esa lúgubre escena.

Pero Daniela no tuvo tiempo para dejarse invadir por pensamientos depresivos. Un instante después, el motor hizo un extraño ruido y se detuvo por completo.

Capítulo 7

UN espeso humo negro salía del motor y el olor a plástico ardiendo los invadía.

Sean se levantó y fue rápidamente a inspeccionar los daños.

—¿Pero qué...? —farfulló Jason tocando unos botones antes de ir junto a Sean. Intentó arrancar el motor manualmente, pero no funcionó.

—¿Qué pasa? —preguntó Daniela.

—Está roto.

—Los remos —dijo Sean y abrió un compartimento situado en el suelo. Sacó unos chalecos salvavidas y una cuerda amarilla, pero los remos no estaban allí—. ¿Los has sacado?

Jason palideció.

—No.

Sean se pasó una mano por el pelo maldiciendo bruscamente. Estaban a unos treinta metros de la orilla, como mucho, pero era como si hubieran estado a miles de kilómetros.

—¡Esto es increíble! ¿Quién ha sacado los remos de aquí?

Jason llamó a Brent por radio.

—Tenemos un problema.

—¿Qué pasa?

—No tenemos motor ni remos.

—Recibido. ¿Informo de un SOS? Seguro que hay algún barco cerca.

Jason pensó un momento y miró a Sean. Los barcos comerciales y navíos privados cruzaban la bahía a todas horas, pero una vez que el ballenero se alejara de la isla, sería difícil de localizar.

Sin un GPS, incluso la Guardia Costera tendría problemas para encontrarlos. Podrían quedarse allí indefinidamente.

—¡A la mierda! —dijo Sean quitándose la sudadera y la camiseta. Con el torso desnudo, se sentó para desabrocharse las botas.

—¿Qué estás haciendo? —le preguntó Daniela sin apenas respiración.

—¿Cuánta cuerda tenemos? —preguntó ignorándola.

—Dos de quince metros —respondió Jason.

—Átalas.

Jason las unió con un nudo marinero mientras Sean hacía un lazo en un extremo.

—No —dijo Daniela midiendo la distancia hasta la orilla—. Jamás lo lograrás.

—Tiene razón. Debería ir yo.

Sean metió el brazo y la cabeza por el lazo, que quedó en diagonal a lo largo de su pecho.

—¿Por qué?

Él señaló a Daniela.

—Porque yo no tengo una…

—Yo tampoco —respondió mirándola a los ojos.

Cada vez se iban alejando más arrastrados por la marea y para cuando llegaran a la orilla, la barca estaría muy alejada.

—No lo hagas —le suplicó ella.

Sean miró hacia mar abierto.

—¿Queréis que corramos riesgos allí? ¿Por la noche?

—¡Oh, Dios mío! —exclamó ella.

—¡Ve! —dijo Jason tomando la decisión—. Si no, lo haré yo.

No hizo falta decírselo dos veces; Sean se tiró al mar y en cuanto salió a la superficie, comenzó a nadar hacia la orilla con movimientos fuertes y seguros. La temperatura del agua debía de ser muy fría porque podía ver el vapor saliendo de su cuerpo. Los músculos de sus hombros brillaban bajo el sol, húmedos y perfectamente definidos.

Jason ató el otro extremo de la cuerda y mantuvo la comunicación con Brent, aunque Daniela ni siquiera fue consciente de lo que se decían. Estaba absolutamente centrada en Sean, que surcaba las aguas con poderosos movimientos y devorando la distancia que los separaba de la orilla. A pesar del frío, que le arrebataba al cuerpo la energía y convertía los músculos en fango, él nadaba a ritmo constante. Aun así, Daniela estaba aterrada ya que, por lo que había estudiado, sabía que había un anillo invisible alrededor de la isla al que los científicos llamaban el «Círculo Rojo» y que marcaba una profundidad y una distancia específicas de la orilla en las que las incidencias de ataques de tiburones eran mucho mayores. El día antes habían visto a un tiburón devorar un león marino de más de doscientos kilos a menos de un kilómetro de ese mismo lugar.

—Lo logrará —le dijo Jason a Daniela, que no soportaba mirar al mar.

«Que no haya tiburones», rezaba ella. «Por favor, Señor, que no haya tiburones».

—Lo logrará —repitió Jason—. Ya casi ha llegado.

Los últimos metros requirieron el mayor esfuerzo y la cuerda de Sean se estiró en la distancia. Cuando llegó a una zona rocosa cerca del observatorio de aves, se impulsó para salir del agua, pero la cuerda que tenía sobre el hombro estaba demasiado tirante. La corriente estaba tirándolo hacia atrás.

—Vamos —gritó Jason, animándolo.

Por fin, Sean logró salir del agua y se quedó tendido en la rocosa orilla un momento, recuperando el aire. La cuerda tiraba de él, amenazando con lanzarlo de nuevo al agua.

—No podrá tirar de nosotros —dijo Daniela.

—No. Va a hacer de ancla y nosotros tendremos que impulsarnos hasta allí.

Era más fácil decirlo que hacerlo. Junto a Sean había una roca apuntando al cielo; se sacó la cuerda del hombro, agrandó el lazo e intentó encajarlo en la roca, aunque necesitó varios intentos ya que la cuerda estaba demasiado tensa.

Si se le escapaba de las manos, todo estaría perdido. En el último intento, logró engancharla a la dentada roca y la apretó con fuerza, anclándolos a la orilla.

Jason dejó escapar un grito de alegría lanzado un

puño al aire mientras Daniela lo abrazaba con lágrimas en los ojos.

—¡Sí!

En la orilla, Sean se tumbó boca arriba, jadeante.

—Voy a necesitar tu ayuda —dijo Jason comprobando la cuerda.

Daniela no necesitó un master en Física para comprender por qué y así, cuando Jason comenzó a tirar, echando su cuerpo atrás, ella lo rodeó por la cintura y tiró también, sumando su peso al de él. Jason no era tan grande como Sean y Daniela era una mujer muy pequeña, pero a pesar de ello, lo dieron todo. Tras un inmenso esfuerzo inicial, fueron avanzando y la barca acercándose a la orilla poco a poco. Las manos de Jason se deslizaban por la cuerda.

Daniela le soltó la cintura y agarró la cuerda también, ayudándolo a tirar. Le temblaban los brazos del esfuerzo y el sudor cubría su frente, pero juntos lograron llegar hasta la orilla.

Los siguientes minutos fueron como un sueño. Sean amarró el ballenero y Jason la ayudó a bajar. Caminaron con el agua a la cintura y se arrastraron por las resbaladizas rocas. Nunca se había alegrado tanto de estar en tierra firme. Con la respiración entrecortada y empapada, se tumbó y miró al cielo, aliviada y exhausta.

Cuando se había recuperado lo suficiente para hablar, Jason le estrechó la mano a Sean.

—Ha sido alucinante, tío. Eres mi héroe.

Sean se rio. Daniela sabía que los dos tenían un subidón de adrenalina, pero ella no le encontraba nada gracioso a la situación. Sean podría haber muerto, ¿les parecía divertido?

—¿Estás bien? —le preguntó él.

—Estoy bien —a pesar de sus sentimientos de dolor y confusión, su corazón se llenó con otra emoción más tierna. Quería rodearlo por el cuello y besarlo, quería aferrarse a él y no soltarlo jamás. Por el contrario, se incorporó y se quedó sentada con las rodillas pegadas al pecho. Sean había arriesgado su vida por ella, así que tal vez Taryn tenía razón. Su presencia allí creaba conflictos… y peligro.

—¿Qué crees que le ha pasado al motor? —preguntó Sean.

—No lo sé. Parece estar destrozado —respondió Jason.

—¿Tienes uno de repuesto?

—Sí, en la caseta de suministros.

Elizabeth y Taryn se arrastraban por las rocas seguidas por Brent, con un juego de remos al hombro, pero su presencia allí fue como una interrupción nada oportuna. Daniela necesitaba estar a solas un momento con Jason y Sean para procesar lo que había pasado porque durante esos últimos minutos se había creado un vínculo entre ellos y Jason había pasado a convertirse en un amigo. Mientras que Sean siempre sería… algo más.

Sin embargo, como si contradiciendo sus pensamientos, él se levantó de inmediato y fue a saludar a los demás. Taryn corrió hacia él y se echó a sus brazos. Su abrazo no resultó platónico; sus cuerpos encajaron a la perfección, como una pareja dorada bajo el sol de la tarde.

—¡Ha sido asombroso! —gritó Brent con los ojos cargados de emoción—. Creo que lo he grabado todo. He dejado la cámara en la torre.

Daniela se imaginó la escena de ese romántico abrazo terminando con un fundido en negro como broche de oro para el documental y sintió un intenso dolor en el pecho. Se giró hacia el horizonte diciéndose que solo era por la ansiedad…

Sean no sabía qué demonios quería Daniela.

Primero parecía aliviada de que hubiera salido vivo del agua y al segundo lo estaba mirando como si deseara que estuviera muerto. No es que habría esperado que se hubiera echado a sus pies para confesarle que aún lo quería, pero habían estado casados y él siempre la amaría, así que ver la muestra de su apatía había aplastado su ego. ¡Y le había destrozado el alma!

Por otro lado, pensaba que tal vez aún estaba asustada e incluso furiosa por el hecho de que hubiera sido él, y no Jason, el que se hubiera arrojado al agua; entendía que Daniela era especialmente sensible a las situaciones de presión extremas, pero no había pretendido inquietarla. Todo lo contrario, había pretendido protegerla y evitarle un mal mayor.

Y volvería a hacerlo si hiciera falta. Se sentía genial sabiendo que la había salvado y lo único que deseaba era haber podido hacerlo dos años atrás, cuando ella lo había necesitado realmente.

Jamás se perdonaría por haberla decepcionado. Jugar al héroe en esa ocasión no le eximía de su culpa ni le haría olvidar los errores que había cometido en el pasado, pero sí que ayudaba a calmar algo del dolor que sentía por dentro.

El abrazo de Taryn también lo había calmado; no

era ella la persona a la que más habría deseado abrazar, pero era agradable tener a una mujer en sus brazos.

—Pensé que morirías —le dijo ella—. Pensé que te devoraría un tiburón.

—Sería una comida muy pobre para un tiburón blanco, después de una dieta a base de gordos leones marinos.

—Es verdad —dijo ella con una sonrisa y tocándole los hombros—. Tú eres todo músculo y hueso.

Como no quería darle a Taryn una impresión equivocada, la soltó. Además, no le parecía bien utilizar a la joven para darle celos a Daniela. Eso sería patético por su parte.

—Seguro que te habrían dado solo un mordisco, pero te habrías desangrando vivo —dijo Jason.

Era una equivocación pensar que los tiburones blancos comían de manera indiscriminada; aunque lo investigaban casi todo y lo hacían trizas en el proceso, no seguían comiendo si daban con carne magra. Se desconocía si los ataques a humanos eran el resultado de una confusión o de mera curiosidad por parte de los tiburones, pero el hombre no formaba parte de su dieta preferida.

Por desgracia, un mordisco indagatorio por parte de un gran tiburón blanco solía ser mortal.

Solo con mirar a Daniela pudo ver su preocupación; estaba pálida y con los ojos llorosos.

Había estado preocupada por él y él había reconfortado a Taryn en lugar de a ella. Sintiéndose como un cerdo insensible, intentó buscar las palabras adecuadas para enmendarlo, pero como ya era típico en él, no las encontró.

Por eso miró a Jason, que con gesto serio, le estaba quitando los remos a Brent y diciendo:

—Vamos al desembarcadero para que pueda echarle un vistazo al motor.

Estaba claro que Jason ahora estaba furioso con él porque, si bien no conscientemente, le había robado el protagonismo en el documental, y ese nivel de competencia podía generar muchas tensiones entre ellos.

Mientras los demás caminaban hacia la casa, Sean y Jason se quedaron atrás para ocuparse del ballenero. Remar hacia el desembarcadero no fue tarea fácil. Con la ropa empapada, se sentían fríos e incómodos y eso sin hablar de lo agotados que debían de estar; sin embargo, ninguno se quejó.

—Estos remos son de la caseta de suministros —comentó Sean.

—Sí.

—¿Tienes alguna idea de dónde pueden estar los de la barca?

—No.

—¿Cuándo fue la última vez que lo comprobaste?

—La semana pasada conté los chalecos salvavidas, pero no recuerdo fijarme en que no estuvieran los remos. No hay razón para sacarlos de aquí.

—Tal vez uno se rompió y alguien tenía que reemplazar el juego, pero lo olvidó.

Jason no respondió y siguió remando con fuerza el último tramo.

En cuanto volvieron a la casa, Sean subió a su habitación y se puso ropa seca. Al salir al pasillo se fijó en que la puerta de la habitación de Daniela y Taryn estaba entreabierta. Se detuvo y llamó.

—¿Dani?

—Ya salgo —dijo ella con la voz ronca.

—¿Puedo hablar contigo? —preguntó asomando la cabeza.

—Claro —sus ojos se veían oscuros y brillantes, su cabello estaba despeinado por el viento y tenía las mejillas sonrojadas por el tiempo que habían pasado bajo el sol. Se sentó junto al escritorio con las manos sobre su regazo, esperando a que hablara.

No había más sillas, así que él se sentó en la litera, agachándose para no darse en la cabeza. No sabía por qué, pero la situación le recordó a sus sesiones de terapia matrimonial en las que siempre la había mirado a los ojos y la había escuchado con atención, pero nunca había sabido qué decir.

—Lo siento —dijo mirando su bello rostro.

—¿Por qué?

En el pasado habría respondido «por todo lo que he hecho mal» o «por haberte molestado», pero aunque eso era perfectamente aceptable, a ella no la había convencido. Por eso, ahora, ahondó un poco más y le dijo eso que de verdad lamentaba:

—Por no estar a tu lado cuando me necesitabas.

—¿Qué crees que podrías haber hecho?

—Haber ocupado tu lugar —dijo inmediatamente—. No deberías haber conducido tú.

—Así que crees que tú sí que podrías haber evitado que el todoterreno se saliera de la carretera.

—No. Lo que quiero decir es que desearía que me hubiera pasado a mí. Que yo hubiera resultado herido, en lugar de tú. Habría hecho lo que fuera por sufrir tu dolor.

—Sean… —Daniela cerró los ojos, pero eso no impidió que se le escaparan las lágrimas.

Él sabía que estaba estropeándolo todo otra vez y lo último que quería era hacerla daño de nuevo, pero continuó porque necesitaba decírselo todo.

—También siento que te hayas asustado mientras he estado en el mar. Sé lo que es volverse loco de preocupación. Cuando estabas en el hospital, yo viví ese infierno.

—Sí —murmuró ella secándose las mejillas con la manga—. Taryn me ha contado lo hundido que estabas. ¿Lloraste en su hombro?

Lo cierto era que había llorado sobre su regazo, pero no quería que Daniela lo supiera. Se avergonzaba por haber perdido el control así, por haberse mostrado tan débil en aquellos momentos, pero se había quedado totalmente hundido después del accidente y en el fondo se alegraba de que Daniela no lo hubiera visto en ese estado.

—No hay nada entre Taryn y yo —dijo sintiendo un calor por el cuello.

Ella lo miró con sus enormes ojos marrones, probablemente preguntándose por qué estaba diciéndole eso.

Sean desvió la mirada; aún la deseaba, pero no se dejaría llevar. Si lo hacía, ella se apartaría, lo evitaría, se alejaría de él. Tenía que dejar de fantasear con volver a estar con ella y de torturarse imaginando apasionadas escenas de reencuentros. Era momento de enfrentarse a la realidad y aceptarla. No se derretiría en sus brazos ni le diría entre sollozos que no podía vivir sin él. Jamás arquearía su voluptuoso cuerpo contra él ni deslizaría sus uñas sobre su espalda.

Si intentaba acercarse, ella se alejaría.

Capítulo 8

No vieron las imágenes grabadas hasta después de la cena.

Jason y Sean pasaron varias horas cambiando los motores y, mientras Brent estuvo editando el vídeo, Elizabeth había pasado sus notas al ordenador y Taryn había preparado unas pizzas.

Aún aturdida por el accidente y por su consiguiente conversación con Sean, Daniela se refugió en el trabajo y escribió un detallado informe sobre los leones de mar Steller que había observado esa jornada. Al día siguiente haría un recuento de ejemplares y tomaría muestras de sangre para enviarlas al laboratorio.

Al final de la noche, se reunieron alrededor de la televisión para ver la «película casera» de Brent. Daniela no tenía ninguna gana de revivir el accidente ni de verse en las imágenes, pero habría sido una cobarde si se negaba a verlo.

Al fin y al cabo, había ido hasta allí para enfrentarse a sus temores, no para huir de ellos.

Se sentó junto a Elizabeth, que también parecía reticente a ver la grabación. Taryn, por el contrario, estaba totalmente relajada y acurrucada en un lado del sillón. Sean estaba sentado en el suelo con la espalda apoyada en el sillón. Jason, por su parte, se había tumbado en el suelo con las manos bajo la cabeza.

—Lo he editado de un modo muy básico.

—Vamos, ponlo —dijo Jason—. Nos da igual.

Brent estaba emocionado y ese entusiasmo hizo sonreír a Daniela.

La grabación comenzó con una conversación entre Jason y Sean y Daniela tuvo que admitir que Brent sabía lo que hacía: la luz natural era espléndida, los protagonistas guapísimos y el telón de fondo espectacular. En una sola secuencia había capturado la salvaje belleza de la isla y el rudo atractivo de dos de sus carismáticos habitantes. No era un documental cualquiera.

Jason tenía la mano sobre el hombro de Sean y estaban mirando algo en la distancia. Su lenguaje corporal sugería que estaban hablando sobre una mujer bella y ella deseó ser esa mujer. Unos segundos más tarde, comprobó que estaban hablando de la Ola Perfecta y que parecían fascinados por ella.

A su lado, Elizabeth apretó los puños. Daniela esperaba que Sean y Jason les dijeran que solo estaban bromeando, que nunca se arriesgarían a surfearla, pero eso no pasó.

A continuación en el vídeo, Jason compartió la historia de un amigo que se había ahogado y la escena terminó con una toma de la ola.

Elizabeth se levantó.

—¡No me lo puedo creer! Tu mejor amigo muere ¿y por eso quieres seguirlo? Y tú —dijo señalando a Sean—. Tú prometiste que no lo animarías.

—Prometí que no lo ayudaría. Hay una diferencia.

Ella alzó los brazos al aire.

—Sean sí que intentó quitarme la idea —explicó Jason—, pero este miserable tramposo lo ha cortado.

Brent sonrió, admitiendo su culpa.

—¿Y también cortó la parte en la que decías que no lo harías? —preguntó ella.

—No exactamente —respondió él rascándose la barbilla.

Elizabeth ya había oído suficiente. Agarró su mochila y fue hacia las escaleras.

—Sigue así y me harás creer que te importo —murmuró Jason.

Ella subió sin mirar atrás.

—Tal vez no debería poner el resto —dijo Brent.

—No te preocupes por ella —apuntó Taryn—. Yo estoy deseando verlo. A algunos sí que nos gusta un poco de emoción —añadió mirando a Daniela y acariciando el hombro de Sean.

Brent los miró a los tres; la situación resultaba tan incómoda como dolorosa para Daniela, que estaba deseando que terminara la grabación para poder marcharse.

La siguiente escena comenzó con la llamada de emergencia de Jason y un plano de los tres en la embarcación. Un repentino primer plano mostró el rostro de Daniela con exquisito detalle; un rostro marcado por el miedo y la angustia. Sean respiró hondo y Taryn apartó la mano de su hombro.

A Daniela le fue difícil verse en la pantalla porque vio unos ojos demasiado grandes, demasiado oscuros, demasiado expresivos. Su terror estaba tan magnificado que resultaba casi grotesco.

Por suerte, el plano se abrió y Sean pasó a protagonizar la siguiente escena con su bronceado y musculoso torso. Era innegable que estaba fantástico y la imagen resultaba poderosa y provocativa. Cuando comenzó a nadar, el plano pasó a Jason y a ella de nuevo, mientras lo animaban. Finalmente se vio a Sean saliendo del agua con los vaqueros empapados y escurriéndosele tanto que un ápice de su pelo púbico quedó expuesto.

—¡Guau! —exclamó Taryn.

Daniela tuvo que admitir que ella estaba igual de fascinada por esos bíceps flexionados mientras él tensaba la cuerda y solo Jason parecía impertérrito a esa exhibición de bronceada piel y fortaleza.

—¿No se te ocurrió soltar la cámara y venir a ayudarnos? —le preguntó Sean a Brent.

—No habría llegado a tiempo, así que esperé a ver si lo lograbais.

—Muy apropiado —murmuró Sean.

Una vez la barca estuvo anclada, Brent abandonó la torre y después de eso, la imagen permaneció fija y no cambió. Jason y ella llegaron hasta las rocas y resultó una secuencia de lo más emocionante. Al final, los tres acabaron tumbados en las húmedas rocas, agotados.

Daniela casi no pudo soportar ver el abrazo entre Taryn y Sean, que pareció incluso más romántico desde la distancia.

Y entonces, justo antes de que los dos se separaran, un movimiento en el agua captó su atención. Había una sombra oscura a escasos metros de la orilla.

Una aleta.

—¡Oh, Dios mío! —exclamó. ¡Nadie se había fijado en el tiburón!

La presencia del animal elevaba una ya de por sí convincente escena a la categoría de joya cinematográfica.

—¿Has empalmado esa imagen ahí? —le preguntó Sean.

—Soy bueno, pero no tanto.

Taryn, también conmocionada por lo que estaban viendo, rodeó a Sean por el cuello y lo besó en la cabeza. Sin poder aguantarlo más, Daniela se levantó del sillón.

—Me voy a la cama.

—¿Te puedo hacer una pequeña entrevista? —le preguntó Brent—. Esperaba poder haberla hecho anoche, pero no tuvimos oportunidad.

—Claro. ¿Dónde?

—En mi habitación. Solo será un minuto.

Jason se levantó para darle las buenas noches, pero parecía algo distraído; no había vuelto a hablar desde que Elizabeth había salido de la habitación.

—Buenas noches —le dijo Sean.

—Dulces sueños —murmuró Taryn aún rodeando a Sean por el cuello.

La habitación de Brent era diminuta. Tenía una única cama y un pequeño sillón; detrás de este una pantalla en blanco y, frente a ella, una lámpara. Su cámara estaba colocada cerca de la cama.

—Siéntate. Tengo que cerrar la puerta.

—Vale —dijo ella sonriendo ante su educación y sentándose.

—¿Eres tímida con las cámaras?

—No. No, yo… Sí, claro que lo soy. Supongo que es obvio.

—La verdad es que no —respondió él sonriendo también.

—Qué mentiroso eres.

Brent se rio mientras ajustaba la cámara.

—No tienes que estar nerviosa. La cámara te adora.

—Sí, claro, seguro que eso se lo dices a todas las chicas.

—No. Taryn es fotogénica, pero no tiene tus ojos. Me recuerdas a una estrella del cine mudo. Eres muy expresiva.

Daniela se sonrojó; más que hermosa, se sentía cansada y estropeada.

—Háblame de ti. ¿Qué te hizo dedicarte a esto? ¿Y por qué las focas precisamente?

Daniela respiró hondo.

—Nací en Sinaloa, México. Está en la costa del Pacífico, al sur de Baja. Mi padre era pescador y me solía llevar a trabajar con él. Me encantaba nadar y él me llamaba «foquita». No hay muchas focas tan al sur, pero él me habló de la foca del Caribe, que llevaba extinguida desde los años cincuenta.

—¿Y eso te impresionó?

—Oh, sí. Al principio no lo creí, no podía imaginarme que una especie hubiera desaparecido al completo y desde ese momento quise aprender más sobre los animales en peligro. La Biología de Conservación me parecía perfecta para mí.

—¿Dónde estudiaste?

—En San Diego. Nos mudamos allí cuando tenía diez años.

—¿Tu padre siguió pescando?

—No. Mi madre provenía de una adinerada familia aristocrática y quería lo mejor para nosotros. Decía que pescando no se ganaba lo suficiente y mi padre fue a la escuela nocturna para obtener una licenciatura en Finanzas.

—¿Y con eso ya ganaba lo suficiente?

Daniela se encogió de hombros. A su madre era imposible complacerla.

—¿Qué tal le sentó ese cambio a tu padre?

—No muy bien. Era mucho más fácil cuando pescaba. Fue casi como si hubiera dejado una parte de su alma en el agua —sonrió con tristeza al recordar la última vez que lo había visto.

Siempre le decía: «Foquita, no nades tan lejos».

Desde el accidente, su relación se había deteriorado ya que ella había estado meses evitando su compañía, sin querer consuelo de nadie. Aquel día él la había abrazado con cuidado, como si tuviera miedo de que fuera a romperse.

—Lo siento —dijo ella conteniendo las lágrimas.

Brent apagó la cámara.

—No lo sientas. No debería haberte pedido que lo hiciéramos esta noche. Ha sido un día muy duro para ti.

—Eres muy amable.

—No, no lo soy. Ahora mismo estoy pensando en lo preciosa que eres y en lo bien que estas imágenes quedarán en mi documental.

Y aun así, había dejado de filmar.

—Gracias.

Cuando fue a darle un pañuelo de papel de la mesilla de noche, Daniela vio una foto enmarcada.

—¿Es tu novia? —preguntó mientras se secaba los ojos.

—Sí —se la dio.

La mujer de la fotografía era guapa, pero parecía frágil. Llevaba un pañuelo en el pelo y estaba demasiado delgada.

—Tiene cáncer.

A Daniela casi se le cayó la fotografía al suelo.

—¡Oh, yo…! Lo… lo siento mucho.

—Ahora mismo ha remitido, porque de lo contrario, yo no estaría aquí. Quiero filmar unas semanas y después volver a casa para editarlo. Me gusta estar con ella todo el tiempo posible. No sabemos cuánto tiempo le queda.

Ella le entregó la foto, abatida por la tragedia de su situación. Oír eso puso sus problemas en perspectiva y no pudo evitar sentirse culpable. Estaba viva y recuperándose, mientras que la novia de Brent podía morir.

—¿Quieres que terminemos mañana?

Daniela asintió y salió de la habitación dándole las buenas noches. Sí que había sido un día duro. Le dolían los brazos y le ardían las palmas de las manos. Como un zombie, entró tambaleándose en la habitación, pero Taryn no estaba allí. Seguro que estaba abajo, en el sofá con Sean… besándolo en la boca… tocando sus maravillosos músculos. Sentada en su regazo.

Diciéndose que no le importaba, se metió en la cama y apagó la lámpara. Y cuando la luz nocturna se encendió automáticamente, como burlándose de su soledad, quiso hacerla pedazos porque pertenecía a Taryn.

Sean apartó las manos de Taryn de su cuello y se levantó.

—Tenemos que hablar.

Fue hacia la puerta y ella lo siguió. ¡Qué situación tan incómoda!

—Somos amigos, ¿verdad?

—Por supuesto —respondió Taryn.

—Solo amigos.

Los ojos de ella brillaban bajo la luz de la luna.

—¿Es eso lo que quieres?

—Sí.

Sonriendo un poco, dio un paso adelante.

—¿Estás seguro? —le susurró pegando los labios a su oreja.

Sean habría retrocedido, pero estaban en el borde de los acantilados y, si lo hacía, caería abajo.

—Seguro —respondió girando la cabeza.

Ella lo rodeó por el cuello y le besó la mandíbula y él, aunque más molesto que interesado en ella, se lo permitió porque hacía mucho tiempo que no recibía esas atenciones de una mujer. Taryn deslizó una mano por la parte delantera de sus pantalones y Sean sintió lo que era la debilidad masculina. Taryn no era la mujer que deseaba, pero era muy guapa y estaba entregada. Más que entregada. A diferencia de Daniela, ella no lo apartaría, sino que incluso haría lo que él le pidiera. Y eso era tentador…

—Vamos a la torre —dijo ella apenas sin respiración y acariciándole el lóbulo con la lengua mientras rodeaba su miembro con la mano.

Él le apartó la mano.

—No.

Taryn, asombrada, dio un paso atrás y él aprovechó para girarse y mirar al Pacífico.

—¿Es porque ella está aquí?

—No —respondió y era la verdad. No se habría acostado con ella ni aunque Daniela no hubiera estado allí. Esa chica era demasiado joven y no tenían nada en común.

—¿Sigues enamorado de ella?

Sean suspiró.

—Eres un idiota porque solo te hará daño.

La miró, sorprendido por la actitud de la joven.

—No puedo permitir que le hagas daño a Daniela. Eso de tocarme delante de ella, de actuar de un modo tan… familiar y cercano…

—Así que tú puedes ponerme las manos por todas partes mientras jugamos al fútbol o a lo que sea, pero ¿yo no puedo darte un abrazo?

—Lo siento si te di la impresión equivocada.

—Hemos tenido conexión desde el principio.

—¿Qué quieres decir?

—Incluso antes del accidente de Daniela podía sentirlo y sé que tú sentías lo mismo.

—Estaba casado.

—Por eso lo respeté y no hice nada.

—Taryn, jamás te habría tocado en aquella época. La única conexión que hemos tenido ha sido una amistad.

—De acuerdo —le dijo con labios temblorosos—. Creía que… estaba segura de que… bueno, da igual.

—Lo siento —repitió él sabiendo que le había hecho daño—. No es que no me parezcas atractiva porque está claro que sí. Eres una chica preciosa y me gustas como amiga, pero no querría llevar esto más lejos de ahí.

—Entendido.

Él se metió las manos en los bolsillos sintiéndose como un cretino.

—Ve tú —le dijo Taryn asintiendo hacia la puerta—. Necesito un minuto.

En ese momento, Brent salió a fumar.

—Hasta mañana —le dijo a Brent intentando quitarse de encima la tensión de los hombros. Durante las últimas horas había acabado con el ego de Taryn, había molestado a Elizabeth y le había hecho pasar un infierno a Dani.

Ya era hora de dar el día por terminado antes de que provocara más daños.

Capítulo 9

DANIELA se quedó despierta hasta tarde torturándose con imágenes de Sean y Taryn, pero no oyó a la chica entrar. Cuando abrió los ojos, Taryn estaba sentada frente a la cama en una silla y peinándose. Tenía los ojos hinchados y la habitación olía a madreselva.

Daniela se sentó en la cama y Taryn dejó el cepillo en el escritorio.

—Ayer, cuando te dije que deberías irte, estuve fuera de lugar. Te pido disculpas.

—Disculpas aceptadas.

—Fue muy poco profesional por mi parte, además de muy grosero. No volverá a pasar.

—No te preocupes —murmuró Daniela.

Taryn se levantó y se colocó frente al espejo para hacerse dos trenzas. Tenía la clase de figura que Daniela siempre había envidiado: piernas largas, proporcionada y no mucho pecho. Seguro que podía comprarse cualquier camiseta, porque todas le sentarían bien, y que incluso no necesitaba sujetador mientras que ella, sin embargo, no había podido prescindir de esa prenda desde que estaba en sexto curso.

Salió del saco de dormir y se cambió de ropa corriendo mientras tiritaba de frío. Los vaqueros que había elegido eran viejos y cómodos, pero la camiseta de manga larga debía de haber encogido al lavar porque le quedaba demasiado justa de pecho.

Suspirando, buscó entre el resto de su ropa. Por suerte había echado la bufanda que le cubriría la delantera modestamente hasta que saliera a la calle y se pusiera la chaqueta.

Mientras se colocaba la bufanda alrededor del cuello, se fijó en que Taryn estaba observándola por el rabillo del ojo.¿Le habría pedido Sean que se disculpara?

Abajo, la ignoró a ella y evitó a Sean. Por otro lado, Elizabeth estaba más esquiva que nunca e incluso Jason parecía tenso.

—Parece que va a llover —comentó Brent mirando por la ventana.

—Tendremos que limpiar los canales de captación de agua —dijo Jason mirando a su alrededor y esperando que todos se quejaran, pero nadie dijo nada.

—Yo ayudaré —dijo Brent— a menos que queráis que haga vigilancia de tiburones.

—No. Es una tarea que requiere mucho esfuerzo y nos vendrá bien músculos de más.

—De eso no puedo prometerte mucho porque soy más cerebro que músculo —miró a Sean y sonrió.

Estaba claro que Sean iba bien servido de las dos cosas.

Cuando terminaron de desayunar, agarraron unos cubos y unos cepillos. El canal de captación de agua de cemento estaba a unos metros de la casa y, al parecer, las gaviotas lo utilizaban para posarse durante el verano. Estaba cubierto de plumas y porquería.

La isla Southeast Farallon era una reserva de investigación ecológica, alimentada por energía solar, respetuosa con el medio ambiente y autosuficiente en muchos aspectos. Por ello todo el agua que utilizaban para beber y para lavarse lo recogían de los canales de captación durante las fuertes lluvias. El agua se filtraba y almacenaba en una cisterna, pero ni se trataba ni purificaba.

Por ello, limpiar el canal de captación antes de la primera lluvia era esencial.

Y, a juzgar por el cielo, se acercaba una fuerte tormenta. El cielo se cubrió de nubes y el horizonte se oscureció.

Daniela sabía que la isla era famosa por sus extremas condiciones climáticas y que durante las tormentas los barcos no podían llevarles suministros desde tierra firme… ni llevar a nadie de vuelta. Por eso era su última oportunidad de echarse atrás.

—¿Cuándo crees que llegará? —le preguntó Brent a Sean mirando al cielo.

—Esta noche, tal vez. A veces pasa por delante a principios de temporada.

Jason tenía razón con lo del canal de captación de agua: era un trabajo duro y sucio que requería mucha fuerza corporal para poder arrancar toda la suciedad que tenía pegada.

En menos de treinta minutos, Daniela ya estaba sudando. Los hombres ya se habían quitado las camisetas y ella, finalmente, se quitó la chaqueta y la bufanda.

Una hora después de limpiar y no parar de frotar, Sean rompió el silencio.

—Si vas a apuntar con la cámara la camiseta de Daniela, al menos podrías pedirle permiso.

Ella alzó la mirada sobresaltada. Brent se había tomado un descanso y había encendido su cámara.

—Estaba grabando a Taryn, no a Daniela —explicó.

Taryn estaba limpiando a cuatro patas, dándole la espalda a la cámara, y Brent se había aprovechado de ese sugerente ángulo. Ella miró atrás y dijo:

—No me importa.

—Bueno, pues a mí sí —dijo Elizabeth—. ¿Estás grabando material para un documental sobre fauna salvaje o para un anuncio de Calvin Klein?

Brent se rio y pasó de enfocar el trasero de Taryn al pecho de Daniela.

—¿Quién dice que la ciencia no puede ser sexy?

Furioso, Sean dejó de limpiar para ir a dar un trago de agua mientras Daniela se preguntaba a qué venía esa actitud. Al fin y al cabo, no estaba enseñando tanto como Taryn.

—Dime por qué elegiste esta profesión, Taryn. Sean tiene la historia del tiburón, Jason la de su amigo ahogado, Daniela la de su padre pescador, que solía llamarla… ¿cómo era?

—Foquita —respondió Sean.

—Sí, eso es. Bueno, Taryn, ¿tú tienes alguna historia con un delfín?

Taryn se sentó en el suelo y se secó el sudor.

—Supongo que sí.

Y todos, incluso Elizabeth, dejaron lo que estaban haciendo para escucharla.

—Nací en Palos Verdes y crecí en una casa con una playa privada. Mis padres viajaban mucho y a mí me enseñaban en casa con cuidadoras y tutores. Ya sabéis cómo es eso.

—No, no lo sabemos —dijo Brent.

—Bueno, pues no era muy divertido, para ser sincera. Tenía todo lo que el dinero podía comprar, pero no me importaban las cosas materiales. Odiaba mi casa enorme y vacía y mi cursi habitación rosa. Quería pasar todo el tiempo en la playa.

—¿Por qué?

—Mi cuidadora, Ana, era muy estricta y siempre estaba diciéndome haz esto haz aquello. Pero nunca se acercaba al agua, así que yo me alejaba nadando hasta donde no podía oírla. Jugaba a ser una sirena y cosas así. Veía muchos delfines y siempre estaba intentando poder subirme a uno. Pero claro, nunca lo hice. A pesar de ello, los consideraba mis amigos. Mis únicos amigos.

Contra su voluntad, Daniela sintió compasión por ella. Su madre también había sido muy estricta y nada cariñosa y, como resultado, Daniela no había querido tener hijos ya que eran una responsabilidad inmensa.

Pero entonces se había quedado embarazada… ¡sorpresa!... y el instinto maternal la había cegado. Incluso Sean, que no era una persona demasiado sentimental, había experimentado muchos sentimientos y sensaciones durante su embarazo. Se había enamorado de su redondeado cuerpo y se había desvivido por ella, por su comodidad, mientras no había escondido sentirse orgulloso del bebé que tenían naciendo dentro de ella. Nunca antes habían estado más unidos.

—Somos unos sensibleros y eso no me lo esperaba de Taryn.

Daniela tampoco se lo había imaginado, aunque sí
que había podido ver un ápice de su lado más oscuro.
Tal vez su perfección no era más que una fachada…

—¿Y tú, Liz? Seguro que tienes una buena historia.

Elizabeth agarró su cepillo y siguió barriendo y
frotando.

—Yo no tengo ninguna historia. Me gustan los pájaros. Eso es todo.

—¿Qué es eso que tanto admiras de los pájaros?

Ella miró al cielo.

—Su libertad, supongo, y su elegante forma de
moverse.

—¿Están divorciados tus padres?

—No. Y ahora parece como si estuvieras grabando un *reality show*. Los científicos locos.

Brent giró la cámara hacia Jason.

—¿Tus padres siguen juntos?

—Sí —respondió sonriendo a Elizabeth.

—¿Daniela?

—Sí —al menos, físicamente.

—¿Taryn?

—No. Se han vuelto a casar y son desesperadamente infelices.

—¿Sean?

Él sacudió la cabeza; Daniela sabía que para él había sido muy dura la separación de sus padres e incluso había llegado a decirle que lo que más temía del
mundo era llegar a parecerse a su padre. Una persona
furiosa, amargada y solitaria.

Brent apagó la cámara.

—Los míos también están divorciados, así que somos tres contra tres.

Y si contaban el matrimonio fallido de Sean y Daniela, el divorcio salía ganando.

Daniela respiró hondo, agarró el cepillo de nuevo y siguió frotando para quitar la suciedad. Ojalá pudiera hacer lo mismo con las cosas tan terribles que le había dicho y hecho a Sean porque así olvidaría todos los dolorosos recuerdos y empezaría de nuevo.

Capítulo 10

DANIELA recorrió el sendero para llegar hasta el observatorio de leones marinos.

El viento era fuerte y se había llevado consigo todo resto de calidez. Brent se había ofrecido a acompañarla, pero ella quería estar sola. Necesitaba tiempo para pensar en lo que sentía.

¿Se habría dado por vencida demasiado pronto?

Sabía que él se había esforzado más que ella por hacer que su matrimonio funcionara y, después del accidente, le había dado su espacio. Demasiado espacio. Y cuando había empezado a presionarla para que se recuperara, para que dejara atrás su pena y volviera a dejar que se acercara a ella, Daniela había sentido... pánico.

Emitiendo un sonido de frustración, se apartó un mechón de los ojos. Era una tontería pensar en el pasado, pero no podía evitarlo. Cuanto más pensaba en Sean, más confusa estaba.

Entró en el observatorio y cerró la puerta, dejando al otro lado el viento, el ruido y el sol y quedando en un espacio sin aire. Controlando un ataque de ansiedad, agarró unos prismáticos y observó la orilla. Al ver una bandada de cormoranes planeando en círculo sobre la Playa del Hombre Muerto se quedó con la boca abierta pensando que pudiera tratarse de la cría de león marino herida del día anterior. Pero no podía ver su cuerpo en la arena. Esperando que la formación de aves no fuera más que una desafortunada coincidencia, soltó los prismáticos y buscó suministros en las estanterías: un cortador de alambres, una lata de leche y un kit de primeros auxilios. Con todo ello, se puso en marcha hacia la pequeña playa descendiendo por los bajos acantilados de la zona y sin pensar que lo peor sería volver a subir...

Al bajar a la playa, se agachó detrás de una gran roca y desde ahí observó la escena. La foca herida estaba ahí, tendida de costado y con la respiración entrecortada. Los pájaros se mantenían a cierta distancia, y con razón, ya que en el borde del agua había una foca elefante macho, un animal conocido por su irritabilidad, sus colmillos y unas poderosas mandíbulas capaces de partir huesos. Ese, en concreto, debía de pesar más de dos mil kilos.

—¡Dios mío! —susurró. Las focas elefantes no solían atacar a los humanos, pero lo harían si se sentían amenazadas. No podría correr más que ese animal y se encontraba en una zona estrecha y rodeada de rocas escarpadas, pero por otro lado, tenía que actuar rápido o de lo contrario la cría moriría.

Vaciló con la esperanza de que la foca elefante se cansara y se marchara de allí, pero entonces la cría la miró y ver tanto dolor en sus ojos le dio fuerzas para actuar. No podía quedarse mirando mientras ese cachorro sufría tanto. De modo que, con piernas temblorosas, se quitó la chaqueta y se levantó. Su escaso metro sesenta no podía impresionar a nadie y menos a una foca elefante que, al verla, emitió un fuerte y desagradable sonido por la nariz. Mientras que algunas focas y leones marinos eran cordiales, otros eran como perros salvajes y Daniela tenía una cicatriz en la espalda que lo demostraba.

Sean siempre le había dicho que era la zona de su cuerpo que más le gustaba besar, pero ella no tenía ninguna gana de que volvieran a darle un mordisco así.

Con el pulso acelerado, se acercó cautelosamente a la cría sin dejar de mirar a la foca elefante, que con otro fuerte sonido, la advirtió de que se apartara mientras las gaviotas y los cormoranes agitaban las alas entusiasmados.

Las Islas Farallones no tenían el lujo de una clínica de urgencias ni de servicios veterinarios y en raras ocasiones se llevaba a un animal herido al Centro de Mamíferos Marinos de San Francisco. En esta ocasión tendría que bastar con lo que Daniela pudiera hacer. Por suerte, el aro de plástico no parecía estar rasgando la carne de la cría, que se mostraba dócil y permitió que la examinara con estoico silencio. Pero justo cuando estaba a punto de cortar el plástico, la foca elefante emitió un estruendoso rugido. Paralizada de miedo, la vio avanzar hacia ella con su enorme cuerpo. Podía o abandonar a la cría y salir corriendo o intentar arrastrarla para ponerla a salvo y optó por lo último. Sin embargo, no lo logró. A pesar de ser pe-

queña y de que Sean podría haber cargado con tres
como ella, Daniela no podía con ella y antes de poder
darse cuenta había caído hacia atrás y estaba tendida
en la arena mirando a una enorme foca elefante que
debía de padecer la halitosis más terrible de todo el
reino animal.

—¡No! —gritó intentando rodear a la cría con su
brazo—. ¡Déjanos en paz!

En parte sabía que estaba actuando como una loca
porque esa foca herida no era su hijo, ni un ser humano, ni siquiera era una mascota. Pero aun así, en ese
momento, habría arriesgado su vida para protegerla.
Por la razón que fuera, la foca elefante no los atacó y
con otro fuerte bramido se dio media vuelta y se alejó
hasta desaparecer en el agua.

Asombrada por los extraños sucesos y agradecida
por no estar herida, dejó escapar una carcajada.

—Bueno, lo he espantado, ¿eh? —dijo mirando a
la cría.

Cuando terminó de quitarle el aro del cuello, el
alivio del animal fue palpable e instantáneo y gimoteó
como dándole las gracias.

Daniela vertió la lata de leche en un biberón y la
cría se la bebió en tiempo récord.

Para ella, ayudar a un animal herido siempre era
satisfactorio, pero su conexión con esa cría era especial. La había salvado, eso seguro, y en cierto modo,
la cría la había salvado a ella porque esa presión que
había estado sintiendo en el corazón durante los dos
últimos años había cesado y por primera vez en mucho tiempo pudo respirar ampliamente.

La cría se dejó caer sobre ella, que la acurrucó
contra sí y la acunó. No necesitó un psicólogo para

saber que ese animal le recordaba a la hija que había perdido.

Tras una ansiedad inicial por el hecho de dar a luz y criar a un bebé, se había hecho a la idea de ser madre y había decidido darle el pecho, algo con lo que Sean había bromeado diciéndole que estaba bien equipada para esa tarea. Unos días después del accidente, cuando le había subido la leche, había llorado. Los pechos le dolían por la hinchazón y los brazos le dolían por la ausencia de un bebé al que abrazar. Angustiada por el recuerdo, acunó a la cría contra su pecho mientras le cantaba nanas en español y anhelaba algo que jamás podría tener. Al cabo de un instante, la cría se levantó y desapareció en el agua.

Ella caminó hasta la orilla y miró la Ola Perfecta, sintiendo cómo el viento alzaba su pelo y acariciaba su rostro. Cuando se giró hacia los acantilados, vio a Sean apoyado contra la formación de rocas por la que ella había descendido hasta la playa. Agarró su bolsa y su chaqueta y fue hacia él preparándose para recibir una buena charla. Pero lo que vio en su cara al acercarse no fue censura, sino dolor. Debió de haberla visto acunando a la cría y probablemente sintió lo mismo que ella. Le brillaban los ojos como si estuvieran conteniendo las lágrimas.

Daniela solo lo había visto llorar una vez, tras el funeral de Natalie, pero él nunca se había sentido cómodo mostrando sus emociones y por eso ella solía preguntarse si sería capaz de sentir algo.

No podía ver a alguien sufrir sin ofrecer su ayuda y como se trataba de Sean, el amor de su vida, soltó sus cosas y lo abrazó.

A menudo se había quejado de que él no había entendido cómo se sentía, pero ¿cómo podía haberlo hecho si ella no le había permitido acercarse? Ahora, por fin, estaba dándose cuenta de que Sean había quedado tan devastado como ella por la muerte de su hija.

«Habría hecho lo que fuera por sufrir tu dolor», le había dicho y sabía que era verdad.

Hundió la cara en su pecho y lo abrazó con fuerza mientras le acariciaba la nuca. Él lloraba en silencio, con los brazos rodeándola por la cintura y los hombros temblando bajo los dedos de ella. Al cabo de un momento, Sean se estiró ligeramente y Daniela aprovechó para inhalar el maravilloso aroma de su cuello que, inconscientemente, besó. Sean se tensó, pero en lugar de apartarse, acarició la cintura de Daniela, muy cerca de sus pechos.

Ella pudo sentir su excitación contra su cuerpo.

Sean era un hombre apasionado como ninguno y era innegable que la deseaba, pero ella sabía que, después de todas las veces que lo había rechazado en el pasado, él no permitiría que la cosa fuera a más. Con manos temblorosas, le acarició la cara para secarle las lágrimas y bajó la mano hasta su mandíbula. Quería acariciar todo su cuerpo y sentir su boca sobre la suya, por eso se puso de puntillas y lo besó.

Al instante, él la levantó en brazos y acercó su erección al vértice de sus muslos haciéndola gemir de deseo mientras la besaba apasionadamente y tomando todo lo que ella le estaba ofreciendo. Fue el beso menos tierno y elegante que le había dado en su vida, con diferencia.

Cayeron sobre la arena y siguió besándola, lanzando ardientes besos sobre su mandíbula.

—Mi boca está aquí —le dijo ella señalando a sus labios.

—Lo siento —respondió él riéndose. El siguiente intento fue mucho mejor, pero eso era normal en él, y es que si era tan bueno en la cama, no se debía a las técnicas que había aprendido con otras mujeres antes que ella, sino a su predisposición para complacerla. La besó mientras le acariciaba un pecho y ella gemía arqueándose hacia él y alzando las caderas contra su cuerpo.

Daniela se derritió de placer, pero en ese momento una ola le mojó las botas.

—¡Maldita sea! —exclamó él al ver sus pantalones también empapados. Con la intención de seguir con lo que habían empezado, la levantó en brazos y la alejó de la orilla sin dejar de besarla.

—Espera —dijo ella poniendo las manos sobre su pecho. Giró la cabeza para intentar tomar aire y pensó que era una mala idea hacerlo en esa playa porque, aunque todo era idílico y parecían estar reviviendo una escena de *De aquí a la eternidad*, la foca elefante podía volver en cualquier momento reclamando su territorio—. Antes había una foca elefante.

—¿Qué? —él se puso de pie—. ¿Estás loca?

Daniela se levantó también y se sacudió la arena de la ropa.

—¿Has bajado hasta una playa desprotegida para acercarte a una foca elefante? ¡Podría haberos aplastados a la cría y a ti!

Resoplando, Daniela recogió su chaqueta y su bolsa y echó a andar hacia los acantilados y, como no podía ser de otro modo, tuvo problemas para subir por las resbaladizas rocas, lo que le dio a Sean otra razón para enfadarse.

—¿Y si te hubiera herido? —le preguntó alzándola—. ¿Qué habrías hecho cuando subiera la marea?

—Supongo que me habría dejado llevar.

—¿Es que no aprendiste la lección la última vez que un animal salvaje te mordió el trasero?

—Al parecer, no.

Escalar las rocas requería cierta concentración y esfuerzo, de modo que Sean dejó de regañarla para poder ayudarla a subir. Ya habían trepado de ese modo en numerosas ocasiones y por eso conocía el grado de destreza de Daniela; si la sujetaba más de lo necesario, era únicamente porque llevaba mucho tiempo sin practicar. Para cuando llegaron al observatorio de leones marinos, les faltaba el aliento. Ella tenía las mejillas sonrojadas y una fina capa de sudor le cubría la piel. Fingiendo que esa reacción física se debía al esfuerzo, y no a la excitación, lo miró y le dijo:

—¿Cómo sabías que estaba en la playa?

—He seguido a los pájaros.

—No debería haber bajado sola. Tienes razón. Ha sido… una imprudencia.

—No me gusta que corras riesgos innecesarios.

—Pues tú te ganas la vida etiquetando tiburones.

—Creo que deberías volver a San Diego.

—¿Por qué no quieres que esté aquí? —le preguntó molesta y acercándose a él—. ¿Es que te hago sentir incómodo?

Él deslizó la mirada por las curvas de sus pechos.

—Sabes perfectamente que estás haciéndome sentir incómodo.

—Pues tal vez deberías hacer algo al respecto.

Una emoción que no pudo identificar atravesó el rostro de Sean; era la primera vez que se mostraba tan sugerente ya que en su relación siempre había sido él el que había dado el primer paso.

—No —respondió él.

Daniela se quedó con la boca abierta. Podía sentir oleadas de calor emanando de su cuerpo y, aun así, en lugar de besarla desesperadamente, estaba rechazándola.

—¿Por qué?

Él miró a otro lado negándose a responder.

—¿Por qué?

—Porque me rompiste el corazón —respondió pasándose una mano por el pelo—. ¿Por qué crees, Dani? Estar cerca de ti me duele. Tocarte me hace perder la cabeza. Ni siquiera puedo mirarte sin morirme por dentro.

Daniela lo miró asombrada. Ella sentía exactamente lo mismo.

—Tú también me rompiste el corazón —susurró—. Fuiste tú el que solicitó el divorcio.

—Te dije que lo haría el día que me dijiste que me fuera, ¿lo recuerdas?

Daniela asintió, abatida.

—¿Por qué firmaste los papeles? —le preguntó él.

—Creía… creía que querías seguir adelante con tu vida.

—Y eso quería. Aún lo quiero.

A Daniela se le llenaron los ojos de lágrimas. ¡Cómo no iba a querer eso! ¡Ella era una persona demasiado complicada, demasiado difícil, con demasiados problemas! Era duro estar a su lado y por eso él se había rendido y había decidido seguir adelante.

—Lo siento.

—Yo también lo siento —respondió ella con una

frágil sonrisa. Se dio la vuelta y salió por la puerta secándose las lágrimas de los ojos.

No sabía por qué estaba tan decepcionada ni sabía qué se había esperado. Si quería una aventura sexual, podía acercarse a Jason o a cualquier otro hombre ya que con Sean siempre había ataduras de por medio. Además, no había ido hasta allí para recuperar una relación imposible. Los dos podían volver a ser amigos y colegas, pero no pareja.

No amantes.

Su colapso emocional había matado su matrimonio; ella lo había apartado de su lado y no había intentado una reconciliación. No podía darle lo que necesitaba, una familia feliz, y él no se merecía menos.

Respirando hondo, miró al brillante cielo deseando que las cosas hubieran sido distintas.

A veces la vida te repartía unas cartas demasiado difíciles de jugar.

Capítulo 11

SEAN quería patearse a sí mismo.

De camino a la casa, miraba a Daniela, de espaldas a él, intentando ignorar sus sentimientos y su excitación. Le temblaban las manos de deseo y por eso las metió en los bolsillos, deseando no recordar todas las formas en las que la había acariciado durante su matrimonio. ¡Había sido casi un maníaco del sexo! Incluso mientras estuvo embarazada, no había podido mantenerse alejado de ella. ¿Habría sido demasiado exigente? ¿Demasiado brusco, demasiado insaciable?

Se maldijo. Su largo periodo de abstinencia le había hecho perder el control y abalanzarse sobre ella como un lunático. En el observatorio había querido tomarla en el suelo, arrancarle la ropa y hundirse en ella… Y Daniela se lo habría permitido.

¿Por qué no había seguido adelante?

Durante su último año de matrimonio, habría dado cualquier cosa por una oportunidad de volver a tenerla en sus brazos y había fantaseado constantemente con hacerle el amor… a su propia mujer. Ella había necesitado espacio, pero él la había necesitado a ella.

En incontables ocasiones la había imaginado acariciándolo con sus labios, enredando sus dedos en su pelo, besándolo, susurrándole al oído sus más íntimos deseos, suplicándole que volviera a hacerla sentir bien. Había estado desesperado por darle placer, por llenar los vacíos de su alma, por quitarle el dolor a base de besos, pero ella nunca le había permitido acercarse.

Y ahora… no era suficiente. Permitir una relación física con Daniela supondría un desastre y así jamás lograría olvidarla. Un solo beso y se había sentido preparado para declararle su amor eterno y hacerle el amor en la arena.

Era débil en lo que a ella concernía, pero no era estúpido. Volver a verla había despertado muchos recuerdos. Aunque su matrimonio no había sido perfecto, había sido fantástico. Había estado loco por ella y era muy difícil olvidarla; por eso era normal que ahora, estando juntos, sintiera… nostalgia.

¡La había amado tanto!

Tras el accidente, cuando supo que se recuperaría, se había quedado absolutamente aliviado y recordaba haberse quedado pegado a su cama mirándola embelesado. Habían pasado horas y horas durante las que no había hecho otra cosa que verla dormir.

El día que había vuelto del hospital, él había sido un torbellino de emociones, feliz por que estuviera viva. Y cada momento que había pasado con ella lo había considerado un regalo… un regalo que ella había rechazado constantemente. Había intentado llegar hasta Daniela de mil formas distintas, pero ella se había mostrado inaccesible, intocable, indiferente. La había perdido.

Su amor no había sido suficiente para ella en aquel momento y ahora su cuerpo no era suficiente para él.

No había sido fácil rechazarla, pero su divorcio lo había dejado hundido y por eso ahora prefería no experimentar nada antes que volver a experimentar esa clase de dolor.

Según se acercaban al desembarcadero la niebla de la tarde traída por el Pacífico cubrió la isla como una mortaja. La escalofriante vieja casa victoriana parecía elevarse sobre la bruma y a unos metros de la orilla salía humo de la boca de Roca Calavera.

Jason y Sean habían hablado sobre el motor estropeado y la posibilidad de que hubiera un intruso en la isla.

—Prométeme que no volverás a caminar sola por la isla —le dijo a Daniela—. No es seguro, teniendo en cuenta lo que pasó ayer.

—¿Qué quieres decir?

—Jason cree que han saboteado el motor.

—¿Quién? ¿El desollador de focas?

Él suspiró sacudiendo la cabeza.

—Los del grupo de inmersión en jaula tienen una Zodiac y hemos tenido algunos altercados con ellos.

—¿Porque arrojan carne al mar para atraer a los tiburones?

—Sí. Les pedí que dejaran de hacerlo y me dijeron que me largara.

—Supongo que después de eso te despediste educadamente.

—Fui tan educado como ellos —murmuró—. No deberías ir sola hasta que descubramos qué ha pasado. Ni tú, ni Taryn ni Elizabeth.

—¿Y tú y los chicos?

—Podemos defendernos solos.

Daniela posó la mirada en su torso y en la zona de su entrepierna. Sean supuso que tal vez estaba pensando en golpearlo siguiendo los movimientos que él le había enseñado en sus clases de defensa personal. O eso, o tal vez estuviera recordando aquella vez en la que había tenido una erección durante una de las clases y cómo habían terminado haciendo el amor en el suelo.

Ella, ruborizada, apartó la mirada.

—De acuerdo. No iré sola a ninguna parte.

Sin embargo, Sean no se sintió mejor. Necesitaba una ducha fría y una cena caliente, pero sabía que eso tampoco lo dejaría satisfecho. Le tocaba cocinar a Daniela y comer con ella siempre había resultado una experiencia de lo más sensual. Ahora, en cambio, probablemente se atragantaría con los remordimientos.

Estaba deseando marcharse de esa isla; estar con ella era como descender a los infiernos.

Antes de entrar, Daniela lo agarró de la mano sorprendiéndolo.

—Tengo que decirte que… me equivoqué. Todo lo que pasó fue culpa mía. Siento haberte apartado de mi lado.

Él quiso decirle que se equivocaba, que había sido él el que no había sabido reconfortarla, pero esas palabras se quedaron atrapadas en su garganta y, mientras intentaba expresarlo, ella desapareció dentro de la casa.

Pasó un largo rato hasta que Sean fue capaz de seguirla hasta dentro.

Daniela estaba agotada de llorar.

Batió un par de huevos con más fuerza de la necesaria y mezcló los ingredientes. Se veía invadida por demasiados sentimientos enfrentados, demasiados pensamientos, imágenes y palabras confusas. Por mucho que Sean dijera, sabía que la deseaba, igual que ella a él.

Tal vez estaban destinados a estar separados, pero se veía incapaz de comprenderlo y asimilarlo. Por eso decidió centrarse en la masa de los tamales, que estrujó con fuerza.

—¿Estás imaginándote que ese es Sean?

—¿Por qué iba a hacer eso? —le respondió a Jason y apartándose el flequillo de la frente.

—Porque se lo merece.

—¿Por qué?

—Por ser tan tonto como para perderte.

Daniela frunció el ceño, extrañada, preguntándose por qué estaba flirteando con ella cuando estaba claro que le interesaba otra mujer.

—Tienes un problema —le dijo y siguió amasando.

—Lo sé —respondió él con un suspiro.

—Elizabeth no te tomará en serio si pierdes la atención tan fácilmente.

—Eso presenta un desafío.

—¿Por qué lo haces?

—¿Hacer qué?

—Dejar que se te vayan tanto los ojos.

—Supongo que estoy buscando algo que no he encontrado aún. O tal vez es que tengo déficit de atención. ¿A Sean no se le iban los ojos?

—Sí —como la mayoría de los hombres, Sean se había fijado en otras mujeres, aunque eso a ella no le había importado—. Miraba, pero no se recreaba.

—Hmm.

—Tú te recreas.

—Es que eso es mucho más divertido.

Daniela se rio.

—¿Vas a ayudarme a hacer estos tamales o vas a seguir intentando ligar conmigo?

—Ni siquiera llego a tentarte. Debo de estar perdiendo mi encanto.

—No lo creo.

—Ahora estás animándome.

—Si lo hiciera, te aburrirías.

—Lo dudo mucho.

Daniela sonrió pensando que Elizabeth tendría una dura oponente si no estuviera tan enamorada de Sean.

—¿Alguna vez has enrollado vainas de maíz?

—No. En las islas utilizamos piel de plátano.

—Es lo mismo —respondió ella colocando una pequeña cantidad de masa en el centro de una vaina extendida para enseñarle la técnica. Después de añadir carne para el relleno, cerró los bordes de la vaina y la ató formando un pequeño paquete mientras Jason seguía sus movimientos demostrando que era un buen alumno.

Siguieron haciendo tamales y cuando estuvieron listos, los llevó al salón junto con una jarra de zumo y una bandeja de arroz salteado con verduras. Jason tomó cerveza, pero Sean, que se mostraba tenso, no bebió nada.

—Bueno, ¿qué pasa con el motor? —preguntó Brent al sentarse junto a Sean—. Es muy raro que no estuvieran los remos.

—Sí —respondió Jason mirando a Daniela—. Sí que lo es y no puedo descartar la posibilidad de que lo hayan saboteado.

—¿Crees que alguien ha venido a la isla?

—Puede que sí. Hemos tenido algún que otro altercado con los tipos de la inmersión en jaula. La temporada pasada, probaron con una nueva mezcla de sangre y restos de atún y toda la isla apestaba.

Taryn arrugó la nariz recordando aquel olor.

—Jason fue a hablar con ellos y la discusión casi acabó a golpes.

—Capullos. Preferían pelear antes que hablar. Sean también tuvo unas cuantas palabras con ellos.

—¿Sean? —preguntó Brent.

—Ellos empezaron —murmuró él.

—¿Creéis que os tomaron manía?

—Es posible.

—¿Y cómo podrían acceder a la isla?

—Tienen una barca hinchable.

—Vienen los fines de semana y hoy es viernes —apuntó Elizabeth.

—Es verdad —respondió Jason—. Creo que de ahora en adelante tendríamos que mantenernos en contacto por radio y no salir solos.

—Yo soy la única ornitóloga. A nadie le apetecerá venir conmigo al observatorio de aves.

—Yo te acompañaría encantado —dijo Jason.

—¿Con qué intenciones? Sinceramente, dudo que alguien haya estado moviéndose furtivamente por la isla.

—¿Quién crees que saboteó el motor, si no fueron ellos? —preguntó Brent.

Elizabeth apartó su plato, pálida y seria.

—Tal vez tú.

—¿Por qué iba yo a hacer eso?

—Para tu estúpido documental. Seguro que desollaste a la foca para crear más dramatismo. Y venderías tu alma por tener las imágenes del ataque de un tiburón.

—¡No! Yo no le haría daño a un animal y jamás usaría unas imágenes así en mi trabajo. Todos deberíais saberlo.

—No sé de qué estás hablando —dijo ella.

—Como quieras.

Jason se cruzó de brazos.

—Suéltalo.

—No soy yo el que tiene que contar esto —dijo Brent.

Elizabeth se puso de pie.

—No hay nada que contar.

Y cuando corrió hacia la puerta, Jason la alcanzó y la agarró de la muñeca.

—¡Claro que sí!

Elizabeth lo abofeteó con la otra mano y Jason la soltó bruscamente.

—Lo siento —dijo ella, horrorizada y antes de salir corriendo por la puerta.

Atónito, Jason se tocó la mejilla.

—Iré con ella —dijo Taryn.

—Yo también —añadió Daniela.

—Esperad —dijo Sean yendo hacia la puerta. Fuera había una oscuridad absoluta. Miró a Jason y a Brent—. Si hay algo que tenemos que saber, contádnoslo.

—Bien —dijo Brent dándose por vencido—. No es tan importante. Es una historia antigua, en realidad. Puedes dejar que las chicas se vayan.

Taryn se puso su cazadora y Daniela hizo lo mismo.

—Llevaos la linterna —les dijo Sean dándosela a Daniela—. Y tened cuidado.

—Claro. Una charla de chicas y todo se arreglará.

Daniela miró a Sean y salió por la puerta dejando que Taryn la cerrara.

—No la enciendas aún —le dijo Taryn mirando a su alrededor. Se había disipado gran parte de la niebla y había luna menguante, apenas visible entre las nubes—. Ahí está —añadió señalando el camino que conducía a la torre.

El cortavientos gris de Elizabeth parecía casi blanco bajo la luz de la luna mientras su etérea silueta ascendía por el acantilado. Gritarle que volviera sería inútil ya que el viento se llevaría sus voces, de modo que empezaron a caminar tras ella ya con la linterna encendida para iluminar sus pasos.

Por la noche el camino de grava era dos veces más peligroso. Cuando finalmente alcanzaron la cima, Elizabeth estaba en el borde del faro contemplando el mar.

Taryn y ella se miraron preocupadas. Daniela no quería sobresaltar a Elizabeth, ya que se encontraba peligrosamente cerca del borde.

—Mi padre se suicidó —dijo mirando atrás—, y Brent lo grabó. Bueno, grabó una parte porque no murió en aquel momento, sino que se pasó años alardeando de cómo había engañado a la muerte —dejó escapar una amarga carcajada—. Había engañado a la muerte.

—¿Qué quieres decir? —le preguntó Taryn.

—Era un apasionado de los tiburones y la gente pagaba por verlo nadar entre ellos. Hace unos quince años, Brent, que debía de tener dieciocho años, estaba presente en uno de sus espectáculos y grabó el ataque.

—¡Oh, Dios mío! —murmuró Taryn.

—Mi padre aquello lo vivió como su momento de oro. ¡Había sobrevivido al ataque de un tiburón! Quería regocijarse en ese momento glorioso, pero Brent no emitió la grabación. Estuvo allí mientras mi padre arriesgaba su vida y siguió grabando mientras el tiburón le arrancaba las piernas.

—No podría haberlo ayudado —dijo Taryn—. Todos sabemos que es muy peligroso entrar en el agua durante un ataque.

—¡Pero no debería haber estado grabando nada!

—Tal vez no, pero eso fue hace mucho tiempo. ¿No crees que tomó la decisión correcta al no emitir esas imágenes? No es justo acusarlo ahora por un error del pasado.

A Daniela le sorprendió la actitud de Taryn.

—Estoy de acuerdo —dijo—. Deberías hablar con él sobre ello y solucionar las cosas.

—No hay nada que solucionar. No tenemos por qué ser amigos.

—¿Sabías que estaría aquí? —le preguntó Daniela.

—Claro. Y pensé que podríamos tener una relación cordial en el caso de que me reconociera.

—Pues esto no ha sido exactamente cordial —dijo Taryn.

—Tienes razón. Le debo una disculpa. Y también tendré que disculparme ante Jason.

Daniela quería continuar con la conversación y asegurarse de que Elizabeth estaba bien, pero una fina lluvia comenzó a caer.

—Vamos dentro antes de que el camino se vuelva resbaladizo —señaló Taryn.

La temperatura había bajado y se había levantado viento.

Cuando bordearon la esquina más abrupta, oyó un grito y Taryn cayó tambaleándose contra ella. La linterna se le cayó de las manos y Daniela se precipitó hacia la baranda de seguridad, que no logró frenar su caída. Experimentó un momento de ingravidez y la extraña sensación de desplomarse en el vacío. Gritó sacudiendo los brazos y las piernas. Cayó al agua.

Capítulo 12

L A caída desde el acantilado hasta el agua fue de menos de seis metros, pero el impacto fue como un puñetazo en el estómago. Se quedó inmóvil y sin aliento mientras caía en picado en el agua rodeada por un negro abismo. En cuanto dejó de hundirse, comenzó a dar patadas frenéticamente para abrirse camino hacia la superficie, pero la ropa mojada la entorpecía. Los bolsillos de su chaqueta se habían llenado de agua y era como si las botas fueran sacos de arena. Finalmente, y tras un gran esfuerzo, salió a la superficie, jadeando, pero en ese momento una enorme ola rompió encima de su cabeza cubriéndola con una helada oscuridad. Se preguntó cuánto tiempo tardaría en ahogarse. Solo llevaba unos segundos en el agua, pero sabía que si no intentaba tomar algo de oxígeno, moriría.

Negándose a rendirse, volvió a sacudir las piernas y los brazos enérgicamente, pero el frío que se había calado en sus pulmones la dejó desorientada. Soltó un grito de pánico mientras intentaba salir a la superficie y en esa ocasión, al salir, sí que pudo llenar los pulmones de aire limpio y fresco.

En el acantilado, Elizabeth gritaba su nombre y sacudía la linterna en su dirección. Otra ola chocó contra su cara y Daniela tosió.

—¡Sean! —gritó sin importarle que él no pudiera oírla. Su nombre fue lo primero en lo que pensó.

—Espera, Daniela —gritó Elizabeth—. Taryn ha ido a buscar ayuda. ¡Quédate conmigo!

Las poderosas corrientes tiraban de ella en todas las direcciones lanzándola contra las rocas que la arañaban con sus dentados bordes. Nadar contra corriente era imposible y tenía que agarrarse a algo, rápidamente, porque no podría mantener la cabeza fuera del agua mucho más tiempo. Ya notaba sus músculos como si fueran gelatina.

—¡Allí! —gritó Elizabeth apuntando con la linterna una zona de resbaladizas rocas—. ¡Agárrate allí, Daniela!

Haciendo acopio de las últimas fuerzas que le quedaban, Daniela nadó hacia la luz y una ola la empujó los últimos metros haciéndola chocar tan fuertemente contra la roca que vio las estrellas.

Estremeciéndose de dolor, se agarró a la roca. El tiempo pasaba y sentía cómo perdía fuerza en los brazos. Perdió la cuenta del número de olas que la habían sacudido y el miedo a los tiburones no la abandonó ni un instante. Si era arrastrada hasta mar abierto, se la comerían viva.

—Sean —susurró apretando la mejilla contra la húmeda roca.

—¡Daniela!

Era él; sabía que era él, pero estaba demasiado débil como para moverse y mirar. Algo suave le rozó la cabeza.

—¡Agárrate al flotador o tendré que entrar a por ti!

Ella abrió los ojos y miró atrás. Allí había un flotador en forma de U preparado para ponerla a salvo, pero era como si sus doloridos brazos se negaran a soltarse de la roca.

—¡Agárrate, Daniela! ¡Ahora!

Sabía que si Sean se tiraba al agua, no lograría salir vivo, por muy excelente nadador que era, y la idea de que muriera por salvarla a ella fue lo que la impulsó a reaccionar. Soltó una mano y estiró el brazo hacia el flotador y, aunque la siguiente ola la apartó de la roca, logró engancharse al plástico. Se colocó el salvavidas por la cabeza y lo aseguró bajo sus dos brazos. Fue un esfuerzo hercúleo que la dejó sin fuerzas y antes de que comenzaran a alzarla, otra ola la alcanzó y la dejó inconsciente.

Sean creía que la noche del accidente de Daniela había sido la peor de su vida, pero se equivocaba. Esta había sido peor porque dos años atrás no había tenido que verla agonizando ante sus ojos.

—Está inconsciente —dijo apretando los dientes. Subirla por el acantilado era complicado y peligroso porque Daniela podía soltarse del salvavidas y caer al agua. Su vida pendía de un hilo.

—Se pondrá bien —le dijo Jason, jadeando. Aunque Sean estaba cargando con la mayor parte del peso, Jason también tuvo que ejercer mucha fuerza porque aunque cualquiera de los dos podría cargar con Daniela al hombro, subir más de cincuenta kilos con una cuerda era complicado.

Finalmente, pudieron alcanzarla y Sean la alzó los últimos metros impulsado por una subida de adrenalina. Arrastró su cuerpo sin vida por el suelo y la tendió boca arriba en la zona más segura del sendero.

Tenía la piel ceniza y los labios azules.

—Respira —le ordenó al posar los labios sobre los suyos y llenar sus pulmones—. ¡Respira!

Ella tosió y de su boca salió agua a borbotones. Sean la tendió de costado y le apoyó la cabeza sobre su regazo. Se oyeron gritos de alegría y unas manos le dieron palmadas en la espalda mientras él lloraba de alivio.

—Gracias a Dios —murmuró al abrazarla cuando ella comenzó a temblar incontrolablemente. Su piel estaba como el hielo. Aún no estaba fuera de peligro. La alzó en brazos y echó a andar por el sendero—. Preparadle una bebida caliente —dijo en cuanto entraron en la casa.

La subió a la habitación que compartía con Jason y la sentó en la silla. Le quitó la chaqueta, las botas y los calcetines y la puso de pie para quitarle los pantalones. Sus braguitas salieron con ellos dejándola cubierta únicamente por un sujetador empapado que dejaba ver sus pezones. Se lo desabrochó intentando ignorar los pechos más bellos que había visto en su vida y, con manos temblorosas, agarró su toalla y la secó lo mejor que pudo.

Abrió su saco de dormir y la metió dentro cubriéndola antes de quitarse la ropa. En menos de un minuto estaba desnudo, a excepción de por los calzoncillos, que se dejó puestos pensando que ella preferiría esa barrera entre los dos.

Jason llamó a la puerta y asomó la cabeza.

—Esto es solo agua caliente —dijo dándole una taza—. El té aún está reposando.

—Gracias —le dijo cerrando la puerta. Se arrodilló junto a la cama y le alzó la cabeza.

Cuando ella había bebido suficiente, soltó la taza y se metió en el saco con ella. Su piel estaba helada y, pensando únicamente en darle calor, la rodeó con los brazos y acercó su boca a la suya.

—Respira cuando yo exhale —le dijo. La hipotermia afectaba a los pulmones, así que llenarlos de aire caliente era esencial.

Respiró dentro de ella, una y otra vez, dándole su calor, dándole su vida. Poco a poco, la piel de Daniela fue adquiriendo la misma temperatura que la suya y su miedo y su ansiedad se desvanecieron al igual que los temblores de ella. Al cabo de un momento, dentro del saco no había calor. Había fuego.

Sean hundió la cara en su cuello, derrumbándose. Si la preocupación había evitado que reaccionara ante el involuntario erotismo de la situación, su alivio había tenido el efecto contrario. Adoraba cada centímetro de su adorable y voluptuoso cuerpo, no solo sus pechos. Su ombligo era lo más sexy que había visto en su vida y la curva de su espalda lo volvía loco.

Incluso ver sus pies desnudos lo excitaba.

—¿Qué ha pasado?

—No lo sé —respondió ella.

—Taryn ha dicho que te has caído.

—Eh… supongo… Pero…

—¿Qué?

—He sentido que algo me golpeaba.

—¿Dónde?

—En la espalda.

—¿Como un empujón?

—No. Más como si Taryn hubiera perdido el equilibrio y se hubiera chocado. Pensé que la baranda de seguridad me frenaría, pero cuando la he tocado… se ha desprendido sin más.

—Qué extraño. La hemos comprobado esta misma semana y estaba bien. Era resistente.

—No sé qué decir. Tal vez me lo he imaginado —desvió la mirada—. Todos sabemos que estoy un poco loca.

—No —dijo él, desesperado, y ella lo miró de nuevo, fijándose en su boca de un modo que habría hecho levantar a un muerto.

Pero Sean no estaba muerto. Lo había estado emocionalmente mientras habían estado separados, pero ahora estaba vivo y todo su cuerpo estaba en alerta; toda la sangre que le quedaba en la cabeza se precipitó a la parte baja de su cuerpo, reafirmando su erección.

Y en ese momento, Jason abrió la puerta de nuevo.

—¿Té?

Sean no pudo apartar los ojos de Daniela.

—Creo que no lo necesitáis.

—Lárgate —le dijo Sean—, antes de que te mate.

En cuanto Jason cerró la puerta, Daniela enredó los dedos en su pelo y lo besó. Con un sonido estrangulado, él deslizó la lengua en su interior y la saboreó haciéndola gemir con entusiasmo. Cuando coló la mano entre sus muslos, ella jadeó y hundió las uñas en su espalda. Sean quería tomar sus caderas en sus manos y rozar su erección contra su sexo, quería estar dentro de ella, pero se apartó. Se sentía tan bruto como un adolescente, incapaz de controlar su erección.

—No pares —le susurró ella deslizando la mano por su abdomen.

—Si me tocas, llegaré al clímax —le dijo sujetándole la mano.

Ella se mordisqueó el labio y él volvió a besarla mientras la acariciaba. Cuando deslizó un dedo en su interior, ella gimió.

—¡Eres tan sexy! —le susurró Sean.

Daniela separó las piernas suplicándole más. Siempre había sido receptiva, pero esas muestras de sensualidad eran tan palpables que le costó controlarse. Su aroma lo embriagaba mientras hundía y retiraba sus dedos de su cuerpo y los pechos de ella se sacudían provocando que se le hiciera la boca agua. Cuando Daniela gimió, hizo presión sobre su inflamado clítoris. Y no fue necesario nada más. Daniela se mordió el labio para evitar gritar mientras convulsionaba alrededor de sus dedos.

Si él se movía, la seguiría, y por eso se quedó donde estaba, con sus ojos puestos en su rostro y su mano entre sus piernas. Cuando ella se relajó, él se apartó lentamente y se quedó embelesado contemplando su brillante y resbaladizo sexo. Consciente de que ya no sería capaz de rechazarla, Daniela le bajó los calzoncillos y comenzó a acariciarlo sin dejar de mirarlo.

Y eso fue todo lo que hizo falta. Una simple caricia. Al instante, él comenzó a gemir y su cuerpo se sacudió incontrolablemente mientras Daniela agachaba la cabeza para acariciarlo con la lengua.

En cuanto su ardiente boca se cerró a su alrededor, llegó al clímax y ella no se movió.

Cuando terminó, apoyó la mejilla contra su abdomen y cerró los ojos.

Sean no estaba seguro de cuánto tardó en recuperarse. Los segundos pasaron y el silencio se prolongó, interrumpido únicamente por los latidos de su corazón y por sus respiraciones entrecortadas. Luchando contra una debilidad postorgásmica y la necesidad de tenerla en sus brazos toda la noche, se obligó a moverse.

Se sentó en el borde de la cama y, con manos temblorosas, se puso los calzoncillos. Su vida sexual siempre había sido activa y él se enorgullecía de tener aguante, pero claro, nunca había vivido una abstinencia de dos años desde que perdió la virginidad a la tierna edad de quince años.

Ella se incorporó y lo besó en la espalda. Después de lo que había pasado esa tarde en la Playa del Hombre Muerto, sin mencionar que había estado a punto de morir ahogada por la noche, Sean tenía las emociones a flor de piel y se levantó con lágrimas en los ojos.

Se alegraba de que Daniela estuviera dejando atrás su dolor y su pena y que estuviera superando su aversión al contacto físico, pero no podía hacer eso con ella, no a un nivel puramente físico.

Sacó ropa limpia y después de cambiarse, le dio a Daniela unos pantalones de chándal y una camiseta. Mientras ella se vestía, él recogió la ropa mojada y la metió en su bolsa de la colada.

Solo entonces tuvo valor para mirarla.

Estaba sentada en la litera, con los brazos cruzados y su diminuto cuerpo nadando entre su enorme ropa. Tenía un corte en la mejilla y otro más pequeño en la barbilla. No se había fijado hasta ahora y eso lo hacía sentirse como un cerdo. Estaba herida y vulnerable, no debería haberla tocado.

Sacó un bote de Tylenol de su mochila y le dio un par de píldoras junto con el agua. Ella se tomó los analgésicos sin protestar.

—Voy a comprobar la barandilla. ¿Necesitas algo?

—La verdad es que me gustaría darme un baño caliente.

Asintiendo, él salió de la habitación y entró en el baño. Se aseguró de que la bañera estaba limpia, puso el tapón y, por suerte, el agua salió limpia y caliente. Volvió a por ella y la llevó en brazos hasta el cuarto de baño. Cerró la puerta y la desnudó.

—Quédate aquí hasta que vuelva.

Desnuda, ella se metió en el agua y Sean no pudo evitar mirarla, memorizando cada curva de un cuerpo con el que nunca había dejado de fantasear. Daniela apoyó la cabeza contra la bañera y cerró los ojos mordisqueándose el labio. Sean sabía lo que estaba recordando. En más de una ocasión, le había pedido que se tocara mientras él la miraba y ella se había reído, pero una vez ella había salido de la bañera, cubierta de pompas de jabón, y había hecho exactamente lo que le había pedido.

—Voy a comprobar la barandilla —repitió.

—Eso ya lo has dicho.

—Es verdad —y con eso salió del baño.

Abajo, todo parecía seguir igual. Brent estaba editando las grabaciones del día, Jason estaba redactando un informe del accidente, Elizabeth debía de estar en su habitación y Taryn estaba sentada frente a su ordenador.

—¿Está bien Daniela? —preguntó.

—Ahora está bien —le respondió Sean bullendo de furia—. Ven a la cocina un segundo.

En cuanto Taryn entró en la cocina, Sean la llevó contra la puerta de la despensa y le dijo:

—Si vuelves a tocar a Daniela, ¡te echaré a los tiburones!

—Elizabeth ha perdido el equilibrio, ha caído sobre mí y yo he caído sobre Daniela. Ha sido un accidente.

—¿Elizabeth te golpeó a ti primero?

—Sí. ¡Si quisiera tirar a alguien por un barranco, te tiraría a ti, imbécil!

Sean retrocedió y se frotó la cara. Respiró hondo, intentando calmarse.

—Lo siento.

—Sí, claro —respondió ella cruzándose de brazos.

Salió de la cocina y miró arriba pensando en la historia del padre de Elizabeth, aunque no creía que ella tuviera ninguna razón para atacar a Daniela.

—Ni se te ocurra —le advirtió Jason—. Yo mismo hablaré con Elizabeth, aunque con un poco más de delicadeza y educación.

—¿Delicadeza? Pues creo que con esa táctica antes te has ganado un bofetón.

Jason contuvo las ganas de agarrar a Sean del cuello y golpearlo para hacerlo reaccionar.

—Daniela ha dicho que la barandilla estaba suelta.

—¿En serio? Pues ayer estaba bien.

—Voy a subir a comprobarlo.

—Yo también voy —dijo Brent agarrando su cámara.

—No —le contestó Jason—. Tú quédate aquí con las chicas. Quiero comprobarlo yo mismo.

Algo decepcionado, Brent accedió. Seguro que estaba disgustado por no haber podido grabar el casi ahogamiento de Dani.

Bajo una intensa lluvia, subieron la colina rápidamente y encontraron la valla colgando del precipicio. La base de uno de los postes estaba astillada y cuando Sean se arrodilló y lo colocó, se quedó fijo. A simple vista, parecía ser firme, a pesar de que un simple roce lo haría soltarse otra vez. Podría haberse astillado cuando Daniela chocó contra él, ya que no había ningún corte limpio en la madera, nada que evidenciara un sabotaje. Pero sumado al incidente de la barca, eran demasiadas coincidencias.

Sean y Jason descendieron por el sendero en silencio.

—Voy a llamar a la Guardia Costera —dijo Jason cuando llegaron a la base de la colina—. ¿Funciona tu móvil?

—Nunca tengo cobertura con las tormentas.

—Yo tampoco. Llamaré desde casa.

—No mandarán a nadie esta noche.

—No, tal vez mañana, si el tiempo lo permite. Dormiré abajo. Nadie cruzará esa puerta mientras yo esté vigilando.

No era una mala idea, pero ¿y si la amenaza ya estaba dentro?

Sean tenía que considerar la posibilidad de que uno de sus colegas fuera el responsable. Ahora que se había calmado, no podía creer que Taryn fuera una

despiadada asesina, Elizabeth no parecía una psicóti-
ca y Brent solo deseaba ser un artista. Si quería grabar ataques de tiburones, le habría ido mejor con un
grupo de buceadores.

—Hablaré con Elizabeth esta noche —dijo Jason—. Mañana haremos turnos e inspeccionaremos
las habitaciones.

Sean asintió. No confiaba en nadie, ni siquiera en
Jason. La única persona con la que se sentía cómodo
era Daniela y no se apartaría de su lado hasta que estuviera sana y salva en tierra firme.

Capítulo 13

DANIELA estuvo en la bañera hasta que el agua se enfrío. Aunque estaba agotada, su mente se negaba a relajarse. Durante meses después del accidente, había rechazado las caricias de Sean y tampoco había estado con nadie después del divorcio. No le había apetecido porque había echado de menos a Sean. Cuando se conocieron, ella no tenía experiencia, pero no era tan inocente como para reconocer que en la cama habían sido dinamita pura. Su química había sido intensa desde el principio y había querido acostarse con él desde la primera cita, aunque finalmente lo habían logrado en la cuarta.

Habían sido insaciables, y no solo en un sentido físico. Él nunca se cansaba de ella intelectualmente, siempre había estado dispuesto a escucharla y habían conectado a muchos niveles. Con el paso de los años su pasión no se había enfriado, pero sí se había transformado en algo más intenso y más íntimo. Su relación también había tenido altibajos, como cualquier otra, y la principal causa había sido que él no se comunicaba con ella más que físicamente. La intimidad sexual había sido un fuerte componente en su matrimonio, demasiado fuerte, tal vez. Y cuando ella ya no pudo ofrecerle esa clase de alivio, su relación se había desmoronado. No le había permitido tocarla mientras que él había pretendido solucionar las cosas mediante el sexo. No se habían puesto de acuerdo en nada y seguían sin hacerlo, ya que no era tan tonta como para pensar que el emotivo momento que habían vivido después del suceso de la cría de foca herida fuera a solucionarlo todo entre los dos.

No había dejado de amar a Sean y no había superado su divorcio, pero ya había dejado atrás ese periodo de luto que le había impedido sentir deseo. Su cuerpo seguía vibrando tras su encuentro y eso que ni siquiera habían llegado a hacer el amor. No quería unas simples caricias, quería sentir el peso de su cuerpo sobre ella, sus manos sujetando con fuerza sus caderas. Quería que la llenara durante toda la noche. Conteniendo un gemido, quitó el tapón y se levantó con piernas temblorosas. Se secó y se vistió.

—¿Dani?

Ella abrió la puerta y se controló porque lo único que quería era echarse a sus brazos.

—Esta noche Jason dormirá abajo y he pensado que podrías quedarte en mi habitación.

—¿Cómo estaba la barandilla? —le preguntó saliendo al pasillo.

—Es sospechoso. Jason ha llamado a la Guardia Costera.

En su habitación, ella se sentó en la litera y él cerró la puerta con llave.

—¿Cómo son las tormentas aquí?

—Depende.

—¿De qué?

—De la duración, de cuánta agua caiga, de la velocidad del viento, de la altura de las olas.

—¿Dan miedo?

—Sí, bastante. Y los barcos dejan de traer suministros. Si mañana no hace mal tiempo, podrás volver a San Francisco.

—No quiero volver.

—Quiero que estés a salvo.

—Estoy bien —insistió frustrada por sus intentos de librarse de ella. No podía marcharse sin intentar arreglar su relación.

—Tengo todo el derecho a estar preocupado.

—No. No tienes ningún derecho. Estamos divorciados, ¿lo recuerdas?

—Sí, lo recuerdo. ¿Cómo iba a olvidarlo? El día que firmaste los papeles, salí con Rob y me emborraché. Conocimos a dos chicas, pero en lugar de acostarme con la mía, me pasé la noche con la cabeza en el váter. No sé qué me revolvió más el estómago, si el alcohol o la idea de hacer el amor con una mujer que no fueras tú.

—¿Qué quieres decir?

—Eras tú la que quiso romper, no yo.

—Pero entonces, ¿por qué solicitaste los papeles del divorcio?

—Porque te dije que lo haría, porque no me llamaste, porque creía que… Creía que no los firmarías. Qué estúpido, ¿verdad? Me había convencido de que volverías corriendo y diciéndome que no podías vivir sin mí, que… me amabas.

Ella se quedó sin aire. Sus palabras le dolieron demasiado, tanto que casi no pudo soportarlo. No podía culparlo por odiarla, porque ella se odiaba a sí misma.

—Lo siento —susurró—. Si te sirve de consuelo, no fue una decisión fácil, pensé que estaba haciendo lo mejor. Creí que querías que te dejara marchar.

—Deberías descansar un poco.

Daniela se metió en su saco de dormir, que Sean había llevado junto con el resto de sus cosas. Él apagó la luz y a ella no le sorprendió que se metiera en la litera de arriba. Sin embargo, no pudo evitar anhelarlo. Lo necesitaba, y no solo su cuerpo. Necesitaba su consuelo, su amor, su fuerza. Y precisamente por eso ahora sabía exactamente cómo se había sentido Sean cada vez que ella lo había rechazado a él.

Capítulo 14

EN cuanto se despertó, Sean supo que algo iba mal. La lluvia golpeaba la ventana y Daniela dormía profundamente, pero oyó la voz de Jason en el pasillo, junto con el sonido de apresurados pasos y puertas abriéndose. Bajó de la cama y se puso unos pantalones antes de abrir la puerta.

—¿Sabes dónde está Elizabeth? —le preguntó Jason.

—No.

Jason se asomó a la habitación de Taryn.

—¿Qué… qué quieres? —le preguntó ella.

—Estoy buscando a Elizabeth.

Al no obtener respuesta, siguió por el pasillo hasta la habitación de Brent y cuando abrió la puerta, él se despertó sobresaltado.

—¿Qué pasa?

—¿Has visto a Elizabeth?

—No, desde anoche.

—Ha desaparecido.

Daniela apareció detrás de Sean, con gesto de preocupación, y Taryn también salió al pasillo.

—Debe de estar en alguna parte —dijo Sean—. ¿Has mirado fuera?

—Aún no.

—Creía que estabas vigilando la puerta principal.

—Me he quedado dormido —dijo pasándose una mano por el pelo.

Sean fue a la habitación de Elizabeth, sin importarle respetar su privacidad. La seguridad del grupo era lo primero. La habitación era pequeña y no había mucho que registrar. Abrió el armario y encontró dos remos.

Jason y él se miraron.

—¡Mierda! —murmuró Sean.

—Mira el ordenador —sugirió Taryn—. Puede que los informes diarios nos den una pista de su estado mental.

Sean no podía acceder sin una clave, pero sobre el escritorio estaba el *pendrive*. Lo bajó al ordenador del despacho y miró los archivos. Todos se reunieron a su alrededor, curiosos. Antes de abrir los informes, vio que un vídeo que llevaba el nombre de Brent había sido abierto recientemente. En él, un hombre pelirrojo estaba nadando en unas aguas turquesas sin protección y entre tiburones. Unos tiburones enormes. Pero el hombre no hacía intención de salir del agua ni estaba quieto. Por el contrario, se reía como un loco y alargaba el brazo para tocarlos. Brent, que estaba grabando las imágenes, se mostraba preocupado por el comportamiento del hombre, al igual que el resto de turistas. El ataque fue breve y brutal: uno de los tiburones le arrancó las piernas y una cascada de sangre tiñó el agua. El hombre soltó un grito y palideció, entrando en shock inmediatamente. Más gritos se oían desde la cubierta del barco, pero el chico no soltaba la cámara. Tras lo que pareció un interminable y agonizante momento, un flotador cayó al agua y el hombre logró agarrarse mientras otros dos tiraban de él.

Tenía las piernas amputadas desde las rodillas y la carne colgaba como jirones de tela ensangrentada. Finalmente, el chico de la cámara perdió los nervios y se apartó de esa espantosa escena para vomitar.

La grabación terminó ahí y Sean los miró. Jason fue directo a Brent y lo empujó contra la pared.

—Lo ha visto. ¿Cómo has podido dejar que lo viera?

—Yo no se lo he dado. Ella ha debido de mirar en mis archivos.

—¿Y por qué tenías esto en el ordenador?

—Hace unas semanas estaba intentando editarlo. La madre de Elizabeth me había pedido una copia después de que él muriera y pensé que podía hacer algo para que no resultara tan gráfico y desagradable.

Jason lo soltó. No había modo de hacer que esas imágenes resultaran menos gráficas, pero no podía culpar a Brent por intentarlo.

—Voy a mirar fuera. Si no la encontramos en unos minutos, organizaremos una búsqueda.

—Buena idea. Taryn, ¿por qué no preparas un poco de café?

Ella asintió y los demás se dispersaron, preparados para trabajar como un equipo.

Mientras Jason salía bajo la lluvia, Sean siguió a

Daniela hasta la habitación y se abrochó las botas intentando no ver cómo ella se cambiaba de ropa. Pero fue una causa perdida. Por el rabillo del ojo vio una piel clara y encaje negro. Daniela lo miró y él no pudo apartar la vista. La noche anterior le había abierto su corazón y el día anterior lo había visto llorar, pero en aquel momento no se sentía como un tonto sentimental. Sin embargo, la facilidad con la que estaba volviendo a enamorarse de ella… o dándose cuenta de que nunca había dejado de amarla… lo aterraba. En cuanto todo terminara y estuvieran en San Francisco, hablaría con ella para decirle que la quería a su lado.

Cuando Daniela terminó de vestirse, bajaron juntos y al cabo de un momento Jason volvió temblando como un perro empapado y respirando con dificultad, bien por el esfuerzo, o por el miedo. Sean lo entendía, él había pasado por lo mismo y no se lo deseaba a nadie.

—No he visto huellas, pero está lloviendo mucho. Tampoco hay mucha visibilidad desde la torre.

—Deberíamos ir al observatorio de aves primero —dijo Taryn—. Seguro que está allí.

—¿Por qué no vais hacia allí Brent y tú? Si no está, comprobad la zona norte. Allí encontramos a la foca desollada. Y, si a Daniela no le importa, vosotros dos podéis registrar la zona del observatorio de leones marinos y la Playa del Hombre Muerto —sugirió Jason.

—Por supuesto —respondió ella—. Estoy bien.

—Yo iré a la torre…

—Deberías quedarte aquí, Jason —dijo Sean—. ¿Y si vuelve?

—Quiero buscar.

—Pero la Guardia Costera podría llamar. Si quieres, ve tú con Taryn y yo me quedo —dijo Brent.

—De acuerdo. De todos modos, conozco el terreno mejor que tú. Quiero que todos estéis alerta, tenemos que contar con que es posible que Elizabeth esté desequilibrada emocionalmente e incluso que sea peligrosa.

—Vamos —dijo Sean.

Cada equipo tomó una radio y Brent enganchó la suya a su cinturón. Lo dejaron solo en la casa y salieron fuera. La lluvia había comenzado a amainar un poco, pero un grupo de nubes negras preludiaba más tormentas.

Sean y Daniela no encontraron rastro de Elizabeth en el observatorio de leones marinos y pasaron a buscar huellas en la zona de la Playa del Hombre Muerto, pero tampoco vieron nada.

—¿Adónde crees que ha ido? Lo siento tanto por ella.

—Pues no lo sientas. Apuesto a que desolló a la foca y rompió la barandilla. Eso, sin hablar del sabotaje al motor.

—No ha superado la muerte de su padre y ver esas imágenes la ha traumatizado. No sé qué haría si te atacaran a ti.

—Yo jamás correría un riesgo innecesario.

—No a propósito.

Sean sacudió la cabeza y se quedó en silencio antes de decir:

—Tal vez debería conseguir otro collar aumakua.

Ella lo miró sorprendida; era la primera vez que hacía referencia al funeral de Natalie celebrado menos de un mes después del accidente. Daniela recordaba haberlo visto desde su silla de ruedas, junto al diminuto ataúd, y con un cordón de cuero alrededor del cuello del que pendía un diente de tiburón conocido por muchos surfistas como el aumakua hawaiano, o espíritu protector. Había llevado ese collar desde que era un niño y hasta ese día, en que se lo había arrancado del cuello y, después de besarlo, lo había dejado sobre el ataúd.

—Sé que tú lloraste más su muerte que yo y eso me hizo sentir como si no la quisiera lo suficiente, pero sí que la quería.

A ella se le encogió el corazón de pena y cerró los ojos dejando que las lágrimas cayeran por sus mejillas. La lluvia comenzó a caer con más intensidad y él la rodeó con sus brazos como para protegerla. Daniela dejó que la reconfortara y se aferró a él, llorando, apoyándose en el que había sido su marido mientras el mundo parecía derrumbarse a su alrededor. Por fin, estaba permitiendo que la protegiera.

En ese momento la radio interrumpió el tierno momento y se separaron. Era Jason.

—… informarais.

—Aquí Sean. ¿Puedes repetir?

—He dicho que me gustaría que todos me informarais.

—Aquí no hay rastro de Elizabeth.

—Lo mismo por aquí —dijo Jason—. No tenemos nada. Brent, ¿puedes avisar a las autoridades?

—Ahora mismo.

Cuando se cortó la comunicación, Sean y Daniela se miraron. Ella no se había sentido tan unida a él desde el accidente y le avergonzaba saber que desconocía el infierno por el que él había pasado. Había estado tan sumida en su propio dolor que no había visto el suyo.

Todo lo sucedido durante los últimos días había merecido la pena por ese único instante. Por esa simple conversación.

—Gracias por decírmelo —le dijo ella rodeándole la cara con las manos.

Él sonrió y le besó la palma. Haber hablado de la muerte de la niña no hacía que eso fuera menos doloroso, pero Daniela sintió como si se le hubiera quitado un gran peso de encima porque ahora su hija era una persona real, a la que habían amado y perdido, en lugar de un oscuro y triste secreto. Se secó las lágrimas de las mejillas y se marcharon de la playa de la mano. A su alrededor, la lluvia seguía cayendo con fuerza.

Todos llegaron a la casa a la vez. El salón estaba vacío y había silencio. Se separaron para buscar a Brent y de pronto se oyeron unas pisadas por el pasillo y a Jason pidiendo ayuda.

Sean subió las escaleras corriendo de dos en dos y Daniela lo siguió. Al final del pasillo, Brent yacía rodeado por un charco de su propia sangre y Jason estaba a su lado, tomándole el pulso.

—¡Oh, Dios mío! —exclamó Daniela—. ¿Qué hacemos?

—Buscad a Taryn —ordenó Jason—. Tiene un curso de primeros auxilios.

—Iré a por el botiquín.

Daniela podía ver la sangre salir a borbotones de

la herida de su cráneo. Conteniendo una náusea, corrió al baño y volvió con varias toallas.

—¡Y llama a la policía! —le gritó Jason a Sean.

Taryn llegó corriendo y, al arrodillarse junto a Brent, presionó una toalla contra el corte en la cabeza. Daniela sabía que esas heridas sangraban mucho, pero parecía una lesión grave y estaba inconsciente. Su vida corría peligro.

—Tomad —dijo Sean al llegar con el kit de primeros auxilios—. Creo que el teléfono no funciona. No hay línea.

—Vamos a probar con la onda corta.

Salieron a probar con la radio y Daniela centró toda su atención en Brent mientras Taryn, con manos temblorosas, rebuscaba entre el botiquín y sacaba unas gasas que le colocó sobre el corte. Si tenía el cráneo fracturado, podía dañarle el cerebro al intentar detener la hemorragia.

—Espero que se ponga bien —dijo Daniela con la voz rasgada.

Los siguientes momentos estuvieron cargados de confusión y Daniela pudo oír a Jason y Sean hablar sobre teléfonos móviles sin cobertura y portátiles sin conexión a Internet. El teléfono y la radio de la casa tampoco funcionaban.

Se oyó un fuerte golpe abajo, como si alguien hubiera arrojado un objeto pesado contra la pared.

—¿Puedo ayudar? —preguntó Daniela.

Taryn retiró las gasas de la cabeza de Brent y vio que la sangre no había calado.

—Vamos a tener que moverlo. Creo que deberíamos intentar cerrar la herida.

—¿Con qué?

—Con sutura adhesiva. Tiene que haber en el botiquín.

Daniela encontró varios paquetes que Taryn abrió con la boca. El corte comenzaba detrás de su oreja izquierda y se extendía por la línea de su pelo.

—Tienes que cerrarla —dijo Taryn—, pero no presiones demasiado.

Daniela se estremeció ante la orden, aunque no vaciló. Con dedos temblorosos, unió los extremos del corte mientras Taryn colocaba las suturas. Con eso tendría que bastar hasta que llegara al hospital. Taryn cubrió las suturas con vendas limpias y las fijó con esparadrapo.

—Necesita un sombrero.

Daniela encontró varios y le pusieron uno de lana bajo una gorra con orejeras.

Sean sacó del armario de suministros una camilla de las que los guardacostas utilizaban para transportar e inmovilizar a víctimas. Tendieron a Brent y con una toalla húmeda Taryn le limpió la sangre de su hermoso rostro.

—No podemos ir todos —dijo Sean.

El ballenero podía transportar a cinco o seis adultos, pero en caso de tormenta, tres era el máximo y el trayecto sería extremadamente peligroso.

—Yo conduciré —dijo Jason.

—Tengo un curso de reanimación cardiopulmonar, debería ir también —añadió Taryn.

Sean quería ir también, pero no podía dejar a Daniela en la isla con una maníaca homicida suelta.

—Está mal, tenemos que irnos ya —dijo Taryn.

Jason agarró un extremo de la camilla y Sean el otro y bajaron las escaleras con cuidado. Daniela le cubrió el cuerpo con una manta impermeable. El trayecto desde la casa hasta el desembarcadero fue arduo, pero finalmente pudieron subirlo al ballenero.

El cielo estaba oscuro y la lluvia no cesaba.

—Tened cuidado —dijo Sean gritando por encima del bramido del viento.

—Vosotros también —le respondió Taryn abrazándolo con fuerza y besándolo en la mejilla.

Pero Daniela no sintió celos. Solo eran amigos.

Después de abrazar a Daniela del mismo modo, Taryn subió a la embarcación y Jason le hizo una señal a Sean indicándole que estaban listos. Sean manejó la grúa y bajó la barca hasta el enfurecido mar. Taryn se agarró con fuerza a la camilla de Brent, intentando mantener el cuerpo bajo. Era peligroso echarse a la mar con un tiempo así y una locura navegar por la tumultuosa Bahía de San Francisco.

Iba a ser una dura travesía.

Y según se alejaban, desaparecieron en la niebla como una fantasmal aparición.

Capítulo 15

EL desembarcadero no era el lugar apropiado para quedarse bajo la lluvia. Sean agarró a Daniela para instalarla a caminar, pero ella se había quedado paralizada.

Estaban atrapados.

Jason y Taryn podrían llegar a la Bahía de San Francisco esa tarde, si tenían suerte, pero ningún equipo de rescate iría a buscarlos a menos que el tiempo mejorara. Estaban aislados en Southeast Farallon, sin transporte ni forma de comunicarse. Saber que había una persona loca suelta por la isla aumentaba su temor y estar rodeados por aguas infestadas de tiburones no ayudaba a ese pavor. La isla parecía estar encogiéndose, cerrándose a su alrededor. No podía respirar.

No tenían esperanza. No había escapatoria.

—Mírame —le ordenó Sean zarandeándola suavemente—. Maldita sea, Dani, quédate conmigo. A Brent no le pasará nada, a ninguno nos pasará nada, pero necesito tu ayuda. Necesito que seas fuerte.

Ella cerró los ojos y visualizó un lugar más seguro, más feliz. Laguna Nigel, en su luna de miel. Unas playas preciosas y soleadas. Suaves brisas de verano y una cálida arena bajo sus pies. Abrió los ojos.

—De acuerdo.

El alivio de Sean fue palpable.

—Puedo llevarte en brazos, pero preferiría tener las manos libres.

—Puedo caminar —no era momento para desmayarse ni hiperventilar. Un momento más y ya pudo dejar de lado su miedo.

Respiró hondo y comenzó a recorrer el sendero hacia la casa. La lluvia caía con fuerza sobre su capucha y el viento tiraba de su cazadora como una mano amenazadora, invitándola a perder el equilibrio. Por todas partes había ríos de agua y ella avanzaba con precaución, alerta. Con Sean detrás, protegiéndola, tenía que encargarse de vigilar y anticiparse a cualquier ataque frontal. «Respira», se decía. «Respira».

Entraron en la casa y, tras asegurarse de que abajo no había intrusos, Sean cerró la puerta delantera y sacó del armario el equipo de etiquetado que Jason y él habían utilizado días atrás.

—Toma esto —le dijo Sean dándole una de las varas de metal y quedándose con la otra—. Voy a mirar arriba.

—Voy contigo.

—No. Aquí es donde puedes defenderte con mayor facilidad. En las habitaciones hay demasiados escondites.

—Me quedaré en lo alto de las escaleras.

Él apretó los dientes, pero finalmente accedió. Subieron juntos, moviéndose al unísono y al final del pasillo, se apartó de ella.

Daniela sintió la desesperada necesidad de decirle que lo amaba, pero se forzó a guardar silencio. Él entró en el baño; estaba vacío, al igual que la habitación que ella había compartido con Taryn. La habitación de Sean y Jason era más complicada porque tenía armario y tuvo que entrar hasta el fondo, desapareciendo de su vista. Los segundos pasaron en silencio y a ella le sudaban las manos mientras miraba de un lado a otro del pasillo. Finalmente, él reapareció sacudiendo la cabeza y Daniela pudo soltar el aire que había estado conteniendo. La habitación de Brent estaba ordenadísima y, por el contrario, la de Elizabeth parecía haber sido saqueada. Desde donde estaba, Daniela pudo ver la ropa en el suelo.

—Todo despejado —dijo Sean y ella se relajó.

—¿De verdad crees que lo hizo Elizabeth?

—No sé quién más podría haberlo hecho, aunque aquí no veo ningún arma. Supongo que quería vengar a su padre.

—Sí, pero nos ha puesto a todos en peligro.

Cerraron las puertas de las habitaciones y bajaron. Mientras Sean preparaba té, ella se sentó en el sofá, aunque le resultó difícil calmarse ya que no podía hacer otra cosa que rememorar la aterradora mañana e imaginar una decena de futuros horrores.

—Toma —le dijo Sean al darle una humeante taza—. ¿Estás bien?

—Sí —lo mintió tras dar un sorbo.

—Voy a echarle otra ojeada a la radio. A lo mejor puedo arreglarla.

Ella asintió en silencio y pensó en Taryn, en Jason y Brent y en el peligro que estaban corriendo. Mientras, Sean sacó una manta y se la echó sobre los hombros.

—Intenta no preocuparte —le susurró besándola en la cabeza.

Ella lo miró, demasiado tensa como para sonreír. Tenían un día y una noche demasiado largos por delante…

Sean no tuvo suerte con la radio, a la que le faltaban piezas y cables. Después de todo, era un científico, no un electricista. Había estado leyendo manuales dos horas durante las que, para su sorpresa, Daniela se había quedado dormida. Estaba adorable. Quería besarla, pero no la tocó porque sabía que necesitaba descansar. Tras verla dormir unos momentos y pensar en todas las cosas que le gustaría hacerle, se puso la cazadora y fue hacia la puerta. Si la despertaba, ella insistiría en acompañarlo y solo estaría fuera un minuto.

—¿Qué estás haciendo?

«¡Maldita sea!».

—Solo iba a comprobar las líneas de teléfono para ver si las han cortado.

—¿Qué habría pasado si me hubiera despertado mientras estabas fuera?

—Que habría vuelto antes de que hubieras tenido tiempo de preocuparte.

—No vas a ir a ninguna parte sin mí —dijo furiosa y levantándose.

—Dani, solo tardaré un minuto, como mucho. No

tiene sentido que vayamos los dos. Estás más segura aquí y no quiero tener que volver a registrar las habitaciones.

—De acuerdo, me quedaré justo aquí, en la puerta.

—Bien —esperó a que ella se pusiera la cazadora y, antes de agarrar la vara, la tomó en sus brazos y la besó, deslizando su lengua dentro y saboreando su dulce boca una y otra vez. Cuando se apartó, ella estaba sin aliento, sin habla y Sean prefirió no decirle nada porque decirle «te quiero» en esas circunstancias sonaría demasiado fatalista.

—Ten cuidado —le dijo ella.

—Lo tendré.

Por lo que podía ver, las líneas estaban intactas, así que debía de ser problema del receptor del satélite y, ante eso, no se podía hacer nada. Maldijo y volvió corriendo a la casa.

Ella cerró la puerta con llave.

—¿Puedes arreglarlo?

—Lo dudo. Creo que es el satélite. En cuanto amanezca, subiré a la torre y echaré un vistazo.

—¿Y la radio?

—Le faltan partes y no soy MacGyver.

—¿Hay algo que podamos hacer esta noche?

—Podría estropear la baliza del faro para llamar la atención, pero los guardacostas no investigarían el incidente hasta que mejorara el tiempo.

—¿Entonces tendremos que esperar sin más a que pase la tormenta?

Él asintió mirando su boca y pensando en todas las cosas que podría hacer para distraerla y que no eran nada apropiadas en una situación de vida o muerte.

—La cobertura de los móviles también es mejor en la torre, así que cuando deje de llover podemos probar.

—De acuerdo —dijo ella relajando los hombros—. Cuando deje de llover.

Sería una noche muy larga.

—¿Tienes hambre? —preguntó él intentando pensar en comida más que en sexo—. Creo que me toca cocinar a mí.

—Deberíamos comer algo, es verdad.

Preparó sándwiches de queso a la plancha mientras ella calentaba una lata de sopa de verduras.

La lluvia seguía cayendo y aporreando el tejado. Mientras Daniela fregaba los platos, él observaba su nuca, pálida en contraste con su oscuro pelo, y la sugerente curva de su trasero.

No podía evitar fantasear con bajarle los pantalones y besar esa graciosa cicatriz, recorrerla con su lengua.

Cuando Daniela se giró secándose las manos con un paño, él la miró a la cara y le dijo:

—Creo que iré a asearme un poco.

—¿Vas a afeitarte?

—¿Quieres que lo haga?

—No.

—Bien, pero ven conmigo de todos modos. Me sentiré mejor si estamos juntos.

Ella asintió y lo siguió arriba. Sean dejó abierta la puerta del baño mientras se lavaba la cara y pensaba en el siguiente paso a dar. Deseaba a Daniela, pero temía volver a estropearlo todo como aquella ocasión, un año después del accidente, en la que por primera vez ella no se había apartado ante su intento de besarla y él, aprovechando el momento y dejándose llevar por el deseo, no había podido evitar abalanzarse sobre ella e incluso prometerle tener otro hijo, ante lo que Daniela había reaccionado con horror y mostrándose distante e inaccesible de nuevo, encerrándose en sí misma. Todo el progreso que había hecho durante las semanas anteriores lo había echado a perder y al día siguiente, ella le había pedido la separación.

—No puedo seguir así. Te amo demasiado como para no tocarte —le había dicho en un intento de explicarse.

Pero ella se había cubierto la cara con la mano y había sacudido la cabeza, ignorándolo.

—¿Es que ya no me quieres? —le había preguntado con un susurro. Nunca en su vida se había sentido más vulnerable.

—Creo que deberías irte de casa —fue todo lo que ella le había dicho. Rompiéndole el corazón. Destruyendo su ego y haciéndole recordar el día en que su madre le había pedido a su padre que se marchara de casa. Pero él se había jurado que no haría lo que había hecho su padre, que no reaccionaría insultándola y gritándole, porque él no era la clase de hombre que le alzaba la voz a una mujer. Había preferido marcharse y, en lugar de discutir con Daniela o suplicar, le había prometido contactar con un abogado y hacer las maletas.

Mirando atrás, se daba cuenta de que su incapacidad para expresar sus sentimientos con palabras, por temor a resultar débil o patético como su padre, había sido lo que había destruido su relación. Podría haberse esforzado más, haberse comunicado con ella, haber sido más paciente.

Se apartó del lavabo y se secó la cara antes de ponerse una camiseta limpia y buscar en el armario de las medicinas. Dentro había una caja de preservativos, probablemente de Jason, y sacó unos cuantos. Cerró el armario y estudió su reflejo en el espejo. Había prometido amar, honrar y proteger a Dani, en la riqueza y en la pobreza, en la salud y en la enfermedad hasta que la muerte los separara.

Y eso era lo que haría.

Tras una breve pausa, le dio la espalda al espejo y se alejó de su pasado, tomando una decisión.

Daniela estaba sentada en lo alto de la escalera esperándolo y, al verlo, se le paró el corazón. Le gustaba verlo recién afeitado, pero había algo en ese aspecto descuidado y masculino que tenía cuando estaba haciendo trabajo de campo. Estaba sexy. La noche anterior había olido deliciosamente, a océano frío y a ardiente piel masculina, igual que ahora, cuando había pasado delante de ella.

—Deberíamos dormir abajo —le dijo arrastrando sus sacos de dormir—. Y bloquear la puerta.

Sin decir nada, Sean arrastró la librería para bloquear la única puerta. Las ventanas de doble acristalamiento no serían fáciles de penetrar por un intruso. Miró afuera una vez más, corrió las cortinas y apagó las luces menos la del vestíbulo. Ella se sentó en el sillón, con las rodillas contra su pecho, y él se acomodó a su lado. La rodeó con el brazo y le acarició la espalda mientras escuchaban la lluvia caer.

La última vez que habían estado así, ella estaba embarazada de ocho meses.

—¿Dónde crees que está Elizabeth? —preguntó apoyando la cabeza en su hombro.

—No lo sé, ojalá lo supiera.

—Debe de estar pasando frío —dijo Daniela lamentando no poder salir a buscarla y murmurando una oración antes de persignarse.

Se aferró a su camisa conteniendo las lágrimas y, cada vez que lo miró, recordó el modo en que Sean la había tocado la noche anterior. El cuerpo le dolía en lugares secretos, deseosos de más, y el corazón se le llenó de un anhelo imposible.

Lo amaba demasiado.

Y sabía que era demasiado tarde. No podía pedirle una segunda oportunidad, pero tal vez él sí que le concedería… un acercamiento. Respiró hondo y se acurrucó contra él rodeándolo por el cuello. Podía notar la tensión de sus músculos y su pulso acelerado. Ambos lo deseaban. En ese momento Daniela no quería analizar sus emociones, no quería hablar de sueños rotos y almas perdidas. No quería pensar en salir de allí y no volver a verse nunca. No quería pensar, solo quería sentir.

Pero sabía que le debía una sinceridad absoluta ya que había demasiadas cosas en juego.

—Te quiero —le susurró al oído—. Te quiero y te deseo.

—¿Qué?

—Que te deseo —le acarició el cuello con la lengua; sabía a sal—. Desesperadamente. Odio la forma en que acabó nuestra relación. No estoy pidiéndote que vuelvas conmigo para siempre, pero sí te pido, al menos, una noche más.

—¿Solo… una noche?

—Sí —respondió ella.

—No.

—¿No?

—Nunca podría quedar satisfecho con solo una noche —le dijo y la besó.

Capítulo 16

YO también te quiero. Nunca he dejado de quererte y siempre te querré.

—¿De verdad?

Volvió a besarla.

—Sí, pero una noche no es suficiente. Quiero tenerte una y otra vez. Te deseo, lo deseo todo de ti, para siempre.

Sus palabras hicieron que un cosquilleo de placer le recorriera la espalda, aunque al mismo tiempo tuvo miedo de poner todas sus esperanzas en un futuro con él. Ya no creía en los finales felices y no existía el «para siempre».

Vaciló.

—Sean…

—No importa. No digas nada. Esta noche solo quiero oírte decir «sí».

Ella se sentó sobre su regazo, aceptando los térmi-

nos, y él la besó. Con un suave gemido, Daniela apoyó sus pechos contra su torso y acarició su lengua con
la suya, compartiendo su deseo.

Quería que le arrancara la ropa, pero cuando el
beso terminó, él apartó las manos.

—Si voy demasiado deprisa, dímelo. No quiero…
presionarte.

—Quiero que me presiones. Con fuerza. Con fuerza —le repitió.

Gimiendo, él hundió las manos en su pelo y la lengua en su boca para besarla como un hombre que se
moría por el sabor de una mujer. Como un hombre
que creía que nunca tendría suficiente.

Sean siempre la había dejado satisfecha sexual-
mente y siempre le había dado lo que quería, y lo que
ahora ella quería era rendirse a las sensaciones. Apartar su mente de miedos paralizadores y de recuerdos
dolorosos.

—Hazme olvidar —dijo quitándose la camiseta.
Él miró sus pechos. Los Farallones no eran un lugar
para la lencería fina, pero el sujetador de Daniela,
aunque cómodo y práctico, estaba hecho de seda negra y encaje. De todos modos a él, incluso ataviada
con un saco de patatas, le parecería encantadora.

Posó las manos bajo sus pechos, que parecieron
inflamarse ante su caricia mientras sus pezones roza-
ban la sedosa tela.

Gimiendo, ella arqueó la espalda y llevó los pechos
hacia su cara para que los besara. Se desabrochó el sujetador y él los cubrió con las manos y con sus labios.

—Sí —susurró ella—. Oh, sí.

La erección de Sean rozó contra el vértice de sus
muslos y ella se movió de adelante atrás, buscando su

calor, deseando más. Frustrada por las capas de ropa, le tiró de la camisa y él levantó los brazos para que se la pudiera quitar. Daniela posó las manos sobre su torso desnudo y, tras mordisquearle el labio inferior, le dijo:

—Quítate los pantalones.

Él se levantó y ella observó cómo se desabrochaba los botones y se bajaba los pantalones. Su erección llenaba la parte delantera de sus calzoncillos. Un calor invadió la parte baja de su cuerpo haciendo que le temblaran las piernas y, conteniendo otro gemido, Daniela se quitó sus pantalones y sus braguitas negras, ya humedecidas.

Él hizo lo mismo con sus calzoncillos y sacó un preservativo de un bolsillo del pantalón. Con los pantalones por los tobillos y las botas puestas, debería haber tenido un aspecto ridículo, pero no fue así. Cualquier mujer heterosexual se habría quedado embelesada con un cuerpo desnudo como el suyo.

Con la respiración entrecortada, Daniela se tendió en el sofá y él se situó entre sus piernas.

—Ve despacio —le dijo ella.

Sean comenzó a adentrarse en ella.

—Despacio… ¿y con fuerza?

—Lléname de ti —gimió rodeándolo con las piernas. Quería su boca sobre la suya, sus manos sobre su cuerpo, su piel contra su piel.

Sean se hundió en ella con un suave gemido y los dos encajaron a la perfección. Como siempre.

Cerró los ojos y se deleitó en esa sensación.

—Ha pasado tanto tiempo, que había olvidado lo agradable que era.

—¿En serio? ¿Cuánto tiempo?

—Ya lo sabes.

—¿No ha habido nadie más?

Él negó con la cabeza.

—Para mí tampoco. Siempre has sido tú. Solo tú. Nadie más que tú.

Sean la besó apasionadamente, poseyéndola por completo y comenzó a moverse. Manteniendo su palabra, lo hizo despacio y con fuerza. Cada vez que su pelvis chocaba contra la de ella, a Daniela la recorría una sacudida de placer. El cuerpo y el movimiento de Sean eran exquisitos y la fricción deliciosa.

Fuera, la lluvia caía contra las ventanas y el viento bramaba alrededor de la casa, golpeando el tejado. Dentro, los dos estaban generando demasiado calor. Ella deslizó las manos sobre sus pectorales y los músculos de su abdomen mientras él, con un sonido estrangulado, cambiaba de posición y se sentaba en el sillón para posarla sobre su regazo. Estaba claro que intentaba durar más y hundirse más todavía en su cuerpo.

Cuando Daniela se sentó sobre él, ambos gimieron de placer y ella perdió el control, echando la cabeza atrás y sacudiendo las caderas hacia delante, jadeando. Sean humedeció su pulgar y con él le acarició el clítoris haciendo círculos. El sexo de Daniela vibraba a su alrededor y ella hundió las uñas en sus hombros y gritó su nombre, desmoronándose en mil pedazos. Incapaz de aguantar más, Sean llegó al éxtasis y su cuerpo se sacudió mientras dejaba escapar un bronco gemido. Durante un largo instante, ella permaneció junto a él, acariciándole la nuca y sosteniendo su cabeza contra su pecho.

Saboreando esa tregua mientras, fuera, la tormenta se embravecía.

Capítulo 17

AL alba, la despertó.

—Parece que la tormenta está amainando. Puede que sea nuestra única oportunidad.

Habían hecho el amor varias veces y habían dormido apenas unas horas, pero él parecía bien despierto y espabilado. Con un cinturón de herramientas en la cintura y unas botas, destilaba fortaleza y determinación.

Adormilada, Daniela apartó la manta y buscó su ropa. Había dormido con la camisa de franela de Sean y unos calcetines largos.

—Estás muy guapa —le dijo él viendo sus muslos desnudos.

Ella bostezó y le regaló una imagen de su trasero desnudo cuando se agachó para recoger su bolsa. Se puso unas braguitas junto con los pantalones del día anterior y sus botas de agua.

—¿Estás dolorida?

—No mucho.

—Lo siento si anoche fui demasiado brusco. No me extraña que no me dejaras acercarme después del accidente para que no te dejara agotada con mi apetito insaciable...

Ella se rio a carcajadas.

—Por si no lo notabas, yo era tan insaciable como tú. Me encanta tu apetito. Eso nunca fue un problema.

—Entonces, ¿cuál fue el problema?

—¿Recuerdas aquella noche que me besaste antes de la separación?

—Claro. Te presioné demasiado…

—No. Yo también te deseaba, pero en cuanto dijiste lo del bebé, me vine abajo. Dijiste que no te habías dado cuenta de lo que habías dicho, pero fue como si hubieras pronunciado un deseo en voz alta. Y yo no podía soportarlo. Cada vez que te miraba, me recordabas a Natalie. Cada vez que te acercabas a mí, sentía claustrofobia —sabía que podía hacerle daño, pero tenía que decírselo todo para poder seguir adelante—. En ese punto, no podía ver más allá de mi dolor y pensé que sería una desgraciada para siempre. Me dije que estarías mejor sin mí porque sabía que merecías una mujer que te hiciera feliz. Que aceptara tus caricias. Que te diera una familia.

Él le tomó la mano.

—Ya te dije que eso no me importa. Tú eres mi familia. Eres lo único que necesito.

Daniela cerró los ojos y las lágrimas se deslizaron por sus mejillas. Cuando los abrió, observó su reacción.

—¿No te importa no tener hijos?

—No lo sé, Dani. Pero lo que sí sé es que no puedo vivir sin ti y que puedo vivir sin todo lo demás.

—De acuerdo —dijo ella.

—¿De acuerdo qué?

—Que una vez que volvamos a San Francisco, quiero que solucionemos esto —le dijo abrazándolo—. No quiero que haya más espacio entre nosotros.

—Te quiero.

—Y yo a ti.

Daniela no sabía lo que les depararía el futuro ni lo que les traería la tarde, pero se sentía más esperanzada que nunca. Si podían salir de esa isla, superarían cualquier obstáculo.

—Voy a comprobar los daños del receptor de satélite —dijo él ayudándola a ponerse la chaqueta—. Y mientras tanto, quiero que me cubras.

Ella asintió y Sean apartó la librería de la puerta.

La lluvia lo había teñido todo de gris. Ahora caía con menos fuerza, pero el oscuro cielo estaba cargado con más. Sean miró hacia el desembarcadero, donde unas poderosas olas rompían contra la orilla.

—¿Crees que lo habrán logrado? —le preguntó ella temblando.

—Eso espero.

Ascendieron el camino apoyándose en las varas y en absoluto silencio, en dirección al faro. Al doblar la última curva, él la agarró por el codo y la ayudó a pasar por la zona del Lavadero.

Antes de inspeccionar el equipo de satélite, entró en la torre del faro indicándole a ella que se mantuviera fuera. Seguro que Elizabeth estaba escondida en alguna parte, preparada para atacar. Para alivio de Daniela, la torre estaba vacía y Sean volvió a su lado sacándose el móvil del bolsillo.

—¿Algo?

—No hay cobertura.

—Maldita sea.

Con un suspiro, él guardó el teléfono y dejó la vara contra la pared. Necesitaba tener las manos libres para comprobar el receptor de satélite, que estaba fuera de la torre.

—Ahora mismo vuelvo —le prometió besándola en la mejilla y rozándola con su barba.

Daniela sintió un calor por dentro al pensar en esas zonas tan íntimas de su cuerpo donde aún tenía la marca del roce de su barba…

—Aquí estaré.

Lo vio recorrer la distancia desde la torre hasta el satélite que, al igual que la radio, estaba destrozado. No podían comunicarse con las autoridades y esperaba que Sean pudiera arreglarlo.

Daniela miraba al frente con su arma preparada para proteger a su hombre como un centinela, pero sabía que no se sentiría segura hasta que estuvieran de vuelta en la casa. O incluso bajo las sábanas. Siguió observando la colina y mirando hacia donde estaba Sean y, por un instante, captó movimiento.

Elizabeth.

Debía de estar en la estrecha cornisa detrás de la torre, con la espalda contra el muro contrario y un espantoso precipicio a sus pies. No se les había ocurrido mirar allí.

Bajo la horrorizada mirada de Daniela, Elizabeth corrió hacia Sean alzando un hacha por encima de su cabeza. Hasta ese momento Daniela no había estado segura de que la pelirroja hubiera sido la responsable del ataque de Brent, pero ahora había cambiado de opinión.

—¡Cuidado! —gritó.

Sean se giró sorprendido y reaccionó rápidamente evitando el golpe.

—No toques eso —le dijo Elizabeth.

Daniela se acercó sujetando con fuerza la vara y Elizabeth se giró al oírla.

—No te acerques.

—No vamos a hacerte daño —le dijo Sean.

—Baja el hacha y habla con nosotros. Tal vez podamos ayudarte.

Elizabeth se rio.

—Lo único que necesito es cerrar este lugar para siempre.

Sean y Daniela se miraron.

—Vamos a la casa para que puedas calentarte un poco. Baja el arma, por favor.

Pero Elizabeth seguía con el hacha entre sus manos enguantadas. Tenía la ropa empapada y la cara sucia. Parecía perdida y confundida.

—Podemos ayudarte —murmuró él acercándose.

En cuanto le rozó el hombro, ella explotó y alzó el hacha. Sean bloqueó el ataque, pero el arma se hundió en su brazo. La manga de su cazadora se rasgó e inmediatamente de ahí comenzó a brotar sangre.

Daniela gritó y corrió hacia ellos para golpear a Elizabeth con todas sus fuerzas. La vara atravesó su estómago. Gritando de dolor, Elizabeth se tambaleó hacia un lado del acantilado y el impulso hizo que Daniela, que seguía sosteniendo la vara, cayera por el precipicio con ella. Por suerte, cayó al agua, y no contra las rocas. Comenzó a nadar y en cuanto salió a la superficie, miró atrás. Solo vio el brillo del metal. Elizabeth iba tras ella.

Se hundió bajo el agua, sintiendo como la hoja del hacha se movía junto a ella. Se quitó la cazadora y dejó que saliera a flote. ¿Dónde estaba Sean? Como en respuesta a su silencioso grito, él se tiró por el acantilado y cayó al agua agarrándola del brazo y arrastrándola hacia él. Atravesaron las olas juntos, buscando aire.

Elizabeth no podía nadar muy rápido con una herida en el abdomen, pero no se rendía a pesar de que la corriente estaba alejándolos de la orilla.

Nadar hacia la orilla era imposible porque las olas eran tan fuertes que los arrojarían contra las rocas. Su única elección era buscar una plataforma segura ya que Elizabeth y Sean estaban sangrando y, cuanto más se quedaran en el agua, más posibilidades tenían de que los atacara un tiburón.

Y entonces lo sintió. Daniela no creía que la situación pudiera volverse más tensa, sobre todo cuando esa loca mujer se dirigía hacia ellos, pero había un tiburón. Y Sean también lo sintió. Palideció, pero en lugar de ponerse nervioso, siguió nadando despacio mientras Daniela lo seguía, aterrorizada.

—Aléjate de mí —le ordenó él, rodeado de su propia sangre.

—No, no —respondió acercándose a él. Se quitó la camisa con dedos temblorosos—. Voy a atártela alrededor del brazo.

—Si viene un tiburón…

—No te dejaré.

Sean se puso tenso, pero no discutió con ella.

El agua que los rodeaba parecía moverse enérgicamente. Daniela sintió una enorme presencia, una fuerza imparable, como un tren de alta velocidad pasando ante ellos.

Elizabeth sacudió las manos frenéticamente, intentando escapar, pero el tiburón atacó arrastrando su cuerpo varios metros sobre la superficie del agua y haciendo que desapareciera al instante entre una roja espuma brillante. Daniela contuvo un grito y hundió la cara contra el rostro de Sean.

—Tienes que alejarte de mí. Dirígete a una plataforma. Yo intentaré llamar su atención.

—No —susurró ella temblando.

—Dani, …

El cuerpo de Elizabeth salió a la superficie, mucho más cerca de ellos. La cabeza le caía hacia un lado en un extraño ángulo. Estaba muerta.

Un momento después, una negra y gruesa aleta cortaba la superficie del agua en dirección a ellos y en esa ocasión Daniela no pudo contener el grito.

Sean la rodeó con un brazo y agarró con fuerza un cuchillo que se sacó del cinturón. Nunca en su vida había estado tan asustado. Intentó quedarse quieto, a pesar de que podía sentir cómo le ardía su brazo herido y cómo le brotaba la sangre tiñendo el agua. Para intentar distraerse y evadirse, comenzó a pensar en grandes momentos de su pasado: el beso a Dani el día de su boda, el momento en que había sentido la primera patada de su bebé, cómo la había acariciado la noche anterior haciéndola suya de nuevo…

No más espacio entre ellos.

Manteniendo la promesa que le había hecho, la acercó más a sí rodeándola con su brazo herido. No quería morir y, por supuesto, no quería que ella muriera, pero no podrían vencer a un gran tiburón blanco.

El tiburón se acercó, pero para su asombro, no atacó. Reconoció la cicatriz sobre su ojo: era Shirley. Se quedaron mirando un largo momento y después el animal se hundió bajo el agua desapareciendo entre un remolino de burbujas. Daniela lo miró, atónita. ¡Estaban vivos!

Sean no podía explicar por qué el tiburón no los había atacado. Los humanos no eran su presa preferida, pero aun así parecía imposible, un milagro de Dios.

Nadar de vuelta a la orilla requirió mucha energía y salieron del agua con las últimas fuerzas que les quedaban. Llegaron tambaleándose a la casa temblando de frío e impactados por lo sucedido.

Los dos oyeron el helicóptero en cuanto apareció por el horizonte y mientras se preparaba para descender, Daniela apoyó la cara contra su empapada camisa y lloró.

Epílogo

San Diego

Daniela y Sean caminaron hasta la tumba de la mano. Él hizo los honores y colocó un ramo de flores en la lápida.

Natalie Ann Carmichael
Amada hija
Descanse en paz

Era duro para Daniela visitar ese lugar, pero no tanto ahora que, tras la experiencia vivida en los Farallones, había aprendido a valorar lo que tenía. Natalie se había ido, pero ellos seguían ahí. Y se sentía afortunada de estar viva.

Cuando Sean se puso derecho, ella lo rodeó por el cuello y apoyó la cara contra su pecho.

En las semanas que siguieron a su terrible experiencia en la isla, habían vuelto a la terapia y habían trabajado con una psicóloga especialista en desorden de estrés postraumático.

La muerte de Elizabeth había afectado enormemente a Jason ya que la joven había formado parte de su equipo, era su responsabilidad y no podía dejar de pensar que debía haber evitado aquella tragedia. Aunque había estado en contacto con su familia, y no sentían nada malo hacia él, Sean seguía culpándose.

Por otro lado, Daniela esperaba que Jason pudiera salir adelante porque para ella ya era como parte de su familia.

Igual que Taryn, que había aceptado un puesto en el Centro de Mamíferos Marinos de San Francisco y trabajaba rehabilitando a delfines heridos. Era el trabajo de sus sueños, pero lo sucedido también la había dejado muy afectada.

Cuando se habían despedido, Taryn los había abrazado con la solemne promesa de mantenerse en contacto y desde entonces habían intercambiado varios e-mails, sobre todo tratando el tema de la recuperación de Brent que, tras estar en coma, podría llegar a recuperarse del todo.

La vida en los Farallones estaba volviendo a la normalidad. Los guardacostas habían llevado a cabo una investigación y se estaban reparando todos los daños.

Daniela se apartó de Sean y lanzó un beso a la tumba de Natalie.

Se alejaron de la mano.

Era un bello día de noviembre, soleado y brillante y ella tenía un tema importante que discutir con Sean.

—Vamos a la playa —le dijo. Al llegar a unas escaleras, se detuvo para quitarse las sandalias de tacón y se agarró a su brazo. Su herida, un recordatorio de aquella pesadilla, estaba sanando.

Pasearon por la arena y se quedaron junto a la orilla, en silencio, embelesados con las maravillosas vistas.

—He recibido una oferta de trabajo muy interesante —dijo él— como profesor de Ciencias y entrenador del equipo de surf del Instituto de La Jolla. Creo que voy a aceptarlo.

Ella se giró para mirarlo.

—Pero si te encanta hacer trabajo de campo.

—¿Es que no quieres que considere la oferta?

—Jamás te pediría que hicieses esa clase de sacrificio.

Él asintió.

—Lo sé, pero no lo veo como un sacrificio, sino como un cambio. Viajar por el mundo, perseguir tiburones... bueno, sí, es increíble, pero hay cosas más importantes. Me ha encantado volver a casa contigo, Dani, pero me encantaría aún más quedarme.

—Oh, Sean —exclamó ella con lágrimas en los ojos y rodeándolo por el cuello—. Hay algo que tengo que decirte.

—Adelante.

—¿Recuerdas cuando te dije que no me dieras demasiado espacio?

—Claro.

Sean había pasado cada noche a su lado, dándole todo menos espacio y ahora su vida sexual era más activa, incluso, que antes. La amaba infinitamente, casi desesperadamente, como si temiera que cada vez que estaban juntos fuera a ser la última, y ella fuera a apartarse otra vez de él.

—Me refería… emocionalmente.

—Sabía a lo que te referías.

—Sé que dijiste que no te importaba si teníamos hijos, pero he pensado que tal vez querrías reconsiderarlo.

—¿Quieres tú?

Ella asintió.

—Ya no estamos casados. Cuando pensaba en tener una familia, siempre imaginé que sucedería de un modo natural. No funcionó y ya está, no por eso voy a cambiar de opinión o a presionarte. ¿Es eso lo que te preocupa?

Ella sacudió la cabeza, le temblaban las manos.

—Me preocupa haber cometido un gran error —le dijo respirando hondo.

—¿Qué quieres decir?

—En los Farallones me di cuenta de que no puedo vivir sin ti y que no puedo vivir con miedo. El otro día me hice un chequeo y el médico me dijo que estoy bien. Perfectamente sana. Que no hay razón para que no volvamos a intentarlo. Intentar tener un bebé, quiero decir.

La reacción de Sean no fue la que se había esperado. Ni la tomó en brazos y ni comenzó a gritar de alegría, sino que se quedó inmóvil.

—Si es que aún te interesa…

—¿Estás haciendo esto por mí?

—No. Quiero intentarlo por mí, por los dos. Quiero todo lo que tuvimos, y todo lo que tenemos ahora. Quiero una familia —se detuvo—. No hay prisas, por supuesto. Como has dicho, ya no estamos casados.

—Pero eso tiene fácil remedio.

Se puso de rodillas.

—¿Qué estás haciendo?

—Iba a hacerlo más tarde, pero ¡qué demonios! —sacó una caja de terciopelo de su bolsillo y allí mismo, sobre la arena bañada por el sol, le propuso matrimonio—: ¿Quieres casarte conmigo… otra vez?

—Sí. ¡Sí! —respondió ella con los ojos llenos de lágrimas.

Después de ponerle el anillo, se levantó y Daniela lo abrazó con fuerza.

—¿Crees que es posible anular un divorcio?

Riéndose de pura felicidad, ella hundió la cara contra su cuello, amándolo con toda su alma.

JULIA™

JUSTINE DAVIS

LA MEJOR
VENGANZA

HARLEQUIN™

Capítulo 1

COBARDE —murmuró St. John, mirándose al espejo. La cicatriz en la mandíbula era menos visible de lo habitual esa mañana, tal vez porque no estaba tan moreno. Eso era lo que pasaba cuando uno pasaba mucho tiempo encerrado.

Cobarde era definitivamente la palabra, pensó.

Se había escondido en el trabajo durante más tiempo del habitual esta vez. Aunque no había más problemas de los habituales en Redstone, al contrario. Las cosas iban bien en todos los frentes y el nuevo jet Hawk V estaba casi listo.

El trabajo en el departamento de investigación y desarrollo incluía un par de conceptos revolucionarios que incluso habían hecho pestañear a Josh Redstone. La idea de implantar un microchip para ayudar a las víctimas de embolias con temblores residuales jamás se le hubiera ocurrido a él, pero Ian Gamble lo había hecho y en las primeras pruebas había funcionado.

La filosofía de Josh Redstone de contratar a los mejores seguía dando buenos resultados, por eso era una de las mejores empresas del mundo.

Desgraciadamente para St. John, eso también era el problema. No porque hiciesen las cosas mal, al contrario, eran los mejores y trabajaban contentos, felices.

Últimamente, irritantemente felices.

«Si tengo que volver a otra boda…».

No le molestaban particularmente las bodas. Tiempo atrás había hecho las paces con el hecho de que no eran para él. Pero no le gustaba la extraña sensación de soledad que había empezado a experimentar en la interminable lista de bodas de los Redstone. Incluso empezaban a nacer niños de esas bodas. Y, en su opinión, lo único bueno de eso era la certeza de que ninguno de ellos tendría que enfrentarse con lo que él se había enfrentado de niño.

—Añade «quejica» a «cobarde» —murmuró, sabiendo que eso decía mucho de su estado emocional. En general, él no hablaba con los demás y mucho menos consigo mismo.

Durante las últimas semanas todo había estado muy tranquilo, nada de llamadas a medianoche buscando ayuda, información o consejo. Mejor, porque a él no le gustaba que las relaciones profesionales se volvieran personales. Ese tipo de relación provocaba emociones y ese era el momento en el que él quería salir corriendo.

Pero, de repente, se encontraba extrañamente in-

quieto. Ayudar a la gente de Redstone con sus problemas personales había sido durante años el sustituto de
cualquier contacto humano y cuando eso terminase...

«Ten cuidado con lo que deseas».

En realidad, no creía en ese viejo axioma porque
había aprendido desde pequeño que desear algo no
servía de nada.

St. John se pasó la mano por el pelo empapado de
sudor. Debería cortárselo, pensó. Llevaba varios días
pensándolo, pero como para eso tendría que ir a la
barbería, al final de la calle, y Willis era un charlatán,
siempre lo dejaba para el día siguiente.

No estaba de humor para charlar con nadie. Una
observación de la que se habría reído cualquiera en
Redstone... como si alguna vez estuviera de humor.
Él sabía que su serio carácter se había convertido en
una broma para todos, que solían burlarse diciendo:
¿por qué usar una palabra cuando puedes arreglártelas
sin usar ninguna?

Lo que había empezado siendo una forma de protección cuando era niño se había convertido en un hábito y, a los treinta y cinco años, no veía la necesidad
de cambiar. Él hacía bien su trabajo y eso era lo único
que contaba.

Su espaciosa oficina-apartamento estaba en el
cuartel general de Redstone, la pared de cristal tratada
con una capa del antibrillo especial que había creado
Ian Gamble y que permitía total visibilidad, pero haciendo imposible que nadie lo viese desde fuera.

St. John se dejó caer frente a lo que Josh llamaba
su «puesto de mando». Sí, seguramente lo parecía,
tuvo que admitir: un escritorio enorme en forma de U

con cuatro monitores a cada lado, un teléfono multilínea y varios aparatos electrónicos de nueva generación.

Él hubiera preferido estar de espaldas al paisaje, que incluía la línea azul del océano Pacífico, pero el decorador había supuesto que quien ocupase ese despacho querría ver el mar.

Una suposición razonable, pero no era su caso.

Uno de los ordenadores estaba conectado con la red interna de Redstone, pero los otros eran suyos propios, independientes y cuidadosamente controlados. No para proteger sus datos sino para proteger a Redstone.

Se disponía a trabajar cuando un suave pitido le dijo que su programa de búsqueda de noticias había puesto una alerta. La fusión con Gordon, pensó mientras se volvía para mirar la pantalla. O tal vez algo en Arethusa, la isla del Caribe donde los Redstone tenían un hotel. Los rebeldes, que eran en realidad traficantes de droga, empezaban a inquietarse otra vez. Por el momento, no era nada serio, pero…

Una parte de su cerebro registró que empezaba a amanecer, pero no le prestó mucha atención, concentrado como estaba en la pantalla del ordenador.

No tenía nada que ver con Gordon o con los rebeldes de Arethusa. Era un anuncio simple y a cualquier otra persona le parecería algo sin importancia. Después de todo, ¿qué importaba quién se presentara a las elecciones municipales en un pueblecito tan pequeño como Cedar, Oregón?

«Y tampoco debería importarte a ti».

No, después de tantos años ya no le importaba.

St. John cerró la ventanita donde aparecía la alerta y volvió a su trabajo, preguntándose una vez más si debía morder la bala y hacer que le dieran la vuelta a su puesto de mando para no tener que ver amanecer cada día. A Josh le daría igual, eso seguro. Aunque tal vez comentaría, con ese hablar pausado suyo que tanto engañaba a la gente, que darle la espalda al mundo no iba a hacer que desapareciese.

Era cierto. Pero St. John podía creerlo durante un tiempo.

Y pasar por alto que eso no lo había ayudado nunca.

Jessa había oído rumores semanas antes, cuando la asamblea del Ayuntamiento había anunciado por fin que se convocaban elecciones anticipadas, pero estaba demasiado ocupada como para prestar atención. La tienda de piensos Hill's se llevaba casi todo su tiempo y su madre y su perro se llevaban el resto. No se quejaba. De hecho, se alegraba de trabajar tantas horas porque eso evitaba que pensara constantemente en su padre.

Pero, aparentemente, los rumores eran ciertos.

—Todo el mundo te quiere en el pueblo —estaba diciendo Marion Wagman, entusiasmada.

Eso no era verdad, pensó Jessa mientras colocaba la última bolsa de pienso para perros en la estantería, pensando en Jim Stanton. Ahora podía reírse de ello, pero durante el último año de instituto le había dolido que su deseo de marcharse del pueblo fuera más importante que su deseo de estar con ella.

—Solo tendrías que presentarte y te lo llevarías de calle —seguía diciendo Marion.

Jessa escuchaba a medias mientras levantaba una bolsa de pienso de veinte kilos, algo que no había podido hacer ocho meses antes.

Contuvo un suspiro mientras apartaba el flequillo de su frente. Se había cortado el pelo tiempo atrás por cuestiones prácticas, pero darle forma a veces le costaba más que cuando lo llevaba por la cintura. Y tiempo era algo que no tenía últimamente.

—No querrás que el puesto de tu padre lo ocupe otra persona.

La voz de Marion era cada vez más insistente, algo que Jessa sabía bien porque había sido su profesora de Historia en el instituto. A Marion le gustaba la Historia y como había habido un Hill en el Ayuntamiento durante casi cuatro décadas, la idea de que ese sitio lo ocupase otra persona le parecía horrible. Aunque Jessa apenas tuviera tiempo para respirar. Aunque quisiera hacerlo… y no quería.

—No es el puesto de mi padre y tampoco el de mi abuelo —replicó—. El puesto de alcalde le pertenece a la persona que sea elegida por el pueblo.

Y que esa persona fuera ella le parecía absurdo. Su padre había sido un alcalde maravilloso que contó con el respeto y el cariño de los nueve mil habitantes de Cedar durante casi treinta años.

Pero él tenía un don de gentes que ella nunca había tenido y, francamente, no le interesaba tenerlo. ¿Cuántas veces, de niña, había tenido que disimular su impaciencia porque no eran capaces de ir de la oficina de correos a la biblioteca sin que lo parase gente

que quería darle las gracias, felicitarlo o sencillamente charlar con el simpático alcalde de Cedar mientras
ella quedaba olvidada por completo?

Aunque no le importaba demasiado. En su mente,
ya estaba en la biblioteca, eligiendo los libros que la
emocionarían y la transportarían a otros mundos durante semanas.

—Tú eres la única que puede hacerlo, Jessa —insistía Marion—. La gente te votará por ser hija de
Jesse Hill.

Jessa se detuvo, con el cuaderno del almacén en la
mano.

—¿Tienes algo contra el señor Alden? —le preguntó.

—No, pero creo que deberíamos continuar con la
tradición de tener a un Hill en la alcaldía.

—Está mi tío Larry…

Marion hizo una mueca y Jessa tuvo que disimular
una sonrisa. Su tío, que vivía en una casita a las afueras del pueblo con un jardín lleno de gnomos de esca-
yola, era conocido por ser ligeramente excéntrico.
Curiosamente inteligente, pero definitivamente excéntrico.

—¿Te puedes imaginar la angustia de los concejales, esperando lo que Larry pudiese decir en una
asamblea?

Al preguntar eso consiguió lo que no había conseguido en media hora: que Marion saliese de la tienda
a la carrera.

Sonriendo, Jessa empezó a colocar las cajas de
pastillas de sal. El doctor Halperin, el veterinario local, las necesitaría para sus caballos. Pero tuvo que

buscar sitio para ellas tras la urna de cristal que contenía escarapelas y trofeos. Solía decirle a su padre que debería quitarla de allí porque necesitaban espacio. Además, los recuerdos de sus días de gloria en el circuito local de equitación eran historia antigua.

Pero su padre se había negado, orgulloso de sus éxitos, tal vez incluso más que ella.

Podría quitarla ahora, pensó. Su padre ya no estaba allí para decir que no. De hecho, podría cambiar todo lo que quisiera, pero no era capaz de hacerlo, como si cambiar algo fuera un insulto a su memoria.

«O admitir que se ha ido de verdad».

Con el corazón encogido, Jessa intentó pensar en otra cosa y lo primero que se le ocurrió fue la ridícula sugerencia de Marion Wagman. En realidad era gracioso y, por una vez, estaría bien sonreír en lugar de llorar.

Pero la candidatura de Albert Alden no era cosa de broma. Y ahora que su padre se había ido, Alden estaba convencido de que nadie podría evitar que llegase a la alcaldía. Jessa, al contrario que la mayoría de los vecinos de Cedar, no tenía buena opinión sobre Albert Alden. Era un hombre rico, al menos comparado con el resto de los vecinos, y tenía un importante título universitario en la pared de su oficina, pero Jessa sabía que aquel hombre no era lo que parecía.

Seguramente era la única persona del pueblo que no se creía la pulida imagen exterior de Albert Alden, o la falsa tristeza por las tragedias de su vida mezclada con una aparentemente benigna y blanquísima sonrisa.

¿Pero no era ese un obligado requisito en un político?, se preguntó.

Sin embargo, ella sabía ciertas cosas sobre aquel pilar de la comunidad. Que no pudiese probarlo no cambiaba las náuseas que le provocaba, incluso después de tantos años. O el sentimiento de culpa. Entonces solo era una niña, pero seguía pensando que debería haber hecho algo. Que la persona más afectada por ello le hubiese rogado que no dijese nada era la única razón por la que había guardado silencio.

Ahora era una adulta y ese tipo de delitos no prescribían, pero la víctima había muerto años atrás... ¿qué podía hacer ahora?

¿Qué debía hacer?

¿De verdad podía quedarse de brazos cruzados y dejar que aquel hombre ocupase el puesto que su padre había ostentado con tanto honor y dignidad?

¿Podía permanecer callada, sospechando lo que sospechaba, aunque no pudiese demostrarlo? Hablar de esas sospechas contra un hombre tan apreciado en el pueblo no serviría de nada y, además, probablemente no la creería nadie.

Pero lo más importante de todo: ¿podía dejar que Albert Alden estuviese a cargo de los seis colegios de Cedar cuando albergaba la horrible sospecha de que abusaría de su poder?

Jessa se dejó caer sobre una caja.

—No —murmuró para sí misma—. No puedo, sencillamente no puedo.

Pero no sabía si eso quería decir que no iba a hacer nada o que sí iba a hacerlo.

Capítulo 2

QUÉ has dicho?

Josh lo miraba como si fuera el motor de un jet que hubiese maullado de repente.

—Me has oído —dijo St. John. Y estaba seguro de que su voz sonaba como un ladrido.

—¿Por qué?

—Según mis cálculos, tengo 333.6 días de vacaciones —respondió St. John, dándole a su jefe en Redstone algo que rara vez le daba a otros: una frase completa.

—Eso, y tú lo sabes muy bien, no responde a mi pregunta —replicó Josh.

Había conseguido despertar el interés de su jefe y eso era precisamente lo que no quería, pensó St. John.

—¿Eso es un no?

Josh se echó hacia atrás en el sillón.

—Me conoces desde que eras un adolescente, tú sabes que yo no soy así.

Sí, lo sabía. Pero esperaba que Josh lo dejase pasar sin hacer preguntas. Una esperanza vana, pensó cuando el hombre al que no se le escapaba nada se levantó del sillón—. Eres mi mano derecha, tan indispensable como cualquiera en Redstone, incluyéndome a mí. La empresa no sería lo que es sin ti.

St. John decidió no protestar. Sabía bien que era muy bueno en su trabajo, aunque no hubiese una descripción formal de ese trabajo bajo el título raramente usado de Vicepresidente de Operaciones. Sobre todo porque, como solía decir la piloto personal de Josh, Tess Machado, haría falta un diccionario para explicarlo.

—Te debo todo el tiempo de vacaciones que quieras, aunque tu ausencia tendrá un tremendo impacto en la empresa. Pero nada de eso importa —siguió Josh cuando St. John permaneció mudo.

El silencio ponía nerviosa a la mayoría de la gente, pero él estaba acostumbrado, de modo que no tuvo el menor problema en esperar.

Y cuando por fin Josh esbozó una sonrisa, St. John supo que había ganado la partida.

—Lo que importa es que mi mano derecha, que no se ha tomado un solo día de vacaciones en una década, y que vive en el hangar para trabajar durante los fines de semana... sospecho que incluso en navidades, de repente quiere unos días libres.

—¿Sí o no? —insistió St. John.

Josh Redstone lo miro en silencio durante unos segundos. St. John no se dejaba intimidar por su jefe, que le sacaba una cabeza a pesar de su metro ochenta. Aunque Josh nunca intentaba intimidar con su estatura porque no le hacía falta. La gente solía pensar que era un paleto con cansino acento del sur... hasta que se daban cuenta de que un maestro les había ganado la partida.

—¿Y si dijera que no?

Sería un alivio, pensó St. John. Sería una excusa para no tener que ir.

Y esa admisión lo sorprendió. ¿No había aprendido de la peor manera posible que esconderse de la realidad no servía de nada? La realidad era lo que era y no enfrentarse con ella era algo que St. John no había podido hacer desde que tenía siete años.

—No —respondió por fin, volviendo a su usual estilo monosilábico.

—Es cierto —Josh suspiró—. No voy a decirte que no, pero al menos dime dónde piensas ir. Tú eres el único en Redstone que podría hacerse cargo de la empresa si me ocurriese algo.

—Draven.

Josh levantó una ceja.

—Sí, ya. John y su gente echarían una mano, pero eso no cambia nada. Puede que necesite localizarte urgentemente... ¿dónde piensas ir?

St. John metió una mano en el bolsillo para sacar su *smart phone*, un complicado aparato que incluía modem de comunicación global, y se lo presentó como respuesta.

Josh soltó una risita.

—Sé que es difícil de aceptar para tu mente tecnológica, pero hay sitios en los que esa cosa no funciona, Dam —le dijo, usando la versión corta del nombre que St. John no usaba nunca: Dameron.

El mundo insistía en que tuviese un nombre y un apellido, de modo que había elegido Dameron como había elegido St. John, al azar.

—Estaremos en contacto.

—Yo nunca te he presionado para que me contases nada que no quisieras contarme.

—Más que nadie —murmuró St. John.

—Tal vez sepa más que los demás, pero eso solo significa una cosa: que ellos no saben nada. Esa no es la cuestión —Josh hizo un gesto con la mano—. No puedes pedirme unos días libres así, de repente, por primera vez en la vida y no decirme dónde vas o por qué tienes que irte.

St. John tuvo que contener el deseo de salir corriendo. Aquel hombre era el único en todo el planeta que podía presionarlo sin intentarlo siquiera, sencillamente porque de no haber sido por la aparición de Josh Redstone en su vida tantos años atrás estaría muerto. Aunque a veces aún pensara que tal vez habría sido lo mejor.

«No voy a darle esa satisfacción».

Ese mantra, dirigido al demonio que lo había despreciado desde que nació, era antiguo y muy usado, pero no por eso menos eficaz. El hecho de que ese demonio nunca supiera que había fracasado, que jamás supiera que el hijo al que había intentado destruir no solo había sobrevivido sino que había conseguido triunfar en la vida daba igual. Él lo sabía.

—¿Dónde vas?

Josh hizo la pregunta en voz baja. Josh Redstone,

el hombre que le había salvado la vida, merecía una respuesta. Merecía la verdad.

De modo que St. John respiró profundamente y, haciendo un esfuerzo, miró sus ojos grises. Y las palabras que durante veinte años no había querido pronunciar, o pensar siquiera, salieron de su boca:

—A casa.

Jessa estaba sentada en el sillón de cuero de su padre, con Maui tumbado a sus pies. Le gustaba sentir el calor de su perro mientras miraba el anuario escolar que tenía entre las manos.

Le gustaba y, al mismo tiempo, odiaba estar allí, en el estudio de su padre. A veces casi podría jurar que olía su aftershave y eso hacía que la realidad de su ausencia fuese más dolorosa. Pero, en realidad, se alegraba de haber vuelto a casa cuando se puso enfermo.

Jessa pasó una página del anuario. No eran los retratos formales de los alumnos lo que estaba buscando. En esas fotos, el hijo del hombre que pronto sería el nuevo alcalde de Cedar parecía cualquier otro chico de su clase: tieso, exageradamente repeinado e incómodo. Pero en la sección llamada grandiosamente *Vida en el campus* encontró la fotografía que buscaba: un grupo de chicos riendo, sentados en la hierba. Y a un lado, ligeramente desenfocado, un chico solitario de pelo oscuro mirando al grupo con una expresión que no podría definir. ¿Era envidia? ¿Desagrado? ¿Anhelo? Lo único que sabía con total seguridad era que no formaba parte del grupo.

Adam Alden nunca había sido parte de grupo alguno.

Y tampoco sabía por qué. ¿Porque su padre era un abogado famoso con dos bufetes en el condado? ¿Era envidia por parte de esos chicos lo que lo mantenía aislado? No lo sabía. Adam jamás se lo había contado a nadie.

Entonces, con la inteligencia de una niña de diez años, había decidido que era el propio Adam quien quería mantener las distancias. No era que su grupo de amigos quisiera dejarlo fuera, sencillamente él no quería incluirse en ningún grupo y eso hacía que muchos pensaran que era raro, distante. A Jessa, en cambio, siempre le había parecido triste. Pero ella, aunque tenía cinco años menos que Adam, sabía más que la mayoría. De hecho, sabía más que nadie.

Nunca había sabido qué era lo que la atraía tanto de aquel chico de catorce años con el que se encontraba a la orilla del río. Y tampoco sabía qué tenía ella que lo había hecho contarle tantas cosas. Tal vez lo había hecho porque no había nada menos amenazador que una niña de diez años. O tal vez sencillamente era porque ella lo había escuchado, fascinada y triste, ofreciéndole lo único que podía ofrecer: su silencioso apoyo.

Sí, ella sabía más que los demás. Y había tenido que hacer un esfuerzo para no romper la promesa de silencio que le había hecho al chico moreno de los vívidos y tristes ojos azules.

Pero entonces tuvo lugar la trágica tormenta, Adam Alden murió y todo eso dejó de importar.

Jessa suspiró. No tenía ganas de hacer lo que solía

hacer: ir a la estantería para sacar otro anuario escolar en el que Adam había escrito una nota para ella unos días antes de morir. No tenía que mirar, las palabras que había escrito estaban grabadas en su memoria desde dos décadas antes:

Jess, el único punto de luz en este mundo oscuro. Adam.

Solo Adam podía llamarla así. Jess era su padre y, aunque le encantaba llevar el mismo nombre, solo su padre podía llamarla Jess. Pero entonces Adam empezó a llamarla así, como si fuese algo privado entre ellos, algo que no compartían con nadie más, y Jessa no protestó.

Maui se movió en ese momento, dejando escapar un suspiro que le decía que, aunque estaba cómodo, preferiría jugar con ella en el jardín. Y eso era lo que debería estar haciendo en lugar de revisar viejos recuerdos.

—Vamos, chico —le dijo, cerrando el anuario y dejándolo en la estantería.

Como alcalde de Cedar, su padre recibía una copia de los anuarios escolares, de modo que aunque iba cuatro cursos detrás, Jessa había podido ver los progresos de Adam Alden y los cambios en su aspecto gracias a esos anuarios… hasta aquel último. Que hubiese muerto en aquella terrible tormenta lo había convertido si no en una leyenda sí en el protagonista de una historia trágica de proporciones míticas para un sitio como Cedar.

El golden retriever se levantó de un salto, mirándola con sus expresivos ojos castaños y moviendo la cola, emocionado. Como si hubiese hablado, Jessa podía traducir: «¿ahora, mamá, podemos jugar ahora?».

Sonriendo, Jessa acarició sus orejas. De no ser por Maui, la tristeza la habría embargado por completo tras la muerte de su padre. Pero el apoyo de su perro, y su necesidad de afecto y atención, la habían hecho seguir adelante cuando lo último que deseaba era levantarse cada mañana para enfrentarse a un nuevo día. Incluso encontraba consuelo en la tradición de su padre de usar nombres hawaianos para sus mascotas porque su madre y él habían pasado la luna de miel allí.

—Venga, rubito, vamos a buscar una pelota de tenis.

El inteligente perro podría no entender todo lo que decía, pero «vamos» y «pelota» eran dos palabras que entendía perfectamente y, como esperaba, lanzó un alegre ladrido.

Mientras salía al jardín, entre la casa y la parte trasera de la tienda, observando a Maui correr de un lado a otro, Jessa le pedía disculpas al animal cuya vida estaba a punto de poner patas arriba.

—Disfruta mientras puedas —murmuró.

Porque volver a ver las fotos de aquel chico tan importante en su vida había hecho que tomara una decisión.

No iba a dejar que el responsable del brillo triste en los ojos de Adam Alden, y de los hematomas en su cuerpo, se convirtiese en alcalde de Cedar.

Capítulo 3

S T. John conducía despacio. Se decía a sí mismo que no era porque no tuviese ganas de llegar sino porque el limite de velocidad era de treinta kilómetros por hora y al único alguacil de Cedar le gustaba esconderse a la entrada del pueblo para poner multas. Al menos, veinte años antes.

Pero ahora había un cartel que advertía a los conductores del límite de velocidad y el alguacil no estaba por ningún lado. Por fin alguien había descubierto que era una trampa para los conductores.

El sentido común le decía que habría muchos cambios en el pueblo, pero no había esperado el siguiente: un nuevo puente de piedra sobre el río Cedar. Como el viejo puente no era tan viejo y en el ayuntamiento de Cedar no sobraba el dinero, se preguntó por qué lo habrían cambiado... tal vez habría quedado dañado después de la riada, pensó entonces. Pero se dio cuenta de que estaba pensando todo eso para no pensar dónde estaba y por qué.

«Ya no tiene poder sobre mí».

Esas palabras se repetían en su cabeza. Había empezado a entonarlas cuando tenía catorce años. Y cuando cumplió los veinte, gracias a Josh Redstone, por fin lo había creído.

Cuando llegó al último recodo del camino, antes de llegar al pueblo, vio otra cosa nueva: un centro comercial. Recordaba que se había hablado mucho sobre la construcción cuando tenía catorce años, con el alcalde, Jesse Hill, como uno de los que lo proponían. Y se preguntó si los impuestos del centro comercial habrían pagado la construcción del puente.

El alcalde.

El padre de Jessa.

St. John sacudió la cabeza. En cierto modo, la muerte de Jesse Hill lo había empujado para que fuese allí, pero no lo había pensado hasta ese momento. Porque hasta ese momento había estado concentrado en el hombre que quería reemplazarlo.

Pero, a punto de llegar a Cedar, volvió a pensar en la única persona del pueblo en la que había pensado desde la noche que lo dejó todo atrás.

Jessa.

Sabía que debía estar desolada por perder a su padre al que tanto quería, el hombre que se llamaba como ella. A los catorce años, se había maravillado e incluso había sentido envidia de cómo hablaba de su padre, como si hubiese inventado la rueda.

Se había preguntado a menudo si Jessa seguiría en

Cedar o si se habría cansado del pueblo y se habría mudado a otro sitio. Era una chica inteligente, más de lo normal a los diez años, alguien a quien podía imaginar viviendo en una gran ciudad. Pero sabía que le encantaba Cedar y la vida en el campo, con su caballo, su perro y, como ella misma decía: «tierra que se empapa con la lluvia, no cemento».

Si Jessa seguía en Cedar y se encontraba con ella...

No le preocupaba que lo reconociese. Nadie lo haría. Habían hecho falta varias operaciones para reparar los daños que dejó en Cedar: el pómulo, la mandíbula torcida, incluso su nariz rota tres veces había sido reparada para que pudiese respirar mejor, no porque le importase un bledo su aspecto. Y ya que estaba, había hecho que cambiasen muchas cosas más, dejando solo la cicatriz que se había hecho la noche que escapó de Cedar. Quedaba muy poco del chico que había vivido allí.

No, ni siquiera Jessa lo reconocería. Pero estuviera donde estuviera, le deseaba lo mejor. Más que eso. Porque ella, a su modo, lo había salvado, como Josh. Si no hubiese podido contarle sus cosas a Jessa...

St. John pisó el freno con tal violencia que se vio impulsado hacia delante. Afortunadamente, a pesar del nuevo puente y del centro comercial, no había mucho tráfico a esa hora del día y ningún otro coche lo golpeó por detrás.

Luego dio marcha atrás para detenerse a un lado de la carretera. Y en el cartel que había frente a él estaba la respuesta a todas sus preguntas, el primer cartel electoral que había visto. Pero no era el rostro de

Albert Alden como esperaba, sino el rostro de Jessa Hill.

—Estos son malos tiempos, no sé si deberías...

Jessa suspiró. No había esperado que todo el mundo estuviese de acuerdo, pero sí su familia. Las objeciones de su madre eran comprensibles; temía que fuera demasiado para ella y la propia Jessa debía reconocer que podría tener razón.

Pero su tío parecía convencido de que era mala idea por razones diferentes. Y fueran las que fueran, Jessa estaba segura de que iba a decírselas con su inimitable y absurdo estilo.

Mientras esperaba, intentó concentrarse en la tarea de comprobar las cuentas de la tienda. El ordenador empezaba a ser una prioridad, pensó. Hacer las cuentas y el inventario a mano, como había hecho su padre durante años, le robaba demasiado tiempo.

Jesse Hill solía darle también demasiado tiempo a sus clientes habituales para pagar, sin cobrarles intereses, pero eso no iba a cambiar. Había razones por las que esa gente compraba allí en lugar de conducir treinta kilómetros para ir a la nueva tienda en River Hill, mucho más grande.

—Se lo comerá todo a su paso —empezó a decir su tío, con su habitual e incomprensible estilo. Y era demasiado temprano para que Jessa pudiera entenderlo—. Pero el demonio siempre hace eso.

Ella parpadeó, sorprendida. Eso no lo había esperado.

—¿Qué?

—El viejo Alden se revolvería en su tumba si lo viera.

Jessa imaginó que se refería a Clark Alden, el abuelo de Albert Alden, que había muerto veinticinco años antes. Entonces ella solo tenía cinco años, pero recordaba a su abuela hablando de la pena de Adam por perder a su bisabuelo, a quien tenía un gran cariño. Y ella sabía muy bien que estaba desconsolado.

—¿Porque Albert Alden se presenta a las elecciones?

Su tío Larry sonrió.

—Tú eres la más lista de la familia.

Afortunadamente, cuando se trataba de su cariño por ella, las crípticas observaciones de su tío eran siempre un poquito más claras.

—El viejo Alden tenía un gran respeto por tu padre y por nuestro padre antes que eso. No le interesaba nada la política.

Jessa frunció el ceño.

—¿Crees que no le gustaría que su nieto se presentase a las elecciones?

—No, no le gustaría mucho.

—Pero has hablado del diablo.

Su tío sacudió la cabeza.

—Tal vez me haya pasado —admitió—. Pero no mucho.

Ella lo miró, sorprendida. ¿Sabría algo su tío? ¿Sospecharía lo que ella había sospechado durante tantos años?, se preguntó.

—¿Crees que alguien en este pueblo creería eso?

—Al menos una persona lo creería —respondió él, mirándola a los ojos.

—Tío Larry…

La campanita de la puerta interrumpió a Jessa y cuando levantó la mirada vio que un hombre con una chaqueta azul, una vieja gorra y las gafas de sol más oscuras que había visto nunca había entrado en la tienda. Tenía el pelo oscuro, muy corto, y parecía un poco pálido para aquella época del año. Se preguntó entonces si estaría enfermo o si ella estaría demasiado acostumbrada a la complexión de la gente de Cedar, que solía trabajar en el campo.

Estaba mirando alrededor, como haría un forastero. La tienda era algo familiar para los vecinos del pueblo, pero la plétora de cosas que vendía era un poco abrumadora para los recién llegados.

Jessa siempre había querido organizarlo todo un poco mejor, pero el consenso en el pueblo era que les gustaba la tienda tal y como estaba.

—¿Quería algo? —le preguntó Jessa.

El extraño no respondió. Parecía estar mirándola fijamente, aunque no podía estar segura porque seguía llevando puestas las gafas de sol. Jessa miró entonces la cicatriz que tenía en la mandíbula. Parecía antigua y con los bordes serrados, como si la herida no hubiese sido curada a tiempo.

—La mayoría de la gente se las quita cuando entra de la calle —dijo su tío, señalando las gafas de sol.

Jessa hizo una mueca, esperando que el extraño no se sintiera ofendido. El tío Larry nunca había entendido el concepto de «atención al cliente».

—Tal vez las necesite —comentó, pensando que podría tener un problema en la vista—. ¿Puedo ayudarlo en algo?

El hombre no dijo nada, pero después de un segundo de vacilación se quitó las gafas.

Y en cuanto vio sus ojos, Jessa entendió por qué se las había dejado puestas. Debía ser incómodo que todo el mundo se quedase boquiabierto en cuanto se las quitaba. Porque si ella no hubiera terminado la frase la habría dejado a medias al ver esos ojos azules. No era solo el color, aunque era sorprendente, sino la sensación de que esos ojos habían visto más que cinco hombres y demasiadas de las cosas que había visto no eran agradables.

Jessa sacudió la cabeza, sorprendida. Ella no solía hacer extrañas especulaciones sobre la gente y menos sobre un extraño. Pero la mirada de aquel hombre, no sabía por qué, la hacía sentir... rara. Y no era la respuesta a un hombre atractivo sino algo más. Algo diferente.

—¿Quería algo? —insistió, tanto para intentar controlar el nerviosismo que le producía el extraño como para conseguir una respuesta.

Él pareció relajarse.

—Ayudarte —respondió por fin.

Jessa parpadeó, sorprendida.

—¿Ayudarme?

Él asintió, señalando el cartel electoral en el escaparate de la tienda.

—A conseguirlo.

No sabía si era por la economía de su lenguaje o por la implacable seguridad que transmitía, pero Jessa tuvo la certeza de que podía hacer realidad esa promesa.

Lo que no sabía era por qué aquel silencioso y un poco siniestro extraño quería ayudarla.

Capítulo 4

NO lo había reconocido.

No había esperado que lo hiciera y, sin embargo, no le habría sorprendido. Pero eso dejaba claro que debía levantar la guardia en aquel sitio donde había tantos recuerdos.

Él, sin embargo, la había reconocido inmediatamente. Aunque habían pasado veinte años y entonces solo tenía diez, Jessa Hill no había cambiado mucho. Su pelo era del mismo tono rubio dorado que cuando era una niña, aunque ahora lo llevaba cortado en una melenita que le quedaba muy bien, dejando al descubierto esa delicada nuca que un hombre querría...

St. John interrumpió tan ridículos pensamientos, sorprendido. Ese era un camino por el que no quería transitar. Era Jessa, por el amor de Dios, la chica que había sido como una hermana para él.

Pero no podía dejar de mirar esos ojos, esos preciosos y enormes ojos del color del río y casi tan cambiantes como él: verdes al sol, pardos por la tarde. Unos ojos llenos de sabiduría y cordura que, una vez, habían sido el salvavidas de un niño.

Había confiado en ella como no había confiado en nadie más y Jessa jamás lo había decepcionado. No le había parecido extraño confiar en una niña de diez años, casi cinco menos que él, y solo sentía gratitud por ella.

Se le hizo un nudo en la garganta al pensar eso. Era inquietante darse cuenta de que estaba sintiendo… algo. Se había creído inmune a los recuerdos, tan alto y fuerte era el muro que había construido a su alrededor.

Porque nada podía ser más horrible que lo que había hecho que levantara ese muro.

—Fascinante.

Lo había dicho el hombre apoyado en la puerta de la trastienda. Y St. John lo reconoció: era el tío de Jessa, el tío Larry. Su pelo se había vuelto gris y era más grueso que antes, pero seguía teniendo ese brillo en sus ojos verdes, los ojos de Jessa, y esa sonrisa que hacía que la gente de Cedar se preguntase si estaba en sus cabales.

Enfadado consigo mismo por recordar, su voz sonó más seca de lo habitual:

—No servirá —aseguró, señalando el discreto cartel.

Ella lo miró, sorprendida, y St. John tuvo que recordar que no estaba en Redstone, donde todo el mundo estaba acostumbrado a su forma de ser. Allí, hacía que la gente se sintiera incómoda.

Salvo Larry. No sabía lo que estaba pensando, pero no parecía incómodo en absoluto.

—¿Qué no servirá? —preguntó Jessa.

—El cartel.

—Eso ya lo sé. Acabo de empezar.

—Hay que empezar bien.

—¿Quién eres, uno de esos tipos maquiavélicos detrás del trono? Porque como escritor de discursos serías un fracaso.

En una ocasión lo habían llamado así: maquiavélico. Y tal vez lo era.

Entonces Larry se movió, como si hubiera tomado una decisión.

—Me voy a mis cosas, cariño —le dijo a su sobrina, pero sin dejar de mirarlo a él.

Jessa asintió con la cabeza. No parecía tener miedo del extraño, de él...

La mitad de Redstone le tenía miedo, St. John lo sabía. Como sabía que había especulaciones sobre él. Incluso que había una porra, aunque solo se habían apuntado los más valientes, ya que el objetivo era hacerlo reír.

Nadie lo había hecho, de modo que St. John se declaró ganador.

Por supuesto, Jessa no sabía quién era y no sabía que mucha gente caminaba de puntillas a su alrededor.

Y no sabía que había estado a punto de sonreír por primera vez en mucho, mucho tiempo.

—Iré a ver a tu madre de camino —siguió Larry.

—Te lo agradecería. Lo ha pasado mal esta semana.

St. John recordaba lo amable y cariñosa que había sido Naomi Hill con él. Recordaba cómo adoraba a su marido y su hija y cómo cuidaba de ellos. Solo entonces se dio cuenta de que el afecto y el cariño no tenían por qué ser muestras de debilidad; una revelación que había servido para que viera a su propia madre de otro modo.

Él sabía que Jessa debía estar desolada por la muerte de su padre y le sorprendió sentir una opresión en el pecho al pensar en Jesse Hill. Era raro, pensó. Debían ser los malditos recuerdos. Jesse Hill había sido amable con él cuando la mayoría de la gente le habría ordenado al chico hosco que era que se alejase de su preciosa e inocente hija.

Larry seguía mirándolo mientras se dirigía a la puerta.

—Las frases completas están sobrevaloradas, pero a veces son útiles —le dijo antes de salir.

No, no sería inteligente tomarse a Larry a la ligera, pensó St. John. Porque aunque excéntrico, era muy perceptivo. Como su sobrina.

Él podía formar frases completas, pero no estaba allí para que la gente se sintiera cómoda, estaba allí para detener a un monstruo.

—¿Quieres ser alcaldesa o no?

Jessa lo estudió durante unos segundos antes de responder:

—Francamente, no. Lo que quiero es detener a un hombre… en el que no confío.

St. John tuvo que tragar saliva. Había investigado suficiente como para saber que la confianza era el mayor activo de Albert Alden en la comunidad de Cedar. Su fachada de pilar de la sociedad estaba cuidadosamente construida y era prácticamente intocable.

—¿Por qué?

La pregunta salió de sus labios antes de que pudiese evitarlo y eso lo sorprendió. Él nunca hablaba sin pensar, nunca se le escapaba nada. Nunca.

Pero Jessa Hill siempre había conseguido hacerle hablar. Cuando no podía hablar con nadie más, cuando la pregunta más simple le parecía peligrosa, aquella niña a la que había visto por primera vez a la orilla del río y que un día sería su salvación siempre había conseguido que le contase cosas. Cosas que no le había contado a nadie ni antes ni después.

—¿Quién eres? —le preguntó.

—St. John —respondió él, sabiendo que un nombre no era lo que buscaba. Quería saber por qué a él, un extraño, le importaba quién fuera elegido alcalde de Cedar.

No tenía una respuesta preparada para eso. Aunque era sorprendente. Él, St. John, el maestro de los planes, el que siempre anticipaba hasta lo más simple, había olvidado preparar una respuesta a tan elemental pregunta. ¿Se había relajado después de tantos años fuera de allí, cuando solo pensar con anticipación lo había salvado?

Sí, tenía que ser eso. Él siempre pensaba con antelación. Era eso lo que lo hacía tan útil, tan impagable según Josh, para Redstone.

—¿Hay un nombre delante de St. John? —preguntó Jessa.

—No.

Ella arqueó una ceja, esperando.

—Nadie lo usa —dijo St. John por fin.

—Muy bien, señor sin nombre. Pero lo repito: ¿por qué quieres ayudarme? ¿Qué te importa a ti quién sea el alcalde de Cedar? Solo somos un puntito sin importancia en el mapa.

—Tengo mis razones.

—No puedo permitirme pagar a un asesor... o lo que seas.

—Sin cargo —St. John vio un brillo de recelo en sus ojos—. Hasta que ganes —añadió. Más tarde tendría que pensar en una justificación.

—¿Y si pierdo?

—Sin cargo.

—¿Cómo sé que no trabajas para la competencia? —le preguntó Jessa, mostrando más paciencia con él que la mayoría de los empleados de Redstone.

Siempre había sido así, paciente. Y con carácter. Nunca olvidaría la primera vez que vio ese carácter, cuando apareció en el sitio en el que se encontraban, un claro en la rodilla del río, con nuevos hematomas. Jessa se había puesto tan furiosa que juró estar dispuesta a luchar por él. Jamás le contaría quién se los había hecho, aunque sabía que ella lo sospechaba. Una sospecha razonable ya que era de conocimiento público que su madre no sería capaz de matar a una mosca.

Pero al final había encontrado valor para...

St. John apartó de sí tan triste pensamiento.

—No —respondió por fin—. Pero escúchame y ganarás.

Aquel tipo, pensaba Jessa, tenía más energía que ella. Y era más avispado, como diría su padre.

Aunque no había conseguido una respuesta satisfactoria a sus preguntas, era evidente que sabía de qué hablaba. En la hora y media que habían pasado en la trastienda se le habían ocurrido más ideas que a ella en una semana, desde que decidió, a regañadientes, apuntarse al circo de las elecciones.

Poner anuncios en el periódico local era algo que ella misma habría hecho sin ayuda, pero ofrecer una entrevista en la emisora de radio de River Mill, el pueblo más grande de la comarca, no se le habría ocurrido. La emisora tenía mucha audiencia en Cedar y una entrevista gratuita era mucho mejor que pagar anuncios.

Y tampoco se le habría ocurrido patrocinar el viaje del equipo de decatlón del instituto al campeonato estatal o crear un trofeo para el rodeo del condado.

Y nadie, había señalado él con esas frases cortas o abreviadas, podría decir que solo lo hacía por la campaña ya que el decatlón y el rodeo eran dos actividades en las que Jessa había estado involucrada durante sus años de colegio.

—¿Y tú cómo sabes eso? —le había preguntado.

—Hago mis deberes.

Pero eso la devolvió a la pregunta original: ¿por qué quería ayudarla? Aunque no preguntó porque sabía que recibiría la misma respuesta, ninguna.

El logo que se le había ocurrido era atrayente y efectivo. Y debía admitir que el eslogan que añadió: «para mantener Cedar en buenas manos» era más impactante que un sencillo «vota por mí» en cualquiera de sus versiones.

—¿A qué te dedicas cuando no te metes en campañas municipales?

—Yo… facilito las cosas.

—Ya —murmuró Jessa, pensando que sonaba un poco raro. Aunque si de ese modo lograba evitar que Alden llegase a la alcaldía, le daba igual. Pero se preguntó para quién «las facilitaría» y si debería preocuparse. Si estaba siendo una ingenua dejándose fascinar por aquel hombre.

—Esa foto.

La voz de St. John, que estaba señalando una fotografía en la pared, interrumpió sus pensamientos. Era una foto de ella cuando tenía cinco años, su largo pelo rubio sujeto en una coleta, mirando con adoración al hombre que apretaba su mano frente al café Stanton's en Broadway, un nombre grandioso para la calle principal de Cedar.

Como siempre, la imagen de su padre, tan alto y tan fuerte en la fotografía, hizo que sus ojos se empañaran.

—Usa la conexión.

Ella parpadeó rápidamente.

—¿Qué?

—Usa esa foto en los panfletos.

Habían estado hablado de unos panfletos de campaña… o más bien ella había estado hablando mientras él decía sí o no.

—No quiero utilizar a mi padre —dijo Jessa, levantándose de la silla para pasear por la trastienda como había hecho en más de una ocasión. Había algo en aquel hombre que la ponía nerviosa, una sensación a la que no estaba acostumbrada. Y cuando la rozaba sin querer, la sensación era peor.

Mucho peor.

—No utilizar, recordar.

—Todos saben quién era mi padre. No necesitan una foto que se lo recuerde.

—Una imagen vale más que mil palabras —St. John se encogió de hombros, como cansado después de tan larga frase.

Jessa estuvo a punto de reír.

—¿Qué sabes tú de mil palabras? —bromeó.

Durante un segundo le pareció que las comisuras de sus labios se movían, no sabía si para sonreír o para hacer una mueca. Pero había provocado una reacción, de eso estaba segura. Y saber eso la hizo sentir una satisfacción que no entendía.

—Sería tonto no hacerlo.

—Yo no quiero manipular a nadie —replicó ella.

—Política —dijo él, encogiéndose de hombros una vez más.

Eso era cierto. ¿Qué era la política más que manipulación? Al menos, como la practicaban Alden y otros de su calaña.

—Mi padre no era un manipulador —insistió—. Él hablaba con la gente, los conocía, y siempre pensaba en el interés del pueblo.

—Las buenas intenciones…

—Ya, ya, el infierno está pavimentado de buenas intenciones. Mi padre también lo sabía.

Jessa miró el calendario sobre el escritorio. Seguía en enero, el mes que su padre murió, y tenía algunas notas manuscritas: acuerdos verbales de compra o de pago. Eso era lo único que necesitabas con Jesse Hill. La gente de Cedar lo sabía y confiaba en él lo suficiente como para elegirlo en seis ocasiones seguidas.

Al principio, se decía a sí misma que necesitaba esas notas porque no todas las transacciones se habían completado. Pero ella sabía que no podía tirarlas.

—Mi padre no solo tenía intenciones sino que las llevaba a cabo.

—Tú también.

—Si gano.

—Usa la fotografía.

Exasperada, Jessa se volvió para mirarlo a los ojos.

—¿Y en qué modo me haría eso diferente a Alden, que está utilizando la muerte de su primera esposa y su hijo para conseguir votos? —Jessa notó que él hacía una mueca—. Y no solo que intente conseguir votos usando la muerte de sus familiares sino ese supuesto interés en el «bienestar de los niños» cuando la verdad…

No terminó la frase, percatándose justo a tiempo de que, a pesar de la intensidad de los últimos noventa minutos, aquel hombre seguía siendo un extraño. Daba igual que se sintiera extrañamente cómoda con él. Seguía siendo un extraño y no tenía por qué decir nada sobre unas sospechas que nunca habían sido demostradas.

—¿La verdad?

—Nada que pueda demostrar —Jessa se encogió

de hombros—. Todo el mundo lo cree un hombre lleno de virtudes.

—No todos, tú no.

—Yo soy una minoría.

—¿Quién te ha reclutado?

Jessa volvió a encogerse de hombros, deseando dejar el tema.

—Bueno, tal vez haya media docena que no han caído bajo su hechizo. Pero sigue siendo un muro de piedra.

—Usa la fotografía.

—No.

—Él es la razón.

—¿Por la que me presento a las elecciones? Sí, es verdad —reconoció Jessa—. Nadie me lo hubiera pedido si no fuera por mi padre, pero no quiero utilizarlo. Ni a él ni… su muerte para conseguir ventaja. No lo haré.

De nuevo, se daba cuenta de que estaba contándole demasiado. Había algo en esa manera de hablar suya tan abreviada que la hacía compensar hablando de más.

Tal vez lo hacía a propósito, pensó.

—Es un factor.

—Lo sé. Algunas personas votarían por mí solo por ser hija de mi padre, pero no quiero utilizarlo. Se lo dejé bien claro a los que me pidieron que me presentara. Les dije que si eso era lo que querían, debían buscarse a otro.

—Si lo hubieran hecho…

—Seguiría luchando contra la elección de Alden —dijo Jessa—. Tanto como ahora.

St. John se quedó callado un momento y luego asintió con al cabeza.

—Es cierto.

De nuevo, no era una pregunta sino una afirmación, pero aquella vez sonaba casi como una bendición. Y eso la emocionó de una manera absurda, dado que no conocía a aquel hombre.

Era una sensación que le gustó, aunque también la preocupase.

Capítulo 5

HABÍA merecido la pena el viaje de treinta kilómetros para no quedarse en Cedar, pensaba St. John. Aunque no le había gustado la sensación de alivio que experimentó al descubrir que el único hostal del pueblo estaba cerrado por reformas. Creía haber conquistado los demonios de su infancia y no le gustaba pensar que estaba equivocado.

Desde la carretera no parecía gran cosa, solo un hostal antiguo con menos de una docena de habitaciones. Pero la suya era grande, con muebles de madera no de contrachapado, un cómodo sofá y un escritorio frente al inesperado ventanal y más inesperada vista.

Pero St. John no estaba admirando el paisaje. Aquel sitio desde el que se podía ver el río entre los árboles sería hermoso para mucha gente, pero para él era un amargo recordatorio.

En el hostal no había conexión a Internet porque la tecnología no había llegado todavía a aquel pueblo perdido. Afortunadamente, él tenía a su disposición uno de los geniales aparatos diseñados por un empleado de Redstone, Ian Gamble. Y el adaptador conectado a su móvil hacía posible usarlo como modem.

Porque tenía que buscar algo en Internet.

«La muerte de su primera esposa», había dicho Jessa.

Había tenido tanta prisa en terminar con aquella abominación que se le había pasado por alto investigar a Albert Alden. Él, que se enorgullecía de ir siempre un paso por delante de los demás, que anticipaba cualquier posibilidad.

Y allí precisamente, en el sitio en el que había entendido que el conocimiento y la preparación eran fundamentales para su seguridad, debería haber estado absolutamente preparado.

Pero no lo estaba. Y eso le hizo pensar de nuevo que tal vez no había conquistado todos sus demonios como creía.

«Afortunadamente has traído el ordenador», pensó, enfadado consigo mismo, «para hacer lo que deberías haber hecho antes de irte de Redstone».

No sabía cuánto tardaría en encontrar esa información o si la encontraría pero, afortunadamente, unos minutos después el ordenador le mostró lo que debería haber sabido mucho tiempo atrás.

Conociendo a su demonio como lo conocía, no podía imaginar que Alden hubiera encontrado otra mujer que se casara con él. Pero lo había hecho. Para el resto del mundo, era un hombre encantador, simpático, un ciudadano modelo. Las mujeres siempre se habían sentido atraídas por él, un hecho que solía restregarle a su madre por la cara para humillarla.

St. John recordaba a su madre suplicándole que le concediera el divorcio. Nunca olvidaría la risa de aquel hombre, una risa que lo había hecho sentir escalofríos…

—Eso te gustaría, ¿verdad? —había replicado Alden—. Para que tu mocoso y tú podáis daros la gran vida con mi dinero.

—Es tu hijo —había protestado ella débilmente.

Solo más tarde St. John entendió el coraje que había necesitado para decir eso.

—No dejaré que me avergüences delante de todo el pueblo. Nunca te creerían, por supuesto, pero no quiero que sepan lo estúpida e inadecuada que es la mujer con la que he tenido la desgracia de casarme.

—Yo no quiero tu dinero —había replicado su madre—. Déjanos marchar.

Y luego la risa de Alden, esa risa que le producía náuseas.

—Solo saldrás de aquí en una caja —le había prometido.

Entonces, a los nueve años, no había entendido la referencia a la caja. Pero la entendió después.

—¡Maldito seas!

La exclamación escapó de su garganta sin que pudiese evitarlo.

Suspirando, St. John volvió a mirar la pantalla del ordenador, haciendo un esfuerzo para leer el artículo escrito tres años antes.

Qué típico de él, pensó, convertir lo que debería

haber sido una celebración privada en un carnaval. Todo el pueblo había sido invitado a la boda, que había tenido lugar en la plaza de Cedar. Y muchos habían acudido, posiblemente tanto por el banquete gratuito como por la propia ceremonia.

Se preguntó entonces si alguien habría pensado que era un gesto de mal gusto. O tal vez ahora, recordándolo, los más cínicos pensarían que lo había hecho con un ojo en las elecciones municipales. Que hubieran sido antes de lo que esperaba debido a la muerte de Jesse Hill seguramente lo hizo dar saltos de alegría.

St. John interrumpió la lectura del artículo para mirar la fotografía. La mujer tenía un aspecto atractivo, su padre no aceptaría nada menos, y no parecía particularmente tímida o acobardada. Pero tal vez así era como había empezado y el cambio llegó después.

¿Cuándo habría descubierto que el hombre encantador y amistoso de sus sueños era en realidad un monstruo? ¿Lo sabría? ¿Podría Albert Alden esconder su verdadera naturaleza durante mucho tiempo?

St. John volvió al artículo, haciendo una mueca de asco ante el tono admirativo del autor, que parecía impresionado. La lista de notables invitados incluía un par de concejales e incluso un congresista local. Y, por supuesto, el alcalde y su mujer, los padres de Jessa. Pero ella no estaba en la lista. ¿Sería un error por parte del autor o Jessa no había acudido?

Tal vez no estaba en Cedar entonces.

Aunque pensaba en ella a menudo, el único recuerdo de Cedar que se permitía, nunca la había buscado. Nunca había usado la prodigiosa red que él mismo había creado para localizarla. Se decía a sí mismo que era porque no había querido empañar el único punto de luz en un tiempo tan oscuro, pero tal vez debería hacerlo.

En su mente apareció una imagen de ese momento en la trastienda, cuando Jessa lo miró a los ojos como si buscase algo en ellos.

Como si buscase algo que creía poder encontrar allí.

Algo familiar.

St. John dejó de respirar un momento, preguntándose si lo habría reconocido y sintiendo una extraña emoción al pensarlo. Pero no, era absurdo. Él no albergaba esperanza porque no servía de nada.

Además, Jessa había seguido hablando después, como si no tuviera importancia.

Y él había tenido que contener el deseo de contárselo.

St. John murmuró una palabrota. Su mayor habilidad era la capacidad de concentración y de compartimentarlo todo. Y, sin embargo, con ella parecía incapaz de lo uno y lo otro.

Exasperado, decidió seguir leyendo el resto del artículo sobre «la boda del siglo», una pieza tan hiperbólica que le producía arcadas.

Y, casi al final, sintió una arcada de verdad. Porque vio algo que lo aclaraba todo.

También acudió a la ceremonia el hijo de siete años de la novia, Tyler.

Siete. La boda tuvo lugar tres años antes, de modo que el niño tenía diez años ahora.

Su estómago se encogió violentamente cuando los demonios volvieron a la vida.

Su padre tenía un nuevo objetivo.

Capítulo 6

SOMOS pequeños, pero podemos crecer —anunciaba Albert Alden desde el templete en la plaza del pueblo, donde había reunido a sus adeptos—. Podemos avanzar, dejar atrás los viejos y obstinados conceptos de siempre y prosperar. Podemos crear una vida mejor para los ciudadanos de Cedar.

Jessa, que escuchaba desde una posición discreta, un poco alejada, pensó de manera inevitable en su padre, que siempre había entendido a los ciudadanos de Cedar; gente trabajadora, independiente, decidida a ganarse la vida y hacer las cosas a su manera. Pero, como él solía decir, a veces la obstinación era lo único que te sacaba adelante.

Un movimiento a un lado del templete llamó su atención entonces… era Tyler Alden, que parecía in-

quieto. El niño de diez años llevaba un traje de chaqueta y una corbata que parecía una sospechosa répli-
ca de la que llevaba su padre adoptivo. Y Jessa no podía dejar de pensar que un padre que vestía a su hijo
como si fuera una versión en miniatura de sí mismo
era tan raro como una madre que hacía lo mismo con
su hija.

El discurso siguió y, como era habitual en Alden,
hacía grandes planes sin nada que los sustentara. Estaba lleno de grandes ideas, pero no explicaba cómo
iba a llevarlas a cabo. Sí, un moderno hospital sería
maravilloso, pero en el ayuntamiento de Cedar no había dinero suficiente para pagar su construcción. Tal
vez sí para ampliar la clínica que ya tenían tal vez,
pero nada más. Y una nueva biblioteca sería un sueño, pero la gente del pueblo no estaría dispuesta a pagar más impuestos. Reformar el viejo edificio e incluir ordenadores podría hacerse por un tercio de lo
que costaría un edificio nuevo.

Por cada gran idea de Alden, ella tenía una alternativa más barata. Alternativas que ya había propuesto su padre.

Pero Jesse Hill nunca había estado interesado en
impresionar a nadie. Se había convertido en alcalde
por el cariño que sentía por el pueblo y porque deseaba que Cedar fuera lo que sus habitantes querían.

Albert Alden estaba dispuesto a transformar Cedar
como a él le daba la gana.

«Y el resto tendréis que subiros a bordo», parecía
pensar.

Y muchos lo habían hecho. Incluyendo el *Cedar
Report*, el periódico del pueblo que se publicaba tres

días a la semana. Aunque antes apoyaban a su padre, recientemente habían publicado un editorial en el que se ponían del lado de Alden. Le había dolido, tenía que admitirlo, pero casi se había alegrado al ver la indignación de su madre, la primera emoción que mostraba desde que enviudó ocho meses antes.

Como era de esperar, cuando más se alargaba el discurso de Alden, o el sermón, más dramático se volvía. Se preguntó entonces si estudiaría vídeos de famosos discursos porque algunos gestos, y hasta algunas frases, le resultaban familiares.

Jessa decidió darse la vuelta. Como aparentemente todo el pueblo estaba allí, debería volver a la tienda y aprovechar para poner en orden sus papeles y pagar facturas. Aquel mes iba a ser difícil, pero lo lograría. Aunque estaba preocupada porque aquella campaña se estaba llevando sus ahorros.

Su padre siempre había dicho que hacer lo que uno debe hacer siempre tenía un precio, pensó entonces. Y el precio podría ser demasiado alto.

Tal vez debería retirarse de las elecciones. Después de todo, ella no quería ser alcaldesa. Que su padre hubiera sido el alcalde que más tiempo había estado en el Consistorio en los 130 de historia de Cedar y su abuelo el segundo no la capacitaba en absoluto para esa tarea.

Pero si algo le había enseñado su padre era que no intentar algo por miedo a fracasar era en sí un fracaso.

Algo llamó su atención entonces, un hombre un poco apartado con las manos en los bolsillos de la chaqueta que miraba al orador con expresión fiera…

St. John.

Él pareció verla por el rabillo del ojo y cuando se volvió, la expresión fiera había desaparecido. Fue un cambio rapidísimo y total que la dejó con la impresión de un hombre que hubiera cambiado de máscara. Un pensamiento turbador y que debería tener en mente.

—¿Desertas? —le preguntó cuando se daba la vuelta.

Su expresión había vuelto a ser inescrutable, pero Jessa sabía que no estaba equivocada: el gesto fiero había estado ahí. Y era algo más que interés por la campaña.

—Puedo leer el discurso en su elegante página Web.

—Ellos no pueden —dijo St. John, señalando alrededor.

La gente de la ciudad estaba tan acostumbrada a comodidades como la banda ancha que no se les ocurría que en un pueblo como Cedar la gente no tuviera conexión a Internet.

—Alden debería saber eso.

—Sí.

—Es absurdo crear una página Web si más de la mitad del pueblo no tiene acceso a ella.

—El futuro —dijo St. John.

Jessa parpadeó.

—¿Tú crees que Cedar solo es un primer paso en su carrera política? —en realidad, más que una pregunta era una reflexión, pero no había esperado que St. John, un extraño, se diese cuenta.

Entonces vio algo en sus ojos, un brillo de aproba-

ción tal vez. De nuevo, sintió esa burbujita de satisfacción y se preguntó por qué le había dado a aquel
hombre el poder de hacerla feliz con una sola mirada.

—Me voy a la tienda —le dijo, antes de darse la
vuelta.

St. John fue tras ella sin decir una palabra, aunque
no era una sorpresa. Estaba convencida de que hablaba
de manera tan lacónica para que los demás hablasen
como papagayos.

—¿Dónde te alojas? El hostal de Cedar esta cerrado por reformas y es el único del pueblo.

—River Mill.

—¿El Timberland?

—Sí.

—Está muy lejos.

St. John se encogió de hombros. Sin decir una palabra, por supuesto.

La última promesa de Alden despertó un coro de
aplausos.

—Es la segunda vez que llena la plaza —murmuró
Jessa.

Él no dijo nada, pero la miró y en sus ojos azules
vio una pregunta.

—Se casó aquí hace tres años. Invitó a todo el
pueblo y te juro que aparecieron todos.

—¿Tú también?

—No, yo estaba en Seattle entonces. Aunque no
habría ido de todas formas.

—¿En la universidad?

—En la Universidad de Washington, pero ya había
terminado la carrera y tenía un buen trabajo en una
empresa de suministros veterinarios.

—Pero te fuiste.

—Mi padre me necesitaba —dijo Jessa, dirigiéndose a la puerta trasera de la tienda. No quería abrir la puerta delantera para que no la molestasen... aunque nadie iba a desertar al gran orador para comprar un saco de pienso.

—¿Lo lamentas?

—Tener que marcharme, sí. Haber venido a Cedar, no.

—Es una universidad cara —dijo St. John.

—Si mi padre no hubiera empezado a ahorrar antes de que yo naciese no habría podido estudiar allí. O ahora estaría pagando un préstamo universitario.

—¿Piensas volver?

—Me encantaría.

Él no dijo nada, pero Jessa vio un brillo en sus ojos que la hizo sentir algo extraño, como esa sensación rara que experimentaba por las mañanas, medio dormida, cuando se preguntaba qué era lo que la preocupaba el día anterior.

Entonces oyeron más aplausos de la multitud en la plaza.

—Puedes hacerlo —murmuró él.

—La cuestión es si quiero hacerlo.

—Solo puedes ganarle tú.

—Por mi padre —dijo Jessa.

—Da igual.

—Nadie debería ser elegido por un apellido —insistió ella, apoyándose en el escritorio—. Ni Alden debería ser elegido porque tiene dinero para pagarse una buena campaña.

St. John no dijo nada, pero la miró con una ceja

enarcada. Conseguía decir muchas cosas sin abrir la boca, pensó Jessa. Y, de nuevo, se vio empujada a seguir hablando:

—Su abuelo era rico. Tenía comercios, empresas de transportes… mi padre decía que era un empresario a la antigua. Aparentemente, su hijo tenía el mismo talento para los negocios, pero su mujer y él murieron en un accidente de coche.

St. John parecía estar escuchándola atentamente, de modo que siguió, aunque no entendía muy bien su interés. Tal vez solo era una cuestión de saber todo lo posible sobre el oponente.

—Mi madre cree que su abuelo malcrió a Albert Alden porque había perdido a sus padres. Y que se crea con derecho a todo explica muchas cosas, imagino.

—No todo.

—¿A qué te refieres?

—Me refiero al hijo que murió.

«Dios mío, una frase completa».

—El que oficialmente murió durante una riada hace veinte años —dijo ella.

—¿Oficialmente?

Jessa casi desearía no haber sacado ese tema. No tenía por qué hablar de ello con un extraño y, sin embargo, con St. John hacía cosas inusitadas, como si no hubiera aparecido en Cedar… ¿solo habían pasado tres días?

—Yo no lo creo.

Allí estaba, lo había dicho. Y no le pareció que la tensión en el rostro de St. John fuese algo imaginado por ella.

—¿Por qué?

—Como he dicho, yo conocía a Adam y sabía qué clase de relación tenía con su padre. Lo… mala que era.

—¿Por?

No lo había imaginado, la tensión estaba allí, en su voz.

—No creo que Adam muriese en la riada por accidente. Creo que él quiso que ocurriera.

Él pareció respirar de nuevo.

—Como su madre.

—Sí, como su madre. También ella se quitó la vida.

—Alden lo admitió, eso es raro.

Lo había dicho con gesto pensativo y Jessa se preguntó si sus pensamientos serían tan cortos como sus frases. ¿O pensaba en frases completas y luego las acortaba antes de hablar? Y sobre todo, ¿por qué lo hacía? ¿Qué lo habría hecho desarrollar esa lacónica forma de comunicarse?

—¿Quieres decir porque la gente podría pensar que él la había empujado al suicidio?

—Podría ser.

—Sí, podría ser, pero tiene a todo el pueblo convencido de que era una mujer mentalmente enferma y que él había hecho todo lo posible por ayudarla.

Un extraño sonido escapó de la garganta de St. John, algo así como un bufido de incredulidad o disgusto. La nobleza en un político era algo anacrónico en nuestros días, pensó Jessa. Su padre y su abuelo habían sido la excepción. Claro que ellos nunca habían tenido aspiraciones más allá de la alcaldía de Cedar.

Jessa miró el premio que el pueblo había otorgado a su abuelo cuando se retiró, la escultura de bronce de un hombre con una maza de juez en la mano. Su padre lo había guardado allí para verlo todos los días, un recordatorio de que debía seguir los pasos de su antecesor.

Luego miró a St. John, que no estaba mirándola a ella sino la fotografía en la pared. No la que quería usar para el panfleto sino una de ella a los dieciséis años con su querido Max, con quien había conseguido llegar al campeonato estatal. Kula, en un raro momento de tranquilidad, estaba tumbado ante las pezuñas del caballo.

—Bonito caballo.

Eso la sorprendió. St. John parecía un tipo de ciudad, no alguien a quien le gustasen los animales.

—Es el mejor.

—¿Es? —St. John parecía sorprendido.

—Ahora tiene veinte años y vive como un rey. El doctor Halperin dice que no le sorprendería que llegase a los veinticinco.

Jessa miró la foto de nuevo y tuvo que contener el deseo de tocar la imagen de su querido perro de sonrisa tonta.

—Si los perros viviesen tanto tiempo…

—¿Sigues triste?

—Siempre echaré de menos a Kula. Era un perro maravilloso, pero ahora tengo a su nieto, Maui.

St. John miró alrededor.

—¿Dónde está?

—En casa, con mi madre —respondió Jessa—. Maui siempre sabe quién de las dos está peor y se queda con ella.

Casi había esperado que él soltara un bufido porque parecía un tipo que desdeñaba las emociones. Pero no lo hizo.

—El instinto.

Jessa parpadeó. Eso era lo mejor de Maui, que había heredado la innata sensibilidad de Kula para saber quién lo necesitaba y siempre intentaba empujar a esa persona a jugar… y si no lo conseguía sencillamente se tumbaba a su lado.

St. John empezó a hablar entonces de una idea y debía admitir que era buena: donar la colección de libros de su padre a la biblioteca del pueblo parecía un buen tributo, uno que a su padre le gustaría. Eso mantendría vivo el recuerdo de Jesse Hill.

—¿De acuerdo? —le preguntó él, sorprendido.

—Esto es diferente a la fotografía —respondió Jessa—. Es algo que me gustaría hacer y al menos servirá de algo.

—Quédate algunos —sugirió St. John.

—Sí, hay algunos que me gustaría conservar. El de la guerra de la revolución en el que mencionan a un antepasado mío y las copias de *Tom Sawyer* y *Huckleberry Finn* que mi padre solía leerme cuando era pequeña. Estaba leyéndole un episodio de Huckleberry cuando murió… —Jessa suspiró, entristecida—. Sigue teniendo el marcador para libros que usaba siempre, con el perrito de cerámica que le hice en tercero.

St. John la miró entonces de una manera que no pudo descifrar. Y, de repente, dijo que tenía algo que hacer y salió de la tienda como alma que lleva el diablo.

Capítulo 7

S T. John paseaba por el camino que corría paralelo al río, mirando el agua e intentando controlar sus emociones con la autodisciplina que se había impuesto desde aquella última noche.

Unos segundos después, dejó el camino y se acercó a la orilla. El río era más ancho en esa zona, después de pasar por el altozano en el que estaba situado Cedar, el agua de color verde reflejando las copas de los árboles. Alguien había tomado una buena decisión al levantar un pueblo allí, donde el agua no podía hacer daño… a menos que hubiese una tormenta de proporciones bíblicas.

Como había ocurrido veinte años antes.

St. John se sentó en la roca donde se había sentado esa noche, temblando bajo la lluvia, viendo cómo el agua llegaba hasta la base de la roca que normalmente estaba a cuatro metros del agua.

Había estado a punto de hacer realidad las sospechas de Jessa, aunque no había sido su intención. Solo quería dejar algunas pruebas para que pensaran que el río se lo había tragado.

Cuando dejó de llover, sacó el dinero que había ahorrado durante los últimos años, más el que había sacado de la caja fuerte de su padre, para meterlo en el bolsillo del pantalón envuelto en plástico. Su padre se daría cuenta en cuanto abriese la caja, pero para entonces él ya estaría muy lejos.

Después, sacó de su mochila las cosas más importantes para él, sus objetos más preciados: la fotografía de sus abuelos, que había guardado porque todo el mundo decía que se parecía al abuelo al que no había conocido, envuelta en plástico para que no se estropease. La piedra que había encontrado el día que cumplió doce años y que, asombrosamente, tenía forma de cabeza de caballo... una piedra que había olvidado durante mucho tiempo después de que su padre le enseñara ese mismo día cuál era su función en la familia «ahora que era lo bastante mayor para ser interesante».

St. John la había guardado como recordatorio de que no debía confiar en nada bueno porque tarde o temprano se volvería contra ti.

Y luego, por fin, las dos cosas más importantes: la gorra de su bisabuelo, que solo con mirarla le recordaba al único hombre que lo había querido, y una figurita hecha de arcilla con la forma de Kula, el perro de Jessa.

Importante porque Jessa la había hecho para él. Importante porque le había explicado, con la seriedad de una inteligente y perceptiva niña de diez años, que Kula tenía la habilidad de consolar a los seres humanos como nadie más podía hacerlo, sin cuestionar, sin juzgar. Y que de ese modo su perro siempre estaría con él.

Y así había sido, pensó St. John. Había llevado esa figurita cada día, aunque ahora la tenía guardada en lugar seguro. El pequeño talismán tenía un poder increíble porque le recordaba que le había importado a alguien y porque lo había consolado en los peores momentos de su vida.

Y porque un día había decidido dejar de llevar en el bolsillo la piedra con forma de cabeza de caballo porque temía que rompiese la figurita de Kula.

Solo más adelante se dio cuenta de que había sido ese día cuando decidió no dejar que su padre siguiera torturándolo. St. John no era dado a los simbolismos, pero aquel era fundamental para él.

Y que esa figurita se la hubiera regalado Jessa era lo más importante de todo.

El cauce del río se deslizaba suavemente, pero no había habido nada suave aquella noche, al contrario, el río parecía enfurecido mientras la torrencial lluvia hacía que se desbordase.

Y cuando resbaló en la roca y se dio un golpe en la cabeza que lo mareó, St. John pensó que el falso accidente iba a terminar siendo real. Acabaría en la orilla tarde o temprano, por fin lejos de su padre.

Y le daba igual. Todo habría terminado de una forma o de otra. Ese había sido su objetivo esa noche y si ocurría así, que así fuera.

Pero entonces, el tronco de un árbol arrancado por la tormenta había aparecido a su lado y se agarró a él con todas sus fuerzas. Solo cuando consiguió llegar a la orilla se dio cuenta de que era el gran madroño bajo el que Jessa y él solían sentarse.

Era como una señal, otro de esos símbolo en los que no creía y St. John, entonces Adam, se despidió de ella y le dio la espalda a Cedar para siempre.

O eso había pensado.

—Maldita sea —murmuró, furioso consigo mismo por no ser capaz de controlar los recuerdos que lo desbordaban como el río había desbordado la orilla aquella noche.

Había pasado años levantando muros contra esa parte de su vida y no entendía por qué habían decidido resquebrajarse. ¿Solo porque estaba allí, donde todo había ocurrido? ¿Era tan débil que solo por estar allí iba a borrar de un plumazo su decisión de olvidar esa parte de su vida?

Murmurando una palabrota, se dio la vuelta y prácticamente corrió hacia el coche. Una vez dentro, apoyó la cabeza en el asiento, cerrando los ojos hasta que logró calmarse.

Unos segundos después los abrió y se miró en el espejo retrovisor. Era raro, pensó. Esa cara había sido suya más tiempo que la antigua, la cara que según todo el mundo se parecía a la de su abuelo.

Pero era su bisabuelo al que había conocido y al que quería parecerse. Y Clark Alden nunca se habría escondido. No, el abuelo le habría dicho que saliera de allí y se enfrentase a lo que fuera, que nada bueno podía salir de esconderse.

—Que niegues la realidad no cambiará nada —le había dicho muchas veces—. Enfréntate con ella porque tarde o temprano tendrás que hacerlo.

St. John creía haberlo hecho.

Evidentemente, no era así.

El mitin había terminado y en la plaza solo quedaba la inevitable basura que un enorme grupo de gente dejaba atrás.

St. John frunció el ceño al ver que la tienda de piensos seguía cerrada. Jessa había dicho que abriría cuando terminase el mitin…

Entonces la vio saliendo de la tienda de alimentación, con un enorme ramo de flores en las manos. Y en lugar de dirigirse a la tienda, subió a una furgoneta azul y arrancó en dirección contraria.

Sintiendo curiosidad, St. John la siguió.

Cuando se detuvo en el cementerio, a las afueras del pueblo, lo entendió todo. Pensó dejarla en paz para que visitara la tumba de su padre, pero Jesse Hill había sido sino cariñoso como su mujer sí justo con él. Nunca lo había tratado como si creyera las mentiras que contaban sobre él, aunque supo mucho después que era su propio padre quien las contaba, como excusa para las rígidas medidas que debía tomar contra «su incorregible hijo».

Debería presentar sus respetos a uno de los pocos hombres que lo merecían.

Se sentía un poco como un voyeur, siguiéndola mientras se abría paso entre las tumbas. El panteón de los Hill siempre había sido un elegante intermedio entre el elaborado tributo que pretendía la gente del pueblo y la simplicidad que ellos mismos preferían.

Jessa se lo había contado entonces, con el candor de una niña que no entendía bien el concepto de la muerte.

—¿Desenterrar a viejos tíos y tías para ponerlos a todos en el mismo sitio otra vez? Qué asco.

Lo recordaba tan claramente… Jessa arrugando la nariz con ese gesto de inocente disgusto.

«Y si yo no salgo de aquí voy a terminar al lado de mi madre en esa cripta infestada de gárgolas, esperando que mi padre se reúna con nosotros para toda la eternidad».

Era extraño lo claramente que recordaba haber pensado eso, regañándose a sí mismo por no tener agallas para hacer lo que debía hacer. Llevaba más de un año preparándolo, pero no lo había hecho, más asustado de lo que podría encontrar en el mundo de lo que sabía iba a encontrar en casa.

St. John miró el panteón familiar con gesto de desdén. Su bisabuelo se había negado a ser enterrado allí y había hecho tan público ese deseo que Albert Alden no pudo negarse. De modo que Clark Alden estaba enterrado bajo una simple lápida frente al río.

Recordó entonces la desolación que sintió cuando la única persona de la familia, el único bastión entre su padre y él, había sido enterrado.

Fue la última vez que lloró. La última vez que experimentó algo más que una sensación helada en su interior. Porque incluso siendo tan joven había sabido que sin la única persona que podía controlar a su padre, a partir de entonces sería peor.

Y había tenido razón.

St. John sacudió la cabeza, concentrándose en Jessa. El panteón de los Hill estaba bajo un enorme cedro y cuando el viento movía las hojas sonaba, según ella, como si todos los que estaban allí te susurrasen al oído.

Se levantó mucho antes de lo que esperaba. Tal vez porque iba allí tan a menudo que no necesitaba quedarse meditando mucho tiempo.

Vio entonces que no llevaba un solo ramo de flores sino dos. ¿Quién más estaría enterrado allí? Él sabía que su abuelo estaba enterrado en el cementerio de Arlington porque había servido a su país en dos guerras.

Jessa se dio la vuelta y St. John se escondió entre las ramas del árbol. No quería molestarla en aquel momento tan privado y, sin embargo, se veía empujado a seguirla.

Jessa se detuvo para tocar un ángel sobre la tumba de un niño. Era algo tan típico de ella que sintió una opresión en el pecho. Seguía lidiando con esa sensación cuando vio, sorprendido, que se dirigía al monstruoso panteón de los Alden.

Jessa dejó el segundo ramo de flores en la base y se quedó un momento de pie, con la cabeza inclinada. No donde estaba grabado el nombre de su madre ni delante, donde por supuesto algún día estaría el nombre de su padre en grandes letras. Y, conociéndolo, seguro que ya habría escrito algún grandioso epitafio.

Por curiosidad, se acercó un poco más y, al ver la placa de bronce bajo la que había dejado las flores, sintió que se le encogía el corazón.

Adam Albert Alden

Mi querido hijo fallecido trágicamente
El corazón roto de un padre no cura nunca

St. John sintió náuseas al leer esas palabras. Y las fechas debajo, separadas por un guion, la segunda el día que escapó de Cedar. El día que ahora consideraba su verdadera fecha de nacimiento.

Y entonces se dio cuenta de algo.

Aquel día era su cumpleaños.

El cumpleaños legal, al menos. St. John miró la placa, preguntándose si esa era la razón por la que se sentía tan inquieto.

El corazón roto de un padre, mi querido hijo…

El cinismo de Albert Alden era increíble. Más bien un pobre crío que recibía sus golpes a diario y al que tenía atemorizado por completo.

—Lo siento.

El susurro era apenas audible, pero lo devolvió al presente y cuando miró a Jessa vio que estaba secándose las lágrimas con un pañuelo.

—Debería haberlo contado, pasara lo que pasara.

¿Se culpaba a sí misma? St. John apretó los labios, disgustado. Jessa había querido contárselo a su padre jurando, con la pasión de una niña de diez años, que él podría solucionarlo todo. St. John sabía que no era así, pero lo había conmovido que lo creyese capaz. Y lo angustiaba que veinte años después de su «muerte» Jessa siguiera culpándose a sí misma por lo que había pasado.

Ella se dio la vuelta entonces. El rápido movimiento lo pilló desprevenido e instintivamente volvió a colocarse tras las ramas del árbol, pero no fue lo bastante rápido.

Jessa, sin embargo, parecía contenta de verlo. Curioso ya que no debía esperar encontrarse con él allí. St. John salió de entre las ramas para explicar su presencia, aunque no sabía muy bien qué iba a decir.

—¿Por qué aquí? —le preguntó, señalando el templo en miniatura.

—Es su cumpleaños —respondió ella—. El de Adam.

—¿Lo celebras?

—Nadie más que yo lo hará. Y, en parte, lo que pasó fue culpa mía.

—No —dijo St. John.

Lo había dicho con un tono más seco del que pretendía, pero Jessa no pareció darse cuenta. Estaba mirándolo fijamente, con una expresión que no pudo descifrar...

—Deja que te hable de mi amigo, Adam.

Capítulo 8

JESSA no solía sentirse como una tonta.

¿Cómo no se había dado cuenta? Sí, su rostro había cambiado mucho en esos veinte años. Su mandíbula, con una cicatriz que no había estado allí antes, era más ancha... pero no era un cambio debido al crecimiento. La nariz, que le habían roto varias veces ahora era recta. La hendidura bajo el ojo izquierdo, por un golpe que no había curado bien en el pómulo, había desaparecido. Y eso hizo que se preguntase por la que quedaba, la que no tenía la última vez que vio a Adam Alden.

Aquel no era el rostro de Adam Alden e imaginó que cuando hizo que le quitasen las cicatrices de su infancia también había cambiado el resto para borrar cualquier traza del pasado. Su voz era más ronca, la voz de un hombre, no la de un niño. Y era más alto, más sólido, nada que ver con el chico flaco al que recordaba tan bien.

Pero sus ojos no habían cambiado. Eran del mismo color azul impresionante y, aunque parecía haber aprendido a disimularlas, las sombras seguían allí. ¿Cuántas horas había estado mirando esas sombras, deseando que cambiase de opinión y le dejara contarle a alguien lo que estaba ocurriendo en su casa?

Pero Adam se había negado entonces y, evidentemente, tenía buenas razones para no querer ser reconocido en Cedar veinte años después. Y lo mínimo que ella podía hacer era respetar sus deseos. Pero, al mismo tiempo, quería que supiera que él, o al menos Adam, no había sido olvidado.

—Era muy inteligente —le dijo.

El hombre que se hacía llamar St. John la escuchaba atentamente mientras se sentaba a su lado en un banco de piedra.

Jessa siguió, intentando contener las emociones:

—La gente no se daba cuenta porque solo pensaban en lo salvaje que era. Lo supuestamente salvaje. Yo siempre pensé que la mayoría de las cosas que contaban eran inventadas, excusas para que su padre abusara de él. Lo sé porque estaba conmigo cuando ocurrieron algunas de las cosas de las que lo acusaban.

Él cerró los ojos un momento y Jessa se preguntó si el simple hecho de creer en su inocencia podría emocionarlo después de tantos años. Pero siguió, como si estuviera contándole una historia que él no conociese, de la que él no hubiera sido el protagonista:

—De repente, un día aparecía con un ojo morado, con el brazo o la nariz rota... creo que una vez tuvo varias costillas rotas. Siempre decía que eran accidentes, pero yo sabía que no era verdad.

St. John se inclinó hacia delante, apoyando los codos en las rodillas, mirando sus manos como si eso fuera más fácil que mirarla a ella. Y tal vez lo era.

—Adam desapareció durante unos días. No iba al colegio y no se reunía conmigo en la orilla del río. Y cuando por fin volví a verlo había cambiado tanto que... se me rompía el corazón. Supe entonces que la situación en su casa había empeorado e intenté convencerlo para que me dejase contarlo. Tenía tanto miedo por él... le prometí que mi padre lo ayudaría, pero Adam no me creyó.

—Nadie podía hacer nada —murmuró St. John.

—Ahora entiendo que pensara eso. Cuando la gente en la que más confías te traiciona, no se puede confiar en nadie.

—¿Para qué molestarse?

—¿Para que molestarse con quién?

—Con él.

—Era mi amigo —respondió Jessa.

—Mayor que tú.

—Sí, casi cinco años, pero daba igual. Él me escuchaba y nunca se reía de mí, aunque dijese tonterías.

—Podría haberte hecho daño.

—Adam nunca me hubiera hecho daño.

—No lo sabes.

—Sí lo sé.

St. John levantó la cabeza. Seguía sin mirarla, pero era como Maui cuando olía una liebre.

—Nunca se sabe.

Jessa no sabía cómo responder a eso sin decirle que sabía quién era y que seguiría manteniendo la farsa durante el tiempo que él quisiera. Se lo debía por no haber tenido coraje para hacer lo que debería haber hecho.

—Deja que se lo cuente a mi padre. Él podría ayudarte.

—Nadie puede ayudarme.

—Él sí puede.

—No, Jess, por favor.

—Pero...

—¿Es que no lo entiendes? Si tu padre le dice algo estoy muerto. Mi padre me mataría.

Jessa recordaba esa conversación como si hubiera ocurrido el día anterior.

«Mi padre me matará cuando le diga que he perdido el libro de historia. Mi madre me matará cuando sepa que me he saltado una clase».

Otros niños decían esas cosas por decir, pero en el caso de Adam era un peligro real.

Y ella lo había creído.

Al final, fue eso lo que hizo que mantuviese la boca cerrada. Había visto demasiados hematomas, demasiados ojos morados y huesos rotos como para no creerlo.

Pero su silencio no lo había salvado. Y que supiera en su corazón que no había sido un accidente no servía de nada. Entendía por qué lo había hecho, por qué había tenido que terminar con aquella tortura.

Pero desearía haberlo contado. Si Adam iba a morir de todas formas, al menos el mundo sabría qué clase de monstruo era su padre. Pero había sido una decisión demasiado complicada para una niña de diez años.

Y ahora, sentada a medio metro de aquel hombre al que debería haber reconocido mucho antes, sus emociones eran un caos.

Volver allí, pensaba St. John, había sido un gran error.

No sabía si eran las palabras de Jessa, alabando al fallecido Adam Alden, su tono de tristeza o el simple hecho de que lo recordase con tanto cariño, pero algo lo había afectado profundamente y, como resultado, estaba en el sitio que había jurado no pisar nunca más, luchando contra una tormenta de emociones que no había experimentado en veinte años.

E intentando sacudirse la sensación de que, en cierto modo, lo que lo había unido a aquella niña de diez años seguía existiendo.

Él sabía perfectamente lo que habrían dicho algunos si supieran de sus encuentros secretos a la orilla del río: que era poco natural que un adolescente se hiciese amigo de una niña. Habrían intentado que fuese algo sucio cuando en realidad era lo más limpio de su mundo.

Debería tener celos de Jessa, de su vida normal, feliz. Pero no los tenía. El tiempo que pasaba con ella era lo mejor de su vida. Una vez había fantaseado sobre ello, preguntándose si el alcalde y su cariñosa mujer lo acogerían en su hogar si a su padre le ocurriese algo.

Pero entonces no había podido agarrarse a esas fantasías durante mucho tiempo y veinte años después no creía en las fantasías.

Por no decir que entonces veía a Jessa como a una hermana pequeña. Aunque ya no era pequeña.

Y eso dio lugar a una fantasía en la que, por supuesto, no quería pensar.

«No es para ti», se recordó a sí mismo.

Estaba ablandándose, pensó. Las bodas de los Redstone estaban reblandeciendo su cerebro…

«No es para ti».

Y daba igual. Dijera Jessa lo que dijera, St. John no se atrevía a pensar que él jamás sería como su padre.

Resultaba extraño que Jessa tuviera más fe en él que él mismo. O quizá no era extraño, siempre había sido así.

Solo cuando estuvo seguro de que se había calmado un poco pudo mirarla de nuevo. Ella estaba mirando a lo lejos, la brisa moviendo su flequillo. Seguía teniendo la nariz un poco respingona que le daba ese aspecto adorable de niña y ahora la hacía parecer más joven.

Le gustaría tocar su pelo, la delicada barbilla, los suaves y generosos labios. La deseaba. Era un hombre al fin y al cabo y el deseo no le era extraño, pero el poder de aquella oleada de deseo lo sorprendió. Necesitaba una distracción e hizo algo que no hacía nunca: hablar cuando no quería hacerlo.

—Más de veinte años.

Ella lo miró de soslayo y algo en sus cambiantes ojos verdes hizo que su corazón reaccionase de forma extraña. Pero no se detuvo a analizar la reacción como haría normalmente porque sabía que las reglas habituales no se aplicaban a Jessa.

—¿Debería olvidarlo? —le preguntó ella—. ¿Seguir como si nunca hubiera existido? No, imposible. Era demasiado importante para mí. Sigue siéndolo.

St. John se quedó sin aliento. Otra reacción poco habitual que no se detuvo a analizar, aunque esta vez porque no quería saber la respuesta.

—Jess —dijo entonces, sin saber por qué sentía el deseo de usar el nombre que usaba veinte años antes.

—¿Qué?

St. John se encogió de hombros, sacudiendo la cabeza. No había manera de explicar lo que sentía.

Ni siquiera a sí mismo.

Solo más tarde se dio cuenta de que la había llamado así. Pero ella no había parpadeado siquiera.

Veinte años antes le había explicado por qué no le gustaba que los demás niños la llamasen «Jess» y por qué solo él podía hacerlo.

De nuevo, St. John sacudió la cabeza. Aclarar sus ideas era algo que no solía tener que hacer, pero allí, en aquel sitio envenenado por la presencia de su padre, le resultaba necesario. Y eso era inquietante.

Casi tanto como saber que igual que veinte años atrás, solo Jessa Hill era su antídoto.

Capítulo 9

¡JESSA no es tonta!

—No estoy diciendo que lo sea. Estoy preguntando si es lo bastante inteligente.

—Por favor, se graduó en la Universidad de Washington… cum laude.

—¿Pero es la clase de alcaldesa que necesitamos? Además, no está lidiando muy bien con la muerte de su padre. Algunas personas son fuertes, otras…

—Solo han pasado unos meses.

St. John removió su café con más vigor del necesario. Había ido al sitio del que el viejo Stanton lo había echado tantos años antes y se había sentado detrás de dos mujeres que discutían sobre las elecciones. O más bien, sobre los candidatos.

—Vi a Naomi el otro día. Evidentemente, tampoco ella está haciendo muchos progresos.

—Tú sabes que los Hill eran inseparables. La pobre debe estar destrozada.

—No digo que no me compadezca de ella. Solo digo que necesitamos una persona fuerte en la alcaldía.

—Naomi no se presenta a las elecciones. Y Jessa es fuerte, siempre lo ha sido. Cuidó de su padre y ahora cuida de su madre mientras lleva la tienda. Será una alcaldesa estupenda.

—Sí, bueno, y luego está ese tío loco, Larry.

—Larry es inofensivo, incluso divertido. En todas las familias hay alguien a quien le falta un tornillo.

La mujer que insultaba a Jessa de esa forma sibilina le resultaba familiar y cuando se levantaron vio que se parecía a la señorita Wagman, su antigua profesora de Historia. Debía ser su hija, Missy. Los años no habían sido amables con ella y la bonita rubia que había ganado varios concursos de belleza parecía tener muchos más de cuarenta años. Y la expresión amarga de alguien cuya principal ocupación era hablar mal de los demás.

No reconoció a la defensora de Jessa, aunque tomó nota de su aspecto. Antes de que aquello terminase, tendrían que saber quién era amigo y quién enemigo.

Especialmente, pensó mientras tomaba un sorbo de café, si aquel era el principio de la clase de campaña que había esperado.

Sería típico de su padre. Albert Alden nunca se contentaría con dejar que los votantes decidieran. No, él no se arriesgaría a eso. Pero no era tonto y no atacaría a Jessa personalmente porque las simpatías del pueblo estarían con la chica que acababa de perder a su padre, que había sido, además, el querido alcalde de Cedar durante tantos años. Pero plantaría ideas aquí y allá, enmascaradas por una fachada de preocupación, para plantar la semilla de la duda.

Como había hecho con su madre hasta que todo el mundo comentaba lo desgraciado que era teniendo que vivir con una mujer inestable y lo noble por intentar ayudarla.

Y qué triste que tuviera un hijo tan desagradecido e incorregible.

Ahora, siendo adulto, era fácil ver cómo los había engañado. Pero durante años St. John había estado convencido de que estaban en lo cierto. Tenía que haber algo malo en él, el demonio que su padre decía querer sacarle a golpes del cuerpo...

St. John detuvo de golpe esos recuerdos. Cada vez se le daba mejor y pronto sería tan fácil como lo había sido una vez. Sencillamente, había perdido práctica.

La camarera se acercó para preguntar si quería algo más y, cuando St. John negó con la cabeza, la joven se alejó con la expresión aburrida de tantos adolescentes, como diciendo: «odio este sitio y en cuanto pueda me marcharé de aquí».

Curioso que él nunca hubiera pensado en escapar de Cedar, solo quería escapar de su padre. Pero sabía que si no estaba él para llevarse los golpes, su padre habría matado a su madre, de modo que no podía abandonarla.

Años después se había dado cuenta de que ella lo había abandonado mucho antes. Cuando supo que su madre sabía lo que pasaba y decidió no creerlo. O peor, ignorarlo.

Y después había tomado su propia salida, dejándolo a merced de aquel monstruo. Durante mucho tiempo, lo único que St. John quería era seguirla y solo una chica de ojos verdes había logrado atarlo a la vida.

—No le dejes ganar. Él es más grande y más fuerte, pero tú eres más listo.

—Tú no lo conoces, Jess.

—Pero te conozco a ti. No dejes que gane, Adam.

Y, al final, lo había hecho. Se había preparado a conciencia, elaborando una plan detrás de otro y descartándolos todos. Estudiando mapas, rutas de autobuses, mirando nombres de sitios desconocidos que sonaban invitadores por la sencilla razón de que su padre no estaba allí.

St. John miró su reloj. Seguramente Jessa estaría abriendo la tienda en aquel momento. No abría hasta las nueve a menos que algún cliente tuviese una emergencia, algo que no parecía posible en el comercio de piensos para animales. Pero Jessa vendía un montón de cosas más, desde botiquines de primeros auxilios a jaulas o botas de trabajo. Y siempre estaba allí a las ocho, como había hecho su padre.

Después de dejar unos billetes sobre la mesa, St. John se dirigió a la calle que siempre había evitado a toda costa, harto de las miradas recelosas que lo seguían a cada paso. No sentía rencor por esas miradas de antaño. La gente reaccionaba a lo que le contaban, a la ficción que su padre había creado. Entonces había deseado que alguien se diera cuenta, pero era esperar demasiado ya que su padre era demasiado listo, demasiado manipulador.

Solo Jessa lo había creído.

Y nunca había podido pagarle el favor.

Pero lo haría.

La pesada puerta del granero empezó a moverse y Jessa miró por encima de su hombro… era Adam, el hombre que se hacía llamar St. John. Y podía entender por qué no había querido dejar ni rastro del chico que había sido una vez.

Solo desearía poder dejar atrás la niña que ella había sido, la que soñaba con su amigo. Pero no había nada infantil en aquel hombre y nada infantil en lo que la hacía sentir.

No por primera vez se preguntó qué estaría haciendo en Cedar. Y facilitar su llegada a la alcaldía no era una respuesta.

Parecía irle bien en la vida, pensó. Su ropa era clásica, de buena calidad, la clase de ropa que nunca pasaba de moda.

Tantas cosas tenían sentido ahora: por qué estaba allí, por qué quería ayudarla a derrotar a Albert Alden, su padre. El hombre que lo había torturado tantos años atrás.

¿Pero cómo se habría enterado de que Alden se presentaba a las elecciones? ¿Habría estado siguiendo la vida de su padre durante esos veinte años? No podría culparlo si así fuera, desde luego.

—Gracias —le dijo.

Él no se molestó en responder.

Una vez le había dicho que le gustaría ser invisible para que su padre no pudiese verlo. Y ser invisible y no ser oído no era muy diferente.

Pensar que hablaba de ese modo como un legado por la agonía que vivió en su casa de niño le encogió el corazón. Y la hizo más determinada a no dejar que el hombre de pulido exterior y corazón de monstruo ocupase la alcaldía de Cedar. Pero si lo hacía, se dedicaría a hacerle la vida imposible, cuestionando todo lo que hiciese, luchando contra él a cada paso.

—Ha empezado —dijo St. John entonces.

—¿Qué ha empezado?

—La campaña. Rumores, chismes.

Jessa frunció el ceño.

—¿Sobre mí quieres decir?

St. John asintió con la cabeza.

—Cotilleos.

—¿Por ejemplo?

St. John pareció vacilar, como si no quisiera repetir lo que había escuchado… de modo que no debía ser bueno. Aparentemente, el civismo se iba por la ventana cuando uno lidiaba con un canalla como Alden.

—Que no eres inteligente —dijo por fin, con evidente desgana.

—¿Ah, sí? Considerando que todo el pueblo me recibió con una fiesta cuando volví de la universidad, me parece muy interesante.

—Recuérdaselo.

Jessa suspiró.

—¿Qué más?

—Débil.

—A veces me siento débil —admitió ella—. ¿No le pasa a todo el mundo? En fin, a todo el mundo menos a ti.

Jessa vio que levantaba un poco la comisura de los labios y no pudo evitar una sonrisa.

—¿Qué más?

—Inestable.

—¿Inestable yo? Por favor, pero soy la persona más cuerda de este pueblo.

—En serio.

—¿Cómo voy a tomármelo en serio? Además, la gente de Cedar me conoce.

—Recuerda a su primera mujer.

Su madre.

Los recuerdos la envolvieron entonces. Los adultos habían sido siempre cautelosos cuando hablaban delante de ella pero, como cualquier niño, Jessa había escuchado y entendido muchas más cosas de las que ellos creían.

«Es una pena, un hombre tan bueno».

«Siempre me había parecido que era un poco lenta, pero por lo visto es mucho peor».

«Es tan noble por su parte cuidar de ella y de ese chico que siempre se está metiendo en líos».

«¿Te has enterado? Marlene se ha quitado la vida».

«Estúpida».

«Loca».

«Inestable».

Tantas de esas frases pronunciadas en voz baja precedidas por un: «todo el mundo sabía…». ¿Pero alguien sabía de verdad lo que pasaba en aquella casa?

—Dios mío —murmuró—. Él le hizo eso, ¿verdad? La destruyó con rumores sobre su estado mental. Como intentó hacer con…

Jessa se detuvo a tiempo. Había estado a punto de decir «contigo».

St. John la miraba con expresión seria, concentrada, dolida.

—Te acuerdas.

La frase era apenas audible, como si hubiera intentado no pronunciarla.

—Entonces era muy joven, pero recuerdo los comentarios de la gente y cómo la miraban las pocas veces que se atrevía a salir a la calle.

—Una prisionera.

—Ahora lo entiendo —asintió Jessa—. Entonces, todo el mundo pensaba que era así porque estaba…

No terminó la frase, el dolor lo hacía imposible. Ella solo era una niña cuando Marlene Alden se suicidó, pero siempre se había sentido culpable, como si ella pudiese haber hecho algo.

Como sentía que debía haber hecho algo por el hijo que había dejado atrás.

—Loca —St. John terminó la frase por ella y cuando Jessa lo miró su expresión era inescrutable de nuevo.

—Sí —asintió.

—Es el siguiente paso —dijo él entonces.

—¿Quieres decir que el siguiente paso de Alden será convencer a la gente de que yo estoy loca?

—Eso es.

Jessa suspiró.

—Si puede convencer a la gente del pueblo de que estoy loca, no quiero ser alcaldesa.

—Detenlo —dijo St. John.

—No me gusta jugar así —replicó ella—. No voy a formar parte de una sucia campaña política.

—Lo haré yo.

—No sé sí…

Maui entró corriendo en el granero, aparentemente aliviado de la tarea de animar a su madre. El perro se detuvo para mirar al hombre que estaba con ella y Jessa abrió la boca para decir que no pasaba nada, que era un amigo, algo que solía hacer antes de que Maui aceptase a cualquier extraño. Pero antes de que pudiese decir nada, su perro empezó a mover la cola y lanzó un alegre ladrido, sentándose para mirarlo con cara de fascinación.

St. John miró al perro mientras Jessa lo miraba a él.

Y entonces sonrió.

Fue un mero esbozo de sonrisa y solo duró un momento, pero mientras miraba al nieto de Kula, al que una vez había llamado su mejor amigo en el mundo, St. John sonrió. Y en ese momento vio al chico que había sido, el chico que aparecía en todos sus sueños.

Y cuando alargó una mano para acariciar la noble cabeza de Maui, Jessa estuvo a punto de llorar.

—Es como si te conociera —murmuró—. Normalmente es más cauto con los extraños.

—Me alegro —dijo St. John.

Maui se levantó de un salto para mirar hacia la puerta del granero, donde un niño de pelo oscuro observaba furtivamente la escena.

Jessa contuvo el aliento al reconocer a Tyler, el hijo de Alden.

—Puedes acariciarlo —le dijo, en voz baja.

El chico sonrió, dando un tentativo paso adelante…

—¡Tyler, vuelve aquí ahora mismo! —el grito de la mujer hizo que girase la cabeza—. ¡No me hagas llamar a tu padre!

Tyler apretó los labios.

—No es mi padre —murmuró, volviéndose para mirar a Jessa—. Espero que tú ganes —le dijo.

Y luego salió corriendo.

Ella lo miró, con el corazón encogido, antes de arriesgarse a mirar a St. John. Y supo por su expresión que sabía quién era ese niño. Y que, como ella, había notado el miedo en sus palabras y en la voz de la mujer que lo llamaba.

—No solo voy a derrotarlo —dijo él entonces, casi asustándola con su colérico tono.

Jessa abrió la boca para decir algo, pero se detuvo al darse cuenta de que había estado a punto de llamarlo por su nombre. Porque era el chico del que Albert Alden había abusado quien hablaba. Y cuando volvió a hablar supo que lo decía de corazón:

—Voy a destruirlo.

Capítulo 10

S T. John vio a media docena de personas reunidas frente a la farmacia, a unos metros de la tienda de Jessa. Más alto que la mayoría de ellos, Albert Alden destacaba entre todos mientras saludaba, sonreía, daba palmaditas en la espalda a los hombres y estrechaba las manos de las mujeres.

Sin darse cuenta, St. John había dado un par de pasos hacia el grupo, pero se detuvo. Y luego, temerariamente, empezó a caminar de nuevo, la mirada clavada en su objetivo. Un par de personas se apartaron para dejarlo pasar, pero se quedó a unos metros de Alden, observándolo.

Miró los gestos ensayados, la fachada de aquel monstruo mientras luchaba contra los recuerdos que despertaba en él. Ese rostro lo había perseguido durante veinte años hasta que construyó una sólida e impenetrable celda en su mente para aquel hombre y todo lo que significaba.

Al menos, había pensado que era impenetrable. Hasta que volvió a Cedar.

Albert Alden levantó la cabeza, como un depredador oliendo una amenaza en el aire, y sus ojos se encontraron con los de St. John. Lo miró un momento y luego, probablemente porque sabía que no era residente de Cedar y por lo tanto no le servía de nada, perdió el interés.

St. John se dio la vuelta, satisfecho. Había estado conteniendo el aliento sin darse cuenta mientras miraba a su padre por primera vez en veinte años, pero podía respirar al saber que no lo había reconocido.

Aunque lo haría… algún día, pronto. Se permitiría eso a sí mismo antes de que todo terminase.

Se lo había ganado.

—Y la mayoría del pueblo piensa que es tan noble adoptando a Tyler… —Jessa tiró el bolígrafo sobre el escritorio con gesto de asco—. Cuando pienso en lo que estará sufriendo ese niño…

St. John, que estaba paseando por la trastienda, se detuvo. No quería hablar de Tyler, pero sabía que tendría que hacerlo.

—Aún no ha empezado.

—Pero he visto hematomas...

—Sí, yo también. Pero solo es el principio.

Jessa lo miró, en silencio, durante largo rato.

—¿Cómo puedes estar tan seguro?

Tenía la impresión de que había preguntado no

porque dudase de su afirmación sino porque quería que admitiese por qué lo sabía.

Y no podía hacerlo.

—Tyler aún no está vencido —murmuró, dándose la vuelta para seguir paseando. Necesitaba moverse porque no podía soportar seguir mirándola—. Aún hay tiempo.

—¿Tiempo?

—Para destruirlo antes de que lo haga él.

—Quieres destruir a Alden —dijo Jessa.

Lo había dicho con calma, con total tranquilidad.

—Sí —respondió St. John—. ¿Algún problema?

Ella no sabía lo que quería decir con «destruirlo» y probablemente pensaría que lo decía de manera figurada. Pero cuando terminase con él, no quedaría nada de aquella basura humana.

—No, ningún problema. Siempre he sabido que estabas aquí por él.

Sus palabras lo sorprendieron. Era como si pudiese leer sus pensamientos…

Pero Jessa siempre había sido capaz de hacerlo y su críptica manera de hablar no parecía ser un impedimento.

—¿Te importa?

—No. Para mí, lo importante nunca ha sido ganar, lo importante es detenerlo.

—Yo puedo.

De nuevo, Jessa lo estudió fijamente. Y, de nuevo, St. John se preguntó si sería capaz de ver lo que había tras los cambios en su aspecto que lo hacían irreconocible.

—Te creo —dijo ella por fin.

Por un momento, era Jessa de niña otra vez, la única persona que le había dicho eso cuando más importaba. La única persona en Cedar que lo había creído.

«Yo creo en ti».

La persona que había conseguido con una frase lo que su padre no conseguía con su brutalidad: hacerlo llorar.

Y él sabía que lo decía de corazón.

El deseo de contárselo todo lo abrumaba: lo que había hecho esa noche, quién era ahora. Le gustaría demostrarle que había hecho bien en creer en él, en creer que encontraría una salida.

Un golpecito en la puerta recordó a Jessa que aún no había abierto la tienda.

—Hola, doctor Halperin —saludó a un hombre vestido con pantalón vaquero—. Ya tengo su pedido preparado.

—Gracias.

—He tenido que cambiar de proveedor, de ahí el retraso.

El veterinario se quitó la gorra para pasarse una mano por el poco pelo que le quedaba.

—No importa, tenía unas cuantas pastillas de sal en la clínica.

—Menos mal —dijo Jessa—. Gracias por esperar.

—Llevo años comprando aquí y no voy a cambiar ahora, hagan lo que hagan en Bracken's.

Otra cliente entró entonces en la tienda, una mujer con un peto vaquero que lo miró con expresión curiosa, pero no dijo nada.

El doctor Halperin y ella charlaron un momento

sobre sus familias… un pueblo pequeño, pensó St. John. Todo el mundo lo sabía todo sobre todo el mundo.

Salvo el lado oscuro del hombre que quería ser alcalde.

Cuando el veterinario se marchó, la mujer se acercó al mostrador.

—Ya sé que no vendes cosas de jardinería, pero las semillas de bayas que encargaste para mí el año pasado han dado unas matas estupendas y me gustaría comprar más. Dijiste que tenías que pedirlas con antelación…

—Sí, claro —asintió Jessa—. Cualquier cosa para no quedarme sin las famosas mermeladas de Margie.

—Por eso vengo aquí —dijo la mujer—. Los de River Mill ni siquiera se acuerdan de mi nombre.

—Si hubieran probado lo que sale de tu cocina, lo harían. Llamaré ahora mismo al proveedor y en cuanto sepa cuándo me las manda, te llamaré.

Margie sonrió, encantada.

—Gracias, Jessa. Saluda a tu madre de mi parte.

—Lo haré.

La mujer miró a St. John y luego a Jessa.

—Espero que sea algo más que un cliente —le dijo, haciéndole un guiño.

St. John, a quien la broma había pillado desprevenido, fingió interés en unas jaulas… aunque antes pudo ver que Jessa se ruborizaba.

Después de hablar por teléfono con el vivero, Jessa se ocupó en ordenar una caja al lado de la registradora.

—¿Bracken's?

—Sí, es la tienda de piensos de River Mill —respondió ella, sin mirarlo.

—¿Nueva?

—No, abrieron hace seis años. Nunca habían sido un problema para nosotros hasta que empezaron a rebajar los precios como locos.

—¿Cuándo?

—Hace unas semanas —dijo Jessa—. Yo sé lo que valen los piensos y lo que cuesta traerlos hasta aquí. No entiendo cómo pueden rebajar tanto.

«Yo sí lo entiendo», pensó St. John.

Capítulo 11

JESSA no tenía que buscar distracciones, el trabajo siempre estaba esperándola y parecía interminable. Si no fuera porque tenía que estar con su madre el mayor tiempo posible, se pasaría las noches en la trastienda. Dependían de aquel negocio que llevaba décadas en la familia para sobrevivir y no podía abandonarlo.

Pensó entonces en su conversación con St. John sobre Bracken's. Le había parecido que su intensidad era exagerada… después de todo, no era su problema.

Sin embargo, poco después St. John había desaparecido y empezaba a preguntarse si habría cambiado de opinión y se habría ido tan misteriosamente como había llegado.

Ese pensamiento la inquietó. Tenía tantas preguntas que hacerle sobre las elecciones y sobre su vida.

Quería saber cómo se había convertido en aquel ser misterioso y lacónico.

Tal vez debería haberle dicho que sabía quién era. Tal vez así conseguiría las respuestas que buscaba.

Que Adam Alden estuviera vivo había sido una constante fuente de alegría desde el día que lo descubrió en el cementerio. Pero quería saber cómo lo había hecho, dónde había ido, qué había sido de su vida. Y ese deseo era desesperado ahora que existía la posibilidad de que hubiese desaparecido para siempre.

—Volverá porque quiere destruir a su padre —le dijo a Maui, que estaba tumbado en el suelo.

La trastienda estaba en penumbra, la luz de la pantalla del ordenador el único signo de vida…

—Necesitas un programa informático.

Jessa dio un respingo. No lo había oído entrar, pero aún sabiendo que era él su corazón no se calmaba; al contrario, su pulso latía furiosamente.

—Perdona —se disculpó St. John.

—No sé si debería perdonarte. Y a ti tampoco, Maui. Menudo perro guardián.

El golden retriever miró de uno a otro moviendo la cola, encantado con la visita. Y, para ser justa, no podía regañarlo por no ladrar a alguien a quien ya conocía.

Su ADN parecía decirle que era un amigo, pensó.

¿Estaba usando al perro para no lidiar con su propia reacción?

Jessa miró los papeles, temiendo que St. John notase que se había puesto colorada. Porque no podía negar la verdad, cada vez que lo miraba o pensaba en él reaccionaba como si fuera la niña de diez años medio loca por aquel chico de catorce.

Aunque era comprensible. Una vez que uno superaba la parquedad del hombre que se hacía llamar St. John, la verdad era que tenía una presencia increíble. Todos los demás palidecían en comparación.

Y Jessa se daba cuenta de que no había nada infantil en lo acelerado de su pulso. Ni siquiera el hombre con el que había estado comprometida en la universidad había conseguido hacerle eso.

Era la sorpresa de encontrar a Adam vivo después de veinte años, se decía a sí misma. Y recordar estaba bien, era lógico que recordase al chico al que tanto cariño había tenido. Pero soñar con él era algo que debía cortar de inmediato.

—Deberías, sí.

El corazón de Jessa enloqueció. ¿Había leído sus pensamientos? Pero entonces se dio cuenta de que estaba mirando el ordenador.

«Cálmate, Hill».

—Me encantaría, pero no encuentro un programa informático que haga todo lo que necesito. Hay toneladas de programas de contabilidad para hacer inventario y todo eso, pero yo quiero uno que lo coordine todo a la vez. Me gustaría saber si cada cliente ha recibido su pedido, las fechas de entrega…

—Buen servicio.

—Sí, pero llevo casi un año buscando y no lo encuentro. No existe.

—Podría.

—Debería —dijo ella.

—Yo conozco a alguien.

Jessa frunció el ceño.

—¿Conoces a alguien que…?

—Podría hacerlo.

Jessa levantó una ceja, esperando, y él casi sonrió. Casi.

Pero esa media sonrisa la dejó sin aliento.

A menudo se había preguntado cómo sería Adam si hubiese tenido una vida normal. Y cómo habría sobrevivido ella sin el cariño de sus padres.

Al menos, Adam había aprendido a sonreír. Tal vez su vida no había sido tan terrible desde que se marchó de Cedar. Habían pasado veinte años, tiempo más que suficiente para…

¿Encontrar a alguien que lo ayudase? No llevaba alianza, pero eso no significaba nada.

Habían pasado veinte años, se dijo a sí misma. Tal vez habría encontrado a una mujer cariñosa que lo ayudase a curar sus cicatrices y a encontrar la felicidad.

Jessa intentó disimular lo que temía estuviera escrito en su cara.

—¿Conoces a un diseñador de programas informáticos?

—Barton.

Jessa no sabía quién era. Hablaba de la vida que había dejado para volver a Cedar, la vida de la que ella no sabía nada. Le gustaría saber a qué se dedicaba, pero temía que se cerrase en banda si le hacía demasiadas preguntas.

Y no se le ocurría cómo hacerlo sin dejar claro que sabía quién era.

—¿Trabajas con informáticos?

—A veces —respondió él.

—Pues aquí se aburrirían mucho. La tecnología no ha llegado a Cedar.

—Él arreglará eso.

—Sí, claro —asintió Jessa, sabiendo que ya no hablaban de su amigo—. Pondrá ordenadores en la biblioteca, en el ayuntamiento, incluso en la oficina de correos. El único problema es que aquí no tenemos conexión ADSL y los pocos que tienen Internet deben conformarse con la conexión telefónica normal. Como yo.

—Se puede conseguir ADSL.

—Sí, por satélite, pero sale carísimo.

Él asintió con la cabeza, como si fuese una buena alumna y, por alguna razón, eso la irritó.

—Que no quiera ser alcaldesa no significa que no piense.

—Lo sé. Debes decírselo a la gente.

—La gente ya lo sabe.

—Hay que hablar de sueños.

Jessa se contuvo para no decir que eso a él no le había funcionado. Claro que su realidad había sido mucho más horrible que la de los demás.

Incapaz de seguir mirándolo, se dio la vuelta hacia el ordenador.

—Eso me recuerda que tengo que hacer unos pagos. Se tarda un siglo con esta conexión, pero no quiero arriesgarme a tener más problemas con el banco.

—¿Problemas?

—Envié dos cheques con cinco días de antelación para hacer un pago y uno de ellos no llegó. No sé qué le pasa al correo, pero ya no confío en él.

Jessa entró en la página del banco y esperó mientras se completaba el lentísimo proceso.

—¿Qué banco? —preguntó St. John.

—La Caja de River Mill —respondió ella—. Si esto no funciona tendré que llevar los cheques en persona. Nunca había tenido ningún problema, pero últimamente…

—Un patrón.

—¿Qué?

St. John parecía estar muy lejos, pensativo. Jessa terminó la transacción y guardó una copia en su ordenador antes de volverse para intentar interpretar tan críptico comentario…

Pero ya se había ido.

Capítulo 12

S T. John paseaba por la habitación del hostal, como había estado haciendo toda la noche. No necesitaba dormir muchas horas y, de hecho, tendía a ver el sueño como una pérdida de tiempo. Sospechaba que estaba intentando recuperar el que había perdido, pero nunca se detenía a analizar por qué era como era. Había encontrado un equilibrio que le iba bien y lo hacía seguir adelante y, si no era feliz, al menos estaba conforme con su vida.

O lo había estado hasta que llegó a Cedar y se encontró con un pasado que creía enterrado para siempre.

Desde la ventana solo podía ver vagas sombras oscuras al otro lado...

Acababa de hacer varias llamadas, algunas a empleados de Redstone, acostumbrados a sus rarezas, y otras a gente de fuera que se había molestado por la hora hasta que supieron que era él. Las personas con las que lidiaba fuera de Redstone no eran siempre ciudadanos modelo, pero cooperaban con él. Por supuesto, St. John hacía que mereciese la pena de un modo o de otro.

Y luego se dedicó a esperar que le llegase la necesaria información. No debería tardar mucho. Él sabía lo que estaba pasando, solo necesitaba confirmación.

Y llegaría. Esa era una habilidad que había aprendido después de catorce años con Albert Alden: descubrir lo que la gente podía hacer por ti y hacer que estuviesen en deuda contigo para cobrártela. Y en los años que había pasado a oscuras, antes de que Josh lo llevase a la luz, había adquirido una colección de contactos que le servían de mucho, a él y a Redstone. Aún podía seguir moviéndose en ese mundo si hacía falta y, a veces, hacía falta.

St. John se dio la vuelta, preguntándose por qué seguía mirando el paisaje. Era aquel sitio, pensó. Pasaba demasiado tiempo recordando….

Y Jessa.

La vocecita en su cabeza no podía ser silenciada.

«Muy bien, enfréntate con la verdad: ella era lo único limpio, hermoso en tu vida. El único punto de luz entre toda esa oscuridad y ese dolor. ¿De verdad esperabas que no te afectase volver a verla?».

La respuesta estaba clara: había esperado que no lo afectase tanto. Había creído haber aplastado sus sentimientos por ella, pero no era así.

Y eso era desconcertante. Se sentía tan desolado como esa noche sentado en la roca, viendo las feroces aguas del río como su única oportunidad y reconociendo, avergonzado, que no se atrevía a aprovecharla.

Jessa.

En su mente apareció una imagen de ella, no de veinte años atrás sino de ahora, tirándole una pelota de tenis a Maui. Siempre había sido atlética y seguía siéndolo. Lanzaba la pelota sin cansarse, riendo cuando Maui la adelantaba y tenía que volver atrás.

Incluso ahora podía escuchar su risa…

Siempre había dado esa sensación de alegría, de placer por la vida. Algo que él nunca había tenido. Algo de lo que no era capaz.

Suspirando, se tumbó en la cama y apoyó la cabeza en la almohada. Pero veía otras imágenes: en la trastienda, mientras preparaban la campaña. O mirando su esbelto cuello, delicado, vulnerable, precioso.

La pequeña Jess, que había sido su salvación, estaba afectándolo de una manera inesperada y no sabía cómo lidiar con ello.

Cuando sonó su móvil, St. John se levantó de un salto. Se había quedado dormido, su sueño lleno de imágenes que no había tenido desde que era un adolescente, y aprovechó la llamada como una distracción. Estaba acostumbrado a las erecciones matinales como todos los hombres, pero aquello era diferente. No era solo deseo sexual por Jessa, era algo más.

—Sí —murmuró, poniéndose el móvil en la oreja.

—¿Más irritado que de costumbre?

—¿Josh?

—Imaginaba que estarías despierto.

—No te esperaba.

—Solo llamo para decirte que mi teoría ha quedado demostrada.

—¿Teoría?

—Hacen falta tres personas para hacer lo que tú haces y no lo hacen tan bien.

St. John se sintió culpable. No debería haberlo abandonado así, pero...

—Es cierto, pero estoy bromeando. Deja de sentirte culpable por tomarte unos días libres por primera vez en tu vida —dijo su jefe.

Josh lo conocía demasiado bien. Eso era lo que pasaba cuando te encariñabas con alguien, que conocía hasta tus más íntimos secretos.

Como Jessa.

—¿Puedo hacer algo?

—No, no, para variar, yo tengo información para ti.

—¿Tú?

Josh soltó una risita.

—Sin tus interesantes contactos, hemos tenido que ir por canales más directos para descubrir qué necesitas.

De modo que Josh había usado el considerable peso de su nombre para conseguir lo que buscaba... eso hacía que se sintiera mal porque Josh Redstone no solía aprovecharse de su prestigio o su poder.

A menos que fuera por uno de los suyos.

«Y tú eres uno de los suyos».

—La mujer de Mac tiene contactos en la industria de piensos para animales.

Emma, pensó St. John. Emma y su albergue para animales abandonados, por supuesto.

—Ha hecho algunas llamadas y ha descubierto que tenías razón: Alden está patrocinando esa tienda en River Mill, de ese modo pueden recortar los precios.

St. John había intuido que era así, pero estaba bien tener pruebas.

—¿Hasta qué punto?

—Aparentemente, la idea fue suya. Los folletos, los precios, los anuncios. El propietario necesitaba un préstamo y como el banco no se lo daba, se lo dio Alden personalmente, con algunas condiciones.

Exactamente lo que hubiera esperado. Algunas cosas no cambiaban nunca y las técnicas de su padre de control y coerción, en los negocios o en materia personal, seguían siendo las mismas.

—Bonita manera de hacer negocios —siguió Josh—. No puede ganar honestamente, así que decide destruir por la espalda.

St. John se mordió la lengua para no decir que el mundo entero hacía negocios de ese modo. Pero Josh lo sabía también, por eso había fundado Redstone con el lema: «contrata a los mejores y deja que hagan su trabajo».

—Parece que Alden tiene un soplón en el banco. Ryan ha conseguido encontrar información.

Ryan Barton, una vez famoso hacker y ahora el genio informático de Redstone, había dejado a un lado sus ilícitas actividades cuando Josh lo contrató… después de que entrase ilegalmente en su propio sistema informático. Y había tenido que saltarse la promesa de no hacer nada ilegal…

—Uno de los cheques de Jessa Hill desapareció

durante unos días —siguió Josh— y apareció tres días más tarde, cuando ya estaba fuera de plazo. Incluso el tercero, que había sido enviado por correo certificado, no llegó hasta dos días después. Podría demandarlos.

—Podría —murmuró St. John.

—Y no sé si te importa, ¿pero sabías que Alden tiene dinero en una cuenta en las islas Caimán?

Él parpadeó, sorprendido.

—¿Qué?

—Mac la ha encontrado.

¿Qué había hecho Josh, poner a todos los empleados de Redstone a trabajar en el caso? Harlen McClaren tenía cosas mejores que hacer, como encontrar otro tesoro en el fondo del mar o ganar mil millones con alguna inversión inteligente que nadie más que él había percibido.

—Aparentemente, no es una gran cantidad, pero sí lo suficiente como para poder retirarse cómodamente. Si te interesa, le pediré a Ryan que siga buscando…

—Aún no lo sé.

—Muy bien. Mientras tanto, Ryan está trabajando en el programa informático que querías.

—Factúrame.

—De eso nada.

—Josh…

—No insistas, Dam.

—No quería movilizar a todo Redstone.

—Lo dirás de broma —dijo Josh—. Hacían cola en la puerta para saber qué necesitabas cuando supieron que te habías ido. Tú haces que el trabajo de los demás sea más fácil, así que cállate y deja que sientan que pueden devolverte algún favor.

St. John se dejó caer sobre la cama, atónito. Él no hablaba mucho, pero no era habitual que se quedase sin palabras.

—Deja que yo sienta que puedo devolverte algún favor —añadió Josh.

Él tragó saliva, luchando contra una emoción a la que no estaba acostumbrado.

—Es al revés.

—No, no es al revés. Tú eres mi mejor inversión y eres mi amigo Dameron St. John. En caso de que se te haya olvidado.

—No lo he olvidado.

—Bueno, como sé cuánto te gustan las conversaciones sobre temas personales, te dejo —bromeó Josh—. Si necesitas algo, llámame.

Después de cortar la comunicación, St. John miró el móvil que tenía en la mano. Allí, en aquel sitio a unos kilómetros de la bestia, Josh Redstone le había recordado que aquella ya no era su vida. Su vida estaba muy lejos de allí, entre la gente de Redstone, que se había convertido en la familia que no había tenido nunca. Que se volvían a él para pedir ayuda y que, asombrosamente, se la ofrecían cuando la necesitaba.

Una mujer que creyó que necesitaba ayuda le había preguntado una vez si confiaba en alguien y su primera respuesta, para sí mismo porque no pensaba contárselo a nadie, fue que no. Pero enseguida se dio cuenta de que no era cierto porque confiaba en la gente de Redstone.

Y en Jessa, que podría ser de Redstone. Jessa tenía la inteligencia, el ingenio, la generosidad y la lealtad que hacía que Redstone fuese la compañía en la que más gente quería trabajar, no solo en el país sino en el mundo entero.

Había alguien apoyándolo, alguien con mucho poder, y usaría ese poder para enterrar aquella abominación que era su padre.

Para siempre.

Capítulo 13

JESSA no puso el cartel de *Cerrado* cuando llegó la hora del almuerzo porque decidió que, dada la situación del negocio, no podía cerrar. Aunque eso no cambiaría nada. La gente del pueblo nunca iba a la tienda de una a dos y no se darían ni cuenta de que no había puesto el cartel.

Al saber que tenían problemas, su madre se había ofrecido a ayudar. No había trabajado en la tienda en mucho tiempo, pero podría echar una mano.

Jessa pensó que debería habérsele contado antes. Al fin y al cabo, el trabajo siempre era una buena distracción.

Cuando entró en la trastienda para buscar el bocadillo que había llevado se detuvo en la puerta al ver a St. John apoyado en su escritorio.

Llevaba la gorra de conducir que había llevado el

primer día, aunque se la quitó al verla entrar. Era una gorra de otra época y, sin embargo, curiosamente, le quedaba bien. Y demostraba, además, lo poco que le importaban las modas.

Aunque en Cedar a nadie le importaban demasiado. A nadie salvo a Albert Alden, con sus trajes hechos a medida en la ciudad y sus corbatas de seda. El problema era que, como resultaba raro ver gente bien vestida en el pueblo, muchos se quedaban impresionados, incluso orgullosos de que un hombre como él fuese del pueblo.

—El periódico —dijo St. John, señalando el escritorio.

Nada de «hola» o «buenas tardes». Y, por supuesto, tampoco iba a decirle dónde se había metido la noche anterior.

Jessa buscó un ejemplar del *Cedar Report* sobre el escritorio, pero solo vio un papel impreso ligeramente borroso.

—¿Un fax?

—La tienda de fotocopias.

—Yo tengo una impresora —empezó a decir Jessa mientras leía el documento que relacionaba a los propietarios del *Report*—. Es de cartucho de tinta... un momento, ¿esta no es una de las empresas de Alden?

—Sí.

—¿Quieres decir que Alden es co-propietario del *Cedar Report*, el periódico que ha publicado un editorial apoyándolo?

—Eso es.

—¿Cómo puede hacer eso? Es inmoral.

—Es abogado.

—¿Y ha ocultado su inversión en el periódico?

—Otra empresa es la dueña de esa empresa, que a su vez pertenece a una corporación.

—Vaya —murmuró Jessa, tirando el papel sobre el escritorio—. Eso explica la propaganda gratuita.

—No tan gratuita.

—No, claro, parece que ha pagado bien por ella.

—Más.

—¿Más que bien?

—Ha invertido dinero en Bracken's.

Jessa frunció el ceño. Eso no tenía sentido. ¿Por qué iba Alden a invertir dinero en la tienda de piensos de River Mill?

—Y tiene un topo en la Caja de River Mill.

—¿Para qué?

—Esos cheques que llegan tarde.

Jessa lo miró, perpleja.

—¿Estás diciendo que Albert Alden intenta sabotear no solo las elecciones sino mi negocio? ¿Para qué iba a hacer eso, para distraerme?

—Si no puedes llevar tu negocio… —St. John se encogió de hombros.

—Nadie creerá que soy capaz de llevar la alcaldía —terminó Jessa la frase por él—. Qué ironía cuando él ha heredado su dinero.

Enseguida vio un brillo de dolor en los ojos de St. John y recordó cuando le contó que la única persona en el mundo que lo había querido era su bisabuelo, el hombre que había hecho la fortuna Alden y que había perdido trágicamente a su hijo en un accidente de coche. El hombre que había vivido para ver cómo su nieto se convertía en un monstruo.

O tal vez no lo sabía. Había muerto un par de años antes de que el abuso fuera perceptible, ¿pero habría sospechado algo? ¿Era por eso por lo que había sido siempre el defensor de Adam? ¿O la maldad de Albert Alden se habría desatado tras la muerte de su abuelo? Esas eran respuestas que necesitaba, respuestas que debía conocer o su corazón se rompería de angustia.

—De modo que está intentando comprar las elecciones —murmuró.

—Hace dos años compró acciones en la Papelera Riverside.

Jessa se dejó caer sobre la silla. Aparte del centro comercial que había impulsado su padre, la Papelera Riverside era la empresa que más trabajo daba en la zona y una de las importantes del condado, a pesar de que últimamente no iba bien, según su padre por una mala gestión.

¿Y Alden la controlaba?

La mitad de la gente de Cedar dependía de esa empresa para vivir, de modo que Alden era el propietario de la mitad del pueblo…

Ni siquiera tenía que intentar asustar a esa gente para que lo votasen. Dado el estado de la empresa, ya estaban asustados.

—Entonces votarán por el hombre que firma sus nóminas todos los meses.

—Aprendes rápido.

—¿Yo? No lo creas. Tengo la sensación de que todo esto me supera —Jessa suspiró—. Se supone que son unas simples elecciones municipales, no una sucia campaña a nivel nacional.

—Es un trampolín.

—¿Y no crees que Alden debería haber empezado a un nivel más alto?

—No es fácil conseguir influencias.

—Y ha elegido su camino cuidadosamente, ¿no? Ah, la política...si pusiera tanta energía en un trabajo honesto —Jessa sacudió la cabeza—. ¿De verdad he puesto política y honestidad en la misma frase?

St. John rio.

Y ella se quedó sin aliento. Había sido una risa corta, un sonido casi oxidado, pero era una demostración de alegría y eso hizo que su corazón se volviese loco.

St. John apartó la mirada, como si lo hubiera pillado haciendo algo ilícito.

«Mientras tu padre mira a la gente a los ojos y miente mientras sonríe con sus blancos dientes», pensó.

—Es la hora —dijo él, mirando las fotografías de la pared.

Jessa no conocía su plan y, no sabía por qué, pensó en una bola de nieve cayendo de la cima de la montaña o en un general controlando una rebelión.

De lo que sí estaba segura era de que todo ocurriría exactamente como St. John había planeado.

Sí, lo supiera o no, Albert Alden tenía un implacable enemigo.

Capítulo 14

CÓMO habían cambiado las cosas en una semana, pensaba Jessa.

Cuando pensó en St. John como un general no tenía idea de lo acertada que había sido esa imagen. Porque habían empezado a ocurrir cosas casi con precisión militar.

No tenía la menor duda de que todo estaba planeado por St. John y le asombraba lo rápida y meticulosa que era la operación.

Pero sobre todo sentía el deseo, la necesidad, de entender quién era aquel hombre y cómo se había convertido en alguien capaz de orquestar todo aquello. ¿Cómo era posible que el herido y taciturno Adam se hubiera convertido en aquella fuerza de la naturaleza?

Jessa intentó concentrarse en el trabajo. La señora

Walker le había pedido unas agujas para máquina de coser e intentó recordar quién se las había vendido la última vez… pero tendría que buscar entre sus papeles. Sencillamente, no podía tener en la cabeza el inventario de aquella tienda de locos. Había contratado a un alumno del instituto para que moviese cajas y colocase cosas en las estanterías, pero el chico no conocía la tienda y a veces ponía cosas donde no debían estar, de modo que ella acababa teniendo más trabajo.

Informatizar su negocio era más urgente cada día, aunque tuviera que usar dos o tres programas para hacerlo. Tardaría algún tiempo en meter todos los datos, pero después solo sería cuestión de apretar un botón.

Sin embargo, no sabía si podía hacer todo eso y la campaña al mismo tiempo.

—¿Agujas para máquinas de coser?

Jessa dio un respingo. Empezaba a acostumbrarse a la silenciosa forma de moverse de St. John, pero aún seguía sobresaltándola de vez en cuando. Y se preguntó si sería algo que había hecho desde niño, intentando esconderse de su padre.

—No es algo que suela vender —respondió, cuando su pulso volvió más o menos a la normalidad—. Pero la señora Walker es cliente nuestra desde hace años y no es ningún problema.

—Especialízate.

—Es lo que hago.

—En cosas raras.

—Si estás sugiriendo que no le preste atención personal a mis clientes, olvídalo.

St. John se encogió de hombros.

—No, tú conoces tu negocio.

—Hace un par de años, cuando mi padre se puso enfermo, consulté a uno de esos expertos en eficacia y siempre me decía cosas así.

—Son inútiles.

—Eso mismo pienso yo.

Jessa se alegró de que estuviera de acuerdo con lo que le había dicho al hombre de Portland que miraba su tienda como si tuviera que ponerse una pinza en la nariz.

—Perdona que te haya ladrado así, es que estoy tan liada…

—Tú no puedes ladrar. Nunca.

Jessa se quedó sin aliento. Lo había dicho como si la conociese de toda la vida…

Y allí estaba, en las aguas en las que no había querido meterse. ¿La recordaría? ¿Habría pensado en ella durante esos años o sería uno más de los tristes recuerdos de Cedar, una de las cosas que había querido olvidar a toda costa?

—Ayer me enteré de algo muy interesante —le dijo, para pensar en otra cosa—. Me encontré con Joe Winston, que trabaja en la Caja de River Mill. Tenía prisa, me dijo, porque la Caja esta pasando una auditoría.

—Esas cosas pasan —dijo St. John, su expresión inescrutable.

—Me dijo que, por el momento, solo han encontrado algunos errores en las fechas de entrega de unos cheques… errores cometidos por un empleado en concreto.

St. John no dijo nada.

—Probablemente la cosa habría terminado allí,

pero han descubierto que ese mismo empleado había hecho ingresos en su cuenta en la misma fecha —siguió ella.

—Estúpido.

—Desde luego —Jessa esperó, pero St. John no parecía dispuesto a admitir nada—. Y también me contó que había visto a un reportero del *Ledger*, el periódico más grande del condado, husmeando por ahí. Estaba preguntando por Alden y sus empresas. Incluso por el suicidio de su primera mujer... y la muerte de su hijo.

—¿Periodista de investigación? —preguntó St. John, tan inexpresivo como antes.

Jessa se apoyó en el mostrador, sin dejar de mirarlo a los ojos.

—¿Por qué crees que le interesan las elecciones en Cedar cuando hay cosas mucho más importantes en el condado?

Él se encogió de hombros, pero el hecho de que no la mirase a los ojos le dijo todo lo que quería saber.

—Pero lo más interesante de todo es que esta semana Albert Alden tuvo una extraña reacción cuando alguien a quien le prestó una gran suma de dinero se la devolvió de repente.

—¿Ah, sí?

—Se puso furioso —dijo Jessa—. Uno de sus clientes estaba en el bufete cuando lo llamaron por teléfono para decírselo y escuchó la conversación. Por lo visto, se puso a gritar que no podían hacer eso, que iban a pagarlo muy caro...

Entonces vio un brillo en sus ojos, algo oscuro, profundo y letal. Duró solo un instante, pero Jessa sintió un escalofrío. Y la vieja broma de ser la peor pesadilla de alguien de repente ya no era una broma.

—No votéis por mí porque quisierais a mi padre o porque penséis que la tradición exige que un Hill esté en el Consistorio. Aunque lo agradezco, esas no son buenas razones para confiarme el futuro de Cedar. Confiad en mí porque comparto vuestra visión de lo que el pueblo necesita. Porque, como vosotros, yo quiero un futuro que no pierda la parte del pasado que nos hace lo que somos.

El discurso era bueno, pensó St. John. Jessa hablaba a la multitud… y había una multitud congregada en la plaza del pueblo. No tan grande como la que había reunido su oponente, pero estaban más atentos. St. John suponía que eran los ciudadanos más activos de Cedar.

—Yo no me he dedicado nunca a la política, como todos sabéis —estaba diciendo Jessa— porque no me gusta hacer promesas que no puedo cumplir solo para conseguir vuestro voto. No voy a hacer tratos oscuros con nadie, no voy a intentar comprar un sitio en el Ayuntamiento… eso hay que ganárselo.

Como esperaban, esa promesa fue recibida con aplausos.

Un hombre gritó entonces:

—¿Por qué deberíamos confiar en ti cuando ni siquiera puedes llevar el negocio de tu familia?

St. John reconoció al tipo. Lo había visto en el cuartel general de su padre… un hombre de River Mill, no de Cedar.

Ella sonrió.

—Si viviera usted en Cedar sabría que he puesto el último informe económico en el escaparate de la tienda para que todo el mundo vea que este año nos va un poco mejor que el año pasado.

¡Sí!

La exclamación de triunfo casi escapó de su garganta al ver que Jessa lidiaba con la crítica de la mejor manera posible. En una sola frase había negado la falsa acusación y señalado a la gente que el hombre no era uno de ellos.

Jessa lo miró entonces y en sus ojos vio un brillo de agradecimiento. St. John había anticipado que algo así ocurriría, por eso habían puesto el informe en el escaparate.

—Nos podría ir mejor, por supuesto… si cobrásemos más caro y no vendiéramos las cosas que la gente de Cedar necesita. Pero nosotros pensamos que nuestros clientes son especiales y que merecen la misma atención personal que se les ha ofrecido durante décadas. Y esa misma atención personal se les ofrecerá cuando yo esté en el Consistorio.

Esta vez los aplausos fueron atronadores.

—¡Ese tipo trabaja en Bracken's! —gritó alguien.

Todos se habían puesto del lado de Jessa y en contra del extraño, al que miraban con gesto de recelo. El hombre parecía incómodo y se dio la vuelta sin decir nada. No era un profesional revienta-mítines, pensó St. John, o habría ido más preparado.

A Alden no iba a gustarle nada y eso era exactamente lo que él quería. Porque sabía muy bien que Albert Alden no se enfrentaba de cara con las cosas que no le gustaban.

Capítulo 15

NUNCA había visto algo así —estaba diciendo Marion Wagman—. Gritarle a la pobre mujer en plena calle.

La señora Walker se cambió de mano la bolsa que llevaba.

—No es culpa de Janelle que estén haciendo una auditoría en la Caja.

—Estaba muy disgustada. Dice que Alden no hacía tratos con ese banco hasta hace un par de años y que ahora actúa como si fuera suyo.

Jessa mantuvo la cabeza baja mientras estudiaba unas cajas de pienso como si contuvieran los secretos del universo.

Cuando las mujeres salieron de la tienda fue a casa para llevarle a su madre la compra y la encontró en la cocina, una agradable sorpresa. Su tío Larry estaba sentado a la mesa con una taza de café en la mano.

—Hola, cariño —la saludó Naomi, tomando las bolsas del supermercado—. Gracias, te prometo que la próxima vez iré yo.

Jessa miró los ojos de su madre, que parecían más alegres aquel día. Y si lo había conseguido el tío Larry, bendito fuera.

—Se alegrarán de verte en el mercado.

—Siéntate, charla un rato con tu tío. Voy a ponerte un café.

—Gracias, tío Jarry —dijo Jessa en voz baja.

—El tiempo, no el hombre, es la verdadera cura.

—Pero tú estás ayudando.

—Tal vez —Larry miró a su cuñada antes de mirarla a ella—. He oído un rumor muy interesante esta mañana.

—¿Sobre el ataque de nervios de Alden? Yo también lo he oído —dijo Jessa, alegrándose al ver que su madre se sentaba con ellos.

—¿Qué ha pasado?

Jessa le contó lo que sabía, añadiendo:

—Es muy raro. Alden siempre está pendiente de su imagen.

—Y es demasiado encantador para ser un hombre honrado —comentó Naomi.

Era la primera vez que su madre se interesaba por algo en ocho meses y Jessa se alegró.

—Muy cierto —asintió Larry—. Un hombre tan encantador es un falso o solo cuida el exterior, olvidando el interior.

—Tío Larry, eres único —Jessa soltó una carcajada.

—Menos mal. Solo hay sitio para un «Chiflado Larry» en este pueblo.

La despreocupación con que aceptaba el sobrenombre que le habían puesto en Cedar era otra de las razones por las que adoraba a aquel hombre. Y si había quien no era capaz de ver la inteligencia que escondían sus enigmáticas frases, ellos se lo perdían.

—Bueno, ¿y qué has oído tú? ¿Lo del periodista?

—También he oído lo del periodista, pero no es eso.

—¿Qué periodista? —preguntó su madre.

—Del *Ledger* —respondió Jessa—. Por lo visto, está husmeando en la vida de Alden.

—Ah, qué interesante —murmuró Larry—. Me pregunto qué habrá despertado su interés.

Jessa tenía una idea, como para la auditoría de la Caja, y las dos incluían el nombre de St. John. Pero no dijo nada. Después de todo, no tenía pruebas.

—Después de lo mal que te han tratado en el *Cedar Report* me alegro —dijo su madre—. Qué desilusión me he llevado. Nosotros siempre hemos apoyado el periódico y resulta que se ponen de lado de ese... charlatán.

—No han tenido más remedio —aseguró Jessa—. Resulta que Alden ha comprado acciones del periódico.

—¡Eso es una vergüenza! Si es suyo no deberían apoyarlo.

—¿Y cómo te has enterado de eso? —le preguntó Larry.

—No me he enterado yo.

—Ah, nuestro misterioso amigo y benefactor.

Casi había olvidado que Larry estaba en la tienda el día que St. John llegó al pueblo.

—Sí —admitió Jessa.

—¿Y el resto?

—Tal vez, no lo sé con seguridad.

—Sospecho que es capaz de mover montañas con un solo dedo —murmuró Larry.

—No me sorprendería.

—¿De quién estáis hablando? —preguntó su madre.

—Un hombre que está ayudándome. Es una historia muy larga, mamá, pero algún día te la contaré.

Naomi miró a su cuñado.

—¿Larry?

—Estoy vigilando.

Jessa se preguntó qué habría querido decir su tío con eso. ¿Estaba vigilándola a ella, la situación o vigilando a St. John? ¿O las tres cosas?

—Sigues sin contarnos de qué te has enterado esta mañana.

—Hay rumores de que alguien ha hecho una oferta por la Papelera Riverside.

—No sabía que estuviese en venta.

—No lo estaba, pero en estos tiempos el dinero habla. Y, por lo que he oído, se trata de mucho dinero.

—Pues imagino que los empleados estarán preocupados —comentó su madre.

—No, la verdad es que no —dijo Larry—. Dicen que el comprador podría ser Redstone.

Jessa parpadeó.

—¿La empresa Redstone aquí?

—¿Joshua Redstone? —intervino su madre, que

parecía más animada que nunca en los últimos ocho meses—. ¿Pero no se dedican a hacer aviones, hoteles y cosas así?

—También equipamiento médico, aparatos electrónicos de alta precisión, informática, todo lo que se les ocurra —dijo Larry—. Me encantaría conocer a ese inventor… Ian Gamble. Ya no quedan inventores —añadió, pensativo.

—Parece que sabes mucho sobre ellos.

Su tío se encogió de hombros.

—Son fascinantes. Una compañía privada que consigue unos beneficios increíbles y donde todo el mundo quiere trabajar…

—Sí, he oído hablar de ellos, pero sigo sin entender por qué les interesa esta zona de Oregón.

—Eso no lo sé. Hasta ahora no se habían metido en empresas pequeñas, por eso es tan interesante.

Especialmente, dado que Alden era inversor en la Papelera Riverside, pensó ella.

St. John había dicho que iba a ponerse en contacto con alguien antes de que todo aquello empezase a ocurrir…

¿Sería posible? ¿Podía un solo hombre haber hecho todo aquello?

«Podría si tuviera a Redstone detrás».

«Voy a destruirlo».

Jessa sintió un escalofrío. Aunque lo entendía perfectamente. Después de todo, ella se había presentado a las elecciones porque no quería a Alden en el Ayuntamiento.

Pero había una imagen que no podía olvidar: la de un niño mirando a Maui con cara de anhelo…

Un niño atrapado, como lo había estado St. John, en el perverso mundo de Albert Alden.

—¿Crees que vas a salirte con la tuya? —le espetó Alden.

Jessa dio un paso atrás instintivamente.

Estaban frente a la tienda de fotocopias, con varios curiosos mirando, uno de ellos el tío Larry, de modo que no iba a pasar nada.

—¿A qué se refiere?

—Tú estás detrás de todo esto —dijo Alden—. Es culpa tuya.

—No me interesan las teorías conspiratorias antes del desayuno —replicó Jessa.

Alguien rio tras ella y vio que el rostro de Alden enrojecía de rabia.

—No sé cómo lo has hecho, pero lo descubriré.

—Señor Alden, decídase —empezó a decir Jessa, como si hablase con un niño pequeño—. O soy tonta y no puedo llevar el negocio de mi familia o soy tan lista como para organizar la conspiración de la que habla.

Su tío Larry estaba sonriendo y ella entendía por qué.

El día que acusaron a Adam Alden de hacer una pintada sobre el cartel de *Bienvenidos a Cedar*, imposible porque en ese momento estaba con ella, todo el mundo lo sabía antes de que la pintura se hubiera secado.

Mientras Albert Alden se alejaba mascullando maldiciones, Jessa escuchó los murmullos de la gente. Ese encuentro iría de boca en boca durante todo el día.

—Espero que no lo pague con Tyler.

Como solía pagarlo con Adam, pensó.

Jessa vio los ceños fruncidos y supo que algunos empezaban a hacerse preguntas.

—¿Dos hijos que siempre están teniendo accidentes? —murmuró su tío, de esa manera suya, como si fuera simple curiosidad.

—Y uno de ellos ha muerto —dijo alguien, despertando un coro de murmullos. Algunos eran demasiado jóvenes para recordar, pero otros habían ido al colegio con ella y con Adam y recordarían la interminable lista de golpes y hematomas.

—Por no hablar de su primera mujer —apuntó Missy que, acostumbrada a hablar mal de todo el mundo, parecía encantada de hacerlo sobre Alden.

—Vamos, cariño —dijo su tío entonces, tomándola del brazo— nuestro trabajo aquí ya está hecho —añadió, en voz baja.

—Gracias.

—Estoy orgulloso de ti, lo has hecho muy bien. Has convertido un ataque en una defensa y has hecho que la gente viese al verdadero Alden. Y tu padre estaría orgulloso de ti porque lo has hecho con mucha clase.

Esas palabras significaban mucho más de lo que él pudiese imaginar y Jessa tuvo que contener las lágrimas.

—Te quiero mucho, tío Larry.

—Lo sé. Y es de agradecer porque no lo pongo fácil.

—Para mí es muy fácil. Pero temo en serio que lo pague con Tyler.

—Yo vigilo al chico —dijo su tío entonces—. Viene a verme de vez en cuando.

—¿En serio? No lo sabía.

—Me pidió que no dijese nada.

—Me alegro de que vaya a verte.

—Le gustan los gnomos y a los gnomos les gusta él.

Ella rio mientras se dirigían a la tienda.

—Sí, ya me imagino.

—Voy a ver cómo está tu madre. A lo mejor la convenzo para que tomemos un café en Stanton's.

—Eso sería maravilloso… —Jessa se quedó callada de repente al ver que la puerta de la tienda estaba abierta—. Sé que anoche eché la llave. Estoy segura.

O la campaña política estaba llegando a niveles mafiosos o se había cometido un delito en Cedar.

—Deberíamos llamar al comisario, pero no sé si serviría de algo —murmuró su tío.

Era una vieja broma del pueblo: «cuando los segundos cuentan, la policía llega en unos minutos».

—¿Alden?

—Tal vez —respondió Larry.

—Entonces deberíamos llevar un arma —Jessa miró alrededor y tomó dos palas que había en el jardín y que bien usadas podían ser letales. Porque estaba empezando a enfadarse.

Larry leyó su expresión y asintió con la cabeza mientras tomaba una de ellas.

—Vamos a ver qué está pasando aquí.

Capítulo 16

HABÍA luz en la trastienda y Jessa sabía que no la había dejado encendida, como sabía que no había dejado la puerta abierta.

Larry y ella se movieron en silencio por el local que los dos conocían tan bien y cuando se detuvieron en la puerta de la trastienda, Jessa contuvo el aliento. Podía oír ruido en el interior…

—Respira.

St. John.

—Debería haberlo imaginado.

—Mi coche está aparcado delante.

—Hemos venido por la parte de atrás —dijo Larry dejando la pala en el suelo.

—¿Qué estás haciendo? —exclamó Jessa.

—Terminando.

Estaba instalando un ordenador, sus dedos volando sobre las teclas. Y había un montón de carpetas tiradas por el suelo. Su inventario…

St. John se levantó y señaló la silla.

—Siéntate.

—Oye, que yo no soy Maui —protestó Jessa.

—Por favor —dijo él entonces. Pero, como no se movía, tomó su brazo para guiarla hasta la silla y el contacto hizo que Jessa tragase saliva.

¿Por qué no podía mantener la cabeza despejada con aquel hombre?

«Porque nunca has podido», pensó.

—¿Se puede saber…?

—Los archivos —dijo St. John, señalando las carpetas en el suelo.

—¿Los archivos de qué? ¿Por qué no puedes usar frases completas como todo el mundo?

—Tus datos están ahí —dijo él, señalando la pantalla del ordenador.

—¿Es un programa informático para la tienda?

—Sí.

—Pero yo no puedo pagar esto…

—Mira —dijo él—. Por favor.

—Yo voy a ver a tu madre —se despidió Larry—. No os peleéis, niños.

La broma de su tío hizo que Jessa recordara ese verano a la orilla del río, cuando se dio cuenta de que Adam no jugaba a nada, no hacía planes, no fantaseaba sobre el futuro. Solo más tarde entendió que nunca había aprendido a jugar y uno no podía hacer planes para el futuro si pensabas que no había uno para ti.

Jessa se dejó caer sobre la silla y, en un minuto, se dio cuenta de varias cosas. Primero, el ordenador que tenía delante era rapidísimo. Segundo, el software funcionaba como un sueño, haciendo todas las cosas que necesitaba y más. Tercero, y lo más sorprendente, todo el inventario de la tienda, con nombres de proveedores y clientes, estaba en la base de datos.

—¿Qué has hecho, St. John? ¿Has estado trabajando toda la noche?

—Sí.

No parecía particularmente cansado. La única señal de que había estado trabajando toda la noche era que no se había afeitado, como el día que llegó a Cedar.

—No sé qué decir. No sé cómo darte las gracias.

St. John se encogió de hombros.

—Agradéceselo a Barton.

—Lo haré, sea quien sea Barton. Pero el trabajo que has hecho… yo habría tardado semanas en hacerlo. Y además…

—No estabas segura —la interrumpió él.

Jessa lo miró, sorprendida.

—Mi padre y yo siempre discutíamos por esto. Él no entendía de informática y no quería un ordenador.

—Te hace falta.

—¿Y te has pasado aquí toda la noche, metiendo datos como un gnomo?

—Duende.

—¿Qué?

—Más un duende que un gnomo.

¿Había hecho una broma? Antes de que Jessa pudiese reaccionar oyeron un ruido en la puerta.

Debía ser Maui. El tío Larry debía haberlo dejado salir de casa y que el perro sintiera que podía dejar sola a Naomi era buena señal.

Jessa iba a levantarse, pero St. John le hizo un gesto para que siguiera mirando el ordenador. Que era lo que quería hacer. No podía creer que tuviese allí todo lo que necesitaba. Un programa informático hecho a medida para su tienda…

Maui lanzó un alegre ladrido. El golden retriver no tenía reservas con St. John y eso la consoló, como la tonta idea de que su perro sabía que su abuelo, Kula, también lo había querido.

—Buenos días, Maui. ¿Has venido de visita?

Jessa dejó de hacer lo que estaba haciendo para mirarlo, perpleja. No había usado tantas palabras desde que llegó a Cedar.

St. John señaló la pantalla.

—Puedes buscar proveedores por todo el estado con solo pulsar un botón.

—¿Qué has hecho, traer fibra óptica en un maletín?

—No, solo…

—¡Jessa!

La voz de su madre hizo que se levantara de un salto. Naomi Hill no había puesto el pie en la tienda desde que su padre murió y no sabía si aquella visita era una buena o una mala señal.

—¿Estás bien, hija?

Su madre entró en la trastienda, agitada.

—Pues claro que estoy bien. ¿Por qué?

—Larry me ha contado que has tenido un encuentro con Alden en la calle.

Jessa miró a St. John de reojo.

—No ha pasado nada, mamá.

—Eso no es lo que dice Larry. Dice que te ha acusado de no sé qué conspiración contra él.

—Y te puedes imaginar lo que ha pensado la gente. No ha sido nada. De hecho, Alden ha quedado fatal delante de la señora Walker y un montón de gente.

Aparentemente convencida de que Jessa estaba bien, Naomi Hill dejó escapar un suspiro de alivio.

—Ese hombre… nunca he confiado en él.

—Lo sé. Llevas diciendo eso desde que yo era pequeña.

St. John, inmóvil, pareció quedarse sin respiración.

—Larry dice que has estado muy bien. Que le has dicho que no podía dar a entender que no eras capaz de llevar el negocio familiar para luego acusarte de organizar una conspiración.

—Él mismo se ha metido en la trampa —dijo Jessa.

Su madre pareció recordar entonces que no estaban solos y se volvió para mirar a St. John.

—Usted debe ser el misterioso benefactor.

Para asombro de Jessa, él se presentó amablemente:

—Dameron St. John —dijo, ofreciéndole su mano—. Es un honor, señora Hill. Y permítame que le dé el pésame por la muerte de su esposo.

Jessa lo miró, atónita. Aparentemente, era capaz de hablar como el resto de los seres humanos.

—Gracias, señor St. John. Me recuerda a alguien… —murmuró Naomi.

Jessa vio que él tragaba saliva, pero no dijo nada más, como si esas frases completas lo hubiesen dejado agotado.

—Tu hija está bien —dijo Larry, desde la puerta—. Vamos a dar un paseo, Naomi. Tus amigos te echan de menos.

—No sé…

—Es un pequeño paseo, mamá. Luego vuelve a casa y quédate encerrada una semana, si quieres.

—Bueno, de acuerdo.

Maui fue tras ellos, como si hubiese entendido cada palabra, como si quisiera protegerla.

Pasaron el resto de la mañana trabajando en el programa, interrumpidos ocasionalmente por algún cliente.

—Necesitas ayuda —dijo St. John.

—Greg Walker viene algunas tardes para mover cajas y colocar estanterías.

En ese momento, dos clientes más entraron en la tienda y Jessa salió para atenderlos con una sonrisa en los labios.

—Hola, señor Cardenas —saludó a un anciano con un par de guantes de jardinería asomando por el bolsillo del pantalón—. ¿Matt estará en casa para ayudarlo con las cajas?

—Esperaré hasta que llegue —respondió él—. No voy a romperme la espalda cuando tengo un nieto que es capitán del equipo de fútbol.

Catherine Parker, profesora del colegio, estaba tomando unas latas de la cara comida para gatos que pedía especialmente para ella.

—¿Cómo va todo, Catherine?

—Menudo día llevo con lo de Tyler Alden —la profesora suspiró.

—¿Qué?

—¿No te has enterado? El pobre chico ha aparecido en el colegio con un brazo roto. Por lo visto, se cayó de un árbol… y debe haber caído de cara porque tiene un ojo morado.

«Ese gamberro, Adam Alden, siempre está lleno de cardenales».

«¿Otro ojo morado? Ese chico siempre se está peleando con alguien».

Al recordar esas frases, pronunciadas veinte años atrás, Jessa quería ponerse a gritar. ¿Nadie se daba cuenta? No se caía de los árboles ni se peleaba con nadie. ¿Cómo podía un pueblo entero estar tan ciego?

—¿Estás bien, Jessa?

—Sí, sí —respondió ella mecánicamente—. Es que me has recordado que tengo que hacer algo.

Catherine salió de la tienda y Jessa se quedó un momento tras el mostrador, pensativa.

—¿Jess?

Ni siquiera dio un respingo al escuchar la voz de St. John. No se dio cuenta de que la llamaba como la había llamado de niña, tan pensativa estaba. Pero esta vez no era una niña a la que nadie pudiera convencer para que permaneciese callada.

—Tyler Alden ha llegado al colegio con un brazo roto y un ojo morado. Dicen que se ha caído de un árbol.

Sabía cuál sería la reacción de St. John porque recordaba que él mismo había usado esa historia, una entre muchas.

—He enfadado a su padre esta mañana y él lo ha pagado con el pobre Tyler.

Y luego, sin darse cuenta de que acababa de decidir que había llegado el momento, añadió la frase que lo cambiaría todo:

—Como solía pagarlo contigo.

Capítulo 17

LO sabía.

St. John sintió un escalofrío por la espalda; un escalofrío de alivio y de una extraña alegría. Había estado tan seguro de que nadie lo reconocería y, sin embargo, secretamente esperaba que Jessa lo hiciera.

Por un momento pensó negarlo, pero dudaba que sirviese de algo.

Jessa lo sabía y nada la convencería de que estaba equivocada, podía verlo en esos cambiantes ojos verdes.

Además, él no quería negarlo.

—¿Cuánto tiempo? —preguntó, sorprendido por el sonido de su propia voz.

—Desde ese día, en el cementerio.

—¿Por qué?

—¿Por qué no te lo había dicho antes? —Jessa se encogió de hombros—. Yo sé que tienes buenas razones para esconder tu identidad. Y sé que Alden no te ha reconocido… ha mirado a su hijo a la cara y no ha sido capaz de reconocerlo. Claro que él no se ha pasado los últimos veinte años deseando que volvieras.

St. John no podía respirar y tuvo que apartar la mirada.

—¿Por qué?

—Porque hasta que mi padre se puso enfermo, nada en mi vida había sido tan horrible —respondió ella—. Algo precioso que perdí de repente.

Él apretó los labios, emocionado. No hacía falta disimular delante de Jess. Ella siempre había conocido todos sus secretos y siempre se había sentido a salvo con ella. Nunca había confiado en nadie, solo en Jessa Hill, a quien le había confiado las oscuras sombras de su alma.

—No es justo.

—¿Que mi padre haya muerto mientras ese monstruo sigue viviendo? No, no es justo.

Finalmente, St. John llegó a lo único que temía preguntar:

—¿Cómo me has reconocido?

—¿Cómo no iba a hacerlo? Me sentí como una tonta por no haberte reconocido el primer día. Esos ojos son los de la persona que ha aparecido en mis sueños durante años, Adam Alden.

Él hizo una mueca al escuchar el nombre por el que nadie lo había llamado en veinte años.

—Perdona, entiendo que hayas querido olvidarte de Cedar y de todo lo que dejaste atrás…

—De todo no —la interrumpió él, en voz baja.

—Intentaré no llamarte así. Imagino que odias ese nombre, pero no me acostumbro al nuevo… ¿Dameron St. John?

Sabía que iba a lamentarlo, pero su madre merecía una presentación formal. Era lo mínimo que podía hacer por la mujer que siempre había sido cariñosa con él.

Y Jess merecía una explicación. Ella era la única persona en el planeta, aparte de los Redstone, que la merecía.

—Dameron… Dam. Me gusta.

—Corto y directo, como tú —Jessa sonrió y cuando St. John le devolvió la sonrisa, así, de repente, volvieron a ser los niños que se encontraban a la orilla del río.

Y cuando se dio la vuelta para cerrar la puerta y le hizo un gesto para que volviese a la trastienda, St. John supo que había llegado el momento de hablar. Y que no iba a poder evitarlo.

—¿Cómo se te ocurrió ese nombre?

—Tomé un autobús y el conductor se llamaba St. John. Fui a California y el primer cartel que vi…

—¿La calle Dameron?

—Sí.

—¿Por qué California?

—El autobús iba allí.

—¿Y qué hiciste? Entonces solo tenías catorce años.

St. John se encogió de hombros.

—De todo.

—Ya me imagino, pero eras un niño…

—Sí.

Entonces, de repente, Jessa lo abrazó. St. John se puso tenso un momento, como intentando resistirse, pero ella no lo soltó y era más fuerte de lo que había creído. Y entonces se dio cuenta de que no quería apartarse, que quería devolverle el abrazo. Que había querido hacerlo desde el día que entró en la tienda y volvió a verla después de veinte años. La pequeña Jessa Hill, que se había convertido en una mujer.

—Encantada de conocerte, Dameron St. John —susurró.

—Jess —dijo él, incapaz de decir nada más.

Estaba sentado en el escritorio, con ella en sus brazos, sobre él. Y era como si tuviera el poder de devolverle la inocencia y la esperanza que ella siempre había tenido en abundancia y a él siempre le había faltado. Al mismo tiempo, era consciente del cuerpo suave y cálido de la mujer y el suyo respondía sin que pudiese evitarlo. Él, que lo controlaba todo, no podía controlar su respuesta ante Jessa. Y si se movía iba a darse cuenta.

—¿Qué pasó después? —murmuró Jessa. Y él se preguntó si podría escuchar los fuertes latidos de su corazón.

Nadie en Redstone lo creería. No reconocerían al legendario St. John reducido a una masa de nervios por aquella chica que lo había perseguido durante años.

Le gustaría responder como lo haría St. John, decirle con la menor cantidad posible de palabras que no era asunto suyo, que él no hablaba de eso.

Pero no podía. Era Jessa.

Haciendo un esfuerzo sobrehumano, luchó contra veinte años de condicionamiento, veinte años de aislamiento. Nunca había pensado cómo contaría la historia porque no tenía intención de contársela a nadie.

—Esa noche, ¿lo planeaste todo?

—La naturaleza tenía otros planes, me caí al agua.

—¿En el río?

—Resbalé en la roca.

No tuvo que explicar nada más. Jessa sabía que se refería a la roca donde solían sentarse.

Ella señaló la cicatriz en su mejilla.

—Esa cicatriz… eso explica que encontrasen restos de sangre.

—Había dejado de llover.

—¿Sabías que te habían buscado?

—Más tarde, en los periódicos.

—¿Y luego qué hiciste?

—Me moví con malas compañías. Estuve a punto de ir a la cárcel —St. John respiró profundamente—. Conocí a un hombre que me ayudó. Me salvó la vida.

—¿En sentido figurado?

—Y literalmente. Tenía dieciocho años e iba a terminar lo que había empezado esa noche.

Casi nunca pensaba en ello y jamás se lo había contado a nadie, pero tenía que hacerlo. Esa noche oscura, bajo la lluvia, mirando otro río, un interminable río de coches. Temblando, luchaba para no rendirse, para no lanzarse a ese río como el mundo entero creía que se había lanzado al río Cedar.

Estaba sobre el puente de la autopista, intentando encontrar razones para no tirarse, cuando oyó un frenazo. Pero no habían parado por él sino por un perrucho empapado, flaco y cojo. Y en ese momento se sintió menos que el perro, que seguía adelante a pesar de todo, empujado por el instinto de supervivencia que una vez lo había hecho escapar de Cedar, pero parecía haberlo desertado por completo.

—Oiga, ayúdeme, ese perro está herido. Han debido atropellarlo.

Era un hombre muy alto, delgado, un poco mayor que él, con acento del sur. Y aunque llevaba una cazadora vaquera y unas viejas botas, el coche era nuevo.

—Se parecía a Kula —dijo St. John, sin darse cuenta de que los recuerdos lo hacían hablar con frases completas—. Era del mismo color… y tenía los mismos ojos.

—Y lo ayudaste —murmuro Jessa, con voz temblorosa.

—Tuve que hacerlo, el perro era más valiente que yo —St. John llevó aire a sus pulmones—. Lo subimos al coche y el tipo se quitó la cazadora para secarlo. Había una manta y le pregunté por qué no la usaba, pero me dijo que yo la necesitaba más.

—¿Te fuiste con él?

—No tenía dónde ir, pero ya no quería tirarme por el puente. Entonces no confiaba en nadie, pero no podía decirle que no… sigo sin poder decirle que no. Es la mejor persona que he conocido nunca.

Jessa se echó un poco hacia atrás para mirarlo.

—¿Es tu amigo?

—Es mi jefe. Lo ha sido desde ese día.

—¿Trabajas para él?

St. John asintió con la cabeza.

—Entonces no sabía hacer nada, pero podía organizar cosas, hacer planes. Empecé como su ayudante para todo —dijo, sonriendo—. Sigo siéndolo en cierto modo. Aunque ahora a mayor escala.

—¿Qué significa eso?

St. John sabía que tenía que decírselo y se preguntó cuál sería su reacción cuando lo supiera.

—¿Quién es ese hombre? —preguntó Jessa por fin.

—Josh Redstone.

Capítulo 18

JESSA intentaba procesar toda aquella información.

—¿Qué pasó con el perro?

—Murió.

Ella hizo una mueca. Claro que el perro había muerto, estaban hablando de algo que ocurrió dieciséis años antes.

—Murió en los brazos de Josh, tras el primer vuelo del Hawk III.

Josh Redstone. Jessa lo había sospechado cuando oyó que los Redstone estaban interesados en la Papelera Riverside, pero jamás se le hubiera ocurrido que Adam Alden hubiese terminado con ellos.

—¿Entonces te acogió en su casa? ¿Lo ayudaste con un perrillo herido y te contrató?

—Josh nos llevó al perro y a mí al hangar en el que estaba trabajado. Decía que tenía muchas cosas que hacer y no podía cuidar de Clover, así llamamos al perro, y me pidió que me quedase allí. No podía pagarme, pero me ofreció una cama en el hangar.

—¿Josh Redstone no podía pagarte?

—El Hawk seguía siendo un prototipo entonces, pero ese mismo año terminó el proyecto.

—¿Y has estado con él desde entonces?

—Sí.

—Dieciséis años.

—Solo hay dos personas que lleven más tiempo que yo.

Jessa recordaba un artículo sobre Josh Redstone que le había enviado su padre unos años antes, cuando estaba en la universidad, frustrada por la frivolidad de muchos de sus compañeros. El artículo decía que Josh Redstone tenía veinte años cuando entró en la industria aeronáutica.

—Un hombre de verdad —había dicho Jess Hill—. Ganándose la vida, no esperando que nadie se lo pusiera todo en bandeja.

Y Jessa había tomado nota porque su padre era un hombre amable, pero no solía expresar admiración tan abiertamente. Gracias al artículo supo que en la vida de Josh Redstone había habido altibajos, como en la de todo el mundo. Su esposa había muerto de cáncer y, por lo visto, no había vuelto a casarse.

—¿Quién lleva más tiempo con él? —le preguntó Jessa.

—John Draven, el jefe de seguridad. Sirvió con el hermano de Josh en el ejército y estaba con él cuando murió.

—¿Y el otro?

—Tess Machado, la primera piloto que contrató. Nadie la contrataba porque era una mujer, pero Josh la vio aterrizar con una avioneta que tenía un motor averiado y la contrató.

Jessa sonrió. Josh Redstone empezaba a caerle estupendamente.

—Es un triunvirato —siguió St. John.

—Draven, Tess y tú.

—Mac nos llama así.

—¿Mac?

—Harlen McClaren, miembro honorario del grupo. No trabaja en Redstone, pero fue quien dio el primer empujón a Josh.

En cuanto mencionó el nombre del famoso cazador de tesoros, Jessa recordó que, según el artículo, McClaren había invertido en Redstone cuando no era más que un hangar y un sueño.

—Estábamos con él cuando Elizabeth murió —siguió él—. Josh estaba destrozado e hicimos turnos para no dejarlo solo hasta que salió del túnel.

—¿Y qué haces tú en Redstone?

—Ya te lo he dicho.

Jessa tenía la impresión de que era más que el ayudante de Josh Redstone y algo en su burlona expresión le dijo que estaba en lo cierto, pero lo dejó pasar.

—¿Dónde vives?

—En el cuartel general de Redstone.

—¿En serio?

—Tengo un apartamento en el piso de arriba, me gusta controlarlo todo.

—¿Hay apartamentos en el cuartel general de Redstone?

—Tres: el mío, el de Josh y un tercero que nunca usamos.

Si St. John vivía en el cuartel general de la empresa y si el poderoso Josh Redstone quería tenerlo cerca permanentemente debía ser mucho más que un ayudante. De modo que era así como había puesto en marcha toda la operación contra Alden, pensó, con la ayuda de la familia Redstone.

—Vas a destruirlo —murmuró—. Vas a usar a Redstone para destrozar a Alden.

—¿Algún problema?

—No, ninguno. Alden se lo merece. Pero estoy un poco... impresionada. ¿Redstone es tan fantástico como todo el mundo dice?

—Y más. En cierto modo, es como tu padre.

Jessa sonrió.

—Mi padre lo admiraba, pero él era feliz aquí, en Cedar. Josh Redstone ha levantado un imperio.

—Luchando contra los que querían destruirlo.

No tuvo que decir nada más. De modo que St. John había reclutado a un informático de Redstone para crear aquel programa...

—¿Esto es de Redstone? —le preguntó, señalando el ordenador.

—Llevan días trabajando en ello —respondió él—. Barton es el informático, un genio. Podría tener su propio departamento, pero le gusta trabajar para Ian Gamble.

Jessa recordaba ese nombre... un inventor, según su tío Larry.

—¿Y cuánto ha costado crearlo? No voy a aceptar caridad.

Sus ojos se encontraron entonces.

—Me pagaste hace mucho tiempo.

Ella apretó los labios, emocionada. Pero se decía a sí misma que no estaba lista para enfrentarse con tan complicados sentimientos y decidió cambiar de tema.

—Tyler está donde estuviste tú, en el mismo infierno.

—Cuando Alden caiga, el niño será libre.

—Si vive para verlo —dijo Jessa, apretando su mano—. No es tan fuerte como tú y no creo que sea tan listo. Tú habías aprendido a evitar a tu padre en lo posible, a esconderte, a anticiparte. Y aun así estuvo a punto de destruirte.

—Lo sé —murmuró él.

—Dam —dijo Jessa, usando su nuevo nombre—. Tyler está atrapado como lo estuviste tú. Abandonado y traicionado por aquellos que deberían protegerlo. Conozco a su madre y sé que es tan ciega o tan débil como lo era la tuya, así que no va a hacer nada. Tu plan está poniendo tan furioso a Alden como para que pierda los nervios en público, ¿pero quién va a pagar por ello?

—Tengo que detenerlo —murmuró él con los dientes apretados.

—Lo sé, pero Tyler… tenemos que ayudarlo. No podemos dejarlo solo. Ahora hay gente que puede ayudar, mucho más que cuando…

No terminó la frase.

St. John estaba mirando al suelo, pero ella sabía que no estaba viendo las viejas planchas de madera.

—Es tu hermanastro —le recordó—. Sé que no lo conoces y que probablemente no significa nada para ti después de lo que pasaste. Pero es un niño y no podemos dejarlo a merced de ese monstruo. No podría vivir conmigo misma si no hiciese algo.

St. John tiró de ella entonces. No dijo nada, sencillamente la envolvió en un abrazo al que Jessa se entregó, deseando poder borrar su dolor de alguna forma.

No podía hacerlo, nada podría hacerlo.

Pero dejó que la abrazase y, por el momento, eso era suficiente.

Capítulo 19

S
U hermanastro.

St. John miró al niño sentado en un banco del parque, mientras un grupo de chicos jugaba al fútbol frente a él, con el brazo izquierdo escayolado y un ojo amoratado. Se preguntó si se miraría al espejo y vería ese hematoma como el precio que tenía que pagar por no haber sido lo bastante rápido o lo bastante listo. Se preguntaba si estaría planeando cómo evitar los golpes a partir de ese momento, como había hecho él a su edad.

Se preguntaba si pasaba horas intentando entender por qué lo odiaba tanto Albert Alden.

St. John se sentó en el banco, pero a cierta distancia. Tyler lo miró de soslayo, como para asegurarse de que fuera quien fuera, no representaba un peligro.

Era receloso, pero aún no había aprendido que con

algunos depredadores no había distancia suficiente, que no había seguridad salvo en la muerte.

Si se quedaba allí, aprendería.

Si no descubría la verdadera naturaleza de su enemigo, aprendería pronto.

Y si él seguía presionando a Alden, tal vez no tendría tiempo de aprender nada más.

Sabía que si no escapaba de allí, moriría. La idea de marcharse a un sitio donde no conociese a nadie había sido aterradora para él, pero la idea de la muerte lo era aún más. Sobre todo porque empezaba a parecerle tentadora. Porque empezaba a entender por qué para su madre había sido la única opción.

St. John intentó sacudirse los recuerdos y concentrarse en Tyler, pero tenía la sensación de que no podría hacer nada. A él no se le daban bien los niños... Josh decía que era porque no había tenido infancia.

Sabía que preguntarle por sus constantes lesiones no sería la mejor opción. Nada era peor que tener que mentir constantemente sobre lo que le pasaba para esconder aquel horrible secreto.

—¿No te gustaría jugar? —le preguntó, señalando a los otros chicos.

Después de unos segundos de vacilación, Tyler respondió:

—No.

—¿Por qué no?

—No soy bueno.

—Para eso están los entrenamientos.

—No me quieren.

St. John se quedó callado. El chico había pronunciado media docena de palabras, pero en ellas revelaba mucho. Y no se le escapaba la ironía de que él hiciera frases completas mientras el niño respondía con frases cortas.

El proceso de hundimiento, la sensación de no servir para nada, estaba en camino. Y el aislamiento, fuera por decisión propia o porque los otros chicos sabían que era diferente. St. John se vio envuelto por una tristeza antigua, un dolor que había pensado que no volvería a sentir nunca. Pero mirar a aquel chico era como verse a sí mismo a su edad…

Tyler no dijo nada más. De modo que ya estaba empezando a aprender lo que él había aprendido: cuanto menos hablase, menos llamaría la atención.

Y acabó siendo un niño silencioso con todo el mundo… salvo con Jessa. Ella era la única persona con la que podía bajar la guardia.

«Habla como si estuviera en una guerra», había dicho una vez Gabe Taggert.

Había oído cosas así en Redstone muchas veces.

«Tal vez lo está», había respondido su mujer, Cara.

Y era cierto. Aquella era la batalla final en una guerra que había sido interrumpida veinte años antes por la retirada del adversario. Pero había aprendido, era más fuerte, tenía armas. Aunque nunca creyó que tendría que usarlas porque jamás había pensado que volvería a ver a su padre.

Pero entonces no habría vuelto a ver a Jessa.

La sorpresa que le produjo ese pensamiento lo inquietó.

—Eres amigo de Jessa, ¿verdad? —le preguntó Tyler.

—Sí.

—Me cae bien.

—A mí también —dijo St. John. Aunque eso no podría explicar sus sentimientos por ella.

—Y Maui me gusta mucho.

—Tú también le gustas.

La expresión del niño se animó de inmediato.

—¿De verdad?

St. John asintió con la cabeza, pero Tyler apartó la mirada, volviendo a encerrarse en sí mismo.

—No se lo digas.

—¿Qué?

—Lo de Maui.

—¿A quién?

El miedo en su mirada se lo dijo todo.

—Podría pasarle algo —dijo Tyler, antes de levantarse—. Tengo que irme.

St. John lo vio alejarse por el parque, con una tristeza que no podía disimular, y se levantó, pensativo. Se alegraba de no haber llevado el coche porque necesitaba hacer ejercicio. Se pondría a correr si no supiera que eso llamaría la atención…

Pensar eso lo sorprendió. ¿Dónde estaba su autocontrol? ¿Dónde estaba la legendaria frialdad de St. John?

«Cuanto más complicado el plan, más posibilidades hay de fracasar».

Esa era su filosofía, incluso cuando se trataba de las aventuras más arriesgadas en Redstone. El plan era sencillo: hacer que Alden mostrase su verdadero rostro. Pero la ejecución del plan era complicada y estaba funcionando como él sabía que lo haría. La máscara amable y encantadora empezaba a romperse, mostrando un alma fea y retorcida. Y pronto, más pronto de lo que había esperado, esa máscara caería por completo y la vida de Albert Alden habría terminado.

Pero tenía que enfrentarse con la posibilidad de que la destrucción que había orquestado para Albert Alden pudiese también destruir la vida de un niño inocente, atrapado como lo había estado él una vez.

St. John empezó a caminar y apretó los labios al darse cuenta de que no quería llegar a su coche sino a Jessa.

Ella siempre había sido lo único puro y limpio de su vida.

Y seguía siéndolo.

Capítulo 20

L E caes bien.

Jessa miró a St. John mientras paseaba por el granero. En ese momento les llegó una ronda de aplausos de la plaza, donde Alden estaba dando otro mitin. Tal vez era su imaginación, pero le pareció que no era tan entusiasta como la última vez. Y se podía escuchar algún murmullo de desacuerdo.

La gente empezaba a sentir curiosidad y algunas personas se habían acercado a la tienda para preguntarle por la discusión del otro día. Jessa les había contado la verdad, pero ya no sentía el orgullo que había sentido ese día. No podía sentirlo cuando la discusión le había costado tanto a Tyler.

—Creo que le gusta más Maui —murmuró, acariciando las orejas de su perro.

—Pero habla contigo.

—También ha hablado contigo.

—No mucho.

—Es que hablar contigo no es tan fácil —intentó bromear Jessa.

En otra ocasión, un comentario así habría hecho que St. John esbozase una sonrisa, pero seguía mirando por la ventana, pensativo.

—Es demasiado tarde para evitarlo.

—¿Evitar qué?

—No puedo decirle a Redstone que pare la auditoría o al periodista del *Ledger* que se vaya... el niño acabaría muerto.

—Como estuvo a punto de pasarte a ti.

—No puedo dejar que Tyler sufra —St. John sacudió la cabeza.

Jessa no podría escribir el alivio que sintió. Desde que descubrió quién era se había preguntado si el daño que le habían hecho de niño lo habría convertido en una persona fría y retorcida como su padre.

Pero no era así. Adam... St. John no estaba dispuesto a sacrificar a un niño, costase lo que costase.

—He hablado con su madre —dijo entonces— y me temo que no nos servirá de nada. Alden ha conseguido contenerse con ella y o está completamente ciega o ha decidido que mejor Tyler que ella. Por repugnante que parezca, yo creo que es lo último.

St. John la miraba sin decir nada y Jessa supo lo que estaba pensando.

—Tu madre debería haber luchado por ti, pero lo que hizo... me parece más humano.

—¿Tú lucharías? —le preguntó él.

—¿Por mi hijo? ¡A muerte! —exclamó Jessa—.

¿Qué vamos a hacer con Tyler? ¿Cómo podemos ponerlo a salvo? Si llamo a los Servicios Sociales parecerá que intento manchar el nombre de Alden y podrían no tomarme en serio. Y si llamas tú, tendrás que responder a preguntas que no quieres responder.

—El colegio —dijo él.

—Sí, como que allí hicieron algo por ti —replicó ella, desdeñosa—. Alden les ha regalado un campo de fútbol al que han puesto su nombre. Muchos de los profesores hacen campaña por él.

—Hay que darle a Tyler un sitio en el que pueda escapar.

—¿Cómo?

St. John miró a Maui, que no dejaba de mover la cola.

—¿Maui?

—¿Por qué no?

—Bueno, a él no le importaría nada.

—Confío en ti.

—¿Quieres decir que confías en que se me ocurra algo o que Tyler confiará en mí?

—Yo confié en ti.

Jessa apartó la mirada.

—Y yo te defraudé —murmuró.

—¡No! —exclamó St. John entonces, abrazándola—. No pienses eso… nunca. Tú eras todo lo que tenía.

—Debería habérselo contado a alguien.

—Eras una niña y yo te pedí que no lo hicieras.

—¿Cómo es posible que me encuentre en la misma situación dos veces en mi vida?

—Un denominador común: yo.

Para su sorpresa, St. John estaba sonriendo, pero era una sonrisa triste.

—No es culpa tuya. El denominador común es él, no tú.

Jessa apoyó la cabeza en su torso. Esperaba que fuese cierto. Tal vez no era ella quien atraía todas esas energías cósmicas negativas sino Alden.

Cuando levantó la cabeza lo pilló mirando su boca con un brillo intenso en los ojos azules… o quizá era la sombra de la vieja gorra.

Recordó entonces una fotografía de Clark Alden, el hombre que había hecho la fortuna familiar, el inteligente empresario que se había quedado en Cedar cuando podría haber ido a cualquier sitio y gracias a quien el pueblo había prosperado mientras otros se morían por falta de industria.

En la fotografía, Clark Alden llevaba esa gorra. Adam había dejado atrás su mundo en Cedar, pero se había llevado un recordatorio del único hombre que lo había querido.

Sin pensar, levantó una mano para acariciar la cicatriz en la barbilla, la marca de su liberación.

Y lo oyó contener el aliento.

—Jess… —murmuró, en un susurro lleno de agonía.

Jessa no se atrevía a moverse o emitir ningún sonido, nada que lo hiciese cambiar de opinión. Se dio cuenta de que había estado esperando ese momento desde que supo quién era. Probablemente incluso antes, desde que entró en la tienda.

Y entonces St. John capturó su boca en un beso fiero, exigente, nada tierno o tentativo sino la declaración de un profundo deseo.

En ese momento, la persona serena que era desapareció, reemplazada por una criatura salvaje a la que Jessa no reconocía. Y algo estalló dentro de ella mientras se besaban como si los dos hubiesen perdido la cabeza.

Se rindió al beso, sujetándose a sus hombros como si fuera lo único sólido en un mundo que daba vueltas.

Nada en su vida la había preparado para aquello porque nunca había sentido algo así. No sabía que aquel ansia que la consumía pudiera existir.

—Dam… —susurró.

—Cierra la tienda —dijo él, con voz ronca.

—Sí —asintió Jessa, sabiendo que estaba diciendo que sí a mucho más que cerrar una puerta.

Unos minutos después salían del pueblo en su coche. Jessa se preguntó si en el camino recuperaría el sentido común y detendría lo que estaba a punto de pasar.

Y respondió a su propia pregunta al darse cuenta de que ese camino había empezado muchos años atrás.

—Siempre quise que tú fueras el primero.

St. John se quedó inmóvil al escuchar sus palabras, las primeras que había pronunciado desde que salieron de la tienda.

—No lo pensé hasta cinco años después de que te hubieras ido, claro. Y no sabía muy bien qué era lo que esperaba en la universidad, cuando lo hice por primera vez… pero me dio pena que no fueras tú.

Él apretó su mano, emocionado.

La habitación del hostal le había parecido adecuada hasta entonces, pero de repente le parecía demasiado destartalada para ella. Aunque no era cierto. Era Jessa, su pura y dorada belleza lo que hacía que lo pareciese.

Pero su tímida admisión había servido para hacer lo que no había podido hacer hasta ese momento: que St. John recuperase el sentido común.

—Jess, si no quieres…

—Claro que quiero, Dameron St. John —lo interrumpió ella, como si llamarlo por su nuevo nombre dejase claro que sabía que ya no estaba con el niño que había sido—. Entonces no conseguí lo que quería y espero que ahora no me arrebates lo que llevo esperando toda mi vida adulta.

Y eso, se dio cuenta St. John sobresaltado, era lo mismo que deseaba él. Había habido otras mujeres en el camino, mujeres que entendían sus limitaciones y que no esperaban más de lo que podía darles.

Pero era Jessa. Y si tuviera algo de sentido común se marcharía de allí mientras pudiese dejarla ir. Y si él tuviese algo de sentido común la llevaría de vuelta a Cedar y la depositaría en casa de su madre.

Ella frunció el ceño entonces.

—Hablando de adultos, yo no suelo llevar preservativos en el bolso.

—No pasa nada. Me hago pruebas cada seis meses.

—No estaba pensando en una enfermedad venérea, tonto. Estaba pensando en un embarazo.

St. John experimentó una sensación amarga, algo

que nunca antes había sido una preocupación en su vida.

—No es un problema —dijo de nuevo—. Me hice la vasectomía hace años.

Vio un brillo de comprensión en los ojos de Jessa. Ella sabía por qué lo había hecho. Entendía por qué no quería arriesgase a tener hijos.

Y jamás había esperado lamentarlo.

—¿Has cambiado de opinión?

Tenía que preguntar, aunque odiaba hacerlo, temiendo que su respuesta fuese afirmativa.

—No —Jessa se puso de puntillas para besarlo, apretándose contra su cuerpo.

Sabía que aquello era demasiado importante, que si daba aquel paso sería irrevocable. Que lo cambiaría todo.

Pero no podía resistirse. Era Jess y no podía decirle que no.

Sus besos estaban destruyendo los muros que había levantado a su alrededor; su supuesta frialdad destrozada al saber que aquella mujer lo deseaba. Aquella mujer que lo sabía todo seguía deseándolo.

Cuando sintió que se apartaba un poco estuvo a punto de protestar, pero al ver que se quitaba el jersey se quedó sin aliento, mirando con ansia la tentadora curva de sus pechos bajo el sujetador azul.

—Por favor —dijo ella—. No pares ahora.

Aquella era la última oportunidad de exorcizar sus demonios, pensó mientras la llevaba hacia la cama, mientras se quitaban la ropa el uno al otro.

Se había pasado la vida haciendo planes, pero ningún plan podría haberlo preparado para aquello. Porque no sabía que existiera ese calor, esa emoción, ese cariño.

Jessa deslizaba las manos por su piel desnuda, acariciándolo como si quisiera memorizarlo. Y él entendía la necesidad porque hacía lo mismo, trazando sus curvas con un dedo, sin importarle que notase que le temblaban las manos. Con ella se sentía seguro y lo sorprendió pensar que aquel día habría llegado tarde o temprano si su vida hubiera sido normal, que algún día habrían descubierto juntos aquel paraíso.

«Siempre quise que tú fueras el primero».

St. John dejó escapar un gemido ronco, temblando cuando ella deslizó una mano por su estómago. Y tembló de nuevo al ver que sus pezones reaccionaban ante el roce de sus pulgares.

—Dam —susurró Jessa. Y algo en su voz hizo que la mirase a los ojos para ver el mismo deseo que había en los suyos. Pero también había un brillo de preocupación—. Él no está aquí, nunca estará aquí, entre nosotros.

Había sabido que lo entendería. Jessa siempre lo había entendido.

Ella se movió entonces, apretando sus pechos contra su mano y St. John inclinó la cabeza para tomar un pezón entre los labios, saboreando el gemido de placer que despertó.

Ese gemido hizo que perdiese la cabeza. No podía tocarla suficiente, besarla suficiente. Estaba loco, pero no le importaba porque era Jess y ella era la única persona que podía alejar a sus demonios.

Cuando por fin se deslizó en su húmedo interior, tembló de placer. Sabía que iba demasiado rápido e intentó ir más despacio, pero las manos de Jessa estaban por todas partes, su boca buscando, besando, lamiendo... y no había nada en el mundo más importante que aquel momento.

Cuando murmuró su nombre y sintió su primer espasmo, se dejó ir, sabiendo que los demonios eran impotentes, destruidos por el corazón puro de aquella mujer.

—¡Jess!

El grito escapó de su garganta respondiendo a la dulce prensa de su cuerpo y llevándolo a un abismo desconocido para él, rompiendo barreras que había creído impenetrables.

Había estado equivocado. Otra vez.

Y mucho después, supo que los sórdidos recuerdos de su infancia jamás volverían a escapar de la jaula en la que los había guardado. Experimentando aquella sensación de pura felicidad era imposible que lo hicieran. Siempre estarían allí, pero bien guardados, sin poder alguno contra la determinación y el cariño de la mujer que tenía entre los brazos.

Capítulo 21

JESSA sentía como si por fin hubiera completado una imagen que había empezado a pintar en su mente muchos años atrás. No podría haberla terminado antes, pero no era menos hermosa por el retraso. Si St. John no hubiese vuelto a Cedar podría no haberlo sabido nunca con certeza, pero siempre había intuido que con él sería diferente, maravilloso.

Y había estado en lo cierto.

Jamás olvidaría aquella tarde. Habían hecho de todo en esas tres horas, desde el frenético primer encuentro a las lánguidas caricias o al amor lento, cuando St. John la colocó sobre él, dándole el control, un regalo cuya importancia Jessa solo entendió más tarde.

—A los cotillas del pueblo les encantaría saber qué ha estado haciendo esta tarde su candidata.

—No dejes que se enteren.

Jessa soltó una risita.

—No sé si lo llevaré grabado en la frente.

St. John esbozó una sonrisa.

—¿Eso es un problema?

—Podría serlo —respondió ella—. Cedar es un pueblo muy pequeño y yo soy la chica buena de toda la vida. Se supone que no debería hacer estas cosas. Y si supieran quién eres... no creas que no me doy cuenta de la ironía. El maravilloso sexo entre dos adultos normales podría perder las elecciones en contra de un pervertido.

—¿Maravilloso?

Era tan normal, una reacción tan típicamente masculina que Jessa estuvo a punto de echarse a reír.

—Más que eso. Más de lo que nunca hubiera soñado, pero no ha sido una sorpresa. Yo sabía que sería así contigo.

—Yo no sabía que pudiera serlo.

Esas palabras, dichas en voz baja, no eran exactamente una declaración de amor, pero siendo St. John quien las pronunciaba casi podrían serlo.

Y, por primera vez, Jessa empezó a albergar esperanzas.

Una oportunidad era lo único que quería.

Jessa miraba a Tyler tirándole una pelota a Maui con el brazo sano. Llevaba quince minutos haciéndolo, pero el incansable animal volvía con la pelota en la boca para dejarla a sus pies y empezar de nuevo.

—Intenta lanzar una bola alta —sugirió Jessa—. Pero díselo antes. Di: «arriba».

El niño hizo lo que le pedía y el lenguaje corporal de Maui cambió por completo, preparándose para ese reto. Tyler lanzó la pelota y Maui dio un salto, atrapándola en el aire.

Al verlo reír, Jessa se regañó a sí misma por no haber hecho aquello mucho antes. Debería haber pensado que necesitaría un refugio, saber que contaba con alguien, que no estaba solo.

Durante la última semana, Maui y ella pasaban por delante del colegio a la hora de la salida los días que Alden estaba en River Mill. Y sabía que no era su imaginación que el chico pareciese más relajado, un poco menos receloso, al menos con ella y con el perro.

La tarea que se había impuesto tenía otros beneficios ya que, al necesitar tiempo libre, su madre iba a ayudarla en la tienda. Y, para sorpresa de Jessa, estaba aprendiendo a usar el programa informático.

—Es lo más lógico en estos tiempos. Además, ha sido un detalle por parte del señor St. John —le había dicho.

Maui lanzó un ladrido y Jessa se dio la vuelta, sabiendo quién acababa de llegar.

—Buen perro —dijo St. John.

Tyler asintió con la cabeza.

—Sí, es muy listo.

—¿Te acuerdas de… mi amigo? —le preguntó Jessa. No sabía cómo llamarlo pero, por su expresión, St. John estaba de acuerdo en que aquel no era el momento para discutir qué eran el uno para el otro.

Tyler asintió con la cabeza.

—Pero no se cómo se llama.

—St. John —dijo él—. Dameron St. John, pero suelen llamarme Dam.

—Qué nombre tan raro.

—Lo elegí yo mismo… porque no me gustaba el nombre que me había puesto mi padre.

Tyler parpadeó.

—¿Ah, no?

—En realidad, no me gustaba nada de él. Me decía que era un idiota, un desobediente que no merecía la pena. Y me castigaba todo el tiempo.

El niño se puso pálido y, por el brillo de sorpresa en sus ojos, supo que esas eran unas palabras que había escuchado a menudo. Maui pareció entender el cambio de humor y soltó la pelota, entendiendo que el juego había terminado. St. John alargó una mano para señalar el hematoma en el ojo de Tyler.

—Me hacía eso… y eso también —le dijo, señalando su brazo.

Tyler dio un paso atrás, pero no salió corriendo. Miraba a St. John como intentando decidir si podía confiar en él.

Jessa decidió apartarse para dejarlos solos y Maui se sentó con ella en la hierba del jardín. Pero incluso desde allí podía ver la expresión dolida del niño. No podía oír lo que decían, pero sabía que St. John iba a enfrentarse a sus propios demonios por aquel niño al que no conocía. Y eso le decía todo lo que necesitaba saber sobre el hombre en el que se había convertido.

—Creo que confía en nosotros —dijo St. John, en voz baja.

Estaban en la habitación de Jessa, el sitio en el que nunca había estado, pero siempre había visto en su imaginación. Aunque ella le había dicho que entonces no era su habitación. Cuando volvió de Seattle se había mudado al ático para guardar las cosas que había ido comprando durante esos años.

Había dividido la habitación en tres zonas, una como estudio con un escritorio y estanterías para libros, otra para dormir y un saloncito con un sofá y una televisión en el centro. Habían añadido un cuarto de baño, convirtiendo la habitación en una suite decorada en tonos verdes y blancos, con una alfombra en el centro, al lado de la cama de Maui... aunque por los pelos que había encontrado en el edredón, St. John imaginaba que Maui dormía muchas veces sobre la cama, donde querría estar cualquier hombre.

Y donde nunca en su vida habría esperado estar él.

—Sí, yo también lo creo —asintió Jessa, con la cabeza apoyada sobre su hombro. Era lo primero que decía desde que le pidió que la ayudase a quitarse la ropa. Aunque no había estado en silencio... no, su rubia amiga era una amante muy expresiva, aunque no con palabras. Y los sonidos que emitía, y cómo temblaba entre sus brazos, habían estado a punto de hacerlo perder la cabeza.

Era él quien había hablado, curiosamente. Él quien había encontrado palabras para hacerle saber lo que sentía. Jessa le devolvía la vida de un modo que le había parecido imposible porque había dejado de esperar algo así en su vida.

St. John esperaba que tuviese razón sobre Tyler porque hablar con él había sido una de las cosas más difíciles que había hecho en toda su vida. Pero él no estaba acostumbrado a fracasar y no quería fracasar en aquel empeño. Había sido terriblemente doloroso mirar a Tyler y verse a sí mismo, ver el pánico en sus ojos al pensar que su padrastro volvería a casa en cualquier momento y él aún estaba allí.

Pero mientras lo llevaban de vuelta a casa, le prometieron que ellos se encargarían de Alden porque conocían bien al enemigo.

St. John no le había contado toda la verdad, que ese enemigo era el mismo hombre que lo había torturado a él, pero Tyler tenía suficiente por un día. Saber que alguien había sufrido tanto como él y había salido adelante le daba ánimos.

Había sido uno de los momentos más difíciles de su vida, pero Jessa le había pedido que lo hiciera y eso era más que suficiente. No solo ayudaría a Tyler, haría cualquier cosa que ella le pidiera.

Jessa, pensó, acariciando su pelo. Cuando dejaron a Tyler en casa, ella lo había mirado con una intensidad y una admiración que lo hizo creer que moriría si no la hacía suya en ese mismo instante.

—Te necesito, ahora.

—Mi madre está en la tienda y se quedará allí hasta que vuelva. En casa no hay nadie.

Jessa Hill había sido su salvavidas de niño, no tenía la menor duda, pero tenerla entre sus brazos ahora, su cuerpo desnudo apretado contra el suyo, era incluso más precioso por inesperado. Y, por instinto, sabía que podía ser su salvación.

Si quería.

¿Quería que lo fuera? Llevaba tantos años apartado de todo, viviendo en su propio mundo. ¿Podía cambiar? ¿Quería hacerlo?

Tenía la sensación de que así era como debía sentirse alguien que despertaba de un coma, bombardeado por sensaciones antiguas y pensamientos que no tenían sentido.

Ese coma autoimpuesto había durado veinte años y cuando Jessa se movió de nuevo, esta vez para acariciar su torso, ese punto de contacto parecía ser lo único que lo conectaba con… la vida.

—No sé cómo hacer esto, Jess —le confesó.

Ella se apoyó en un codo para mirarlo a los ojos.

—Pero sabes hacer muchas cosas y estupendamente bien, además.

Lo había dicho muy seria, pero había un brillo burlón en sus ojos.

—Tú mereces…

—¿Tener lo que quiero? Gracias, ya lo tengo.

No había esperado que respondiese con una broma.

—Algo mejor —murmuró él, terminando su frase anterior.

—Sí, mucho mejor, gracias —Jessa ni siquiera intentaba disimular que estaba burlándose de él.

—Tú sabes lo que quiero decir.

—Sí, lo sé. ¿No es estupendo que no sea una decisión que tú tienes que tomar?

St. John la miró, desnuda, suya, y sintió una emoción nueva. No el lógico deseo, aunque su cuerpo respondía sin que pudiese evitarlo, sino orgullo. Estaba orgulloso de ella, de la mujer fuerte en la que se había convertido sin perder su ternura y su tierno corazón.

—Tengo que ir a la tienda —dijo Jessa entonces, levantándose de la cama.

St. John la miró durante unos segundos antes de levantarse para buscar su ropa tirada por el suelo. El recuerdo de la urgencia del encuentro, de las manos frenética buscándose, tirando de la camisa, del pantalón... casi lo hizo volver a tomarla entre sus brazos para llevarla de nuevo a la cama.

Estaba perdiendo el control, pensó. No podía seguir negándoselo a sí mismo.

Si llevar un férreo control sobre su vida, algo de lo que se había enorgullecido durante años, significaba tener que pasar sin Jessa, no lo quería. Pero no había alternativa.

—¿Dam? —lo llamó ella entonces. Pero no lo tocó, como si supiera que él no podría soportarlo en es momento.

—No puedo arriesgarme.

—No estás hablando de mis posibilidades en las elecciones, ¿verdad?

—Jess...

—No puedes arriesgarse a tener una relación conmigo.

—Es por ti —dijo él.

—¿Eso es lo que haces siempre, alejarte de la gente porque crees que vas a hacerles daño?

—Nunca he querido que supieran... que tuvieran que lidiar...

—¿Con tu vida? —terminó Jessa por él—. ¡Pero si es un milagro que hayas sobrevivido!

St. John sacudió la cabeza.

—No, tú eres el milagro.

—Hay que ser muy valiente para hacer lo que tú hiciste a los catorce años. Eres demasiado fuerte como para dejar que él siga controlando tu vida —Jessa se puso los zapatos antes de dirigirse a la escalera—. Tengo treinta años, pero para mi madre sigo siendo una niña. Y si ella apareciese por aquí ahora, tendríamos que dar muchas explicaciones.

St. John miró alrededor un momento, grabando en su memoria cada detalle antes de seguirla; no porque tuviese miedo de Naomi Hill sino porque no quería causarle problemas a Jessa. Y pensar que su hija estuviera con un hombre como él solo podía causar problemas.

Apenas se fijó en el resto de la casa. Había estado allí un par de veces cuando era niño y no había cambiado mucho. Aunque era muy diferente a la habitación de Jessa…

Solo entonces se dio cuenta de que había estudiado esa habitación con tanto detalle porque quería un sitio para Jessa en su mente cuando pensara en ella en el futuro.

Porque sabía que no volvería a ver esa habitación.

Capítulo 22

JESSA levantó la cabeza cuando sonó la campanita de la puerta. Un hombre alto y delgado acababa de entrar en la tienda y miraba alrededor con interés. Iba en vaqueros, con una camisa de cuadros y un sombrero texano.

—¿Quería algo?

—Estoy buscando a Jessa Hill.

—Soy yo —dijo ella.

Después de decirlo se le ocurrió que tal vez debería haber sido más cauta, que tal vez la visita de aquel extraño era cosa de Alden. Pero una sola mirada a los ojos grises del hombre la convenció de que no era así.

Él la estudió durante unos segundos y Jessa tuvo la sensación de que estaba siendo observada por un experto.

—Vaya, vaya, vaya —dijo luego, echando el sombrero hacia atrás, como si de repente todo hubiese quedado claro para él.

—¿Por qué tengo la impresión de que no ha venido a comprar pienso para caballos?

El extraño soltó una carcajada.

—Hace unos años lo habría hecho. Encantado de conocerte, Jessa Hill. Soy Josh Redstone —se presentó.

Jessa contuvo una exclamación. No lo había reconocido. Había visto muchas fotografías suyas, pero eran fotos de estudio, posados con traje de chaqueta y corbata… y botas texanas. Siempre con botas.

Parecía un peón de algún rancho de la zona más que el presidente del imperio Redstone.

—Es un honor, señor Redstone —dijo Jessa estrechando su mano.

—Gracias. Llámame Josh.

—No tengo que preguntarte qué haces aquí.

Él enarco una ceja.

—Veo que te ha hablado de mí.

—Sí, claro. A su manera.

Josh sonrió, como si supiera mejor que nadie lo difícil que era sacarle información a St. John.

—Ya me imagino.

—Pero yo no sabía que él te hubiese hablado de mí.

—No me ha contado mucho, pero que hablase de ti… bueno, eso me lo ha dicho todo.

Ella lo miró con curiosidad.

—¿Sabes algo de… su vida aquí?

—Sé algo de lo que pasó. Una noche lo emborraché, hace mucho tiempo, y me contó algunas cosas.

Tenía que saber qué le pasaba para saber cómo ayudarlo.

—¿Te ha pedido él que vinieras?

—No, pero cuando mi Vicepresidente de Operaciones pide unos días libres por primera vez en una década y luego empieza a hacer todo tipo de peticiones raras... en fin, la curiosidad ha sido más fuerte que yo.

Vicepresidente de Operaciones en Redstone.

—Él me dijo que era tu ayudante.

Josh soltó una carcajada.

—Es mi mano derecha, tiene todo Redstone en la cabeza. Es la persona a la que acudimos en cualquier crisis y ha creado la mayor red de contactos que puedas imaginar —le explicó luego—. Es el único que podría sustituirme y el hombre más solitario que he conocido nunca.

—Sí, desde luego —murmuró ella.

—Pero yo sabía que había habido algo bueno en esos días tan oscuros —siguió él—. Alguien que lo ayudó a salir adelante y que le dio valor para escapar del infierno en el que vivía. Imagino que esa persona eres tú.

Jessa se emocionó al pensar que aquel era el hombre que había salvado a St. John, el que le había dado una oportunidad y la clase de vida que no había tenido nunca.

—¡Jess!

St. John entró en la tienda como una tromba y, al ver a Josh Redstone, se quedó inmóvil.

—¿Qué demonios haces aquí?

—Yo también me alegro de verte, amigo.

—Maldita sea…

—Eso es lo malo de tener amigos, que se meten en tus cosas porque les importas. Te guste a ti o no.

Jessa tuvo que contener una risita. Se alegraba tanto de que hubiera tenido un amigo durante esos años.

—¿Qué ocurre, Dam?

—Tyler —respondió él.

—¿Qué ha pasado?

—He visto el coche del comisario en la puerta de la casa de Alden.

—Supongo que es demasiado esperar que su madre haya llamado a la policía…

—Tyler no será un chico de unos doce años con un brazo escayolado, ¿verdad? —intervino Josh—. Lo digo porque lo he visto merodeando por ahí mientras aparcaba.

Jessa y St. John se miraron durante un segundo y cuando salieron de la tienda vieron a Maui haciendo guardia en la puerta del granero.

—¿Dónde está, chico?

El perro los llevó a una esquina. Y allí, su cabeza apenas visible bajo las balas de paja, estaba Tyler escondido.

—Habla con él —murmuró Jessa—. Tú eres el único que puede entenderlo.

St. John asintió con la cabeza antes de dar un paso adelante y ella volvió atrás, con Josh, que se había quedado en la puerta del granero, mirando a su Vicepresidente de Operaciones con cara de asombro.

—Tyler… ¿quieres hablar conmigo? —apenas podían escuchar la conversación desde allí, pero los dos aguzaban el oído—. Lo sé, Ty… te ha dicho que es culpa tuya y que tiene que sacarte el demonio del cuerpo. Que él es un hombre paciente, pero tú eres tan malo que hasta un santo perdería la paciencia... y que si algo malo le pasara a tu madre, la culpa sería tuya.

Jessa tuvo que abrazarse a sí misma para contener la angustia al escuchar los sollozos del niño. Pero entonces Tyler salió de entre las balas de paja y se echó en los brazos de St. John, con los ojos llenos de lágrimas y el rostro cubierto de hematomas. Él lo apretó contra su corazón, dejándose caer al suelo...

En ese momento, Josh le pasó un brazo por los hombros sin decir nada. Estaba allí, ofreciéndole su apoyo en silencio.

—Tiene que hacerlo —murmuró, pensando que la escena debía ser una sorpresa total para él.

—Lo sé. Pero jamás pensé que lo haría.

Tyler seguía llorando, contándole cosas a St. John...

—Dice que es mi padre y que tiene derecho a pegarme... pero no es mi padre.

—No —asintió él, abrazando al niño—. Es el mío.

Capítulo 23

ST. John estaba sentado sobre una bala de paja, con la cabeza de Maui apoyada en su rodilla. Jessa estaba a su lado pero, tan perceptiva como siempre, en silencio. Y él se lo agradecía.

Se sentía agotado, como si buscar en lo más negro de su pasado para ayudar a Tyler lo hubiese dejado sin fuerzas.

—¿Josh?

—Se ha ido.

Él asintió con la cabeza.

Josh había conseguido ganarse la confianza de Tyler en unos minutos. Por supuesto, la promesa de llevarlo en su nuevo avión había sido irresistible para el niño.

Y ya que Tyler estaba apartado de la línea de fuego, St. John sabía que era el momento de poner fin a todo aquello. Pero no encontraba energías para moverse.

El ladrido de Maui lo puso en alerta. El perro se había levantado de un salto para correr hacia la puerta del granero ladrando furiosamente y Jessa fue tras él, sorprendida...

Casi simultáneamente St. John escuchó tres cosas; el grito de dolor de Maui, el grito de protesta de Jessa y la voz de un hombre.

La voz de su padre.

—¡Aparta de mí a ese maldito animal! He llamado al comisario y viene hacia aquí. Vas a recibir lo que mereces, zorra arrogante. ¿Dónde está el chico?

St. John llegó a la puerta del granero en un segundo. Maui estaba gruñendo y solo la mano de Jessa en su collar evitaba que se lanzase sobre Alden.

—¿Dónde está mi hijo? Sé que está aquí.

—Solo un cobarde pegaría a un perro —replicó Jessa, fulminándolo con la mirada—. O a un niño.

Alden levantó un brazo como si fuera a pegarla...

—Ponle una mano encima y estás muerto —le advirtió St. John.

Hablaba absolutamente en serio, más que nunca en toda su vida. Y cuando su padre lo miró se dio cuenta de que Jessa tenía razón: se había llamado cobarde a sí mismo por esconderse, por apartarse del mundo, cuando en realidad el cobarde era aquel hombre.

—¿Quién demonios eres tú? ¿Y qué te importa lo que yo haga?

—Lo que hace usted es asunto de cualquier persona decente —replicó Jessa.

Y St. John pensó que nunca había visto a una mujer más hermosa, más fiera y valiente, enfrentándose con el demonio por él.

Pero su padre no se molestó en mirarla.

—Tú estás ayudándola, ¿verdad? Eso lo explica todo. Sabía que ella era demasiado estúpida como para haber organizado esta campaña.

St. John sabía que la batalla que había pospuesto durante toda su vida estaba a punto de empezar y se concentró en el hombre que tenía delante, sintiendo el peso de esos veinte años, sabiendo que de una forma o de otra iba a librarse de él para siempre.

—Eres listo, lo reconozco —siguió Alden, cambiando de tono—. Pero yo puedo pagarte más que ella. Es mejor trabajar para el ganador.

—Ahórrate el dinero, vas a necesitar un buen abogado.

Su padre frunció el ceño.

—No sé qué te ha contado esta tonta, pero no es verdad. Está desesperada porque sabe que va a perder, por eso intenta ensuciar mi nombre.

—Jess, llévate a Maui a casa —dijo St. John entonces, sin dejar de mirar el rostro del hombre que una vez había sido su pesadilla.

Su padre estaba estudiándolo, pero no como si su rostro le resultase familiar. Era una mirada calculadora. Parecía estar intentando descifrar cómo lidiar con él.

—No pienso dejarte solo con él.

—¿Tienes miedo de que lo mate? Porque podría ser.

St. John experimentó una oleada de satisfacción al

ver que Alden daba un paso atrás. Y más aún al ver un brillo de miedo en sus ojos.

«Sí, debes tener miedo», pensó, mientras liberaba la cólera que había mantenido controlada durante tantos años.

—No te atreves a amenazarme. Tú no sabes quién soy.

—Lo sé muy bien.

—Entonces sabrás que soy una persona importante en el pueblo y…

—Usted no es más que un gusano repugnante —lo interrumpió Jessa.

St. John estuvo a punto de sonreír. Y, por primera vez en la vida, se dio cuenta de que había algo más importante que aquel hombre. Alden había destrozado su niñez, pero Jessa lo había devuelto a la vida como nunca hubiera podido imaginar.

Ella estaba mirándolo, sus ojos llenos de angustia. Por él. Y experimentó entonces una emoción nueva, algo tan importante que no podía lidiar con ello en ese momento.

Pero no podría soportar que Jessa presenciase aquello.

—Vete, por favor.

Jessa lo miró a los ojos durante unos segundos y después salió con Maui del granero mientras Alden la miraba como si estuviera a punto de lanzarse sobre ella. Qué típico de él buscar la presa más débil, pensó.

Pero Jessa no era una de las mujeres acobardadas que Alden prefería. No, ella lucharía con todas sus fuerzas.

—¿Qué has hecho con ese mocoso mío?

—No es hijo tuyo.

—Lo he adoptado legalmente, a pesar de los problemas que me da. Todo el mundo sabe que es un chico difícil, pero lo trato como si fuera mi hijo.

—Estoy seguro de eso —dijo St. John.

Alden lo miró entonces como si por fin entendiera que allí ocurría algo extraño.

—¿Quién eres?

Había llegado la hora, pensó St. John. Era el momento de terminar con aquello. Alargarlo le daría más poder a aquel monstruo.

—Estás *educando* a Tyler, ¿verdad? —le espetó, con aparente calma—. Por eso te molesta tanto que haya desaparecido.

—Pues claro que estoy enfadado —replicó Alden, soberbio.

Pero St. John podía oler la inseguridad en sus palabras. Seguía preguntándose contra qué estaba luchando.

—Tiene la edad adecuada, ¿no? Y ya casi lo tienes «domado» para que no pueda oponer resistencia, hasta que algún día se pregunte si no sería mejor estar muerto.

Era más de lo que había dicho en veinte años, pero una vez que había empezado resultaba fácil dar rienda suelta a su ira.

—No sé de qué demonios estás hablando —replicó Alden, lívido—. Ese chico necesita disciplina, mano dura.

El recuerdo de esa «mano dura» hizo que St. John apretase los dientes para contenerse.

—Tyler te tendrá tanto miedo que hará lo que tú digas para que dejes de pegarle.

Alden no lo negó, no dijo que era una acusación falsa, ni siquiera intentó amenazarlo.

—¿Quién eres? —le preguntó, con voz ronca.

St. John vio un movimiento a la izquierda, pero no se molestó en mirar, sabía quién era.

—¿No me reconoces?

Albert Alden lo miró de arriba abajo, como si lo viera por primera vez, como si intentase averiguar cuánto sabía aquel extraño.

—No te molestes, ya no me parezco a él. Y, sobre todo, ya no pienso como él.

—¿Como quién?

—Debo reconocerlo —siguió St. John— pocos hombres responsables de dos suicidios consiguen salirse con la suya.

—¿Dos suicidios? Mi hijo se ahogó en una tormenta, todo el mundo lo sabe.

—Salvo los que saben, o sospechan, la verdad. Y tu hijo, por supuesto.

—¿Quién eres tú? —repitió Alden, levantando la voz.

Y St. John vio en sus ojos que empezaba a entender la verdad.

—Tú sabes quién soy. Torturarme fue una diversión para ti durante catorce años.

—Eso es imposible. Está muerto.

—¿No conoces la leyenda del ave Fénix?

Alden sacudió la cabeza, pálido como un cadáver.

—No puede ser, no te pareces a él.

—La moderna cirugía hace milagros. Me arreglaron la mandíbula que tú me rompiste… y por lo que no pude comer durante casi un mes. Y ya que estaban, borraron de mi rostro las huellas de tus puños.

—No, no… —Alden dio un paso atrás.

—Pero esta la he conservado —dijo St. John, señalando la cicatriz en su barbilla—. Es la que me hice esa noche, en el río. Es mi medalla, el recordatorio de que nadie podrá hacerme daño nunca más.

Y entonces vio que Alden lo entendía por fin.

—No puede ser…

—Sí puede ser. Ya no soy un niño indefenso, soy el hombre que va a tirar tu castillo de naipes, el hombre que va a terminar contigo y te lo va a arrebatar todo, incluido tu último juguete, Tyler. Y tú no puedes hacer nada.

Alden negó con la cabeza, pero él sabía que estaba asustado.

—No…

—Y si crees que vas a poder irte a las islas Caimán para vivir con el dinero que tienes allí… lo siento, pero ese dinero ya no existe. Hemos informado a las autoridades.

Alden lo miró con los ojos muy abiertos y St. John vio que estaba buscando una ruta de escape.

—Todo el mundo lo sabrá. Todos sabrán lo que le has hecho a Tyler, a mi madre… a mí.

—¡Es mentira! —gritó Alden, el pánico haciendo que su voz sonase estridente—. Nadie te creerá. Nadie te hará caso.

—¿Tú crees? ¿Quieres saber dónde está Tyler?

—Nadie va a creer esas mentiras.

—Contabas con eso, ¿no? Yo no tenía a nadie, pero Tyler tiene un respaldo.

—Si te refieres a esa zorra…

St. John levantó el puño casi sin darse cuenta de que lo hacía y sintió un fuerte dolor en los nudillos un segundo antes de que Alden cayera al suelo.

Y entonces Jessa apareció a su lado.

—Antes de que lo mates —empezó a decir, como si estuviera hablando de un suministro de alpiste— deberías saber que la mitad del pueblo está aquí.

Ah, había llevado a la caballería. O, al menos, testigos.

—No voy a matarlo. No merece la pena.

Ella apretó su mano.

—No, es cierto. Y lo que le espera es peor que la muerte para él.

Alden estaba levantándose cuando St. John vio que había al menos veinte personas observando la escena con cara de sorpresa.

—No soy yo quien va a ayudar a Tyler —dijo Jessa, mirando a aquel monstruo—. El niño está con alguien en quien todo el mundo cree.

—¿Señor Alden? —escucharon entonces la voz del comisario de Cedar, que había aparecido con el alguacil—. Tiene que venir conmigo. Han presentado una denuncia contra usted.

—¡No pienso ir a ningún sitio! ¡No sé qué le han contado estos imbéciles, pero todo es mentira!

El comisario frunció el ceño.

—La denuncia ha sido presentada por otra persona, una fuente muy creíble.

—¿Quién?

—Joshua Redstone está en la comisaría con su hijastro. Y va a tener que responder de muchas cosas.

El comisario lo tomó del brazo y cuando Alden intentó soltarse, el alguacil lo sujetó.

—¡Me alegré de librarme de ti! —gritó entonces, mirando a St. John—. Me alegré de que hubieras muerto.

La multitud dejó escapar una exclamación de horror y él miró hacia atrás, como si hubiera olvidado que había testigos.

—¡Maldito seas! —gritó entonces—. Espero que te pudras en el infierno.

—No, ahí es donde te pudrirás tú —replicó St. John.

—Adam siempre fue más fuerte que usted —dijo Jessa.

—Siempre supe que había algo entre vosotros dos. Sabía que…

—Tú no sabías nada de mí —lo interrumpió St. John, su serenidad más aterradora que cuando estaba furioso—. Como no sabes nada sobre Tyler. Y nunca lo sabrás.

Alden intentaba soltarse, pero el comisario y el alguacil lo tenían bien sujeto y cuando le pusieron las esposas, el sonido metálico fue como un punto final.

Albert Alden se desinfló como un globo, mirando al hijo al que no había visto en veinte años.

—Nunca lo olvidarás —le espetó, el ser depravado que era asomando en sus ojos inyectados en sangre—. Nunca podrás quitártelo de la cabeza.

Jessa abrazó a St. John y solo eso impidió que matase a aquel monstruo con sus propias manos.

Capítulo 24

TYLER se pondrá bien —le aseguró Josh—. En Redstone nos encargaremos de eso.

Jessa asintió con la cabeza. Solo llevaba unas horas con él, pero ya sabía que era un hombre de palabra.

—En la fundación Westin tienen mucha experiencia tratando niños traumatizados.

Jessa asintió de nuevo.

—Ojala hubiese habido algo así para él —murmuró.

No tenía que explicar a quién se refería porque Josh también conocía la historia.

—Es increíble que haya podido hacer una vida normal después de eso —Josh hizo una pausa—. Tal vez deberíamos ampliar la fundación. Podríamos crear un programa para tratar a adultos.

—Sería muy buena idea.

—¿Sabes que va camino del aeropuerto?

—Va a salir corriendo, ¿verdad?

Josh asintió con la cabeza.

—Por ahora. Y probablemente lo hará de vez en cuando. ¿Puedes lidiar con ello?

—Sé que nunca será igual que un hombre que ha tenido una infancia normal —dijo Jessa—. Pero también sé lo fuerte que es y lo que se ha esforzado por llegar aquí.

—No te rindas.

—No lo haré, nunca. No voy a dejar que eso controle su vida ahora que se ha librado del monstruo.

Josh sonrió mientras apretaba su mano.

—Tú serás su salvación, estoy seguro.

—No, yo no puedo salvarlo como no pude hacerlo hace veinte años. Pero él sí puede salvarse a sí mismo.

—Está huyendo de posibilidades en las que teme creer porque una vez tuvo que huir de una realidad insoportable.

—Lo sé.

—Dale tiempo y llámame. O te llamaré yo cuando esté un poco más calmado.

La idea de llamar a Joshua Redstone la hizo sonreír.

—Sí, claro, levantaré el teléfono y pediré que me pongan con uno de los hombres más poderosos del mundo.

—Me pondré al teléfono siempre que tú llames, te lo prometo.

Jessa miró esos ojos de color gris, viendo lo que había visto en ellos tanta gente.

—Ahora entiendo que Redstone sea lo que es. Porque tú eres lo que eres.

—Redstone es su gente, siempre lo ha sido —Josh puso una mano en su hombro—. Y siempre lo será. Yo me encargo de eso.

St. John temblaba de frío mientras se sacudía el agua del pelo, pero no le importaba. Había estado nadando en el lago y el sol que se colaba entre las ramas de los árboles le daba una sensación de bienestar, de estar limpio otra vez, físicamente al menos.

Pero no estaba seguro de haber construido una jaula lo bastante fuerte como para contener los recuerdos.

No había esperado que vencer al monstruo pudiese borrarlos. Nada podría hacerlo, de modo que no se había quedado en Cedar para leer los sensacionales artículos sobre la caída en desgracia de Albert Alden. Pero sabía que algún día tendría que acudir al Juzgado para contar su historia...

Temía ese día, pero no podía dejar a Tyler solo llevando la carga. Y estaba solo porque, por imposible que pudiese parecer, su madre iba a declarar a favor de Alden.

El niño estaba en ese momento con una familia de acogida que había buscado para él la Fundación Westin y St. John sabía que eso cambiaría su vida para siempre.

Como había cambiado la suya.

Sí, esas semanas en Cedar con Jessa habían cambiado su vida.

Y, sin embargo, la había dejado. Sin despedirse,

sin darle una explicación. Y no había vuelto a ponerse en contacto con ella en un mes.

Jessa encontraría un hombre algún día, un hombre normal que pudiese darle la vida que merecía; una vida decente, sana, feliz.

Pensar eso hizo que se le encogiera el estómago.

Tenía que calmarse, se dijo. Estaba allí para eso. Josh lo había enviado a una remota cabaña en el estado de Washington, un sitio al que él iba a menudo para descansar, donde el único vestigio de civilización era el lejano sonido de algún vehículo en la carretera sin pavimentar o el del helicóptero de los forestales unos minutos antes sobre su cabeza.

—Necesitas tiempo para tranquilizarte —le había dicho Josh—. Y yo tengo un sitio para eso.

Y luego, con esa percepción que lo había ayudado a convertir Redstone en la increíble empresa que era, añadió:

—Pero no te engañes a ti mismo, Dam. No huyas de la única persona que podría ayudarte a compensar por lo que te hicieron.

Jess...

No lo dijo en voz alta, pero su cerebro gritó ese nombre, el nombre que no se atrevía a pronunciar.

St. John tembló de nuevo, pero esta vez no era de frío.

Cuando estaba poniéndose la ropa algo hizo que se erizase el vello de su nuca y levantó la cabeza bruscamente para mirar alrededor, buscando un coyote o un oso...

Pero lo que vio fue una rubia bajita, mayor amenaza que cualquier criatura del bosque.

—Jess…

Por un momento, pensó que estaba alucinando.

Con ese pelo dorado parecía un duendecillo del bosque, pero él sabía que era real y su corazón se aceleró al recordar su piel satinada, su fiera pasión en esos momentos en los que encontró una felicidad que no había esperado encontrar nunca.

—¿Qué haces aquí?

—Estaba buscándote… y admirándote —respondió ella, burlona.

Recordando que unos segundos antes estaba completamente desnudo, perdido en sus pensamientos, St. John le preguntó:

—¿Cuánto tiempo?

—El tiempo suficiente —respondió Jessa, con los ojos brillantes—. ¿Te he dicho alguna vez lo hermoso que eres?

Aún atónito por su inesperada presencia, St. John buscó una distracción.

—¿Cómo has sabido…?

Pero no terminó la pregunta, era evidente que Josh le había dicho dónde estaba. Y el helicóptero no era el de los forestales.

—Tess es increíble —empezó a decir Jessa, refiriéndose a la piloto de Redstone—. Jamás imaginé que se pudiera aterrizar entre los árboles, pero ella lo ha hecho con toda tranquilidad.

—Josh ha vuelto a entrometerse.

—Bueno, eso depende del punto de vista.

—Vete, Jess.

—No.

—Lo hago por ti.

—La única persona de la que aceptaba ese tipo de órdenes era mi padre, pero él no querría que obedeciese ahora —Jessa sonrió—. ¿Sabes una cosa? Me he acostumbrado a que hables como en taquigrafía. Así la conversación es… más interesante.

—No merece la pena.

—Sí merece la pena, Dam —dijo ella entonces—. La mayoría de la gente levanta muros para mantener alejados a los demás, los tuyos son para evitar que salga esa parte de ti que está dañada para que los demás estén a salvo. ¿No te das cuenta de lo noble que es eso?

St. John no podía responder. ¿Noble?

Estaba temblando de nuevo, aunque la ropa había absorbido la humedad y ya no tenía frío. Con ella nunca tendría frío.

—Hay una parte de ti que debes guardar más que otros —siguió Jessa—. Pero es como tener una abolladura en un coche perfecto o una corriente de aire en una casa que te encanta y que solo notas cuando sopla el viento en cierta dirección. ¿Tirarías el coche, abandonarías la casa?

Él negó con la cabeza.

—Era él —murmuró.

—¿A qué te refieres?

—Mi ambición. Odiarlo me ha hecho lo que soy y ahora… no sé qué hacer.

—¿Pero es que no lo ves? Tomaste lo que Alden te había hecho, lo que te obligó a aprender para sobrevivir, y lo usaste contra él. Intentó convencerte de que eras estúpido, inútil, malvado. Y no solo has demostrado que estaba equivocado sino que él era un monstruo… un monstruo al que tú has detenido. Piénsalo —insistió Jessa—. Estás por encima de él en todos los sentidos, siempre ha sido así. ¿Qué es un abogado de pueblo comparado con el Vicepresidente de Operaciones de Redstone?

St. John nunca lo había visto de ese modo.

—No merece tu odio, Dam. No merece ni una gota más de tu energía —Jessa respiró profundamente—. Pero nosotros sí.

—Tú mereces…

—Creo haberte dicho ya que esa es una decisión que no tienes que tomar tú.

—Jess…

—La única decisión que debes tomar es si vas a dejar que te gane después de todo lo que has hecho.

A su manera, Jessa Hill era tan implacable como él. Y tan decidida. Era una guerrera, siempre lo había sido, y solo abandonaría el campo de batalla después de la victoria.

—Si dejas que lo que te hizo controle tu vida, entonces lo habrás dejado ganar y ese monstruo habrá conseguido lo que quería.

St. John sacudió la cabeza y Jessa dio un paso adelante para tomar su mano.

—No dejes que lo haga —susurró—. No le dejes ganar, por favor.

Él aceptó su mano porque la necesitaba como nunca. No podía hablar y, afortunadamente, ella no lo presionó. Se limitó a abrazarlo, acariciando su pelo, sujetándolo literalmente mientras la emoción amenazaba con embargarlo por completo.

Porque se daba cuenta de que ya no podía existir

como lo había hecho durante los últimos veinte años y la decisión era más básica de lo que Jessa pensaba: o hacía lo que ella decía o se moriría. Era así de sencillo.

Ella lo abrazó con más fuerza, casi como si hubiera leído sus pensamientos.

—Quiero que veas a Albert Alden sentado en una celda, donde debe estar, sabiendo que por fin has ganado la batalla. Y luego imagina esa sonrisa depravada suya si supiera que él había ganado, que te había destruido.

La imagen que pintaba era tan vívida que St. John sintió un escalofrío. Sí, Alden sonreiría así, con retorcido y perverso placer, si supiera que se había rendido.

Y allí, en el bosque, bajo la luz del sol que se colaba entre las ramas de los árboles, decidió que no iba a darle esa satisfacción. Porque si dejaba que controlase su vida, el canalla habría ganado.

«Él no merece ni una gota más de tu energía, pero nosotros sí».

¿Era un ingenuo por querer algo más que la vida enclaustrada que había llevado hasta aquel momento? ¿Era un loco por pensar que tal vez había felicidad para él en el futuro?

No era que no supiera lo que quería, lo sabía. Lo que quería estaba allí mismo, sujetándolo, dándole el mismo apoyo que cuando era niña. Y él quería todo lo que Jess pudiese darle: su amor, su calor, su ternura, su valor.

Y se dio cuenta de que eso era lo que le faltaba: su valor. El valor de negarse a que un hombre perverso y malvado tuviese poder sobre él, el valor de dejar atrás el pasado para siempre. O, al menos, de guardarlo en un sitio cerrado y oscuro donde acabase por marchitarse y desaparecer para siempre.

—Lo retiro —dijo Jessa entonces.

Por un momento, St. John se preguntó si habría decidido que no merecía la pena, que sería mejor apartarse. Pero una nueva fe aplastó ese pensamiento porque Jessa nunca haría eso, nunca. Y sus siguientes palabras lo demostraron:

—Hay otra decisión que debes tomar.

—¿Cuál?

—Sé que en tu mente estoy asociada a los tristes recuerdos de Cedar. ¿Siempre te lo recordaré? ¿No puedes olvidar eso y verme… como soy ahora?

—Tú eres lo único que quiero conservar de entonces —dijo St. John.

—Sé que estás superando el pasado y que Redstone se ha convertido en la familia que no tuviste. Confías en ellos y eso es un milagro.

También lo pensaba él. No se había dado cuenta antes de ir a Cedar, pero ahora lo sabía.

—Y sé que necesitarás tiempo para tirar esos muros, pero no me importa —siguió Jessa—. Es decir, no me importa mientras me dediques algo de tiempo. Josh dice que trabajas sin descanso, que nunca duermes.

—Dormir no siempre ha sido un descanso.

—Sí, ya lo imagino. Pero creo que yo puedo solucionar eso —la mirada de Jessa aceleró su pulso—. Así que lo que tienes que decidir es si me quieres.

St. John contuvo el aliento, mirando esos ojos limpios, sinceros, preciosos. Unos ojos en los que podía ver el futuro, la oportunidad de tener cosas que jamás se había atrevido a soñar si encontraba valor para hacerlo... y lo que vio en sus ojos le dio ese valor.

—Más de lo que nunca he querido en toda mi vida —respondió.

Y vio que Jessa lo entendía. Entendía que quería estar con ella más de lo que había querido destruir al hombre que estuvo a punto de destruirlo a él.

—Pero no puedo tener hijos.

—Después de cómo te has portado con Tyler yo no me preocuparía por eso. Podemos adoptar... o acoger en casa algún niño abandonado.

—Mi trabajo...

—Ya lo sé, trabajas mucho. Y puede que tarde algún tiempo en solucionarlo todo, pero mi madre está mucho mejor y yo siempre he querido ir a California.

—¿Y las elecciones?

—Me he retirado —Jessa sonrió—. La asamblea del Ayuntamiento ha elegido a un alcalde en funciones, dadas las circunstancias.

—¿Quién?

—Mi tío Larry.

St. John parpadeó, sorprendido.

—La verdad es que yo nunca quise ser alcaldesa. Larry lo ve como una simple molestia temporal en su vida y yo creo que es la actitud más inteligente.

Jessa levantó una mano para acariciar la cicatriz en su barbilla y St. John se estremeció ante el contacto, incapaz de esconder su reacción y, en el fondo, sin querer hacerlo.

—Nadie volverá a tener poder sobre ti, Dam.

—Te equivocas.

—¿Qué?

St. John sabía lo que estaba a punto de admitir y supo también que tenía que hacerlo.

—Tú lo tienes y me gusta que sea así.

Ella esbozó una sonrisa que lo hizo pensar en un futuro lleno de ellas. Y entonces, con una voz llena de emoción, le dijo:

—Te quiero, Dameron St. John. Como amé a Adam Alden. Siempre lo amaré.

—Lo sé —murmuró él—. Y eso me hace sentir… por primera vez en mi vida yo… Jess, ¿esto es amor? ¿Es esto lo que se siente? ¿Esto tan grande, tan importante que uno cree que va a explotar en pedazos?

—Eso es exactamente lo que se siente.

—Entonces yo…

No sabía cómo pronunciar unas palabras que no había pronunciado nunca, pero a Jessa no parecía importarle. Sencillamente lo miraba sin dejar de sonreír.

—Lo sé —murmuró, en respuesta a todo lo que no había dicho.

Y mucho más tarde, abrazados, Dameron St. John encontró la forma de decirle lo que sentía.

Cuando sacó del bolsillo de los vaqueros la figurita de Kula que ella le había hecho veinte años antes, sus preciosos y cambiantes ojos verdes se llenaron de lágrimas. Y en la sonrisa que le regaló estaba todo lo que tenía que saber para el futuro.

Epílogo

ESTE sitio bulle de energía —dijo John Draven entrando en la oficina de su jefe—. Nunca había visto algo así. ¿Qué ocurre?

Josh estaba sentado detrás de su escritorio, mirando el mar por la ventana. La vista era lo único llamativo en el espartano despacho de aquel multimillonario. Pero a Josh solo le importaba el trabajo, no las apariencias. Y Draven sabía que siempre había sido así.

—Eso parece —dijo por fin, sin mirar a su jefe de seguridad.

—Una vez me dijiste que si St. John se enamoraba algún día sabrías que había llegado el fin del mundo.

—Y podría ser.

—¿Está bien?

—Muy bien. Jessa es la única mujer en el mundo que puede lidiar con lo que St. John tiene que vivir —

respondió Josh—. Pero que esté tan emocionado es la guinda en el pastel —añadió, burlón.

—¿Quién es ella?

—Por lo que él me ha contado, la única razón por la que seguía vivo cuando lo encontré.

Draven se dejó caer sobre un sillón frente al escritorio.

—Entonces está en deuda con ella.

—Sí.

—Tú sabes lo que le pasó, ¿verdad? Lo que ha hecho a St. John… como es.

—Sí, sé algo. Pero dudo que alguien sepa toda la verdad, salvo Jessa Hill.

—Estoy deseando conocerla.

—Te gustará. Es lo mejor que podíamos esperar para St. John.

Lo que esperaba, pensó Draven, ahora que había ocurrido lo impensable y la magia de Redstone había transformado no solo su duro corazón sino al legendario Dameron St. John, era que el hombre al que se lo debían todo encontrase la felicidad que habían encontrado ellos.

«Podría ocurrir», le había dicho Grace esa mañana, al saber la noticia. «Si le puede pasar a St. John, también podría pasarle a Josh».

—Tiene que ser algo en el agua de la empresa —bromeó Josh entonces.

Draven dejó atrás el dulce recuerdo de su mujer para volver al presente.

—O la gente de Redstone. Cuando juntas a los mejores, gente que piensa como lo hacemos aquí, todo puede ocurrir.

Cuando se marchó unos minutos después, Josh volvió a mirar por la ventana.

«Todo puede ocurrir».

—Espero que sea pronto —murmuró.

Y sabía que no había una sola persona en todo el edificio que no pensara lo mismo.

Pero quedarse de brazos cruzados no servía de nada. Él era un hombre de acción... por el momento, no sabía qué acción tomar, pero ya lo averiguaría.

Después de todo, era un Redstone.

JULIA

KIMBERLY LANG
A FAVOR DEL VIENTO

Ally Smith había roto con su novio por egoísta e infiel, pero no estaba dispuesta a desperdiciar la luna de miel en el Caribe que había pagado por adelantado.

Mientras intentaba salvar sus vacaciones, conoció al apuesto y seductor Chris Wells y se arrojó de cabeza a una tórrida aventura veraniega sin sospechar que aquel magnate de los barcos la había dejado embarazada.

JILL SORENSON
EMOCIONES TURBULENTAS

N.º 476

Una reserva de fauna exótica era un sueño hecho realidad para la bióloga Daniela Flores, hasta que descubrió que su exmarido era el jefe del equipo de investigación.

Sean Carmichael había ido a las remotas Islas Farallón a estudiar tiburones asesinos, pero un verdadero asesino andaba suelto amenazando a la mujer a la que nunca había dejado de querer. Y ahora sabía que debía protegerla.

JUSTINE DAVIS
LA MEJOR VENGANZA

Había algo en los intensos ojos azules de St. John que a Jessa Hill le recordaba a su amigo de la infancia. Pero Adam Alden había muerto veinte años atrás…

¿Podrían ser St. John y Adam la misma persona? ¿Y si lo eran, se marcharía, llevándose su corazón por segunda vez?

¡YA EN TU PUNTO DE VENTA!

Tiffany

Brenda Novak

En tus brazos

Cuando Lucky Caldwell tenía diez años, su madre, Red, la prostituta más famosa de Dundee, Idaho, se había casado con Morris Caldwell, un hombre rico y mucho mayor que ella. Por supuesto, el matrimonio no había durado, pero la amabilidad de Morris había sido muy importante para Lucky.

Mike Hill, nieto de Morris, no sentía demasiada simpatía hacia Red ni hacia su hija; habían separado a su abuelo de su familia, e incluso este le había dejado en herencia a Lucky una mansión victoriana a la que ella no había hecho ningún caso durante años…

Buscando su lugar

Hacía diez años que Hope Tanner había escapado de su comunidad, y lo había hecho sola y embarazada. Después había dejado la adopción de su bebé en manos de Lydia Kane, la fundadora de una clínica de Nuevo México.

Ahora tenía que regresar a su ciudad para ayudar a su herman a escapar y ¿qué mejor sitio para acudir con una embarazada e busca de ayuda que la clínica? Allí, su hermana Faith podría da a luz en paz y ella podría volver a ver a los viejos amigos, com Lydia… o como el irresistible Parker Reynolds.

Pero Parker, padre viudo y administrador del centro, no parec alegrarse de volver a ver a Hope…

JAZMÍN

SHIRLEY JUMP
RIVALES

Claire Richards quería ganar aquel concurso porque la enorme casa sobre ruedas que obtendría como premio era la garantía para salir de Mercy, Indiana. Pero primero tendría que derrotar a los otros participantes, entre los que estaba Mark Dole, su guapísimo enemigo de la infancia. ¿Sería capaz de vivir en tan reducido espacio junto a aquel irresistible *playboy*?

CARLA CASSIDY
EL MATRIMONIO MÁS ADECUADO

Era el plan perfecto. Melanie Watters deseaba tener un hijo con todas sus fuerzas, así que decidió pedirle al soltero más empedernido de la ciudad, que casualmente era su mejor amigo, que se casara con ella. A cambio de dejarla embarazada, Bailey Jenkins conseguiría escapar de las insinuaciones de las participantes del concurso de belleza del que era juez. Y luego solo tendrían que divorciarse… o no.

N.º 581

JUDITH McWILLIAMS
UNA VIDA NUEVA

En cuanto el doctor Nick Balfour la vio, quiso rescatar a aquella hermosa e inocente mujer y mantenerla a salvo. Gina Tesserek se encontraba en apuros económicos, por lo que aceptó la oferta de Nick para ser su asistenta temporal. En poco tiempo, Nick se dio cuenta de que su acuerdo solo había sido una excusa para estar cerca de ella… y ahora no había vuelta atrás.

BIANCA

LYNN RAYE HARRIS

EXTRAÑOS EN LAS DUNAS

Todos creían que Isabella, la esposa del jeque Adan, había muerto.
Pero reapareció cuando él estaba a punto de contraer matrimonio
con otra mujer y de convertirse en rey de su país.
Isabella tendría que ser su reina y compartir su trono del desierto
y su cama real. Pero ya no era la joven
pura y consciente de sus deberes de
antaño, sino una mujer desafiante y
seductora que excitaba a Adan; una
mujer que no recordaba haber sido su
esposa.

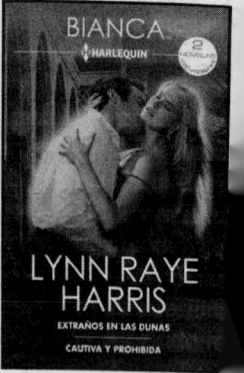

CAUTIVA Y PROHIBIDA

La noticia de que Veronica St. Germai-
ne, la popular y frívola diva del mundo
del corazón, se había regenerado y estaba dispuesta a convertirse en sobe-
rana de un principado del Mediterráneo
había revolucionado a todos los medios
de comunicación.

N.º 49

El cargo exigía que el guardaespaldas Rajesh Vala la protegie-
se a toda costa. Pero Veronica no había sido nunca muy amiga
de aceptar órdenes de nadie.
Él había decidido llevarla a su casa de la playa para que estuviera más segura, pero ella se sentía prisionera allí. Ambos
habían comprendido desde el primer momento que la atracción
mutua que había surgido entre ellos podría ser un problema.

¡YA EN TU PUNTO DE VENTA!